릴 케 전 집

8

릴 케 전 집

8

Rainer Maria RILKE

라이너 마리아 릴케

피종호 옮김

책세상

일러두기

1. 이 책은 독일에서 출간된 《릴케전집 *Rilke, Sämtliche Werke,* vol. Ⅳ(Insel Verlag, 1987)》을 기본으로 하여 번역했다.

2. 이 책에 사용된 맞춤법과 외래어 표기는 1989년 3월 1일부터 시행된 〈한글 맞춤법 규정〉과 〈문교부 편수자료〉에 따랐다.

차례

산문집

Erzählungen und Skizzen

(1893~1902)

펜과 칼
대화

어느 방의 모퉁이에 칼이 하나 서 있었다. 강철로 된 그 칼의 밝은 쪽은 햇빛에 부딪힐 때면 불그스레한 빛을 내며 반짝거렸다. 칼은 자랑스럽게 방 안을 둘러보았다. 모든 것이 자신의 광채에 즐거워하는 것을 보았다. 모든 것이라고? 그렇지만은 않았다. 저쪽 책상 위에서 한가롭게 잉크병에 기대어 있는 펜은 빛을 발하는 칼의 위엄 앞에서 고개 숙일 생각을 전혀 하지 않았다. 칼은 격노하면서 다음과 같이 말했다.

"하찮은 너는 도대체 누구이기에, 다른 것들처럼 내 광채 앞에서 고개 숙여 찬미하지 않는가? 네 주위를 둘러보아라! 모든 도구들이 경외심으로 가득 찬 채 칠흑 같은 어둠 속에 휩싸여 있는데. 밝고 행복하게 해주는 태양이 단지 나만을 총애하는 자로 선택했어. 태양은 환희에 찬 불꽃 같은 입맞춤으로 나에게 생기를 주지. 그리고 나는 태양의 빛을 수천 갈래로 다시 비추면서 그 빛에 보답하고 있어. 번쩍이는 옷을 입고 우쭐거리며 활보하는 것은 권력 있는 제후들에게나 어울리는 거야. 태양은 나의 힘을 알고 있어. 그래서 태양은 왕과 같은 자줏빛 광채를 내 어깨에 비추는 거지."

생각에 잠겼던 펜은 웃으면서 대답했다.

"이봐, 너는 참으로 천박하고 거만해! 자기 것도 아닌 광채로 그렇게도 뽐내다니! 곰곰이 생각해봐. 우리 둘은 아주 가까운 친척이야. 우리는 우리를 보살펴주는 땅에서 태어났잖아. 어쩌면 우리는 원래 같은 산맥 속에서 나란히 있었던 건지도 몰라. 수천년 동안 말이야. 인간이 부지런하게 우리를 이루고 있던 유용한 광석의 광맥을 찾아낼 때까지 말이지. 사람들이 우리 둘을 훔쳐낸 거야. 거친 자연의 볼품없는 자녀인 우리 둘은 증기 나는 대장간의 열기 위에서, 망치에 엄청나게 두들겨 맞고서 이 땅에서 활동하는 데 쓸모있는 자가 되도록 변형된 거란 말이야. 그래서 이렇게도 된 거지. 너는 칼이 되어 크고 단단하고 뾰족한 끝을 하게 된 거야. 펜인 나는 가늘고 귀여운 뾰족한 끝을 하고 있는 거지. 우리가 정말 일하며 활동하려면 반짝이는 끝을 축여야만 해. 너는 피로, 나는 다만 잉크로 말이야!"

"네 말은 제법 배운 티가 나지만, 나를 정말 웃기는구나"라고 칼이 말을 가로막았다. "마치 보잘것없는 조그만 동물인 쥐가 코끼리와 가까운 친척 관계에 있다고 증명하려는 거나 다름없어. 그 쥐는 너처럼 말했을 거야! 쥐도 코끼리처럼 네 다리를 가지고 있어서 긴 코까지도 뽐내야 한다는 거라고. 그들이 먼 친척도 아니라는 것은 누구나 생각할 수 있는 거지! 펜인 너는 지금 대단히 약삭빠르게 계산을 하면서 내가 너와 같다고 이야기했지만, 나는 우리가 서로 다르다는 것을 말하고 싶어. 번쩍거리며

자랑스러운 나 칼은 용맹하고 고귀한 기사가 허리에 차게 될 거
야. 그렇지만 너는 한 늙은 글쟁이가 자기 당나귀의 기다란 귀
뒤에다나 꽂게 되겠지. 나의 주인은 힘센 손으로 나를 붙잡아 적
진 속으로 데려갈 거야. 그러면 내가 그를 이끌게 될 거야. 잘난
너를 너의 선생은 떨리는 손으로 누런 양피지 위로 옮겨가겠지.
나는 적군들 속에서 공포에 부르르 떨며 이리저리 앞뒤 가리지
않고 용감하게 움직이지. 그러나 너는 끊임없는 단조로움 속에
서 양피지 위를 끄적거리면서, 너를 이끄는 손이 조심스레 가리
키는 궤적에서 감히 벗어나지 못하겠지. 그리고 마침내, 마침내
는 나의 힘이 소진되겠지. 내가 늙고 힘없어지면, 존경받게 될
거야. 영웅들이 그렇듯이 말이지. 사람들은 나를 선조들의 초상
화를 걸어놓은 홀에 전시하면서 감탄할 거야. 하지만 너는 어떻
게 되지? 너의 주인이 너에게 만족을 느끼지 못하면, 네가 늙어
서 종이에 굵은 선을 그으며 끄적거리기 시작하면, 그는 너를 움
켜잡고, 너의 받침대였던 펜대에서 뽑아내어 내다버릴 거야. 만
약 그가 자비를 베풀기는커녕, 너의 몇몇 자매들과 함께 몇 푼
안 되는 돈에 고물장수에게 팔아버리게 된다면 말이야."

  "여러 모로 보아 물론 네 말이 그렇게 틀린 것은 아니지." 펜이
아주 진지하게 대꾸했다. "내가 종종 보잘것없이 여겨지는 것은
사실이야. 내가 쓸모없게 된 후에 나를 아주 형편없이 다루는 것
과 같이 말이야. 하지만 이 때문에 내가 사용할 수 있는 힘은, 내
가 일할 수 있는 한 전혀 사소한 것이 아니야. 물론 내기도 할 수
있지!"

"나와 내기를 하자는 건가?" 거만한 칼이 웃었다.

"네가 내기를 받아들일 수 있으면."

"그런데 내가 그 내기를 받아들일는지는." 웃음을 멈추지 못하며 칼이 대답했다.

"무슨 내기를 하지?"

펜이 제자리에 앉으면서, 뽐내는 표정으로 말하기 시작했다.

"내가 원한다면, 네가 일이나 전투에 전념하지 못하도록 할 수 있다는 것을 내기하도록 하지!"

"그래? 그것 참 대담하군."

"맘에 들어?"

"내기를 하지."

"좋아, 한번 해보자고." 펜이 말했다.

내기하기로 한 후 몇 분이 흐르자, 훌륭한 전투복 차림의 한 젊은이가 들어와서 칼을 몸에 찼다. 그러고 나서 그는 흐뭇한 표정으로 빛나는 칼날을 지그시 바라보았다. 밖에서는 트럼펫소리와 우렁찬 북소리가 맑게 울려퍼졌다. 전투가 시작될 찰나였다. 그 젊은이가 방을 막 나서려 할 때, 또다른 사람이 들어왔다. 화려한 보석장식을 한 것으로 보아 지위가 꽤 높아 보였다. 젊은이는 그 사람에게 몸을 깊이 숙여 절을 했다. 그 고위직 사람은 책상으로 가서 펜을 쥐고는 황급히 무언가를 썼다. "평화조약이 이미 체결되었어." 그는 웃으면서 말했다. 젊은이는 자기의 칼을 다시 모퉁이에 놓았고, 두 사람은 방을 나갔다.

그러나 펜은 책상 위에 계속 놓여 있었다. 햇빛이 노닐 듯이 비추자, 축축한 그 펜이 환히 빛났다.

"칼아, 너는 전투에 나가지 않니?" 펜이 웃으면서 물었다.

하지만 칼은 어두운 모퉁이에 말없이 서 있었다. 내가 생각하기에 칼이 다시는 자만하지 않을 것이다.

피에르 뒤몽

 후텁지근하고 해가 밝게 빛나는 8월의 정오. 맑은 바람을 스치며 기차가 거의 끝도 없이 기적소리를 크게 울렸다. 피에르는 어머니와 함께 2등칸 좌석에 앉아 있었다. 수수한 검은옷 차림의 그의 어머니는 장교미망인이었다. 자그마한 키에 쾌활한 성품의 그녀는 창백하지만 선한 얼굴에, 힘없고 멍한 눈으로 앉아 있었다. 군사교육 기관의 제복을 입고 있는 열한 살 난 그녀의 아들은 이제 더 이상 꼬마가 아니었다.
 "다 왔어요"라고 피에르는 큰 소리로 기쁘게 말하면서 그물 선반에서 작은 잿빛 가방을 치켜들었다. 그 위에는 국가재산임을 암시하는 큰 글씨로 비스듬히 "피에르 뒤몽. 1년차. 20번"이라고 씌어 있었다. 어머니는 말없이 앞을 빤히 바라보고 있었다. 아들이 가방을 맞은편 의자에 놓자, 그 크고 요란스런 철자가 그녀의 눈에 띄었다. 그녀는 전에도 꽤 긴 시간이 걸리는 여행을 다니면서 그 글씨를 수백 번이고 읽었다. 그녀는 한숨을 쉬었다. 그녀는 다정다감한 편은 아니지만, 고인이 된 해군 대령에게서 군인 생활의 본질을 알게 되었고 또 그 생활에 익숙해져 있었던 터였다. 하지만 피에르의 왜소한 외모 때문에 고귀한 인품이 숫자로

깎아내려져 표현된다는 것은 어머니로서의 자존심이 상하되는 것이었다. 20번이라니. 그게 뭐람!

그 사이에 피에르는 창가에 서서 주위를 내다보고 있었다. 이제 역에 거의 다 와가고 있었다. 기차는 천천히 가다가 선로가 바뀌는 부분을 지나가면서 덜커덩 소리를 내었다. 밖에는 푸른 제방, 널따란 평원, 작은 집들이 미끄러지듯 지나쳐갔다. 성스러운 노란 빛을 발하고 있는 커다란 해바라기가 그 집들 대문가에 보초처럼 서 있었다. 하지만 그 대문들은 너무 작아 보여, 들어가려면 몸을 숙여야만 할 것 같다고 피에르는 생각했다. 집들도 벌써 사라져버렸다. 시커멓게 연기가 나오는 한 창고의 갖가지 모양으로 나뉜 뿌연 유리창들이 보였다. 철로는 점점 넓어졌고, 레일은 다른 레일과 함께 큼지막하게 다가왔다. 마침내 그들은 기차가 정지할 때 내는 시끄러운 소리를 들으며 조그만 도시의 역에 도착했다.

"우리는 오늘도 정말 꽤나 즐거울 거예요, 엄마." 아이가 속삭이듯 말하면서, 놀란 표정을 짓고 있는 어머니를 힘껏 껴안았다. 그러고 나서 그는 여행용 가방을 끄집어내고는 어머니가 내리는 것을 도왔다. 자랑스런 얼굴로 그는 어머니에게 팔을 내밀었다. 뒤몽 부인은 키가 크지는 않아도 그 손을 잡을 수 있었다. 그녀가 의젓한 아들의 왼손을 겨드랑이 밑으로 밀어 넣을 수 있었기 때문이었다. 한 짐꾼이 그 가방을 들어주었다. 그들은 햇살 따가운 정오에 먼지로 뒤덮인 거리를 지나 식당이 딸린 여관으로 갔다.

"뭘 먹을까요, 어머니?"

"뭘 먹고 싶니, 애야!"

그러자 피에르는 자기가 좋아하는 음식을 모두 말했는데, 이는 두 달 간의 휴가 중에 집에서 먹었던 것들이었다. 이런 음식들을 여기서도 먹을 수 있을는지. 사람들은 수프에서 사과 케이크에 이르기까지 고급스런 음식을 정확히도 열거하면서 이야기하고 있었다. 작은 군인 피에르는 매우 익살스러웠다. 좋아하는 음식은 그의 삶의 척추를 형성하고 있는데, 이를 토대로 하여 다른 모든 사건들이 일어나는 것처럼 보인다는 것이었다. 그러면서 그는 여전히 다음과 같이 말하기 시작했다. "우리가 마지막으로 그것을 먹었을 때, 그렇고 그런 일이 일어났다는 것을 알고 계시잖아요." 사실 이런 말을 하면서, 앞으로 4개월 동안 그런 음식을 즐길 수 있는 것은 오늘이 마지막이라고 그는 생각했다. 그러고 나서 그는 잠깐 말없이 있다가 아주 나지막하게 한숨을 쉬었다. 그러나 햇빛이 빛나는 즐거운 여름 날씨 때문에 어린아이의 마음이 나쁜 영향을 받은 것은 아니었다. 그는 곧 다시 아주 명랑하고 수다스레 계속 말하면서, 끝나가는 휴가의 멋진 날들을 곰곰이 생각했다. 지금은 오후 두 시다. 일곱 시 정각에 그는 막사로 돌아가야 했다. 그러니까 다섯 시간이 남아 있었다. 시계의 숫자판을 시침이 다섯 번이나 돌아야 하니까 그건 아직 충분한 시간이었다.

식사가 끝났다. 피에르는 정신없이 먹어댔다. 어머니가 붉은 포도주를 따라주면서 눈에 눈물을 글썽거리며 잔을 약간 높이 들고 그를 의미 깊게 쳐다보자, 입에 넣은 음식이 목에 걸려 넘어가지 않았다. 그는 방을 이리저리 쳐다보았다. 시계의 숫자판에서 눈을 떼지 않았다. 세 시였다. 시침이 네 번 더…… 라고 그는 생각했다. 그것이 그에게 용기를 주었다. 그는 잔을 들고 뭔가에 힘껏 부딪쳤다. "정말 즐겁게 다시 만날 것을 건배해요, 어머니!" 그의 목소리는 굳게 변해 있었다. 그리고 마치 연약한 모습을 보이는 것을 두려워하듯, 그는 키 작은 어머니의 창백한 이마에 황급히 입맞춤을 했다.

식사를 하고 난 후 그들은 강가를 이리저리 거닐었다. 마주치는 사람은 거의 없었다. 두 사람은 전혀 방해받지 않고 이야기했다. 그러나 대화는 자주 중단되었다. 피에르는 머리를 높이 치켜들고 양손을 호주머니 속에 넣었다. 그리고 햇살에 반짝이는 강 건너편의 자줏빛 언덕을 그 커다란 눈으로 멍하니 바라보았다. 하지만 뒤몽 부인은 그들이 거닐고 있는 오솔길의 나뭇잎들이 누렇게 빛이 바래버린 것을 보았다. 길 여기저기에 벌써 낙엽들이 떨어져 있었다. 낙엽 하나가 발 밑에 밟혀 소리를 내자 그녀는 깜짝 놀랐다.

"가을이야." 그녀는 나지막이 말했다.

"그래요." 피에르가 중얼거리듯 말했다.

"하지만 우리는 여름을 멋있게 보냈어." 그녀는 거의 당황하듯 말을 이었다.

그녀의 아들은 대답하지 않았다.

"어머니"라고 말하면서, 그는 어머니의 얼굴을 바라보지 않았다. "어머니, 귀여운 율리에에게 제 안부를 전해주실 거죠." 그는 갑자기 말을 멈추고는 얼굴이 빨개졌다.

어머니는 웃었다. "그건 염려하지 않아도 된다. 얘야." 율리에는 이 작은 신사의 마음을 빼앗고 있는 사촌누이였다. 그는 가끔 그녀를 위해 창문 앞을 산책길로 삼고는 그녀와 함께 공놀이를 하거나 그녀에게 꽃을 선사하기도 했다. 그는 군복 상의의 왼쪽 가슴 주머니에 그녀의 사진을 지니고 있었는데, 뒤몽 부인은 전혀 알아차리지 못했다.

"율리에는 틀림없이 집에 없을 거야"라고 어머니가 말했다. 그녀는 아들이 이런 이야기를 화제로 삼은 것이 기뻤다. "그애는 젊은 여자를 위한 수도회나 교회에 가거든." 과부인 어머니는 자기 아들 피에르를 잘 알고 있었다. 자신이 흠모하는 그녀가 자기와 비슷한 운명을 참고 견뎌야 한다는 상황이 그를 위로했다. 그는 자신의 소심함을 말없이 자책했다. 그는 곧 다가온 수업을 듣지 않고 월반해도 되는 그런 어린애 같은 환상에 사로잡혀 말했다.

"하지만 크리스마스 때 집에 가면 율리에도 거기 있겠죠!?"

"그럼."

"그리고 어머니도 크리스마스 저녁에 그애를 초대할 거죠, 그렇죠?"

"그애가 전에 이미 나에게 분명히 대답했단다. 꽤 오래 전에 자기 어머니에게 꼭 부탁드리겠다고 나에게 약속했어."

"멋져요!" 아들이 환호성을 질렀다. 그의 눈이 반짝거렸다.

"너에게 멋진 크리스마스 트리를 만들어줄 거야. 그리고 네가 정말 멋있다면……"

"드디어…… 새로운 제복을 말씀하시는 거죠!"

"그건 아직 모르는 일이야, 아직은." 작은 키의 어머니는 웃었다.

"어머니 사랑해요!" 영웅이나 된 양 그 아이는 소리치면서, 아무런 거리낌없이 산책길 한가운데서 뒤몽 부인에게 달려들어 입맞춤을 했다. "어머니는 정말 멋있으세요!"

"정말 훌륭하게 돼야 해, 피에르!" 어머니가 진지하게 말했다.

"그렇게 될 거예요! 배울 거예요……"

"너도 알고 있듯이, 넌 수학이 어렵지!"

"모든 것이 정말 잘될 거예요. 두고 보세요."

"그리고 감기 들지 않도록 해. 이제 추운 계절이 오잖아. 항상 옷을 따뜻하게 입고. 밤엔 이불 차버리지 말고 꼭 덮고 말이야!"

"걱정하지 마세요. 걱정하지 마세요!" 피에르는 다시 휴가 중의 사건에 대해 말하기 시작했다. 우스꽝스러운 사건과 재미난 일들이 너무 많았기 때문에, 어머니와 아들은 배꼽잡고 웃었다. 그러다 갑자기 그는 기가 죽었다. 교회 탑 종소리가 우렁차게 들려왔다.

"종이 여섯 번 울렸어요." 그는 말하면서 웃으려는 모습이 역력했다.

"빵집에 가자꾸나."

"그래요. 거기엔 크림 롤빵이 있어요. 우리가 율리에와 함께

하이킹을 갔을 때 먹어본 게 마지막이었어요."

피에르는 천장이 둥근 빵집에서 다리가 가느다란 작은 등의자에 앉아서 동그란 빵을 먹었다. 그는 매우 만족스러웠다. 많이 먹고 난 후 그는 숨을 깊이 들이쉬어야만 했다. 그렇게 먹는 것이 마지막이었다. 그래서 그는 먹기를 계속했다.

"맛이 있다니 기쁘구나, 애야." 커피를 마시던 뒤몽 부인이 말했다.

피에르는 계속 먹어댔다.

탑의 종소리가 한 번 더 울렸다. "여섯 시 반이구나." 휴가 나온 그 아이가 중얼거리듯 말하면서 한숨을 쉬었다. 위장은 엄청나게 가득 차 있었다. 이제 가야 할 텐데…….

그들은 걸어갔다. 8월의 저녁은 온화했다. 기분 좋은 바람이 오솔길 나무들을 스치고 지나갔다.

"춥지 않으세요, 어머니?" 그 아이는 무심코 물었다.

"걱정하지 않아도 된다, 애야."

"벨리는 도대체 어떻게 될까요?" 벨리는 쥐를 잘 잡는 개였다.

"하녀에게 그애를 보살피라고 했어. 그녀는 벨리에게 먹을 것도 주고 산책도 시키지."

"내가 안부 전한다고 벨리에게 말해주세요. 잘 지내야 할 텐데." 그는 익살스런 말을 하려다가 갑자기 멈추었다.

"전부 챙겼지, 피에르?" 저 멀리 병영 막사의 단조로운 잿빛 정문이 벌써 보였다. "증명서는?"

"모두 있어요, 어머니!"

"오늘 신고해야 하지?"

"예, 곧바로 해야 해요."

"그리고 내일 다시 수업이니?"

"예!"

"그리고 나에게 편지할 거지?"

"어머니도요. 도착하시는 대로 즉시 편지하세요."

"물론이지, 사랑하는 아이야."

"내가 생각하기로, 편지가 이틀은 걸릴 것 같은데."

어머니는 말을 잇지 못했다. 목이 메었기 때문이었다.

이제 그들은 정문 앞에 가까워왔다.

"고마워요, 어머니. 멋진 날이었어요." 가련한 그 아이의 기분은 처참했다. 너무 많이 먹은 것이다. 배탈이 심하게 나서 발을 덜덜 떨고 있었다.

"너, 창백하구나." 뒤몽 부인이 말했다.

"아뇨, 그렇지 않아요." 그건 못된 거짓말이었다. 그는 자신이 거짓말하고 있다는 것을 알고 있었다.

피가 머리까지 올라오는 것이 아닌가! 그는 몸을 거의 지탱할 수가 없었다.

"저는 정말……." 그때 일곱 시 종이 울렸다!

그들은 서로 꼭 껴안고서 울었다.

"애야!" 가련한 그 여자가 흐느껴 울었다.

"어머니, 저는 120일 동안 있어야 해요."

"얌전히 있거라. 건강하고……." 떨리는 손으로 그녀는 아들에게 성호를 그었다.

그러나 피에르는 몸을 뿌리쳤다. "저는 뛰어가야 해요. 어머니. 그렇지 않으면 벌을 받아요." 그는 더듬거리듯 말했다. "……그리고 제게 편지 주세요, 어머니. 율리에도 아시죠. 벨리도 잘 돌보아주시고요." 입맞춤을 하고 그는 가버렸다.

"하느님이 함께하시길!" 그는 이 말을 알아듣지 못했다.

정문에서 그는 다시 한번 돌아보았다. 그는 어둑어둑한 나무 틈새로 검은옷 차림의 조그만 사람을 보고서는 눈물을 급히 삼켰다.

그러나 그는 상태가 매우 좋지 않았다.

그는 현관을 비틀거리며 들어갔다. 너무나 피곤했다.

"뒤몽!" 험악한 소리가 크게 들렸다.

정문 보초 하사관이 그 앞에 서 있었다.

"뒤몽! 빌어먹을, 도착신고를 해야 하는 걸 몰랐나?"

바느질하는 여자

······1880년대 어느 해 4월이었다. 나는 이사를 해야 할 형편이었다. 집주인이 자기의 집을 팔아버렸고, 새 주인은 나의 검소한 방이 있는 층 전체를 세놓기로 결정한 것이다. 나는 오랫동안 다른 집을 찾았지만 허사였다. 마침내 나는 찾는 데 지쳐 거의 보지도 않고 한 건물의 4층에 있는 조그만 방을 얻었다. 그 건물의 긴 쪽은 좁은 옆 골목이 잘 보이도록 향하고 있었다.

내 방은 처음 며칠 동안에는 제법 신비롭게 보였다. 조그만 두 개의 창문을 통해 나는 회색, 빨간색 지붕들과 그을린 굴뚝 너머로 푸른 산들을 바라보았다. 창문은 여러 종류로 되어 있어 그 오래된 집임을 추측하게 했다. 그리고 나는 떠오르는 태양을 관찰할 수 있었다. 태양은 윤곽이 흐릿한 언덕 언저리에 불타는 공처럼 기대어 있었다. 내가 가져온 가구들은 처음 기대했던 것보다 좁은 공간을 더욱 더 아늑하게 했다. 여자 관리인이 맡고 있었기 때문인지 바랄 것이 아무것도 없었다. 계단은 거의 경사가 없어 생각에 잠겨 올라가더라도 자신도 모르게 오를 수 있었다. 지붕 밑 다락방까지 기어올라가는 데도 어려움을 느끼지 않았다. 한마디로 나는 만족했다. 특히 어두운 마당에서 아이들이 놀지도 않았고, 손풍금 소리도 들리지 않았다.

그 후 여러 해가 흘렀다. 내가 이야기하고자 하는 것은 과거의 희미한 일이다. 그래서 그 사건의 뚜렷한 색조는 바래고 흐릿해졌다. 마치 내 자신에게 닥친 것이 아니라, 다른 사람에게, 아마도 좋은 친구에게 일어난 사건을 말하는 것처럼 보인다. 그렇다고 내 자신에 대한 사랑이 거짓말을 하게 한다고 두려워할 필요는 없다. 나는 솔직하고 분명하게 있는 그대로 글을 쓰고 있기 때문이다.

그 당시 나는 거의 집에 없었다. 아침 일곱 시 반 나는 일찍 관공서에 가고, 정오엔 싸구려 여관 식당에서 식사를 한다. 그리고 종종 있는 일이지만, 오후엔 약혼녀의 집에서 보냈다. 그렇다. 나는 그 당시 약혼을 했다. 헤드비히는──나는 그녀를 그렇게 부르려고 했다──젊고, 사랑스럽고 교육도 잘 받은 여자다. 그리고 내 동료의 눈에 가장 중요하게 여겨지는 것은 그녀가 부유하다는 것이었다. 그녀는 뼈대 있는 상인 집안 출신이다. 근검 절약으로 드디어 이 집은 젊은 기사들이 즐겨 방문하는 한 가정을 꾸려가고 있었다. 점잖은 가문임에도 불구하고 거기엔 쾌활함이 자연스럽게 넘쳐나 차를 마실 때도 전혀 지루하지 않았다. 게다가 그 집안의 막내딸인 헤드비히를 모든 사람이 좋아했는데, 이는 그녀가 자신이 교육받은 것을 자연스럽고도 적절하게 말하면서, 냉랭한 대화를 재미있고 매력적으로 만들기 때문이었다. 그녀는 두 명의 언니보다도 인자하고 정서가 풍부했고, 솔직하고 명랑했다. 내가 그녀를 사랑한 것은 확실했다.

나는 솔직히 말할 수 있다. 약혼이 파기되고 1년이 지난 후, 그녀는 귀족 출신 젊은 장교와 결혼했다. 그러나 그에게 금발 곱슬머리 첫딸을 낳아주고는 죽었다.

날마다 성대한 사교모임이 열렸던 그녀의 부모 집에서 나는 습관적으로 저녁 6시까지 머물렀다. 그 후에는 산책을 하고 연극을 보러 갔으며, 다음날 역시 같은 삶의 방식을 계속하기 위해 밤 10시에 집으로 돌아갔다.

아침 일찍 세 층의 계단을 천천히 내려갔을 때, 나는 2층 현관 대기실에서 집 관리인을 만났다. 그는 하얀 돌로 된 마루를 청소하고 있었다. 그는 인사하면서 말을 걸기 시작했다. 날마다 같은 이야기였다. 처음에는 날씨에 대해, 그 다음은 내가 살고 있는 집에 대해 만족하는지 등의 이야기였다. 그 나이많은 사람이 이야기를 멈추려 하지 않아서 나는 늘 그의 자녀에 대해 묻곤 했다. 이 질문에 대해 그는 탄식하면서 꽉 다문 이빨 사이로 말을 내뱉었다. "십자가 같은 짐이에요! 그 아이들은 근심덩어리예요!" 이것으로 이야기는 끝이 났다. 어느 화요일에 나는 그저 무언가를 말하려고, 내 옆집에 도대체 누가 사는지 물어보았다. 질문받은 대로 그대로만 대답했다. 다만 그렇게, 간단하게. "바느질하는 여자인데, 불쌍한 사람이고 못생겼어요." 그는 시선을 계속 바닥에 두면서 투덜거리듯 말했다. 그게 전부였다.

내가 집 앞의 어둑어둑한 현관에서 이웃여자를 ──그 당시 내 추측이 옳았다고 생각하는데── 만났을 때, 나는 그 언질을 오랫동안 잊고 있던 상태였다. 어느 일요일 오전이었다. 나는 평소보다 오래 잠을 잤다. 막 외출하려는데 그녀가 한 손에 작은 책을 들고 돌아오고 있었다. 아마도 교회에서 오는 길인 것 같았다. 가엾은 모습이었다. 그녀는 뾰족한 어깨 사이로 색이 바랜 푸른 외투를 입고 있었는데, 거의 땅에 닿을 듯했다. 그녀가 머리를 흔들자, 길고 가는 코와 움푹 들어간 뺨이 먼저 눈에 띄었다. 가느다랗게 살짝 벌어져 있는 입술 사이로 깨끗하지 못한 치아가 보였다. 각진 턱은 두드러지게 튀어나와 있었다. 얼굴에서 중요한 부분은 눈뿐인 것처럼 보였다. 그녀가 예쁘기를 바란 것은 아니었다. 하지만 키는 컸다. 그럼에도 얼굴은 윤기가 너무 없고 우울했다. 너무 우울하여 검은 머리카락이 거의 잿빛으로 보일 정도였다. 내가 지금 기억하고 있는 것은 다만 그 여자가 내게 준 인상이 결코 반가운 것이 아니었다는 것이다. 내가 생각하기에 그녀는 나를 보지 않았다. 그 사이에 나는 이러한 냉랭한 만남에 대해 곰곰이 생각할 시간이 없었다. 바로 문 앞에서 오전 내내 같이 있었던 친구의 손에 붙들렸기 때문이다. 그러고 나서 나는 이웃여자가 있다는 것을 잊어버렸다. 우리가 문과 문을 아주 가까이 하고 있다고 해도 하루 종일 옆방에서 조용히 지냈기 때문이었다. 그래서 어느 날 밤 우연히 —— 달리 어떻게 말할 수 있을까 —— 기대하지 못하고, 예기치도 못한 일이 일어나지 않았다면 그런 상태가 지속되었을 것이다.

4월 말에 내 약혼녀의 집에서 사교모임이 열렸다. 이 모임은 오래 전에 논의하고 준비한 것으로 훌륭히 진행되어 밤까지 계속되었다. 바로 그날 저녁 헤드비히는 정말 매혹적으로 보였다.

푸른 빛이 감도는 작은 살롱에서 나는 그녀와 오랫동안 수다를 떨었다. 그녀가 한편으로는 반어적으로, 다른 한편으로는 어린 아이와 같이 순박하게 앞으로 우리 가정에 대한 구상과 자그마한 모든 기쁨과 고통을 아주 뚜렷한 색채로 그리고 있는 것을 나는 너무나도 기쁘게 듣고 있었다. 아이가 크리스마스 트리를 보고 즐거워하는 것처럼 나는 우리의 행복에 대해 기뻐하고 있었다. 즐겁고 만족스러운 기분이 내 마음에 아늑한 따뜻함같이 비추었다. 그 당시 헤드비히는 내가 그렇게 명랑한 걸 본 적이 없다고 고백했다. 이와 같은 분위기가 이 모임 전체에 퍼져 있었다. 서로가 위로해주었다. 그래서 사람들은 새벽 3시에 헤어지는 것조차도 못내 아쉬워했다. 아래 현관에서는 차들이 대기하고 있었다. 걸어서 가는 몇 사람들은 곧 뿔뿔이 헤어졌다. 나는 30분 이상을 걸어가야 했으므로 꽤 서둘러 갔다. 안개로 어두운 쌀쌀한 4월의 밤에는 더욱 더 그래야만 했다. 나는 생각에 사로잡혀 있었다. 얼마 되지 않아 벌써 집 문 앞에 이르렀다. 나는 천천히 자물쇠를 열고 들어와 문을 조심스럽게 닫았다. 그러고 나서 성냥불을 붙이자, 그 불빛에 현관마루에서 계단까지 보였다. 그런데 그 성냥은 내가 가지고 있던 마지막 성냥이었다. 불은 이내 꺼졌다. 나는 여전히 전날 저녁의 아름다운 시간을 생각하면서 계단을 더듬어 올라갔다. 이제 나는 위층에 있게 되었다. 나는 문에 열쇠를 꽂고 돌려서 천천히 문을 열었다.

그때 '그녀'가 내 앞에 서 있는 것이 아닌가. 그녀가. 타서 흘러내린 초의 어두운 빛이 방을 겨우 밝히고 있었다. 땀과 지방의 유쾌하지 못한 냄새가 나에게 몰려왔다. 그녀는 풀어헤쳐진 때 탄 셔츠와 어두운 색 속치마를 입고 침대 발치에 서 있었다. 전혀 놀라지 않고 그녀는 나를 잔뜩 쏘아보듯 응시하고 있었다.

나는 분명 그녀의 방으로 들어온 것이다. 하지만 당황한데다 마법에 걸린 듯 꼼짝할 수 없었던 나는 미안하다는 말 한마디 하지 못하고 가지도 못했다. 나는 구역질이 났지만 그대로 있었다. 나는 그녀가 식탁으로 가더니 누가 먹었는지 모르는 먹다 남긴 있는 음식이 마구 흩어져 있는 접시를 옆으로 치우고 나서 자신이 벗어놓은 옷을 안락의자에서 거두는 것을 보았다. 그리고 "오셨군요"라고 나직이 말하면서 나에게 앉으라고 권했다.

그 목소리 역시 거슬렸다. 하지만 알지 못하는 힘에 이끌리듯 나는 그 말에 따랐다. 그녀는 말했다. 무엇에 관한 이야기였는지 나는 모른다. 그때 그녀는 자기 침대의 가장자리에 앉아 있었다. 아주 어두웠다. 단지 창백한 타원형의 얼굴만 보였다. 이따금 꺼져가는 촛불이 타오를 때, 커다란 눈도 보였다. 나는 일어났다. 가려고 했다. 문 손잡이가 말을 듣지 않았다. 그녀가 도우려고 다가왔다. 바로 그때 그녀가 내 옆에서 미끄러지는 바람에 나는 그녀를 붙잡아야만 했다. 그녀가 내 가슴에 매달렸고, 나는 아주 가까이에서 그녀의 뜨거운 숨소리를 느꼈다. 내게 그 숨소리는 달갑지 않았다. 나는 떨어지려 했다. 오로지 그녀의 눈만이 내 눈을 응시하고 있었다. 마치 그 눈길이 보이지 않게 나를 속박하는 것 같았다. 그녀는 나를 점점 더 끌어당기고 있었다. 그녀는 오랫동안 내 입술에 뜨거운 키스를 했다…… 그때 촛불이 꺼졌다.

　다음날 아침 나는 잠에서 깨어났으나 머리가 무거웠다. 허리도 아팠고, 혀에도 바늘이 돋아 있었다. 침대 내 베개 옆에서 그녀가 잠을 자고 있었다. 창백하게 헬쑥한 얼굴, 가는 목, 풀어헤쳐진 평평한 가슴을 본 나는 무서워졌다. 나는 천천히 일어섰다. 답답한 공기가 나를 억눌렀다. 주위를 둘러보았다. 더러운 식탁, 낡아빠진 가느다란 다리의 안락의자, 창문 위의 말라 죽어 있는 꽃. 이 모든 것이 가련하고, 위축되었다는 인상을 주었다. 그때 그녀가 움직였다. 그녀는 꿈을 꾸듯 한 손을 내 어깨 위에 올렸다. 나는 그 손을 바라보았다. 때가 긴 짧고 넓적한 손톱과 뼈마디가 굵은 긴 손가락, 갈색 손가락 끝에 찔린 피부…… 이런 존재에 대한 혐오감이 끓어올랐다. 나는 벌떡 일어나 문을 열어젖뜨리고 내 방으로 달려갔다. 그제서야 나는 약간 마음이 가벼워졌다. 내 방에 빗장을 걸어두었다는 사실을 알고 있다. 상황은 그렇게 진행되었다.

*

　하루 하루가 전과 똑같이 지나갔다. 한번은 아마도 일주일 후인 것 같은데, 잠을 자면서 나는 우연히도 팔꿈치로 벽을 치게 되었다. 아무런 의도 없이 이렇게 두드림에 즉각 반응이 오고 있음을 느꼈다. 나는 조용히 있었다. 그러고 나서 나는 잠이 들었다. 반쯤 잠들었을까, 갑자기 방문이 열리는 것 같았다. 다음 순간 내 몸에 바짝 다가오는 육체를 느꼈다. 그녀가 내 옆에 있었다. 내 팔을 베고 그녀는 밤을 지샜다. 이따금 나는 그녀를 쫓아내려고 했다. 하지만 그녀는 커다란 눈으로 나를 바라보면서, 한마디 말도 하지 않았다. 아, 일찍 늙어버린 못생긴 이 처녀의 따뜻한 육체를 내 옆에서 느끼는 것은 깜짝 놀랄 만한 일이었다. 그러나 나는 힘이 없었다. 때때로 나는 계단에서 그녀를 만났다. 그녀는 처음 만났을 때와 같이 나를 지나쳤다. 그때만은 우리가 서로 알지 못하는 것 같았다. 아주 자주 그녀는 나에게 왔다. 조용히 한마디 말도 하지 않고 들어와서, 마법 같은 눈길로 나를 꼼짝 못하게 했다. 나의 모든 의지는 사라져버렸다.

마침내 나는 이러한 일을 끝내기로 결심했다. 그렇게도 뻔뻔스럽게 나에게 달라붙는 그 여자와 잠자리를 함께한다는 것은 약혼녀에 대한 범죄처럼 여겨졌다. 하지만 사랑의 권리를 차지하는 그런 일은 전혀 없었다!

나는 아주 일찍 집으로 돌아오자마자 내 방에 빗장을 질렀다. 저녁 아홉 시가 가까워오자 그녀가 왔다. 문이 잠겨 있음을 알고는 그녀는 다시 가버렸다. 그녀는 내가 집에 없는 것으로 여겼던 것 같았다. 하지만 나는 경솔했다. 나는 무거운 책상용 안락의자를 성급하게 뒤로 치웠다. 그것을 그녀가 알아차렸음에 틀림없었다. 그러자 곧 두드리는 소리가 들렸다. 나는 가만히 있었다. 다시 한번 두드렸다. 그러고 나서는 초조하게 계속 두드렸다. 이제 그녀가 흐느껴 우는 소리가 들렸다. 오래, 오랫동안. 그녀가 내 방문 앞에서 밤을 거의 보냈음에 틀림없었다. 하지만 나는 꼼짝도 하지 않았다. 이렇게 견뎌냄으로써 그 마법을 끊어버렸다고 생각했다.

다음날 나는 계단에서 그녀를 만났다. 그녀는 아주 천천히 걸어갔다. 내가 곁으로 바짝 다가가자, 그녀가 쳐다보았다. 나는 소스라쳤다. 그 눈에는 섬뜩한 섬광과 위협이 엿보였던 것이다……. 나는 자신을 비웃었다. 내가 정말 바보였구나! 이 여자를! 나는 그녀가 돌계단 위에 발을 느릿느릿 옮기며 천천히 내려가는 모습을 자세히 바라보았다…….

오후에 주인이 나를 찾는 바람에 헤드비히 집에 가는 것을 그만두어야만 했다. 저녁에 방으로 돌아왔을 때, 나는 약혼녀의 아버지가 보낸 편지를 발견했다. 그 편지는 나를 너무 놀라게 했는데, 그 내용은 이랬다.

"……현재의 상태에서 나는 대단히 유감스럽게도 당신과 내 딸의 약혼을 파기시키지 않을 수 없음을 이해해주시길 바랍니다. 나는 헤드비히를 어떠한 의무에도 구속받지 않는 남자에게 맡기기로 생각했습니다. 될 수 있는 대로 그러한 경험을 자기 자식이 하지 않도록 하는 것이 아버지의 의무입니다. 존경하는 B씨, 당신은 나의 행동을 이해하게 될 것입니다. 당신이 적절한 때에 나에게 직접 그러한 상황에 대해 알려주었다고 확신하고 있는 것처럼 말입니다. 그 밖에 항상 당신의……."

내 기분이 어떠했는지를 서술하기는 어렵다. 나는 헤드비히를 사랑했다. 나는 그녀 스스로 그토록 매혹적으로 구상한 장래에 대해 정말 잘 알고 있었다. 그녀 없는 내 운명이란 생각할 수 없었다. 나는 무엇보다도 눈물나게 하는 이 엄청난 고통을 억제할 수 없었다는 것을 알고 있다. 어떤 영향을 받아 이렇게 이상야릇하게 거부당했는지를 곰곰이 생각할 겨를도 없었다. 어쨌든 그녀가 이상야릇했기 때문이었다. 나는 양심적이고 정의로움 그 자체인 헤드비히의 아버지를 잘 알고 있으며, 다만 어떤 중요한 사건으로 말미암아 그가 이러한 행동을 할 수 있었다는 것도 알고 있다. 그는 나를 존중해주었으며, 내게 부당한 일을 하기에는 너무 사려 깊은 사람이었다. 나는 밤새 잠을 이루지 못했다. 수많은 생각이 머리속에서 교차되었다. 마침내 아침에 나는 너무 지쳐 잠이 들었다. 잠에서 깨어났을 때에야 방문에 빗장을 걸어두는 것을 잊었음을 알았다. 그 사이에 그녀는 오지 않았다. 나는 안도의 한숨을 쉬었다.

나는 급히 옷을 입었다. 그리고 몇 시간 동안 사무실에 가지 못한다는 것에 대한 변명을 하고서 약혼자의 집으로 갔다. 문은 닫혀 있었다. 여러 차례 초인종을 울렸지만 아무도 나오지 않자, 나는 그녀가 차를 타고 나갔다고 생각했다. 물론 집 관리인이 앞마당에서 일을 하느라 벨소리를 듣지 못할 수도 있었으리라. 나는 늘 오던 오후 시간에 와야겠다고 마음먹었다.

그래서 나는 그렇게 했다. 집 관리인이 문을 열고는 놀란 눈으로 그 집 사람들이 여행간 사실을 알지 못했냐고 물었다. 나는 놀랐지만, 모두한테서 전갈을 받은 것처럼 했다. 그리고 늙은 하인인 프란츠와 이야기를 나누기를 원했다. 어제 어떤 기이한 일이 벌어지고 난 후 그 집 사람이 전부 여행을 떠났다며 그는 나에게 아주 상세하게 이야기했다.

그는 이렇게 말했다. "한 여자가 급히 들어와서 나에게 헤드비히 아가씨에게 어딘가로 동행을 요청했을 때, 나는 여기 현관 마루에 서서 설거지를 하고 있었습니다. 당연히 나는 동의하지 않았죠. 우선 그 사람이 누군지를 알아보아야만 했으니까요……."

나는 진지하게 고개를 끄덕였다. 순간 어떤 생각이 떠올랐다……. "그러니까 간단히 말하자면," 수다스러운 그 노인은 계속 말을 이었다. "내가 거절하자 그 여자는 인자하신 주인님께서 나올 때까지 고함을 치면서 비명을 질렀죠. 그녀는 주인에게 간청하며 중요한 소식을 가져왔노라고 힘주어 말했죠. 그는 그녀를 방으로 데려갔습니다. 그녀는 한 시간 동안 거기에 있었죠. 한 시간이라고요, 나리! 그러자 그녀가 밖으로 나오더니, 주인님의 손에 입맞춤을 했죠……."

"그 여자가 어떻게 생겼죠?" 나는 그의 말을 가로막았다.

"얼굴은 창백하고, 마른데다 못생겼어요."

"키는 컸습니까?"

"제법 컸죠."

"눈은?"

"검은 눈이었어요, 머리카락도 그랬죠." 노인은 계속 이야기를 늘어놓았다. 나는 충분히 알게 되었다. 당황스러운 편지의 모든 말들이 분명해졌다. 의무라고! ……쓰디쓴 증오가 내 마음속에서 일어났다. 나는 그 하인을 그대로 두고 아래로 밀치듯 내려왔다. 그리고 거리를 지나 집까지 뛰어갔다. 문 앞에는 몇몇 사람이 서 있었다. 남자와 여자들. 그들은 격렬하게 말했지만, 목소리는 낮았다. 나는 그들을 거칠게 옆으로 밀쳤다. 그러고 나서 숨도 쉬지 않고 세 계단을 올라갔다. 나는 그녀에게, 그녀에게 말해야만 했다……. 무슨 말을 해야 할지 몰랐지만, 적당한 때에 적당한 말을 하게 되리라고 생각했다…….

계단 위에서도 나는 남자들을 만났다. 나는 그들을 개의치 않았다. 위층에 올라가 문을 열었다. 페놀 냄새가 코를 찌르듯 몰려왔다. 나는 말문이 막혀버렸다. 그녀는 속치마만 입은 채 침대의 잿빛 아마포 위에 누워 있었다. 머리는 뒤로 젖혀진 채 눈을 감고 있었다. 두 손은 축 늘어져 있었다. 나는 가까이 다가갔다. 그녀를 만져볼 엄두는 내지 못했다. 벌어져 있는 입술과 핏발 선 눈꺼풀을 보아 익사한 사람 같았다. 소름이 쫙 끼쳤다. 나는 혼자 그 방에 있었다. 저무는 차가운 태양은 더러운 탁자와 침대 가장자리를 비추고 있었다……. 나는 그 여자에게 몸을 굽혔다. 그렇다, 그녀는 죽어 있었다. 안색은 푸르스름했다. 그녀 몸에서 좋지 않은 냄새가 났다. 그래서 속이 메스꺼웠다. 혐오감이…….

황금빛 상자

봄이었다. 거의 투명한 푸른 하늘에 태양이 환희에 넘쳐 웃고
있었다. 하지만 그 햇살은 어긋남이 없이 좁은 옆골목에 있는 집
의 가운데 층계에까지 골고루 비춰 들어왔다. 희미한 빛이 번쩍
이면서 작은 창유리를 통해 들어와 소박한 방의 하얀색 뒷벽에
스쳐 지나가듯 원을 그리면, 그 빛은 이미 지나쳐온 빛이었다.
다시 말하면 그 빛은 마주보고 있는 높은 집의 어떤 창문에서 반
사된 것이다. 가운데 층계의 창문 옆에서 매일 노는 어린아이는
밝은 빛의 얼룩이 벽에서 활발히 움직이는 것에 더 기뻐하면서
그 얼룩을 잡으려 했다. 그러면서 그 아이가 감격스러워 웃었고
그로 인해 그 아이 어머니의 슬픈 얼굴에조차 그 웃음의 빛이 몰
래 반사되어 스며들었다.

거의 1년 가까이 그녀는 과부로 지냈다. 충실한 남편의 죽음과
함께 남편이 일을 통해 구축해놓은 그런 대로의 행복도 무너졌
다. 그녀는 넓은 집에서 이 방으로 옮겨야 했다. 그리고 얼마 안
되지만 이전에 모아놓은 돈을 직접 애써서 늘려놓아야 했다. 자
신과 특히 다섯 살 난 귀여운 아들 빌리에게 필요한 것을 포기하
지 않기 위해서였다. 이 아이가 이제 위안거리를 찾아낸 것이 놀

라운 일 아닌가!

 그녀는 일을 하다가 이제 막 침침해진 눈을 들었다. 그리고 사랑스럽고 다정한 눈길로 그 아이의 모습을 관찰했다. 아이는 해맑은 얼굴을 토실토실한 주먹에 의지한 채 창문가에 기대어 있었다.

 그러나 오늘은 그 아이가 자신의 작은 말이 창문턱에서 넘어져 있는 데도 아랑곳하지 않을 정도로 햇빛의 유희에 몰두할 만한 그런 날은 아니었다. 오늘, 밖에서는 보통 때와는 다른 어떤 일이 일어난 것이다. 최근 저쪽편 집 둥근 천장을 가렸던 물건이 없어져버렸다. 어떤 직물상인이 자기의 판매 공간을 다른 쪽 길로 옮긴 것이었다. 그 후로 사람들은 그곳을 깨끗이 청소했다. 그리고 매일 밤 일요일마다 두 쇼윈도를 가리고 있던 널빤지를 떼어냈는데, 그것이 그 아이를 신나게 했다. 그러고 나서 노란색을 칠했는데, 그것도 때가 타니까 결국 아주 검은 근사한 색으로 칠해버렸다. 그것이 빌리의 관심을 일깨웠는데, 오늘 그의 환희는 비길 데 없는 것이었다. 빛나는 창문유리 뒤편으로 황금빛과 은빛 작은 상자들이 보이자 그는 황홀해졌다. 모든 상자들의 여섯 모서리가 보였는데, 그다지 높지는 않았다. 더러는 길고 더러는 짧았다. 남자들이 쇼윈도 속에서 황금빛 작은 상자 하나 위에 더할 나위없이 아름다운 두 명의 작은 천사를 무릎꿇려 앉히고는 상자를 높이 들어올리자, 그는 박수를 치지 않을 수 없었다.

 "어머니, 어머니. 보세요, 보세요! 저게 뭐예요? 두 명의 작은 천사가 위에 놓여 있는 저 예쁜 작은 상자 말이에요."

그리고 몸을 일으킨 어머니가 전혀 웃지 않고, 예쁘게 반짝이는 작은 상자를 바라보자 그는 자못 놀랐다.

아니었다. 그뿐만 아니라 붉어진 눈꺼풀 언저리 아래로는 눈물이 비쳤다.

"저게 뭐예요?" 그 아이는 수줍은 듯 낮은 목소리로 반복해서 말했다.

"보렴, 빌리." 어머니가 진지하게 말하면서 손수건으로 눈을 가볍게 닦았다. "저 관 안으로 사람들이, 사랑스런 하느님이 이 땅에서 받아들이는 사람들을 넣고 있단다. 큰 자든 작은 자든 간에."

"저 안으로요?" 그 아이가 여전히 기쁘게 그 쇼윈도를 바라보면서 속삭이듯 말했다.

"그래." 어머니가 말을 이었다. "저 사람들은 아빠도 저 관 안에 넣을 수 있어……."

"그러나" 그 아이가 어머니의 말을 가로막았다. 그 아이는 아직 처음의 설명에 대해 생각하고 있었다. "왜 하느님은 '작은 자들도' 받아들이시는 걸까요. 바로 이 아름다운 상자 속으로 들어와서 하늘의 천사와 같게 되려면, 그 사람들은 정말로 정직해야 해요. 그렇죠?"

어머니는 자기 자식을 사랑스럽고 다정하게 꼭 껴안았다.

그녀는 무릎을 꿇고, 한참 동안 입맞춤을 하면서 그 앳된 입술을 막아버렸다. 아이는 더 이상 질문을 하지 않았다. 그는 재빨리 창문 쪽으로 다시 몸을 돌려 커다란 쇼윈도를 바라보았다. 그 조그만 얼굴에 행복하고 만족스런 웃음이 비쳤다.

그러나 어머니는 고개를 숙이고 다시 일에 몰두하고 있었다.

그러다 그녀는 갑자기 눈을 들어 응시했다.

그녀의 창백한 뺨에 눈물이 흐르고 있었다.

그녀는 옷감을 내려놓았다. 그리고 손을 모으고 떨리는 목소리로 나직이 말했다. "하느님, 제가 저 아이를 감당하게 하소서!"

*

별이 보이지 않던 어두운 9월의 밤. 가운데 층계의 방은 고요했다. 단지 벽시계 소리와 아이의 신음소리만 들릴 뿐이었다. 아이는 열 때문에 조그만 침대에서 뒹굴고 있었다. 어머니는 가엾은 빌리에게 몸을 숙였다. 침실용 램프의 불그스레한 빛이 그녀의 초췌한 얼굴에 스쳤다. '빌리! 얘야, 사랑스런 애야, 원하는 게 있니?' 아무 관련 없는 다만 웅얼거리는 소리만 낼 뿐이었다. "아프니?" 대답은 없었다.

"하느님, 나의 하느님, 이 모든 게 어찌 된 일입니까!" 고통에 겨워하는 부인은 이내 혼란스런 기억에 휘말리고 말았다. 그래, 그날 저녁이었어. 놀고 난 후였어. 이제 겨우 일주일 정도 되었나. 애가 열이 났지. 의사는 가을 안개 때문이라고 했던가. 그런데 지금은, 지금은 전혀 확신할 만한 이야기가 아니야. 만약 건강한 체질이 아니라면…… 그녀는 갈피를 잡을 수 없었다. 그애가 부른 게 아닌가?

그러자 다시금 아주 낮은 목소리로 "어머니!" 하는 소리가 들렸다.

"무슨 일이니, 애야?"

"그건…… 그건 멋진 일이었어요." 아이는 더듬거렸다. 그 아이는 잠자리에서 몸을 일으켜, 열에 달아오른 얼굴을 어머니의 팔에 기대고 있었다.

"하느님이 저에게 말씀하셨어요. 제가 오기를 원하신다고요. 그렇죠, 저는 가고 싶어요. 엄마! 허락해주세요…… 제발!" 그 아이는 뜨거운 작은 두 손을 마주 잡았다.

그때 열이 다시 났다. 그는 다시 쓰러졌다. 가엾은 어머니는 이불을 조심스레 덮어주었다. 그러고 나서 자신의 고통에 억눌린 그녀는 미끄러지듯 주저앉아 두 손을 갑자기 움직이더니, 쇠 침대의 가장자리를 움켜잡고 나직이 기도했다…… 정리되지도 않고 앞뒤도 맞지 않는 기도를…….

시계는 여덟 번 울렸다. 창문으로 가을날의 흐릿한 빛이 조금 비추어들었다. 마룻바닥은 잿빛으로 보였고, 사물들은 검은 그림자를 짙게 드리우고 있었다. 그 여자는 무릎을 일으켜, 다시 침대 옆에 앉았다. 그리고 눈물마저 말라버린 흥분된 눈으로 허공을 바라보았다. 아이는 이제 조금 편안히 자고 있었다. 하지만 세찬 숨소리를 내고 있었다. 이마는 뜨거웠고, 볼은 빨갛게 달아올랐다. 어머니는 헝클어진 금발 곱슬머리 위에 손을 얹고 조용히 앉아 있었다. 다만 계단에서 큰 소리가 울려퍼지거나 집 안의

문이 갑작스레 탁 소리내며 닫힐 때마다 그녀는 몸을 움찔거렸다.

"아빠, 아빠!" 아이가 갑자기 소리지르면서, 다른 쪽으로 몸을 뒤척였다. 미망인은 놀랐다. 하지만 빌리는 다시 조용히 누워 있었다. 길에서는 자동차 한 대가 지나갔다. 덜커덕거리며 지나가는 소리가 천천히 사라졌다. 인도 위에서는 비질하는 소리가 들렸다.

"사랑하는 하느님, 하느님, 제발!" 아이가 신음소리를 냈다. "저는…… 저는…… 정직했어요. 어머니에게 물어보세요!" 어머니는 떨면서 두 손을 마주 잡았다. 이제 빌리는 천천히 눈을 떴다. 그는 놀라 주위를 둘러보았다. "저는 하늘나라에 있었어요, 어머니." 그 아이가 속삭이듯 말했다. "하늘나라에요…… 하지만 사실은 아니에요…… 아니에요." 그 아이는 생기발랄하게 말했다. "엄마는 나를 아름다운 황금빛 상자에 넣어주실 거예요. 아시죠, 저기 저 상자 말이에요." 아이가 행복하게 웃었다. "두 명의 천사가 위에 있는 저 상자 안으로……." 어머니는 큰 소리로 흐느껴 울었다. "저 안으로, 나에게 약속하세요……." 어찌해야 할지 모르는 엄청난 두려움에 휩싸여 미망인은 사랑스런 자식의 두 손을 꼭 잡았다. "하느님, 하느님!" 그녀는 기도했다. 더 이상은 말할 수 없었다. 그때 그녀는 그 아이의 손에 차가운 전율이 스쳐 지나가는 것을 느꼈다. 경련이었다. 그녀는 소리질렀다.

아이의 뺨에서 핏기가 사라졌다. 입술은 아직 움직이고 있었다. 이윽고 너무나 고요해졌다.

그녀는 아이의 몸을 응시했다.

그 몸엔 싸늘한 기운이 감도는 듯했다.

그녀는 아이의 팔다리를 껴안고 끌어당겼다.

쓸데없는 일이었다!

그 어린 시체의 굳은 입가엔 다만 웃음만 남아 있을 뿐이었다. 행복에 겨운 이 웃음!

……그리고 생기 잃은 가을 태양이 저쪽에 있는 관들과 아름답고 작은 황금빛 관 위를 비추고 있었다. 커다란 거울 유리가 가운데 계단의 방 안으로 빛을 반사시켰다. 희미한 빛이 근심스러운 듯 불쌍하고도 귀여운 빌리의 창백한 얼굴 위를 스쳐 지나가다가 하얀 벽 위에서 천천히 사라졌다.

어느 죽은 여자
심리학적 묘사

산 레모. 1890년대 어느 해 3월

친애하는 알프레드!

오랫동안 나는 연락도 없이 지냈군. 미안하네! 자네가 보낸 사랑이 담긴 세 통의 편지에 대해 나는 오늘 이 편지로 답장을 보내야 할 것 같아. 고마웠어. 그 편지들은 내 기분을 좋게 했어. 자네 글 속에 깃들인 다정하고 마음에서 우러나오는 근심은 위안이 된다네. 나는 대단히 외롭고 지쳤네. 내가 고통받는 것은 이상한 일이야. 나는 피곤하네. 내 팔과 다리는 다 부서졌네. 하지만 시간은 있기에, 삶이라고 부르는 이 불씨가 다시 반짝거리네. 그 불씨는 불길이 되지. 그 불길은 활활 타오르며 널름거리면서 올라가네. 나는 힘, 건강, 확신!…… 우둔함을 느끼지. 의사…… 나는 의사에 대해 말하지 않겠네. 하지만 때때로 건강이 좋지 못해. 호흡곤란, 자네도 알잖아, 그 호흡곤란 말이야. 때때로 호흡할 때 힘이 드는 걸 느껴. 자네에게 말하지만 정말 힘들어. 그리고 이 기침도. 천천히 가슴에서 올라와서 튀어나와 나의 목을 쥐어틀고 있어.

나는 지금 베란다에 앉아 있네. 신선하고 습기를 머금은 공기가 바다로부터 감도는 황금빛에 휩싸여 따뜻하게 스쳐가고 있어. 향기로운 덤불의 숨결이 비탈을 타고 올라오네. 행복이 가득 차고 빛과 생명이 충만한 광경이지! 나는 눈을 크게 뜨고 반짝 거리는 푸르름으로 가득 찬 곳을 바라보네. 그리고 내 생각은…… 나는 여태까지 가슴속에 숨겨왔던 한 사건에 대해 더욱 자주 생각하게 되네. 그건 1년 전의 일이었어. 자네도 알다시피, 나는 봄에 뵈맴에 있는 조그만 온천장 중 한 곳에 머물렀지. 온천에 가기 시작한 것은 5월부터였어. 그 당시 나는 건강했다고 생각하고 있어. 그곳 W에서 나에게 어떤 일이 일어났는데, 날 아주 우울하게 만들었지. 자네가 내 편지를 질책하면서, 내 병의 원인으로 돌린 그 우울 말이야. 하지만 그건…… 물론 자네도 알게 될 거야. 내가 지금보다 기분이 나았을 때에 자네에게 모든 것에 대해 간략하게 이야기했잖아. 자네한테 비밀로 하고 싶은 건 없어. 자신이 언제 죽을는지는 물론 아무도 몰라! 오늘 또는 내일 그리고 태양이 아직 밝게 빛날 때, 바람이 아직 맑고 신선할 때, 죽음이 온다지…… 쓸데없는 소리야!

자네 가족에게 안부 전해줘! 곧 편지하고, 하느님의 보호가 있기를!

자네의 가우돌프가

*

나는 W에 사흘 간 있었다. 거기 있던 사람은 얼마 되지 않았다. 넓은 침엽수 숲을 걸어 지나가도 만나는 사람은 전혀 없었다. 몇몇 공손한 농부들을 제외하고. 숲은 내 기쁨이다. 그럭저럭 간단한 식사를 하고 나서 곧 뿌리줄기 모양의 오솔길을 따라 이리저리 올라갔다. 그러다가 곧 동식물로 가득 차 있는 드넓은 숲속에서 길을 잃었다. 무성하게 핀 꽃들을 보고 나는 즐거워했는데, 그 아래에는 마치 녹색 돌로 된 덮개 아래 있는 표범나비 꽃이 보기 좋게 피어 우뚝 솟아 있었다. 나는 푸른 이끼 낀 땅에 뒤덮여 있는 사소한 여러 종류의 식물을 관찰하면서, 아주 바쁘게 이리저리 서둘러 갔다. 눈을 크게 뜨고 우스꽝스러운 다람쥐를 바라보고 있었는데, 그 다람쥐는 나뭇가지 사이를 거침없이 뛰어다니다가 도보로 거니는 사람의 발걸음 소리에 놀라 매우 키가 큰 전나무 위로 숨어버렸다. 한 농가에서 꽤 괜찮은 영양식으로 원기를 회복한 후 오후 늦게서야 비로소 나는 이렇게 정처 없이 거니는 것을 그만두고 돌아왔다.

이렇게 적적하게 걷는 가운데 나는 두 번이나 어느 처녀와 마주쳤다. 이상한 처녀였다. 그녀는 항상 혼자였다. 나를 지나치며 그녀는 커다란 잿빛 눈동자에 반쯤 감긴 눈을 하고서 나를 바라보았다. 그녀를 한번 본 사람은 그 눈을 잊을 수 없을 것이다. 속세를 떠난, 이 세상을 벗어난 진지한 어떤 것이 그 눈 속에 담겨 있었다. 가령 상징주의 화가 가브리엘 막스가 속죄한 여자 성자들을 그린 그림 같다고나 할까. 그녀는 입술을 꼭 다물고 있었다. 그 모습은 거의 투명할 정도로 창백한 얼굴에 강인한 인상을 주었다. 내가 밤에 낯선 손님방에서 눈을 떴을 때, 그 얼굴이 눈앞에 아른거렸다. 나는 이 일이 어찌 된 영문인지 모른다. 침실 불빛을 받아 희미하게 반짝거리는 손잡이가 달린 문 위에 그 얼굴이 떠올랐다. 나는 진지한 그 얼굴뿐 아니라 몸에 꼭 끼는 수수한 옷을 입고 나에게 천천히 다가오는 호리호리한 형상을 보았다. 나는 소름이 끼쳤다.

그녀는 같은 집에 살았다. 부모와 함께 산다고 집주인이 말했다. 그러고 나서 그는 제법 교활한 얼굴로 마치 단어 하나가 누런 이에 걸린 것 같은 말을 다시 하기를 원하지 않는 듯 갑자기 입을 다물었다. 그러나 그는 다시 나를 신뢰하며 내 쪽으로 몸을 숙였다. "그렇지 않습니까, 당신은 더 이상 말을 하시지 않는군요…… 사람들이 그렇게 말하는 걸 아시겠지만, 그 젊은 여자는 약간 제정신이 아니에요. 그녀는……." 새 손님이 도착해서 그의 말을 중단시키지 않았더라면 유창한 그의 말은 쉬 끝날 것 같지 않았다.

나는 한마디도 하지 않았다. 그 말이 사실일까? 그 눈이…….

나는 이 여자를 알아야 했다. 이를 위해 나는 때마침 있을 손님들과의 식사에 함께 끼기로 했다. 우연치고는 나에게 다행스러운 일이었다. 곧바로 나는 처녀의 아버지 곁에 앉으려고 다가갔다. 지긋한 나이의 관리인 그는 친절하고 유순한 성격이었다. 그가 직접 이야기하기 시작했다. 그 옆에는 그 처녀가 앉아 있었다. 그 다음은 그녀의 어머니가. 그들은 우리가 이야기하는 것을 들을 수 있었다. 일반적으로 W에 대해 말했다. 그들은 작센주

남쪽의 작은 도시 출신이었다. 아마 그곳에서 그 아버지는 시의회 평의회에 소속되어 있는 것 같았다. 그들은 딸 때문에 여기에 있는 것이었다. 딸이 냉수요법을 필요로 한다는 것이었다. 어머니가 몇 마디 거들었다. 그때야 나는 그녀의 이름을 알게 되었다. 펠리체였다. 나는 그 딸에게 몸을 돌렸다. "여기가 마음에 드시나요, 아가씨?" 그녀는 말이 없었다. 그리고 마치 모든 사람을 꿰뚫어보는 것처럼 움푹 들어간 잿빛의 눈으로 나를 쳐다보았다. 어머니는 그녀에게 무언가를 속삭였는데, 나는 그 말을 알아듣지 못했다. 그녀는 머리를 가로저었다.

어머니는 반복해서 그녀의 원기를 북돋아주는 것 같았다. 펠리체는 나직이, 아주 나직이 말했다. 부드럽고 고상한 목소리였다. 마치 "고마워요, 좋아요"라는 문장에 대해 말하는 법을 배우는 어린애 같았다. 시의회 의원인 운하 건축물에 관한 대화를 열심히 하면서 나에게 말을 붙였다. 식사는 끝났다. 나는 일어섰다. 어머니의 눈에는 눈물이 비치고 있었다. 그녀가 남편에게 눈짓했다. 얼마 안 되는 손님들이 떠난 후에 그 남편은 나를 창문이 있는 벽의 오목한 곳으로 데리고 갔다. "선생님." 그가 말했다. 그의 목소리는 떨리고 있었다. "우리의 불쌍한 아이는 몇 년 전에 뇌를 다쳤어요. 그 애의 이상한 행동을 관대히 봐주세요. 우리는 이곳저곳 온천장을 돌아다니지요. 이런 비밀스런 말에 대해 선생께서 오해는 안 하시겠죠. 불쌍한 아이랍니다!" 아버지는 눈물을 흘리지 않으려고 애썼다. "정말 놀랍고, 믿을 수 없는 정신착란이죠." 집주인이 들어와서 우리에게 다가왔다. 노신사는 말을 멈췄다. 그가 나와 악수를 했고 내 마음은 아팠다. 그리고 그는 풀죽은 발걸음 소리를 내며 그 방을 떠났다.

　나는 펠리체와 이야기를 나누었다. 그렇게 될 운명이었다. 아침에 혼자 나가는 길에 나는 그녀를 다시 만났다. 그녀는 여느 때와 같이 자기의 갈 길을 가다가, 마치 나를 아는 듯 쳐다보면서 걸음을 멈추었다. 잠깐 동안 그녀는 움직이지 않고 나를 바라보았다. 그러고 나서 갑작스럽게 떠오르는 기억처럼 그녀의 얼굴에 경련이 일었다. 그녀는 일전에 배운 "고마워요, 좋아요!"를 또렷하게 말했다. 나는 놀랐다. 정말 놀랐다! 그러나 재빨리 마음을 가라앉히고, "펠리체 양, 당신은 나처럼 홀로 숲으로 가시는군요"라고 말했다. "멋진 숲으로요." 그녀는 거의 강약 없이 말을 되풀이했다. 하지만 잿빛 옷 속의 그녀의 가슴은 부풀어오르고 있었고, 눈엔 채색된 빛이 요동치고 있었다. 그러고 나서 그녀는 계속 걸어갔고 나도 그녀와 함께 걸었다. 우리는 아무 말도 하지 않았다. 나는 숲의 성스러움과 내 옆에서 보여지는 아주 장중하고도 비밀스런 숲의 마력에 푹 빠져 있었다. 주위에 들꽃 송이가 무성히 피어 있었다. 나는 꽃을 꺾어 처녀에게 건네주었다. 그녀는 그 꽃을 받아들고는 슬픈 눈으로 꽃을 바라보았다. 그러고 나서 순간적으로 불쾌했던지, 나직이 신음하는 것처럼 보이는 푸르고 가는 그 줄기를 무참히 꺾어버렸다. 그리고 펠리체는 피하려 하면서, 길에서 벗어나 높이 우거진 숲속으로 사라졌다. 나는 그녀의 뒤를 따라가려 하지 않았다. 나는 어두운 거목 사이로 비치는 빛 속에서 잿빛 옷을 알아보았다. 그러자 그녀는 내 눈앞에서 완전히 사라졌다.

이렇게 우리는 여러 번 만났다. 그녀는 나를 신뢰하는 것 같았다. 내가 자연풍경에 대해 감탄하거나, 전나무 냄새가 나는 바람 향내에 경탄하면, 그녀는 나직이 맞장구쳤다. 그것이 이미 나는 만족스러웠다. 이렇게 거니는 중 한번은 내가 그녀에게 말했다. "펠리체 양, 저렇게 기쁜 모습으로 피어 있는 꽃들을 보세요. 새들의 노랫소리와 샘물 흐르는 소리를 들어보세요…… 이 모든 것이 명랑한 마음을 가지도록 하는데, 당신은 그렇게 슬프세요?" 쳐다보니 그녀가 놀라서 의아한 눈초리로 나를 바라보는 것을 알았다. 그녀는 두 손으로 얼굴을 가린 채 울었다. 내가 고통스러워할 정도로 울었다. 그날 우리는 더 이상 이야기하지 않았다.

그 후로 일주일이 지나갔다. 나는 산책하는 중 익숙한 이러한 만남을 기대했지만 허사였다. 식당 홀에서도 펠리체는 보이지 않았다. 그녀가 기분이 좋지 않다고 아버지인 시의회 의원이 말했다. 어머니는 눈이 충혈되어 있었다.

마침내 그녀를 다시 만났다. 그녀가 내게 와서, "당신은 오늘 나에게 물으셨지요…… 오늘이 아니었던가요……"라고 말했다. 나는 그녀가 당황하고 있음을 알았다. 시간에 대한 생각이 혼돈되어 있었다. "내가 질문했어요." 그 말에 대꾸했다. "펠리체 양, 왜 당신은 그렇게 슬퍼하나요?" 이때 이어지는 말을 나는 결코 잊지 못할 것이다. 그 처녀는 한 발짝 뒤로 물러서더니, 머리를 치켜들었다. 그녀의 모습은 여느 때보다 커 보였다. 뚫어지게 바라보고 있는 그녀의 눈은 차가웠다. 창백한 입술을 움직이지 않고 그녀는 숨을 내쉬듯 말을 했다. "나는 죽었어요."

자신도 모르게 나는 몇 발 뒤로 물러났다. 그녀가 눈치챌 수 없는 발걸음으로 천천히 나에게 다가왔을 때, 마치 그녀에게서 썩은 냄새가 나는 것처럼 정말 오싹 소름이 끼쳤다. 어린애처럼 소리를 지를 뻔했다. 나는 용기를 내었다. 등으로 전율이 흘러내렸지만 그녀를 뒤따라갔다. 집까지 그녀를 바래다주었다. 우리는 한마디도 하지 않았다. 나는 무서웠다. 열이 났음에 틀림없었다. 밤 내내 마음을 홀리는 꿈에 시달렸다. 아침에 깨어났을 때, 지쳐 있던 내 머리는 무거웠고 혼란스러웠다.

이제 우리는 전보다 더 자주 만났다. 때때로 몇 시간 동안 우리는 이끼 긴 의자 위에 나란히 앉아 있었다. 그때 나는 그녀에게 이야기를 들려주었다. 그녀는 매우 주의 깊게, 거의 걱정스러운 듯 듣고 있었다. 나는 가능한 한 명랑한 사건으로 그녀의 용기를 북돋아주려고 노력했다. 그러자 그녀가 내게 말했다. "네가 (며칠 전부터 그녀는 늘 이런 다정한 말을 사용했다) 정말 그 일을 확실히 알고 있어?" 만약 내가 "그래, 하지만 그들은 정말 살아 있는 사람들이야. 하지만 나는 죽었어, 오래 전에 죽었어"라고 시인했다면, 그건 내가 원했던 것을 말하고 싶어했던 것이리라. 그녀는 아무 말 없이 있었다 ── 심각한 모습으로.

언젠가 한번 그녀가 또 그런 경악스런 말로 내 이야기를 가로막았을 때, 나는 "펠리체, 네가 언제 죽었지?"라고 물어보았다. "언제냐고?" 그녀가 말을 되받았다. 그리고 나를 다시 뚫어지게

바라보았다. 그녀의 몸이 또다시 커 보였다…… 하지만 그녀는
몸을 움찔거리며 내 옆에 앉았다. 그리고 어린애같이 사람을 신
뢰하고 감동도 주면서 말했다. "만약 내가 그것을 안다면 너도
알아야 돼. 내가 어린애였다는 것을. 작은 어린애 말이야, 알겠
어. 인형 가지고 놀고 공을 던지며, 꽃으로 기뻐하는 그런 어린
애 말이야. 그건 수천 년 전의 일이야. 나한테는 여자형제가 없
지만, 쾌활하고 활기찬 놀이친구 몇 명은 있어. 마리아, 베르거
가문의 마리아 말이야." 그녀가 나직이 말했다. 그러고는 어린
애같이 손가락으로 세었다. "엘자, 레너, 그레트헨, 쿠르트, 한
스." 마지막 이름을 말할 때 그녀는 머뭇거렸다. 그리고 참지 못
하고 울음을 터뜨렸다. 나는 그녀를 진정시키느라 애를 먹었다.
그러자 그녀는 다시 웃었다. 그녀는 황홀해하는 아이 같은 표정
을 지으며 말했다. "어머니는 나에게 언제나 아름다운 물건을
주셨어. 인형 말이야. 너도 알잖아. 진짜 신발을 신은 아주 귀여
운 금발머리 인형 말이야. 하지만." 그녀의 얼굴에 짙은 그림자
가 스쳐 지나갔다. "그 당시 나는 아직 살아 있었어. 그리고 지금
은, 지금은 수천 년 전에 죽은 몸이지. 수천 년 전에." 그녀가 한
말의 여운은 점점 작아져갔다. 나는 무서웠다.

　하지만 펠리체는 계속 말했다. "우리는 언제나 같이 놀았어.
우리 어린애들 말이야. 우리는 꽃을 꺾었지…… 꽃을……." 그
녀는 깊이 생각하는 것처럼 보였다. 그리고 머리를 가로저었다.
"네게 말해야만 하겠어. 가을이었지. 세상은 온통 잿빛의, 잿빛
의 날이었어. '너는 집에 있어야 돼'라고 어머니께서는 말씀하

셨지. 하지만 시계소리는 외롭게 들렸지. 나는 그림책을 자주 보곤 했어. 아주 자주 말이야……. 어머니는 부엌으로 가셨지. 나는 몰래 정원으로 갔어. 홀가분한 마음으로 나는 놀이를 보고 있었어. 그래, 덤불 옆에는 한스가 서 있었지. 흠뻑 젖은 땅을 걷는 내 발걸음에서 철퍼덕 하는 소리가 났어. 나는 그가 그 소리를 듣지 않기를 바랬지. 쉿!…… 그래서 발끝으로…… 그렇게, 그렇게…… 덤불 뒤로…… 이슬비가 내 앞을 스쳐갔어. 한스는 나를 알아채지 못했지. 그는 손에 무언가를 들고 있었어. 나는 똑똑히 보았어. 한 마리 새였어. 귀엽고 사랑스런 새였어. 그가 무엇을 했을까? 그가 새를 쓰다듬고 있을 거라고 나는 생각했어. 그때 나는 새가 우는 소리를 들었지. 짹짹…… 짹짹…… 너 듣고 있어?" 그녀는 내 손을 잡았다. "그건 너무 무서운 소리였어. 그리고 바람은 매우 음울하게 불었다. 나는 나뭇가지를 휘어젖혔다……. 그런데 거기엔, 거기엔……." 펠리체는 펄쩍 뛰었다. 그녀는 흥분하여 숨을 몰아쉬며 말을 내뱉었다. 그녀는 한 곳을 바라보고 있었는데, 마치 그곳에 그 소년이 있는 것처럼 보였다. "저기 봐, 보란 말이야. 그가 두 엄지손가락으로 귀엽고 불쌍한 저 새를 질식시키고 있어. 저 새는 소리지르며 파닥거리고 있잖아. 그런데 한스는 웃고 있어. 그가 웃고 있는 것을 보란 말이야. 그는 힘껏 누르고 있어…… 나는 소리지를 테야. 소리지를 수 있어, 아니 할 수 없어…… 저 귀여운 새가 부리를 크게 벌리고 있잖아. 크게…… 이제 작은 머리가 밑으로 처졌어. 그때, 그때에 내 온몸에 전율이 끼치고 있었어. 온몸에." 그녀는 매우 놀라고 있었다. "그때 …… 나는 …… 죽었어." 그녀의 말은 힘없이 끝났다. 그녀는 내 옆에 와서 벤치에 앉았다. 그리고 눈을 감았다. 호흡을 할 때 가슴이 올라오지 않았다. 그녀는 내 옆에 누웠다. 너무나 놀랍고도 창백한 죽음의 모습이었다……. 우리 두 사람은 이끼 긴 벤치 위에 함께 앉아 있었다. 화창한 초여름날이었다. 세계는 우렁차게 울려퍼지는 위대한 찬가처럼 보였는데, 그건 진정 즐거운 삶의 아름다움을 찬미하는 것이었다. 숲은 성전 같았다. 그 성전의 굳건한 기둥 위에는 청명하고 푸른 드높은 하늘이 쉬고 있었다. 나뭇가지들은 부드러운 미풍에 흔들리고 있었다. 전나무 숲에서 매혹적이고 감미로운 향내가 올라왔다. 고요했다. 마치 사람들이 봉헌하기를 잊어버렸지만, 축복을 내리는 선하고 관대한 신이 이끼 긴 오솔길 위에 있는 우리 곁을 홀로 지나쳐가는 것처럼 보였다. 내가 생각하기에는 그건 내 영혼 깊숙이 깨어 있는 기도였고, 초인간적인 미지의 숲에 대한 기도였다. 그 기도는 입술 끝에서 가까스로 새어나왔다. 나는 내 옆에 있는 이 귀여운 여자가 무섭고도 암담한 정신착란에서 깨어나 자신의 주위에서 사랑스럽고 발랄한 삶의 숨결을 예감하며 느낄 수 있도록 간절한 기도를 드렸다…… 내가 큰 소리로 말했던가? 그 처녀가 손을 내 손 위에 부드럽게 올려놓으면서, 나를 다정하게 쳐다보는 바람에 나는 환희에 젖어 있다가 깜짝 놀라 일어났다…… 나는 숨을 몰아쉬었다. 나는 무슨 말인가를 하면서 용기를 북돋아주고 위로하려고 했다. 말이 막혀버렸다. 우리는 말없이 있었다. 우리 앞에는 햇빛이 물결치듯 비추는 드넓은 숲이 있었다. 이끼 긴 땅 위로 햇빛이 아주 바삐 뛰어다니듯 비추다가 저 멀리서 서서히 희미해져가는 나무들의 어둠 속에서 사라져버렸다. 나는 멍하니 그 길을 바라보았다. 그때 작은 새 한 마리가 대담하게도 덤불 건너편에서 우리 쪽으로 날 듯 다가와서는, 자갈이 깔린 오솔길 위로 날아 올라갔다. 그 새는 햇빛에 반짝거리며 물결처럼 너울진 모래 속에 잿빛 날개를 씻더니, 우리 발치 앞까지 바짝 다가왔다. 나는 펠리체가 귀여운 그 새를 짓궂게 쫓아가는 것을 보았다. 그녀의 발걸음은 아주 경쾌했다. 그렇다. 그녀는 활짝 웃고 있었다…… 나는 그녀의 그런 모습을 본 적이 없었다. 나는 주머니 속에 빵 몇 조각이 있음이 생각나 붙임성 있는 손님 같은 그 새에게 뿌려주었다. 새는 부스러기를 쪼아먹다가 머리를 좌우로 돌리더니 다시 땅으로 머리를 숙였다. 내 옆에 있던 그 처녀는 조심스레 내 어깨 위로 손을 올리더니 나에게로 얼굴을 돌렸다. 나는 그녀의 눈을 보았다. 하지만 내가 어쩌했던지. 생기 없이 움푹 들어갔지만, 빛나고 있는 두 눈동자를 뿌연 면사포로도 감추지 못했다. 두 눈은 말할 수 없는 행복으로 젖어 있었고, 나도 해맑게 기뻐했지만 마치 정신착란증에 걸린 것 같았다. "펠리체" 하고 나는 소리쳤다. "너는 살아 있어." 그러고는 나는 행복한 동경 속에서 전율하고 있는 그 여자를 꼭 껴안았다. 그녀는 나를 꼭 안고 있었다. 그리고 몸을 떼더니 마음속에서 우러나오는 감사함을 표하는 맑은 눈길로 하늘, 햇빛, 해와 자신이 존재하고 있음을 반갑게 맞아들이고 있었다. 그녀는 곧 내 품으로 다시 돌아와서 귀여운 얼굴을 내 어깨에 파묻고, 구원받았다는 환희의 눈물을 흘렸다. 어린아이처럼 우리 두 사람은 행복하게 집으로 발걸음을 옮겼다. 불안해하는 부모님이 이것이 놀라운 기적임을 알았을 때에도 환호하는 마음은 끝나지 않았다.

펠리체는 다 나았다.

이제 다음에 이어지는 사건에 대해 말하도록 하겠다. 그리 길지 않은 이야기이다. 그건 알지 못하는 행복에 대한 시간이었다. 당신에게 이 환희를 묘사하기 위해 하늘의 언어로 말해야만 하겠다. 어린애같이 기뻐하면서 물밀 듯 밀려오는 삶을 맞이하는 우아한 존재를 본다는 것은, 우리가 잘못된 습관으로 아무런 감정 없이 지나쳐버리게 되는 자연의 작은 기쁨을 떨리는 가슴과 불타는 눈빛으로 즐기는 것이고, 젊은 여자처럼 수줍어하며 이제 순수하고 맑은 마음으로 예기치 못한 성스러운 비밀이 싹틈을 느끼는 것이다……

내가 희생물이 되어 어릴 때부터 가까이 있다고 느꼈던 무서운 유령이 그 당시 나에게 먼저 다가왔다. 나는 고통을 느끼며 피를 토했다. 의사들은 고개를 가로저으며, 남쪽으로 가라고 권유했다. 이미 나의 신부가 된 펠리체는 오랫동안 말을 하지 않았다. 마침내 한번은 그녀 앞에서 심한 기침이 났다. 처음에 그녀는 농담을 했다. 나는 그녀에게 가라고 눈짓했다. 그러자 그녀는 두려워했다. 그리고 그대로 있었다. 기침이 진정되자, 나는 고백했다. 그녀를 아내로 맞이할 수 없노라고…… 내게 무슨 일이 일어날지 알고 있노라고…… 그녀는 흐느껴 울면서 내 팔에 안졌다. 나도 울었다. 저녁 늦게 우리는 헤어졌다. 두려운 밤이었다! 내가 그녀를 집까지 바래다주었을 때는 이미 날이 어두웠다. 그녀가 그렇게 내 앞에 서 있었을 때, 움푹 패인 커다란 눈위로 조금도 움직이지 않는 짙은 안개가 다시 끼었다. 그녀의 모습은 점점 커졌다. 내 손을 잡은 그녀의 손은 얼음처럼 차가웠다. 그 손에서 퀴퀴한 냄새가 나는 것 같았다…….

그 당시의 만남이 마지막이었다. 다음날 나는 여행을 떠났다. 필요한 물건들을 마차에 실었다. 펠리체는 한 통의 편지를 보냈다. 나는 그 편지를 받고서, 그녀에게 나의 마지막 안부를 전해줄 것을 부탁했다. 그러고는 마침내 그 노인 곁을 떠났다. 마차 안에서야 비로소 나는 펠리체의 편지를 읽었다. 기차에서 자리를 잡은 나는 여전히 흥분되어 있었다. 여행자들이 이리저리 다니는 가운데 나는 값비싼 장식품들을 지니고 자리에 홀로 앉아 있었다. 나는 단지 그 말만 읽었다. "안녕히 계세요. 저는 분명 다시 한번 죽을 거예요!" 나는 무서운 예감에 사로잡혀 있었다. 나는 돌아가야 했다. 다음 정거장까지의 몇 분이 영원한 것처럼 느껴졌다. 마침내! "이 기차가 언제 되돌아가나요?" "두 시간 후예요!" 그때 역장이 나에게 왔다. "당신이 M 씨입니까? 나는 고개를 끄덕였지만, 말을 할 수 없었다. 나는 그가 전보를 꺼내는 것을 보았다. 나는 기계적으로 그것을 읽었다. "펠리체가 저수지에서 미끄러졌다. 모든 것이 끝났다. 하느님, 우리를 강건하게 하소서……"

특이한 사람

제법 그럴듯한 장례식 날이었다. 눅눅하고 음산하며 숨이 답답한 날. 네 마리 말이 끄는 장례마차가 매끄럽고 둥근 돌로 포장된 도로 위를 무겁게 굴러가고 있었고, 도로는 가을 햇빛을 받아 앙상한 해골처럼 반짝거리고 있었다. 바퀴는 더럽고 커다란 잿빛 웅덩이에 자국을 내며 지나가고 있었다. 그 옆에서 장의사집 일꾼들은 그을음을 내며 타고 있는 촛불을 들고서 불만스러운 듯 총총걸음으로 걷고 있었다. 그 뒤를 상을 당한 가족들이 따르고 있었다. 장례마차와 남자 조문객들이 쓰고 있는 실린더 모양의 원통형 모자 사이에서 많은 여자들이 그을린 거미집처럼 쓰고 있던 검은 베일을 풀어놓고 있었다. 몹시 슬퍼하고 있는 그 모든 사람들이 특별히 신경 쓰는 점은 튀어오르는 오물에 옷과 바지를 조심하는 것이었다. 그들은 매우 조심조심하며 대개 물 깊은 곳에 있기 마련인 징검다리돌을 더듬으며 위태롭게 걷고 있었다. 그들의 얼굴에서 읽을 수 있었던 것은 작고한 분이 자신의 힘든 여행을 위해 좀더 좋은 날을 기다릴 수도 있었을 텐데, 라는 호의적인 바람이었다. 세 번째 열에서 걸어가고 있던 두 신사는 거리낌없이 이야기를 나누고 있었다. 그들이 고인의 업적과 경력을 인간적인 온화한 시선으로 음미하고 있다는 것을 그들의 표정에서 읽을 수 있었다. 장례식은 꽤나 만족스럽게 끝나는 듯이 보였다. 그들은 진지한 눈빛으로 가볍게 머리를 숙였다. 이는 장례식이 아닌 다른 공식적인 축제에서 성실한 사람들끼리 서로 은근히 주고받는 표식과 같은 것으로 보이는 눈빛이었다. 그러고 나서 그 중 한 사람이 이마의 주름살을 펴고서, 검은 장갑을 낀 오른손을 천천히 움직이며 속삭였다. "특이한 사람이야." 옆에 있던 사람도 그 표현이 적절하다고 여겨, 똑같이 힘주어 말했다. "특이한 사람이지." 그리고 그들은 다시금 예의 성실한 사람의 눈빛을 보였다. 그때 옆에 있는 사람이 웅덩이 물을 사납게 걷어차는 바람에 그는 뒤에 오던 사람이 화를 내며 끊임없이 중얼거리는 소리를 들어야 했다. 그러고 나서는 두 사람 모두 한마디도 하지 않았다. 조용했다. 단지 장례마차의 바퀴만이 삐걱삐걱 소리를 냈으며. 지나가는 웅덩이 물소리만 나직이 들렸다.

그 '특이한 사람'은 유복했던 평범한 사람의 아들로 태어났다. 아버지 M 씨는 작은 집을 가지고 있었고, 정숙한 아내도 있었으며 상당한 명예심도 지니고 있었다. 그러니까 부족한 것이 거의 없었던 것이다.

나이어린 산모 옆에 있던 여자들이 벌써부터 서로 눈빛을 나누며 귓속말을 할 때, 어린 M은 가난한 임산부를 위해 마련된 방에서 석탄 냄새를 맡고 있었다. "사내아이일 거야." 그들은 점점 흥분된 어조로 추측하면서, 산모의 움직임 하나 하나를 주시했다. 호기심에 불타는 이러한 물음에 답을 주기라도 하듯, 적갈색의 쭈글쭈글하지만 생기 발랄하고 붉으레한 아이가 태어났다. 사내아이였다! 어린 M은 다른 아이들처럼 자랐다. 앞부분이 약하기는 하지만 이제 그의 양손이 발 역할을 할 때가 되었다. 하지만 손으로 마루 위를 기어다니지 못하고 입과 코를 바닥에 댄채 몸을 지탱하기 일쑤였다. 그 후 크리스마스 트리도 만들고 매년 한 번씩 서는 시장의 전시회 행사도 하면서 여러 해가 지났다. 소년이 된 그는 매주 한두 번씩 아주 추운 '별실'로 불려갔다. 그곳에서 사람들은 그를 빤히 바라보고는, 머리와 볼과 턱을 손으로 만지면서 그에게 얌전하게 손을 내미는 법을 가르쳤다. 그리고 필요한 경우에는 잘 알려진 그의 이름을 적당한 소리를 내어 발음하는 것도 가르쳤다. 모든 사람이 그를 매우 사랑했다. 그들은 그가 아버지와 어머니 그리고 또 삼촌도 꼭 닮았다고 생각했다. 그 아이가 나중에 학교에서도 틀림없이 매우 기특하게 잘해낼 거라는 점잖은 예언의 말 없이 떠나는 사람은 거의 없었다. 그 어린아이는 앞을 내다보는 그러한 감탄의 말을 많이 들었다. 별다른 고생 없이, 물론 스스로 성공할 거라는 생각도 하지 않으며 그는 초등학교를 무사히 마쳤다. 그는 공부도 확실하게 하고 칭찬받으며 김나지움의 여덟 단계를 올라갔고, 이후 대학에서도 1년 더 강의를 들었다. 그리고 나서 그는 아버지의 서재에 조용히 파묻혀 지냈다. 그러던 어느 날, 젊은 M이 늙은 아버지에게서 사업을 물려받을 거라는 소문이 나돌았고, 얼마 있다가 정말 그렇게 되었다. 아버지는 곧 세상을 떠났다. 새로운 주인이 된 그는 시간을 엄수하고 근면하게 일을 함으로써 집안의 위신을 지켜나갔다. 결단성 없던 이 상인은, 종종 자신이 커다란 사업을 계획하고 있다고 사람들이 이야기한다는 말을 친구한테서 듣게 되었다. 해야 할 일에 대한 욕망에 자신도 무척 놀랄 정도로 이끌리게 된 그는 자신에게 맡겨진 계획들을 수행하기 시작했고, 많은 것을 잘 해냈다. 그렇게 세월이 흘렀다. 많은 사람에게 들은 것을 실행에 옮김으로써 그는 훨씬 더 유복해졌다. 뒤에서 쑥덕거리던 사람들이 다가온 M의 약혼에 대해 많이 소곤거리는 것은 당연한 일이었다. 그 소문이 그의 귀에 들렸다. 그때부터 그는 자기도 모르게 거론된 신부에게 관심을 기울였다. 그리고 몇 주가 지나 젊은 그 배우자가 낮고 강한 톤으로 말을 흘리자, 선택된 그 신부는 속삭이듯이 '확답'을 보내왔다. 이번에도 그는 사람들의 기대를 저버리지 않았다. 그러니까 그는 정말 특이한 사람이었다!

M이 사는 곳이자 아버지가 살았던 곳이기도 한 이 도시에서 선량한 시민들은 연극극장 건립을 위한 계획을 오랫동안 추진해왔다. 하지만 모두들 좋은 뜻만 있다고 극장이 세워지는 것이 아니라, 변변치는 못하지만 아주 단순히 무대가 있어야 된다는 사실을 알고 있었다. 첫번째 재료인 좋은 뜻은 충분했다. 두 번째 재료를 조달하는 데는 돈이 모자랐다. 이 일이 걱정스럽다는 표시로 꼼꼼한 시장과 시의원들은 아침 일찍부터 얼굴에 주름을 지은 채 있었다. 그리고 누군가 저녁에 맥주를 마시면서 걱정스럽다는 것을 나타내는 진지하고 근엄한 태도를 잊고 흐트러진

모습을 보이면 그들은 역겨워하며 몹시 화를 내었다.

그때 M이 연극극장을 건축하기 위해 필요한 돈을 예치하기로 결정했다는 소문이 봄날의 폭풍처럼 시 전체에 퍼져나갔다. 봄바람이 지저귀라며 새를 깨우듯, 이 소식을 들은 사람들의 칭송이 도처에서 자자했다. 몇 시간 후, 이슬 맞은 겨울사과 같은 얼굴을 한 시장을 필두로 하여 시의회에서 파견된 일행이 후원자의 방에 들어섰다. 시장은 기뻐서 말을 다 잇지 못한 채, 귀하게 내놓은 기부금에 감사했다. M은 잠시 동안 어찌할 줄 모르고 서 있었다. 그러나 그는 곧 이렇게 기뻐하는 의미를 알아차렸다. 그의 이마에는 약간 그늘이 져 있었다. 그는 부담스러운 이러한 기대로부터 거리를 두고 싶었다. 그러나 그가 이렇게 일시적으로 변덕을 부리게 된다면, 자신과 집안에 손해가 될 수도 있을 거라는 생각을 하게 되었다. 그래서 그는 싫지만 상냥한 웃음을 지으며, 적지 않은 금액이 기록된 중요한 계약서를 받아들였다. M의 명성과 평판은 해가 갈수록 커져갔다. 또한 그가 예술애호가라는 것을 알고 나서부터 사람들은 이 고장의 재능 있는 이 사람이, 또는 저 사람이 M의 귀한 지원을 받았다고 이야기했다.

오직 단 한 번 그 특이한 사람이 사람들의 기대를 저버릴 뻔한 일이 있었다. 사람들은 M 집안의 '임박한 기쁜 사건'인 임신 소식에 대해 은밀히 말하고 있었다. 그 젊은 아내가 거리에 나타나자마자 사람들은 호기심 어린 시선으로 그녀를 바라보았다. 기품 있는 부유한 상인은 군중들을 만족시키기 위해 곧 모든 정성을 기울였다. 그렇지만 이번에는 그에게 행운이 뒤따르지 않았다. 여자들은 M부인이 놀랍게도 항상 몸에 꼭 끼는 윗옷을 입고 다니는 것일 뿐, 임신이 아니라는 것을 확인하고는 마음이 언짢았다. 그러고 나서 그들은 프랑스식 온천 요양이 괜찮을 거라고 속삭였다. 그리고 이번에도 어쩔 수 없는 일이지만, 자기 집안에 대한 그러한 여론이 형성되자, M 씨는 아내에게 꼭 끼는 옷 대신 폭 넓은 외투를 입게 했고, 그녀는 정해진 시간을 철저하게 지켰다. 이로써 그의 특이한 성격이 유지된 것이었다.

명예로운 신사 M에 대한 평판은 곧 그 도시 경계 너머까지 알려졌다. 사람들이 공로상에 대해 말한 것은 오래 전부터였다. 유명해진 그 대상인도 역시 필요한 조치를 취했다. 훈장을 줄줄이 매단 공허한 평판의 몇 달이 지나면, 한없는 경의를 보였던 축하객들에게 진심 어린 감사의 인사를 하게 될 날이 오리라는 것도 충분히 가능한 일이었다.

겨울의 사업여행 중에 M은 독감에 걸려 병상에 눕게 되었다. 20년 전에 주치의가 그의 폐에 문제가 있다고 쓸데없는 소리를 한 것이 이제 현실이 되었다. 하루하루 상태가 나빠졌다. 그의 부인은 그를 찾아와서도 선뜻 병간호를 하지는 않았다. 그녀가 아늑한 거실에서 계속 위로해주는 이웃여자 옆에 앉아서 말을 할 때면, 환자는 그저 쉬고 싶었다.

중병에 걸린 그 환자는 어느 날 아침 시끄러운 소리를 듣고서 꺼림칙한 환각에서 깨어났다. 갑자기 일어난 그는 무엇에 홀린 듯한 눈으로 두리번거렸다. 그러고는 힘없는 목소리로 간호하고 있던 수녀에게 그 시끄러운 소리가 무슨 소린지 물어보았다. 수녀가 대답은 하지 않은 채 그에게 조용히 하라고 하자, 그는 종을 울려 늙은 하인을 불렀다. 그리고 그에게 똑같은 질문을 했다.

그 하인도 역시 툭 터놓고 말하지는 않았다. 그는 머리를 긁고는 큰 소리로 말했다. "맙소사, 지금 어리석은 사람들이 주인님이 이미 죽었다고 말합니다. 마귀가 그들에게 그렇게 말한다고 합니다." 그리고 그는 다시 발을 끌면서 나가버렸다.

열이 나서 헛소리를 하고 있던 그는 눈이 휘둥그레져서 그 하인을 계속 바라보았다.

그러고 나서 그는 왼쪽으로 누워 있더니 영면했다…….

정말 그는 특이한 사람이었다.

사도

　N의 일류 호텔에서의 연회장. 높다랗게 환히 불 밝힌 홀의 대
리석 벽 옆에서 사람들이 중얼거렸고, 딸그락거리는 칼소리도
들렸다. 검은색 연미복을 입은 하인은 은쟁반을 들고 열심히 일
하면서 소리없는 그림자처럼 이리저리 바삐 다니고 있었다. 눈
에 띄게 높다란 다리가 달린 반짝이는 얼음통에서 꺼내온 샴페
인 병은 납작한 포도주 잔과 함께 준비되어 있었다. 전기램프의
불빛에 모든 것이 반짝거렸다. 여인들의 눈빛과 보석뿐 아니라
남자들의 벗겨진 머리도 번쩍거렸고, 그들의 대화마저도 불꽃이
튀기듯 분주히 오가고 있었다. 만약 불이라도 붙이게 된다면 여
자들의 입에서 번쩍이는 짧은 웃음의 불길이 때로는 가까이에
서, 때로는 멀리서 터져나올 것 같았다. 젊은 남자들이 코에 걸
치는 안경을 펴고 비판적인 눈으로 알록달록한 연회 식탁을 검
사하듯 둘러보는 동안, 여자들은 속이 비치는 세련된 찻잔으로
향이 좋은 멀건 커피를 소리내며 열심히 마시고 있었다.
　그들은 모두 벌써 며칠 동안 그렇게 함께 앉아 있었다. 다만
탁자의 맨 끝에 낯선 새로운 손님이 자리를 차지하고 있을 뿐이
었다. 남자들은 별 생각 없이 그에게 시선을 돌렸다. 저 아래에

앉은 그 창백하고 진지한 남자는 세련되지 않은 옷을 입고 있었기 때문이었다. 위로 치켜뜬 눈처럼 흰 칼라는 턱에 바싹 붙어 있었고, 그 시대에 보통 3분의 1 정도만 착용하는 검고 폭 넓은 넥타이를 목에 매고 있었다. 검은 상의는 속옷의 가슴 부분이 보이지 않게 넓은 어깨에 멋지게 걸쳐져 있었다. 그러나 남자들이 유쾌하지 않게 생각하는 것은 새로 온 그 사람의 커다란 회색 눈이었다. 그 눈은 그곳에 모인 모든 사람들과 홀의 벽을 위엄 있고, 강하게 꿰뚫어보는 듯했다. 그리고 그 눈에는 가물거리듯 빛나는 표적이 계속해서 비치는 것처럼 보였다. 여자들은 호기심 어린 은밀한 시선으로 그 눈을 바라보고 있었다. 탁자 저쪽에 있던 사람들은 이런 저런 추측을 했다. 그들은 무언가를 알아보려고 가볍게 발로 신호를 보내 묻기도 하며 어깨를 움찔거렸지만, 분명한 것은 아무것도 없었다.

환담을 나누는 중심에 폴란드 남작부인 빌로브스키가 있었다. 재기 발랄한 젊은 미망인인 그녀 또한 그 과묵한 낯선 사람에게 관심을 가진 것처럼 보였다. 그녀의 이지적인 용모에 특히 커다란 검은 눈이 두드러져 보였다. 그녀의 가느다란 손은 신경질적으로 흰 천이 덮인 탁자를 계속 두드렸고, 작은 손에 낀 화려한 보석은 번쩍이며 빛났다. 그녀는 어린아이처럼 서두르며 열심히 이런 저런 주제로 이야기했지만, 화가 난 듯 갑자기 이야기를 잠깐 중단했다. 그 낯선 사람이 대화에 끼여들려고 하지 않았기 때문이었다. 그녀는 그를 예술가라고 믿었다. 그녀는 경탄할 만큼 섬세하게 모든 예술품에 대해 차츰차츰 대화를 이어나갔다. 그러나 소용없었다. 검은 옷을 입은 그 신사는 커다란 눈으로 먼 곳을 진지하게 응시하고 있었다. 그러나 빌로브스키 남작부인은 포기하지 않았다.

"당신은 B마을에 난 큰 화재에 대해서 들으셨나요?" 그녀는 옆에 있던 한 신사에게 몸을 돌렸다. 그가 그렇다고 대답했다. 그러자 그녀는 "나는 우리가 모금과 관련된 자선행사를 할 위원회를 만들어야 한다고 생각해요"라고 물어보듯 주위를 둘러보았다. 모두들 그녀에게 박수갈채를 보냈다. 그러나 낯선 이방인의 얼굴에는 냉소가 스쳤다. 남작부인은 보지 않고도 직감적으로 비웃는 그 웃음을 느꼈다. 분노가 그녀를 도려내는 듯했다.

"모두 동의하시나요?" 그녀는 이제 어떠한 반대도 생각하지 않는 여군주의 어조로 큰 소리로 말했다. "네!", "동의합니다!", "당연하지요!"라는 말들이 뒤섞여 나왔다. 나의 맞은편에 앉은 쾰른 출신의 은행가는 벌써 선서하는 것처럼 지폐가 들어 있는 상의 주머니에 손을 올려놓았다.

"당신도 기대해도 될까요?" 남작부인은 그 낯선 사람에게 이렇게 말했다. 그녀의 목소리는 떨리고 있었다. 그는 약간 몸을 일으켜 시선도 돌리지 않고 큰 소리로 무정하게 말했다. "싫습니다!" 남작부인은 놀라서 몸을 움찔거렸다. 그런 다음에 그녀는 억지로 웃었다. 모든 사람들의 눈은 그 낯선 사람을 향하고 있었다. 그는 남작부인을 바라보면서 말을 이었다.

"당신은 자선사업을 하려 하는군요. 하지만 나는 그런 사랑을 파괴하기 위해 살아가고 있어요. 그런 사랑을 찾게 되는 곳에서 나는 그것을 망가뜨리죠. 나는 그런 사랑을 자주 오두막집에서, 궁성에서, 교회에서 그리고 자유로운 자연에서도 충분히 찾아내곤 합니다. 그러나 나는 가차없이 그런 사랑을 따라갑니다. 그리고 강한 봄바람이 너무 일찍 피어난 장미를 꺾는 것처럼, 나는 커다란 분노의 의지로 그런 사랑을 없애버리죠. 사랑의 법칙은 우리에게 너무 때 이른 것이기 때문입니다." 그의 목소리는 아베마리아의 종소리처럼 희미한 여운을 남겼다. 남작부인이 뭐라고 말대꾸를 하려 했지만, 그 남자는 말을 계속했다.

"당신은 아직도 나를 이해하지 못할 겁니다. 들어보십시오. 나사렛 예수가 와서 사랑을 전했을 때, 사람들은 아직 어렸어요. 지나치리 만큼 어린아이 같은 고결함을 가진 그는 사람들이 선한 일을 행할 것으로 믿었지요! 힘 있는 자들에게 사랑은 호화로운 베개일 것이고, 환락을 주는 베개를 가지고 사랑은 새로운 행동을 꿈꾸게 할지도 모릅니다. 그러나 약한 자들에게 사랑은 파멸입니다." 그 자리에 있던 한 카톨릭 신부는, 마치 넥타이가 갑자기 조이기라도 하는 듯 왼손으로 넥타이를 잡았다.

"파멸 말입니다!" 이 말이 그 낯선 사람의 입에서 울려 퍼졌다. "나는 사람들의 사랑에 대해 이야기한 것이 아닙니다. 나는 이웃사랑에 대해 이야기하고 있어요. 동정과 연민에 대해, 은혜와 관용에 대해 이야기하고 있단 말입니다. 우리의 영혼에 이보다 심한 죄악은 없죠." 카톨릭 신부는 두툼한 입술 사이로 침을 넘기는 소리를 냈다.

"예수여! 당신은 무엇을 했습니까! 우리는 맹수처럼 사육되어

왔습니다. 명철하게 이기적으로 생각하는 사람들로 인해 우리들의 마음속 충동은 빼앗겨버렸습니다. 만약 우리들이 온순해지면, 언제 내려칠지도 모르는 채찍으로 매맞지 않아도 되죠. 그렇게 사람들은 우리들의 치아와 손톱, 발톱을 줄로 갈아버렸어요. 그리고 그들은 우리에게 설교했습니다. 사랑하라고! 그들은 우리의 힘인 철제 갑옷을 우리의 어깨에서 벗겨내고 설교했습니다. 사랑하라고! 그들은 우리의 당당한 의지인 다이아몬드 창을 우리의 손에서 억지로 빼앗고는 우리에게 설교했습니다. 사랑하라고! 그들은 우리를 발가벗겨놓고, 삶이라는 폭풍 속에 세워놓았습니다. 운명이라는 몽둥이가 위아래로 내려치는 그곳에 말입니다. 그리고 그들은 우리에게 설교했지요. 사랑하라고!"

모두들 숨도 쉬지 못하고 연설하고 있는 그 사람의 말에 귀를 기울였다. 하인은 그 자리를 뜨지 않고, 손에 은쟁반을 든 채 탁자 한편에 당황해서 서 있었다. 강한 천둥이 친 것처럼 답답한 침묵 속에서 열광적인 그 사람의 말이 쏟아져나왔다.

"……그리고 우리는 순종했습니다." 기이한 그 낯선 사람은 다시 말하기 시작했다. "우리는 우둔하게도 이런 어리석은 명령에 맹목적으로 귀기울였습니다. 우리는 목마른 자, 배고픈 자, 병든 자, 나병 환자, 약한 자, 불행한 자들을 찾아냈습니다. 그런데 그때 우리 자신이 목마르고, 배고프고, 병들고, 불행하게 되었습니다! 우리는 쓰러진 자를 일으켜 세우고, 의심하는 자에게 충고하고, 상심한 자를 위로하면서 살아왔습니다. 그러면서 그때에 우리 스스로는 절망하고 있었죠! 우리는 우리 아내와 자녀들을 살해한 자, 불화라는 도끼로 우리 집안을 분열시킨 자들의 악당 같은 두개골을 으깨지 않았습니다. 우리는 그들이 평화스럽게 세상의 마지막을 바라볼 수 있도록 그들에게 움막을 지어주었습니다."

경멸로 가득 찬 그의 목소리는 떨리고 있었다. "그들이 메시아로 찬양했던 그는 온 세상을 병원으로 만들어놓았습니다. 약한 자, 가련한 자, 쇠약한 자를 그는 자신의 자녀라고, 사랑하는 자라고 부르고 있습니다. 그러면 힘 있는 자들은 이 힘 없는 자들을 보호하고, 돌보며 시중들려고 하는 자들입니까? 만약 내가 내 마음속에서 억누를 수 없을 정도로 뜨겁고도 숭고한 빛에 대한 충동을 느끼게 된다면, 만약 내가 딱딱한 발로 가파르고 돌이 많은 오솔길을 따라 위로 올라간다면, 그리고 만약 내가 불타오르는 하느님의 목적지가 반짝이는 것을 보게 된다면, 그러면 나는 길에 넘어져 쪼그리고 앉아 있는 불구자에게 몸을 굽혀야 하고, 그를 칭찬하면서 일으켜 세워 함께 이끌고 가야 하며, 몇 발을 디딘 후에 또다시 비틀거리는, 쓰러진 시체와 같은 몸에 나의 끓어오르는 힘을 소진시켜야 합니까? 만약 우리가 우리의 힘을 가련한 자, 억압받는 자, 게으른 자, 어리석고, 돈 없는 무뢰한에게 빌려준다면, 우리는 도대체 어떻게 위로 올라가야 한다는 말입니까?" 그러자 사람들은 불안해하며 소란스러워졌다.

"조용히 하십시오!" 검은옷 입은 그 낯선 사람이 호통쳤다. "당신들은 너무 겁이 많기 때문에 그자는 그래야 한다고 고백하지 못하는 겁니다. 당신들은 수렁에서 영원히 계속 걷기를 원하고 있어요. 당신들은 하늘을 보고 있다고 믿고 있습니다. 하수구에 더럽게 비치는 그것을 보았기 때문이지요. 내가 하는 말을 이해해주십시오! 우리의 힘은 땅에 묶여 있습니다. 불행히도 우리들의 힘은 자비라는 희생의 아궁이에서 서서히 사라져가야 합니다. 이를 위해 오직 동정심이라는 향에, 우리들의 감각을 마비시키는 그 연기에 불을 붙이는 것이 좋다는 말입니까? 하늘까지 혀를 날름거릴 수 있는 그 힘은 자유롭고, 커다랗게 환호하는 불꽃이던가요?!"

모두들 침묵했다. 진지한 그 남자는 웃으면서 말을 계속했다.

"그리고 만약 우리의 조상이 자연적 본능 그대로 사는 야생동물인 원숭이였다면, 그리고 만약 그들에게 이웃에 대한 사랑을 설교했을지도 모르는 어떤 메시아가 부활했다면, 그들은 그의 말에 복종하면서도 결코 더 나은 발전으로 나아가지는 못할 것입니다. 흐리멍덩하게 이것저것 많이 생각하는 대중은 결코 진보할 수 없습니다. 단지 '한 사람'이, 보잘것없는 무딘 본능을 지닌 미천한 대중들이 증오하는 위대한 자만이 신적인 힘과 승리를 쟁취하고 미소지으며, 자신의 의지로 단호하게 길을 나아갈 수 있습니다. 또한 우리들은 끝없는 피라미드와 같은 성장 과정의 끝에 있는 것은 아닙니다. 우리 또한 완벽하지 않습니다. 우리는 미숙합니다. 여러분들이 어둠 속에서 곧잘 잘못 생각하는 것처럼, 우리는 무르익지 않았습니다. 그 때문에 앞으로 나아가야 합니다! 우리는 인식, 의지 그리고 힘에서 더 높이 나아가서는 안 된단 말입니까? 힘 있는 자들이 대중이 질투하는 강압적인 분위기에서 벗어나 빛을 향해 날아오를 수는 없다는 것입니까?

내 말을 들으시오. 그대들 모두. 여러분들은 전쟁터에 서 있어요! 그대들의 옆 사람들은 오른쪽과 왼쪽으로 쓰러지고 있어요. 쇠약함, 질병, 부도덕, 광기로 인해 쓰러지고 있단 말이오!…… 그리고 끔찍한 운명이 내뱉는 총알이라는 것에 의해 그들이 쓰러지게 내버려두시오! 그들이 홀로 가련하게 죽게 내버려두시오. 강해지시오. 두려움을 주시오. 용납하지 마시오. 그대들은 앞으로, 앞으로 가야 할지니!

왜 그대들은 그렇게 놀랍니까? 그대들도 허약한 사람인가요, 모두? 머물러 있는 것을 두려워하나요?! 머무르시오! 개처럼 죽어가시오! 강한 자만이 살 권리가 있는 법. 강한 자는 나아가리니…… 앞으로…… 그러면 그 대열은 눈에 띄게 될 것이오. 그러나 빛나는 눈으로 새로운 약속의 땅에 다다르게 되는 위대한 자, 힘 있는 자, 신적인 자는 얼마 되지 않을 것이오. 아마도 천 년 후에야 비로소. 그리고 그들은 힘세고 강인하고 억센 팔로 병든 자, 약한 자, 불구자의 시체 위에 제국을 건설하게 될 것입니다. ……영원한 제국을!"

그의 눈은 불타고 있었다. 그는 일어섰다. 시커먼 형체가 공중으로 높이 치솟았다. 마치 빛이 그 모습을 에워싸는 것 같았다.

그는 신처럼 보였다.

그의 눈은 저 멀리 자신의 웅장한 영적인 환상에 붙들려 있었다. 그는 돌연 그 먼 곳으로부터 되돌아오면서 말했다.

"나는 사랑을 파괴하러 세상으로 나가오. 그대들도 강해지기를! 나는 세상에 나가 힘 있는 자들에게 설교할 것이오. 미움! 미움을! 또다시 미움을!

모두가 말없이 서로를 쳐다보았다. 남작부인은 말로 형용할 수 없는 감정에 억눌려, 손수건으로 눈을 닦았다.

그녀가 쳐다보았을 때, 테이블의 끝자리는 비어 있었다.

오한이 모두에게 엄습했다.

아무도 말하지 않았다.

하인들은 주저하며 음식을 내놓았다.

나의 맞은편에 앉아 있었던 뚱뚱한 은행가가 먼저 다시 입을 열었다.

그는 나에게 중얼거렸다. "그 사람이 바보가 아니면……" 다음의 말을 나는 이해하지 못했다. 그가 입 안 가득 바닷가재 파이조각을 씹고 있었기 때문이었다.

죽음의 무도

우리 시대의 황혼녘 스케치

⟨I⟩

죽음 속으로

8월의 아침, 나는 황금빛 햇살이 빛나는 숲속에 있었다.

그때 나는 햇살에 빛나는, 울퉁불퉁하고 습한 땅에 누워서 그 아침을 보았다. 은백색의 자갈 위로 주위는 초록빛으로 빛났다. 마치 아침 햇살이 주위로 공작석 수정을 흩뿌리는 것 같았다. 나는 아침이 지나치는 나지막하고 가벼운 발소리를 들었다. 그 소리에 길고 맛있는 잠에서 깨어난 꽃들이 깜짝 놀라는 듯했다.

나는 팔을 쭉 뻗으며, 이제 가만히 이리저리 흔들리는 키큰 낙엽송 잎들만 바라보았다. 반짝이는 그 낙엽송 잎들은 마치 파란 하늘을 문지르려는 것처럼 보였다. 하늘은 몹시도 맑았다!

이제 은빛의 미세한 점들이 나의 눈으로 빗발치듯 떨어졌다. 촘촘히, 더 촘촘히 쌓여 눈 위에 어른거렸다. 그러자 나는 눈을 감았다. 내 마음엔 빛이 들어 있었다. 그리고 나도 모르는 사이 짙게 풍기는 숲의 향기를 편안하게 깊숙이 들이마셨다.

그때 큰 가지가 뿌드득 소리냈다. 나는 움직이지 않았다. 그러나 어렴풋이 생각했다.

틀림없이 노루였다. 나는 나도 모르는 사이에 갈색의 민첩한 짐승이 푸른 나뭇잎 사이에서 커다랗고 검은 눈에 호기심과 두려움을 담고 나에게로 다가오는 것을 생각했다.

다시 뿌드득 소리가 났다.

그러나 그것은 사람의 발소리였다.

정신이 말짱해졌다. 꿈에 낯선 사람이 놀라게 하면, 자기도 모르게 느끼게 되는 두려움으로 나는 몸을 바로세웠다.

나는 사방을 주의 깊게 둘러보았다.

아무도 없었다.

하지만 그때. 덤불 뒤에 한 형체가 있었다. 남자였다. 나는 그의 얼굴을 보지 않았다. 그는 회색의 상의를 입었다. 사냥꾼이겠지라고 나는 생각했다. 다시 뒤로 기대려고 했지만, 편하지가 않았다.

마치 겁에 질린 것처럼 나는 소리없이 일어섰다. 바로 그 순간 슬픔으로 야윈 찡그린 얼굴을 한 사람이, 불안해하는 희미한 두 눈으로 나를 뚫어지게 바라보고 있었다. 그는 손을 치켜들고 있었다. 그런데 그 손은, 맙소사! 그 손은 평평한 관자놀이에 작은 총을 갖다대고 있었다.

그 남자는 나를 주시했다. 그는 팔을 힘없이 떨어뜨렸다.

깊게 패인 입 언저리에 비웃는 듯한 차가운 웃음을 지었다.

우리는 말없이 서로 마주보고 있었다. 그의 눈은 분노로 불타고 있었다.

나는 용기를 냈다. 나는 그에게 바짝 가까이 다가갔다. 그리고 가늘고 마른 목소리로 어렵사리 한마디했다.

"왜 그러시죠?"

그러자 그는 웃었다. 신선한 파란 아침을 갈기갈기 찢어놓는 것 같은 웃음이었다. 나는 오싹했다. 그러나 그는 아무 말이 없었다.

그렇게 우리 둘은 꼼짝도 않고 서 있었다. 우리 위로 나무의 꼭대기가 소리내며 움직였다.

잠시 후 그 남자는 내 앞에서 어깨를 들썩이며 흐느끼기 시작했다. 그리고 그는 무릎을 꿇고 혈관이 많이 보이는 손을 마주 잡았다.

"나는 살 수 없어요." 그는 더듬거리며 말했다. "살 수 없어요……."

나는 고통스러워하는 그를 그대로 두었다.

그는 차츰 진정되었다. 그는 총을 주머니에 넣었다. 그리고는 나에게 이야기했다.

고향에는 그의 아내가 있었다. 그는 그 아내를 사랑했다. 그녀는 착하고 사려 깊은 여자였다.

그러던 어느 날이었다. 그날 그녀의 눈은 초록빛이었고(그녀는 원래 파란색 눈이었다), 그녀의 뺨은 창백했다. 그리고 그때 그녀의 입술은 마치 소중한 어떤 비밀의 감미로운 향내를 맡는 것처럼 탐욕스럽게 부풀어 있었다.

"그날 그녀는 내 성(姓)을 불렀어요. 베르거, 그녀가 말했어요. 그때까지 그녀는 단 한 번도 나를 그렇게 부른 적이 없었죠. 그러고 나서 그녀는 나를 피하며 시선을 아래로 깔았죠. 내가 바라보았을 때 그녀는 뭔가 좀 멍하고 낯설고 정신이 나가 있었어요.

그녀가 아프구나라고 나는 생각했어요.

그렇지만 그냥 그렇게 지나쳤죠.

그런데 일전에 다시 그렇게 되었어요. 그녀의 눈은 나를 지나서 먼 곳을 응시했고, 그녀의 손은 떨고 있었어요…….

그녀가 자기 방으로 갈 때, 나는 몰래 뒤를 따라갔죠.

그리고 문틈으로 그녀를 보았지요. 그녀가 무릎을 꿇고, 울면서 시든 꽃에 키스하는 것을. 그녀가 한 번도 나에게 한 적이 없는 열정적인 키스를 말이오. 첫날밤에도 결코 그렇지 않았죠!

그래서 그 후로 나는 알았지요. 그녀가 누군가를 사랑했다는 것을. 나를 사랑하기 전에 말이오. 그녀는 아직도 그를 사랑하고 있어요." 온몸으로 떨며 그는 숲속에서 그렇게 소리쳤다. "그리고 요즘 그녀는 자신의 시든 행복이 내뿜는 뜨거운 향기에 몹시 취해 있어요. 그렇게 그녀는 나를 속였지요. 온전히 내게만 속해야 하는 그녀는 망령된 놈의 팔에 그렇게 안겼죠……."

악센트 없이 그의 말은 계속되었다. 나는 마음속으로 그를 동정하게 되었다. 나는 팔을 그의 팔 아래로 밀어 넣으면서 "이리 오세요"라고 말했다. 그리고 이제 그를 진정시키면서 말했다.

아내에게 솔직히 털어놓으라고. 그녀에게 당신이 무엇 때문에 마음 아파하는지를 말하라고. 그러면 그녀는 분명 솔직하게 당신을 대할 것이라고. 이전보다 더욱 솔직해질 것이라고 말했다. 그러자 그는 정말 침착해졌다.

"이보세요." 내가 말했다. "베르거 씨, 당신을 동정하기도 하고, 숲이 하도 조용하니 당신에게 내가 살아온 이야기를 좀 해드리죠. 몇 년 전 일이었어요. 나는 한 아가씨를 사랑했죠. 난 그녀를 얻으려고 노력했고, 잘해냈어요. 그런데 어느 날 나는 그녀가 나를 속이는 것을 알았어요. 나는 가만히 있었죠. 나는 동떨어진 들판으로 올라갔어요. 나의 상의 주머니에는 장전된 총이 있었죠. 내게는 아무것도 없다고 느껴지더군요. 죽음 외에는 말이죠. 그리고 나는 황량하게 넓은 곳에 서서 주위를 둘러보았죠. 아무도 없었어요. 왼쪽 주머니에 손을 집어넣었어요. 권총을 잡았는데 나는 어떤 종이조각 하나도 같이 끄집어냈죠. 무의식적으로 나는 그것을 살펴보았어요.

그것은 내가 예전에 행복했을 때 썼던, 향내가 짙게 나는 시문학 중 단순한 단편소설이었죠.

나는 두서너 줄을 읽었어요.

그리고 나서 나는 밭둑에 앉아 권총을 옆에 내려놓고, 계속 읽어나갔어요.

소박한 내면의 언어들이, 폭풍이 휘몰아치는 내 영혼 속으로 기름처럼 미끄럽게 흘러들어갔어요. 30분쯤 후 나는 맑은 눈으로 시내로 갔죠. 그때 나는 나의 고통을 치유할 수 있다는 것을 알았어요. 효력 있는 약이란 일하는 것이었죠.

이것이 내 얘기의 전부입니다."

내 옆의 남자는 눈을 크게 뜨고 나를 바라보았다. 고맙다는 눈길로. 그는 아무 말도 하지 않았다. 그러나 그는 두 손으로 내 오른손을 꼭 쥐었다. 힘찬 이 악수로 그는 벌써 나에게 말하고 있었다. 그가 다시 삶을 얻었다는 것을.

우리 둘은 계속해서 숲을 거닐었다. 햇빛이 반짝이는 8월의 대낮에 감격한 우리의 마음은 황금빛 평화로 가득 차 있었다. 우리는 말이 없었다. 하지만 우리는 때때로 오래된 좋은 친구같이 서로를 쳐다보았다. 우리는 서로를 이해하고 있었다.

그리고 조금 후 우리는 잡담을 나눴다. 지나간 일들과 앞으로의 일들에 대해, 그리고 기억나는 것들과 바라는 것들, 소망에 대해서도 가볍게. 정오의 적막 가운데 그의 말은 매우 차분하고 평화롭게 들렸다.

갑자기 그가 물었다. "그런데 당신은 고통을 완전히 이겨냈습니까?"

나는 힘주어 대답했다. "완전히."

그는 나를 살피듯이 쳐다보면서 말했다. "정말입니까?"

"무엇으로 내가 증명해야 할까요?" 나는 말을 얼버무렸다.

"무엇으로 할까요?" 그는 곰곰이 생각했다.

그런 다음 그는 웃었다. "당신은 그 젊은 여자의 이름을 아주 태연하게 말할 수 있나요?"

"못할 거 없죠. 헬레네 크로너예요."

바로 그때 내 옆에서 총소리가 났다. 베르거가 머리가 부스러진 채 습지 위를 뒹굴고 있었다. 그는 그 자리에 죽은 채 누워 있었다.

다음날 나는 신문을 뒤적였다. 마지막 면의 한 모퉁이에 조심스럽게 다룬 베르거의 사망기사가 있었다. 서명된 내용은 이랬다.

깊게 비통해하는 미망인
헬레네 베르거,
원래의 성은 크로너.

〈II〉
사건
사건 없는 이야기

사람들이 S부인 집에 모여 차를 마셨다…… 러시아제 물끓이는 주전자인 성능 좋은 '사모바르'가 눈부시게 하얀 탁자보 위에 놓여 있고 흥얼거리는 콧노래에 이야기가 이어졌다. 낮 동안 벌어지는 일들은 사방으로 퍼져나가는 것, 전시회다 극장이다 하는 것도 이 초가을에는 충분한 화젯거리가 되지 않았다. 그러다 휴식 시간이 되었는데, 분위기는 무겁게 모두의 가슴을 압박했고 뭔가 불안했다. 티스푼이나 찻잔들이 큰 소리를 내며 쨍 하고 부딪치고 있었다.

이런 정황을 집주인 S부인은 알아챘다. 붉은 빛이 도는 금발머리의, 아직 젊은 미망인인 그녀가 한 가지 제안을 했다. 각자 자기 인생에서 가장 흥미 있었던 일들을 말해보자는 것이었다. 모두 박수를 치며 그 제안에 찬성했다.

한 젊은이가 자기가 겪은 어떤 우연한 사건과 돌아가신 아버지 그나덴 남작에 대해 이야기를 시작했다.

몇몇 모험담들이 콧소리와 뒤섞여 흘러나왔다. 애를 써서 뛰어난 위트를 섞어가며 좌중을 웃기는 바람에 종종 이야기가 중단되기도 했다. 그 모험담의 장면은 항상 세상이라는 크고 작은 무대였는데, 그 이야기의 주인공은 언제나 여자였다. 짧은 스커트를 입은 그 여자는 머리가 둔하고, 발걸음은 가벼우며 아주 경박했다. 미끈하게 면도를 한 이 젊은 남작이 눈을 깜박거리며 너무 상세하게 뭔가를 그려내려고 할 때마다 여주인은 점잖게 경고하듯 잔기침을 했다. 그러면 이 점을 알아챈 그는 부끄러워 생기 없는 눈을 꽉 감았는데, 얼굴부터 희끗한 금발이 듬성듬성하게 난 머리 꼭대기까지 빨갛게 물드는 것이었다.

마침내 그의 이야기가 끝났다. 사람들이 웃자 그는 혼잣말로 뭔가 투덜거렸다. 어쨌든 남자들은 대체로 정말 재미있다는 듯 함께 웃었지만, 여자들은 찻잔을 입술에 갖다대는 바람에, 아무도 그들의 표정을 제대로 볼 수가 없었다.

이어서 소령 한 명이 일어나 몇 가지 기억난 이야기를 웃고 헐뜯으며 호령하는 어투로 떠들썩하게 말했는데, 흡사 속사포를 쏘아대는 것 같았다.

그런 다음 이런 저런 사람들의 이런 저런 이야기가 이어졌다.

어떤 사람은 이집트에 대해 이야기하기도 했다. 그는 사막 여행에서 겪은 무서운 일들과 끔찍한 위험들을 아주 생생하게 묘사했다.

그런 다음 자리에 앉아서 한층 차분하고 부드러운 목소리로 달밤을 흐르는 나일 강과 화려한 수련꽃에 대해 이야기를 했다.

그가 이야기를 마쳤을 때는 모든 사람이 꿈꾸는 듯한 감동에 휩싸였다.

"자, 이제는 당신 차례인데요, 자반트 씨." 여주인이 삼십대로 보이는 어떤 창백한 남자를 돌아보며 말했다.

이 요구에 그는 커다란 회색빛 눈으로 그녀를 쳐다보았다.

그의 입술에는 야릇한 미소가 스치고 있었다.

그건 혼란스럽고 힘겨운 듯한 미소였다.

그것은 가을밤 가시덤불 사이로 비치는 달빛과도 같은 미소였다.

모든 사람들의 시선이 그에게 모아졌다.

그는 이제 자신의 손톱을 살펴보았다.

그에게서 작은 한숨이 새어나왔다.

그러고 나서 시선을 들지도 않고 이야기를 시작했다.

"여러분에게 이렇게 말하면 아무도 저를 믿지 못하시겠지만, 저는 이야기해드릴 만한 아무것도 겪지 못했습니다.

아무것도.

제 인생은 지붕 위에 떨어진 빗방울처럼 아무 일도 없이 그럭저럭 시시하고 단조롭게 흘러왔습니다.

항상 그랬어요.

항상 그랬다는 것은 정말 끔찍한 일입니다.

그러나……

존경하는 부인, 부인은 저를 쳐다보고 계시지만, 저는 당신을 즐겁게 할 만한 어떤 말도 할 수가 없답니다. 그러니 제가 이야기를 하지 않더라도 양해해주셨으면 합니다."

그러나 좌중이 가만 있지 않았다!

여주인 역시 그들의 웅성거림을 거들었다. "이야기를 계속하세요. 자반트 씨. 당신은 벌써 사람들의 호기심을 자극해놨어요. 또 이렇게 되면 우리 여자들은 가만 있지 않거든요."

그 젊은이는 마치 모든 사람을 지나쳐 보듯, 시선을 멀리 딴 곳으로 두고 있었다.

"그렇다면." 그가 힘없이 중얼거리듯 말했다.

"좀더 자세히 말을 하지요. 하지만 짧게 하겠습니다.

제 마음속에는 위대한 것, 강한 것, 특별한 것에 대한 충동이 있습니다! 저는 이미 소년 시절부터 항상 이 충동을 느껴왔습니다. 저는 동화들을 읽었고, 그것들은 제 마음속에 들어와 있습니다. 저는 제게 가장 아름다워 보이는 부분들을 골라, 제 소년 시절의 동화들을 만들었습니다. 하지만 그것은 겪는 것이 아니라 꿈꾸는 것이었습니다. 어린 시절의 날들은 평야를 흘러가는 시냇물처럼 단조롭게 흘러가버렸기에 말입니다. 제 영혼을 사로잡을 만한 어떤 자극도, 사고도, 사건도 없었어요. 어머니는 부드러웠고 감수성이 예민하셨지만, 아버지는 까다로우며 또 우울한 분이었습니다. 저는 자연스레 어머니에게 의지하고 있었는데,

그것을 사랑이라고 부를 수도 있을 것입니다. 하지만 두 분 모두 일찍 돌아가시고 말았습니다. 저는 눈물을 흘렸어요. 하지만 고통스럽지는 않았습니다. 제 눈 속에서 뭔가 내리누르는 것을 느꼈기 때문입니다. 너무도 밝은 빛을 보고 있을 때, 사람들은 잘 느끼지 못하는 것과 같은 중압감이었어요.

저는 아버지의 집을 기꺼이 떠났습니다. 다리가 굽어져 침울하게 보이는 안락의자가 많이 있던 어두운 집을 말입니다."

젊은 남작이 가볍게 기침을 했다. 그러나 다른 사람들은 긴장한 나머지 자기도 모르게 자반트 씨를 쳐다보았다. 그는 말을 멈추고 있었다.

"가는 거야, 계속해서. 저는 그렇게 생각했습니다." 아무것도 신경 쓰고 있지 않던 자반트 씨가 말을 계속했다. "가는 거야, 이제 너는 세상으로, 삶으로 가는 거야. 어머니가 거칠고 사나우며 혼란스럽다고 말씀하셨던 그 세상으로 말이야. 이제 싸우는 거야! 이렇게 해서 저는 세상으로 발을 내딛게 되었던 것입니다.

하지만 저는 싸워서는 안 되었습니다. 운명은 그런 것을 허용하지 않으려 했습니다. 아버지의 친구분들을 찾게 되었는데, 그들이 기꺼이 저의 후원자가 되었던 것입니다. 그분들이 저를 중학교에 보내주었고, 옷이며 음식과 잠자리를 제공해주었습니다. 납처럼 무거운 삶은 다시 그럭저럭 단조롭게 안개에 싸여 굴러갔습니다. 좀더 밝아진 방에 앉아 있는 것, 어머니 집에 있을 때보다 고기를 더 많이 먹었다는 것, 또 아버지는 마련할 수가 없었던 양념이 곁든 수프를 먹게 되었다는 것만이 달라진 것이었습니다.

　그러다 보니 고등학생이 되어 있었어요. 대체로 저는 열심히 공부했습니다. 그렇다고 특별한 칭찬을 받은 건 아닙니다. 공부하는 데에 어려움이 많았어요. 하지만 낙제하지는 않았습니다. 그랬어요. 고등학교를 졸업하고 저는 곧장 공무원 생활을 하게 되었습니다.

　방을 하나 빌렸고, 지금도 그 방에서 살고 있습니다. 간이 옷장이 있고 아주 작은 철제 싱크대가 있는데, 혼자 사는 남자에게는 딱 맞는 방입니다."

　자반트는 전율을 느꼈다. 잠시 눈을 감고 있던 그는 다시 이야기를 시작했다. "그러던 어느 날 제 인생에 처음으로 그야말로 사건이라고 할 만한 것이 다가오고 있다고 저는 생각하게 되었습니다. 저는 어떤 여자를 사랑하고 있다고 믿게 되었어요. 흥분한 마음으로 저는 그녀에게 고백했습니다. 그런데 그 자리에서 그녀가 저를 받아들이는 것입니다. 저희들은 약혼을 했습니다.

　그녀가 한 번만이라도 거절했다면, 한 번만이라도 어떤 돌발적인 사건이 있었더라면 얼마나 좋았겠어요!

　그녀가 저를 거부하고, 그래서 제가 진심을 다해 달콤한 싸움을 하게 되었다면, 그래서 그 대가로 그녀의 몸과 영혼을 얻게 되었다면 얼마나 좋았겠어요. 하지만 아니었습니다. 아니었어요. 저는 이제 모든 것이 옛날의 그 낯익은 궤도 위로 돌아가고 있다고 마음속으로 생각하게 되었습니다. 그 생각에 저는 무서워 떨었습니다. 그래서 어느 날 커피숍에서 앉아서 ── 저는 늘

그러니까 십 년 동안 매일 오후 네 시부터 여섯 시까지는 커피숍
에 앉아 있었습니다 —— 그녀에게 약혼을 취소하는 편지를 썼
던 것입니다. 단순한 모양의 엽서 위에 딱딱한 내용으로 몇 자
적었는데, 커피숍의 낡은 손님용 펜으로 쓰자니 글씨가 지저분
해졌어요. 제 생각에 그 사랑은 사람들이 흔히 사랑이라고 부르
는 그런 사랑이 될 수 없었습니다. 왜냐하면 제 마음은 늘 편안
했거든요. 사랑이 아니었어요. 어쨌든 확실히 저는 그녀에게 관
심이 없었어요. 하지만 제 편지글이 어떤 끔찍한 결과를 가져올
것인가에 대해 저는 심술궂지만 즐겁게 생각했습니다. 저의 파
혼 선언으로 인해 그 여자의 가슴속에 아마도 치유할 수 없는 고
통이 일겠지 하고…….

그녀는 저에게 와서 몹시 비난하면서 해명을 요구하겠지요.
그러면 저는 차갑고 거만한 태도로 그녀에게 나가라고 손짓할
것입니다. 아주 거만한 표정으로, 그래서 마침내, 마침내는 뭔가
를 체험하는 것이겠지요.

이런 생각으로 저는 커피숍을 나와 집으로 향했습니다. 제 테
이블 위에는 편지 한 통이 놓여 있었습니다. 그녀가 쓴 편지였어
요! 저는 그것을 찢어버렸습니다. 그 약혼 파기 통보를 말입니
다! 그녀에게 가고 있을 내 편지와 똑같이 그 편지도 차갑고 냉
정하며 태연한 통보였습니다.”

자반트 씨는 손으로 머리를 괴고 말이 없었다.

아주 조심스럽게 티스푼이 움직이는 소리가 들렸다. ‘사모바
르’ 역시 엿들으려는 듯 동작을 멈추고 있었다.

어느 누구도 말할 기분이 아니었다.

단지 소령만이 뻣뻣한 수염에 둘러싸인 입술로 뭔가를 중얼거렸다.

젊은 남작은 반지 긴 하얀 손을 움직여 대머리 여기저기를 긁적거렸다. 이제 이 젊은이는 아주 멍청해 보였다.

얼마 후 자반트 씨가 다시 고개를 들었다. 커다란 눈으로 주변을 둘러본 다음, 그는 꿈꾸듯 말했다.

"그러니까 아무것도, 정말 아무 할말이 없습니다.

다시 하루가 흘렀고, 한 주가, 한 달이, 일 년이 그렇게 흘러갔습니다. 혼동할 만큼 항상 똑같이 말입니다.

매일 저녁 저는 같은 시간에 집으로 돌아왔습니다. 내가 아는 것은 하루하루의 일상적인 일이었습니다. 열쇠구멍에 열쇠를 꽂으면 손잡이를 잡아 돌리기도 전에 문이 곧 저절로 쉽게 쑥 열렸고, 탁자 위에는 한두 통의 별 중요하지도 않은 내용의 편지가 놓여 있었습니다. 침실용 슬리퍼는 침대 밑이 아니라 안락의자 밑에 놓여 있었어요. 그것도 제가 하녀에게 거기에다 가져다놓으라고 지시했던 것입니다.

하루하루가 그렇게 지나갔습니다.

하지만 한 번은 그렇지 않을 때가 있었습니다. 저에게 체포 영장이 발부된 것입니다. 저는 제가 무슨 죄를 지었는지 알 수가 없었습니다. 하지만 마음속으로부터 이런 일이 일어났다는 것에 환호했습니다. 사건이었으니까요. 저를 법원에 데려가려고 밖에서 기다리고 있는 경찰과 동행하기 위해, 저는 여느 때보다 더 신경 써 옷을 입었습니다. 하지만 미처 옷을 다 입지도 않았는데, 그때 어떤 관리가 제 방으로 들어와서는 착오가 있었다고 설명하면서 불편을 끼쳐서 죄송하다고 말했습니다.

그리곤 다시 여러 해가 흘러갔습니다······.

이따금 저는 범죄를 저지르고 싶었습니다.

용서하십시오, 부인." 자반트 씨는 S 부인이 놀라서 자신을 바라보는 것을 알고는 말을 중단했다. "부인께서 저에게 이야기하도록 요청하셨기에, 저는 아무것도 숨기고 싶지 않습니다. 그렇습니다. 저는 종종 범죄를 저지를 뻔했습니다. 저의 이 끔찍한 회색빛 삶에 어떤 사건을 어떻게 해서든 끌어들이고 싶었기 때문입니다!" 그의 눈은 상처 입은 짐승의 눈처럼 번들거렸다.

"다음 사람을 때려 죽여라! 저는 종종 그런 생각에 사로잡혀 길거리를 돌아다녔습니다. 하지만 죽일 무기도 힘도 저에겐 없었습니다. 뭔가를 받아써야 하는데 펜을 집에 두고 온 멍청한 학생처럼 저는 길거리에 서 있었습니다······.

이따금 저는 주머니에 권총을 넣고 외출하기도 했습니다. 하지만 그런 날에는 쏴 죽이기 싫은 사람들만 만나는 것이었습니다. 거미줄에 걸려 있는 거미처럼 불쌍하고도 힘겹게 삶에 붙들려 있는 위축된 작은 사람들, 또 살 권리를 지니고 있는 거친 손과 검게 그을린 이마를 한 굳센 노동자들 말입니다.

하지만 밤에 잠을 자지 못하고 누워 있을 때, 제발 미치고 싶다고 저는 기도했습니다.

그리고 저는 때때로 미치기도 합니다. 미쳤다는 느낌이 차츰 온몸에 퍼지지요. 불안하고 무섭게. 그 느낌은 심지어 제 뇌 속까지 파고들어와 저를 비웃습니다. 비웃는단 말입니다…… 그러면 저도 같이 웃죠. 아주 큰 소리로 찢어지는 소리가 나도록 웃습니다. 하지만 미친 게 아니었습니다. 저는 신문을 들고는 두서너 줄을 읽어봅니다. 그래도 저는 단어면 단어, 문장이면 문장을 여전히 다 이해할 수 있단 말이에요. 나는 미칠 수도 없는 것입니다! 그것도 안 되는 일이지요."

자반트 씨는 흘러나오는 눈물을 억제하기 위해 애썼다.

모두들 말없이 앉아서 당황한 채 그를 쳐다보았다. 오직 소령만이 왼쪽 신발의 징으로 마루청을 툭툭 두드렸다.

그 소리는 죽음의 벌레가 두드리는 소리 같았다.

방 안에는 전율이 흘렀다.

아무도 찻잔을 건드리지 않았다.

"제 이야기는 끝나갑니다." 그 불행한 사람이 맥없이 조용히 말했다.

"다른 사람이라면 이처럼 매끄럽고 색깔 없는 삶에 행복해할지도 모르겠습니다. 이런 삶을 통해 잘 먹고 소화를 잘해서는 뚱뚱한 사람이 될 수도 있겠지요.

그러나 어린 시절부터 어떤 사건이 일어나기를 열광적으로 동경해온 저에게 그런 삶은 죽음입니다.

제 뺨은 동경으로 달아오릅니다. 하지만 그것을 식혀줄 인생의 폭풍이 오고 있지 않는 것입니다."

판타지
산문시

이민선. 넘쳐나는 사람들. 웃는 사람, 어슬렁거리는 사람, 먹어
대는 사람. 그러나 뿌옇게 연기가 서린 저 밑바닥 선실엔 힘겹게
불타는 희미한 등불과 함께 가난한 사람들. 한결같이 창백하고 화
난 표정의 지친 남자, 여자들. 그들을 압박하는 어떤 불안. 멍하고
슬픔으로 여윈 활력 없는 얼굴들…… 한 여자만…… 눈물에 젖은
깊고 어두운 커다란 눈을 뜨고 헬쑥한 모습으로 조용히. 뜨거운
사랑을 갈구하는, 탐욕스레 갈구하는 그녀의 눈. 눈물을 억제하려
는 듯 실룩거리는 창백한 입술, 이마 위에 그림자를 드리우고 있
는 금빛 갈색의 반곱슬머리. 유연한 몸매. 그러나 마치 딱딱한 펜
으로 고대 독일의 루네 문자를 새겨 넣으려는 듯 스스로의 근심을
자신의 이마 위에 새겨넣으려는 그때의 경직된 고요, 고요함. 그
녀는 실핏줄이 보이는 부드러운 두 손을 불안스레 감싸쥐고 있다.
이제 다시 그녀의 눈. 마치 이런 인생의 비밀에 대한 진지한 해답
을 찾는 듯…… 언젠가 그녀는 그 해답을 찾을 것인가? 거기서?
나는 모른다. 다만 잠 못 이루는 밤이면 자주 그 눈이 떠오른
다…… 그래, 그 눈이. 지친 듯 죽음을 갈망하는 눈이…….

한 여자의 희생

　말해보게! 어느 늦은 9월 아침, 보헤미아 중부 지방의 지방도
로를 걸어본 적이 있는지? 안개 낀 좁은 하늘은 낮게 드리워져,
빛바랜 마로니에 나무 위에 지저분한 회색 천막처럼 덮여 있지.
그 마로니에 나무 다음에는 바퀴자국으로 움푹 패인 호두빛 길
이 이어지네. 붉은 태양은 안개에 싸인 채 두꺼운 베일 뒤에서
그 얼굴을 드러내고, 거기에서 흘러나온 몇 조각 햇살이 구름을
뚫고 진흙탕 길에 가늘고 노란 선을 그려놓네. 또 기분이 언짢은
듯한 바람이 노란 잎파리들을 흩날리고 멀리 떨어진 마을의 굴
뚝에서는 연기가 꼬리를 물며 하늘로 올라간다네. 그것은 정말
말로 형용할 수도, 묘사할 수도 없는 어쩔 수 없이 슬픈 풍경이
지. 그런 모습을 생각할 때마다 나는 내 마음 가까운 곳에서 커
다란 아픔이 이는 것을 느낀다네. 뭔가 움찔 꿈틀거리고 다시 찢
어질 듯이 아파서 눈에는 절로 눈물이 차오를 정도지……
　나는 어떤 불쌍한 여자를 생각할 때면 그와 똑같은 느낌을 가
지게 되네. 지금부터 나는 자네에게 그 여자에 대한 이야기를 들
려주려 하네.
　들어보게나!

시인은 사랑을 높이 평가하지. 그러나 사랑의 힘에 대해서도 높이 평가해야 하네. 어떤 사람은 사랑의 힘을 두고 사람을 정화하는 태양의 빛이라고도 하고, 또 어떤 사람은 사람을 취하게 하는 독약이라고도 하네. 사실 사랑의 힘은, 의사가 힘겨운 수술을 앞두고 떨고 있는 환자에게 주입하는 마취제와도 같아. 고통받는 자가 쓰라린 고통을 잊도록 만드는…….

아그네스 역시 그 모든 괴로움을 잊게 되었네. 몇 주 전부터, 그러니까 헤르만의 아내가 되고 나서부터 말이야. 그런데 그것이 정말 몇 주 전부터였을까? 오히려 그것은 행복에 겨워 형용할 수 없는 기쁨을 느끼던 바로 그 첫 경험의 순간부터가 아니었을까? 달콤하고 비밀스럽게 셀 수도 없이 많은 새로운 감정이 여자의 가슴속에서 솟구치는 바로 그 순간부터 말이야. 마치 달빛의 키스를 받은 꽃의 요정처럼 여자의 마음이 부풀어올라 충만한 감정으로 떨면서 놀라게 되고, 눈은 성스럽고 영원한 신의 구원의 약속처럼 빛나게 되는 그 순간 말이야.

그런 순간에는 가슴속의 모든 의문도, 걱정도 사라지고 그녀의 영혼의 거울을 어지럽히는 어떤 불안도 없게 되네. 그녀는 과거도 모르며, 미래에 대해 두려워하지 않는 오직 한없이 즐거운 현재에만 살게 되는 거지.

그리고 이 즐거운 신혼의 첫 몇 주 간의 달콤한 도취가 순결한 가슴속에 새겨져 그 여자는 그 이후 몇 년 동안 황홀함에 취해 있었다네.

*

2년이 흘러갔네. 모든 것이 변해버렸어. 헤르만은 차가워지고 엄격해졌으며 동정심도 없는 무뚝뚝한 사람이 되었지. 예술가의 영혼을 가진 그는 거품과도 같은 사랑의 격정을 곧 잊어버렸어. 이제 그녀는 그에게 더 이상 아무것도 아니었어. 김빠진 물이 담긴 컵에 불과한 거지.

그녀 역시 황홀한 시간은 다 지나가버렸다는 것을 알고 있었다네. 너무도 잘 알고 있었지. 그녀는 그의 미소가 동정에 지나지 않는다는 것을, 그가 드물게 내뱉는 사랑의 아첨은 연민이며, 그의 가벼운 키스는 습관에 지나지 않는다는 것을 알고 있었어.

알았지만 그녀는 그것을 용서했어.

그에겐 죄가 없다는 것 역시 알고 있었으니까. 그녀는 그에게 줄 수 있는 것을 다 주었고, 이제 헤르만은 그녀에게서 더 이상 기대할 게 없었던 거지. 이젠 매일 똑같은 사랑, 똑같은 속삭임만이 똑같은 방식으로 계속될 뿐이었지. 그렇다면 그런 것들이 어떻게 그의 예술가적 영혼을 억압하고 질식시키지 않을 수 있겠나?

어떻게 해서 그녀가 이런 생각까지 다 하게 되었을까?

그녀는 더 이상 그를 믿고 싶지 않았어. 하지만 그에 대해 생각하면 할수록, 자신에게 그가 소중하다는 것이 더욱 확실하고 분명하게 떠올랐지. 사실 그는 그녀에게 더욱 필요했던 거야.

그녀는 그런 생각을 하는 것이 습관이 되어버렸어.

그런데 이런 것들도 더 이상 그녀를 괴롭히지는 못했다네.

고통의 원인은 오히려 다른 데 있었으니까.

그것은 헤르만이 좋은 사람이라는 것이었네.

그녀는 그가 결코 자기에게 "떠나! 당신은 나를 가두고 있어! 당신은 나를 속박하는 굴레란 말이야! 떠나란 말야!"라고 말할 수 없는 사람이라는 것을 알고 있었지.

그럼에도 그녀는 죽어가는 사람이 죽음과 씨름하는 것처럼 두렵게, 헤르만이 몰락해가리라는 것을 마음 깊은 곳에서 느꼈지. 그리고 두 사람의 결합이 그의 창조력을 방해하고 파괴하고 있다는 것도 느꼈어. 또한 경건한 체하는 어머니들의 성화에 못 이겨 공부에 파묻히게 된 젊은이들이 흔히 그렇듯이, 오늘, 내일을 어떤 새롭게 변화된 생각 대신 어둡고 쓰디쓰게 타성에 젖은 채로 지나는 것임을 느꼈다네.

이러한 생각을 그녀는 한시도 잊어버릴 수가 없었어.

해야만 하는 몇 가지 집안일을 할 때도, 잠 못 이루는 끝없는 밤에 침대에 앉아 있을 때에도 이 생각이 그녀를 따라다녔지.

그리고 그 사이 그녀 마음속에 어떤 결심이 무르익어갔어.

처음 그 결심을 했을 때 그녀는 전율했다네.

그녀는 두 눈을 꼭 감았어.

하지만 그 결심은 점점 확고해져만 갔지.

그것은 결코 유익하지도 않고 건전하다고도 할 수 없는 계획이었어.

의사가 약과 붕대로 억제하려고 하지만, 그럴수록 더욱 왕성하게 내부로 퍼져나가는 끔찍한 종양처럼, 결심은 그렇게 더욱 강해졌지.

그러던 어느 햇살 밝은 날 아침, 그녀가 마음을 굳히게 되었어.

"헤르만?!"

헤르만이 주저하듯 그녀에게 몸을 돌렸지.

"당신에게 뭔가 알려줄 말이 있어요……."

"알려줄 말이라구?…… 어서 말해봐요……."

"가까이 좀 오세요." 그녀는 그의 목에 팔을 두르고, 얼굴이 빨갛게 달아올라서 빠르게 속삭였어.

"헤르만! 내 생각에, 음, 내가 곧 당신에게 한 생명을 선물, 아니 희생해줄 수 있을 것 같아요."

깜짝 놀라 헤르만이 고개를 높이 들었네.

"한 생명이라구? 아이구나!" 그는 환호성을 질렀지.

아그네스는 그 말에 놀랐네.

하지만 헤르만은 그녀를 가볍게 그리고 사랑스럽게 끌어안았어.

"내 소망이 이루어지는군…… 우리들의 소망이 말야……." 그는 속삭였지.

그의 가엾은 아내는 어떤 말도 할 처지가 아니었어.

한 시간 후 작업실에 앉아 있던 그는 문득 어떤 생각이 떠올랐어. 생명을 선물한다고 했다가 다시 희생한다고 한 아그네스의 말이 이상하지 않은가. 왜 '희생한다'는 말을 덧붙였을까. 하지만 그는 곧 그것을 잊었다네.

*

이제 신혼 첫 몇 주 간의 밝고 명랑한 생활이 다시 돌아온 것처럼 보였네.

헤르만은 매우 세심하게 그녀를 돌봤고 또 사랑해주었어.

그의 키스는 더욱 뜨거워졌고 말은 매우 부드러워졌지.

이건 끔찍한 결심에 대한 위로구나라고 아그네스는 우선 그렇게 생각했어. 하지만 그렇지 않았어. 그 모든 것은 그가 바라마지 않던 아이를 위한 것이었을 뿐이었지. 아이 말이야. 그리고 만약에……

헤르만의 감정은 물론 죽어 있었어. 그의 사랑은 그런 사랑이었을 뿐이었지. 그러니까 만령절의 기분이랄까.

그는 좋은 사람이었네.

그래. 그 때문에 그녀는 그를 해방시켜주어야 했지. 자기로부터 말이야.

*

어느 차가운 가을날 아침. 헤르만은 추위를 느끼며 작업실에 앉아 있었네. 이 사이에 담배를 물고 그는 그림을 그리고 있었지. 그때 독한 연기가 그의 눈으로 들어가 계속 눈을 깜빡거리게 되었어.

창 밖은 아직 밝지 않았지. 다만 은회색 안개비가 흐느적거리며 내렸어.

그는 일을 계속할 참이었지.

헤르만은 갑자기 귀를 기울였어.

집 앞이 소란스러워졌기에 말이야.

거칠고 상스러운 사람들의 목소리가 들렸어.

그리고 다음 순간 늙은 하인이 그에게로 달려 들어왔지.

"오, 하느님!" 두 손을 꼭 움켜쥐고 하인이 외쳤던 거야.

헤르만은 벌떡 일어났지.

그때 벌써 네 명의 남자들이 검은 들것을 들고 사잇문을 지나가고 있었어.

"구조대에서 왔습니다." 그 중 어떤 사람이 사무적인 어조로 나지막하게 말했지.

다른 어떤 사람은 가죽으로 된 검은 수의를 젖혔어.

아그네스는 거기에 누워 있었네. 창백하게 굳은 채로.

흠뻑 젖은 머리카락 때문에 고개는 옆으로 돌린 채로.

그녀의 사지에는 비 맞은 옷들이 찰싹 달라붙어 있었어.

그런데 이마는 어떻게 그렇게 맑게 빛나는지.

헤르만은 꼼짝도 않고 서 있었어.

갑자기 그의 몸이 움찔 경련을 일으켰어. 한 생명을…… 선물한다고……, 아니 희생한다고…….

헤르만은 그만 의식을 잃고 쓰러졌다네.

앞뜰에서
스케치

    누구에게나 때때로 생각할 거리가 있게 마련이다…… 예를 들면 어제 같은 날이다. 나는 다시 루시 부인의 농가에서 그녀와 함께 앞뜰에 앉아 있었다. 움푹 들어간 커다란 눈에 금발의 이 젊은 부인은 말없이 앉아 아름답게 빛나는 저녁 하늘을 바라보고 있었다. 그리고 그녀는 벨기에산 레이스 손수건으로 바람을 일으키고 있었다. 나의 신경을 그토록 자극하는 향기는 그 살랑이는 손수건에서 오는 것일까, 아니면 저 라일락 덤불에서 오는 것일까?

    "이 화려한 라일락은……." 내가 말했다. 단지 무슨 말이라도 꺼내기 위해서였다. 침묵은 은밀한 생각이 휙 스쳐가는 비밀스런 숲속의 오솔길 같은 것이었기 때문이다. 무슨 말이라도 좀 했으면!

    이제 그녀는 눈을 감고 고개를 의자 뒤로 젖혔다. 그러자 섬세한 혈관이 드러나 보이는 눈꺼풀 위로 저녁 햇살이 비쳤다. 그녀의 코 언저리는, 장미꽃에 살짝 스치는 작은 나비의 날갯짓처럼 가볍게 떨렸다. 그녀의 한쪽 팔은 우연히도 내 의자의 팔걸이에 올려져 내 손 아주 가까이 놓여 있었다. 그녀가 가볍게 떨고 있음을 나는 손가락 끝으로 느꼈다. 손가락 끝만이 아니었다. 내 몸 전체로, 심지어 뇌 속까지 그녀의 떨림이 전해져서 나의 모든 생각을 빼앗아버렸지만 다만 한 가지 생각만은 계속하고 있었다……. 그 생각은 산 속의 먹구름처럼 생겨나 굳어져갔는데, 그건 그녀가 다른 사람의 여자라는 것이었다…….

더 나쁜 것은, 제기랄! 그것을 내가 이미 오래 전부터 알고 있었다는 것이었다. 게다가 그 다른 사람은 바로 내 친구다. 하지만 오늘은 이 아주 특별한 생각이 계속 떠올랐고, 나는 동경에 가득 차 빵집의 쇼윈도를 놀란 눈으로 쳐다보는 거지소년 같은 느낌이었다…….

"뭘 그렇게 생각하세요, 부인?" 머리 속의 생각을 떨어버리면서 물었다.

그녀가 미소를 지으면서 말했다. "당신은 그 사람을 참 많이 닮았어요!"

"누구요?"

"죽은 제 오빠 말이에요!" 그녀는 눈길을 돌리며 몸을 고쳐 앉았다.

"그래요, 그는 요절했나요?"

"예, 아주 젊어서요." 그녀가 한숨을 쉬었다. "총으로 자살을 했어요. 불쌍한 오빠예요! 멋지고 용감했는데. 다음엔 제 오빠 사진을 보여줄게요, 기대하세요."

"오빠말고 다른 형제들은 없나요?" 나는 화제를 돌렸다.

그녀는 그 말을 듣지 않는 듯했다. 그녀는 밝은 눈을 들어 어지럽고도 평온한 모습으로 나를 쳐다보았다. 그녀의 눈은 온 하늘만큼이나 컸다.

"눈이 참 특별하세요. 그 입술도……" 꿈꾸는 듯 그녀가 말했다.

나는 될 수 있는 대로 내색하지 않고 그녀의 얼굴을 쳐다보려고 애를 썼다. 그것은 참 힘든 일이었다. 그녀는 나를 요모조모 오랫동안 살펴보았다. 그러더니 의자를 움직여 내 쪽으로 더 가까이 다가왔다. 오빠에 대해 말할 때 그녀의 목소리는 부드럽고 다정했다. 그녀의 말은 나직했고, 머리를 내게 가까이 하고 있어서 나는 그녀의 금발에서 나는 향기를 맡을 수 있었다. 행복하고 고통스러웠던 일에 대한 생생한 기억이 그녀의 눈에서 불타올라 그녀를 한층 생기 있게 만들어주고 있었다. 그 불타는 흥분의 순간, 나는 마치 내가 그녀가 생각하는 죽은 오빠라도 되는 듯 그녀를 잘 알고 있는 것 같은 느낌도 들었다.

저 눈…… 저 입…… 나는 생각했다. 저건 고상해지고 세련된 바로 내 얼굴이라고……

그리고 마침내 그녀가 소리없이 흐느끼는 것을 멈추고 우아한 머리를 벨기에산 손수건에 파묻었을 때, 나는 정말이지 이렇게 외치고 싶었다. "그게 나야! 내가 바로 당신의 오빠야!라고. 저런 여자를 눈물 흘리게 하다니, 나는 행복에 겨워 어쩔 줄을 몰랐다…… 이런 일이 어떻게 일어났는지 알 수가 없었다. 나는 저녁 햇살을 받은 그녀의 머리를 손바닥으로 부드럽게 쓸어주었다. 그녀는 가만히 있었다.

　그러고 나서 그녀가 눈을 들었는데, 그 눈은 빛으로 가득 차 있었다. "그가 살아 있었더라면!" 그녀는 뭔가를 생각하면서 말했다. "우리들은 함께 있었을 것이고 저는 결혼하지 않았을 거예요……."

　나는 귀를 기울였다.

　이제 그녀의 속마음이 터져나왔다. 그녀는 격하게 눈물을 흘려댔다.

　나는 태양이 지는 것을 보고 있었다. "이 여자는 다른 사람의 아내야……"라고 나는 생각했다.

　그러나 그녀의 울음 때문에 이러한 생각은 사라져버렸다.

　그리고 태양의 언저리가 보랏빛 언덕 뒤로 막 넘어가는 사이, 그녀의 작은 머리가 내 품에 안겨왔다. 흐트러진 금빛 머리칼이 내 턱을 간질였다. 나는 이슬처럼 맑은 눈물을 계속 흘리고 있는 금발의 루시 부인에게 키스했다. 그리고 그와 동시에 희미한 첫 저녁별들이 보이자 그녀의 붉은 입술은 미소를 지어 보였다…….

　……한 시간 후 정원의 문 쪽에서 나는 그녀의 남편을 만났다. 그가 나에게 손을 내밀었을 때 나는 내 넥타이에 티끌이 묻어 있는 것을 알았다. 이게 무슨 티끌들이란 말인가! 나는 그것들로부터 눈을 떼지 않았다. 한 손으로 그 친구와 악수하면서, 나는 다른 한 손을 튕겨 그것을 털어내려고 애를 썼다.

일요일

   그것은…… 그것은…… 발트 해 바닷가에서였다. 이른 아침 나는 그곳에 도착했다. 나를 둘러싸고 있던 숲은 조용했다. 아주 조용했다. 나의 발걸음 소리 역시 숲의 부드러운 갈색 흙길 위에서 희미해져갔다. 오직 하늘만 새소리로 가득했다. 어깨 높이만큼 자란 어린 소들이 목에 감긴 진주같이 빛나는 밧줄을 뽐내고 있었다. 고집센 소들은 씩씩거리며, 치솟은 뿔을 소리도 내지 않고 이리저리 흔들고 있었다. 마치 그 뿔로 드넓은 하늘을 깨끗하게 문질러 닦으려는 것 같았다.

   이제 마을이 모습을 드러냈다. 작은 집들은 평소보다 더욱 하얗게 보였고, 이끼로 덮인 눈 같은 창문들은 더 밝게 빛났다. 양파 모양의 지붕이 있는 붉은 교회 탑도 보였는데, 재미있는 모습이었다. 그러니까 그 교회 탑은 볼에 살이 통통하게 오른 아주 건강한 꼬마를 연상시켰다. 저쪽으로는 희미하게 빛을 발하는 자갈 깔린 길과 이정표도 보였다. 이정표 주변에는, 그것을 배경으로 풀들이 내의만 입은 채 무릎 꿇고 기도하는 아이 모양으로 자라나 있었다. 꼭 그렇게 보이지 않는가?

   기도라, 그래! 감사의 기도를 드려야지.

나는 골목을 따라 걸어갔다. 바로 이때쯤부터 그 길에 아침이 시작되었다. 나는 골목에서 금빛 발자국을 보았다. 발자국을 따라 오른쪽으로 조금, 다시 왼쪽으로 조금 가다보니 밝은 녹색의 어린 나뭇가지 아래 머릿결에 햇살을 이고 있는 소녀가 서 있었다. 그녀는 노래부르며, 자신을 치장하기 위해 장미를 꺾고 있었다. 우리는 웃으며 가볍게 고개를 끄덕였다. 창가에는 자상한 초로의 어머니가 나타나 생기는 없지만 웃는 눈으로 하늘을 바라보고 있었다. 문쪽에는 내의만 걸친 아이들이 서 있었다. 그들은 손뼉을 치고 있었는데, 복숭아빛 도는 뺨 속에는 과자가 가득 있었다.

그들을 지나 나는 바닷가에 서게 되었다. 바다는 제비꽃처럼 푸른 두툼한 모직물 같았다. 저 멀리 황갈색의 아주 작은 돛단배 한 척이 햇살을 받아 반짝였다. 수평선에는 뤼겐 섬으로 가는 커다란 증기선이 보였는데, 마치 은회색의 백조 같았다…….

나는 가물거리며 빛나는 화려한 풍경에 경탄을 아끼지 않았다. 멋진 장난감을 받아든 아이처럼 마음에 드는 모든 사람들에게 소리치고 싶었다. "이리 와서 한번 보세요. 정말 굉장하지 않나요?!"라고.

그때 내 가슴은 환호와 기쁨으로 넘쳐났다.

갈색으로 그을은 늙은 어부 한 명이 마침 이리로 오고 있었다. 나는 서둘러 그에게 달려가서 그의 거친 손을 꼭 움켜쥐었다. 아플 정도로…….

그렇다. 그것은 발트 해 바닷가에서였다. 그때는 일기도 열심히 썼다. 이날 나는 공책에 썼다.

"어느 일요일……!" 다른 말이 필요 없었다.

성스러운 봄

"우리 하느님에겐 별난 하숙인들이 있어." 이것은 빈첸츠 빅토르 카르스키 학생이 즐겨 쓰는 말이었다. 그는 적합하든 아니든 간에 항상 뭔가를 곰곰이 생각하면서 이 말을 사용했다. 아마도 그는 스스로 말없이 그 종류에 포함되기를 원했기 때문이었을 것이다. 그의 친구들은 그를 오랫동안 별난 녀석이라고 불렀다. 친구들은 그에 대해 성실하다고 평가했는데, 그 성실성이란 종종 다정하다는 것을 뜻하기도 했다. 또한 그들은 그의 쾌활한 성격을 좋아했으므로, 그가 우울할 때면 그대로 혼자 있게 내버려두었다. 그리고 그가 곰곰이 생각하는 것도 너그럽게 봐주면서 참았다.

빈첸츠 빅토르 카르스키가 이렇게 곰곰이 생각하는 것은 그가 무엇을 하거나 하지 않거나 간에 모든 일에 어울리는 이름을 찾는 데 있었으며, 또한 그것은 영원히 서 있어야 할 벽을 흠 없는 돌로써 쌓는 사람처럼 아주 안전하게 행위를 쌓아가려는 데 있었다.

훌륭한 아침식사 후 문학에 관해 즐겨 이야기하면서 그는 결코 흠잡거나 비난하지 않을 뿐 아니라, 마음속으로 어느 정도 인정하는 책들을 몹시 칭찬하기까지 했다. 그 말은 아주 심한 징계처럼 들렸다. 일단 나쁘게 여긴 책들을 그는 결코 끝까지 읽지 않는 버릇이 있었다. 그러고는 비록 다른 사람들이 그 책을 칭찬하더라도 그는 그것에 관해 아무 말도 하지 않았다.

   그는 또 친구들에 비해서 자제하지 않았고, 자신의 모든 경험을 붙임성 있고 상냥하고 솔직하게 이야기했다. 그리고 그는 아주 가난한 아이를 다시 자신의 사회적 위치만큼 끌어올리지 않을 것인가에 대한 친구들의 질문도 그냥 무덤덤하게 받아넘겼다. 모든 사람들은 가끔 빈첸츠 빅토르 카르스키가 그와 같은 시도를 할 것이라고 이야기했다. 그렇게 많은 성공을 얻는 데 그의 깊고 푸른 눈과 붙임성있는 목소리가 정말 도움이 될지도 몰랐다. 어쨌든 그는 계속, 점점 더 자주 성공을 거두기를 원하는 것처럼 보였다. 마치 종교 창시자와도 같은 그의 열정에 수많은 어린 소녀들은 그의 행복이론을 받아들이게 되었다. 금발 또는 갈색 머리의 친한 여선생과 다정하게 팔짱을 끼기도 하면서 교사로서의 일을 하고 있을 때, 그는 저녁에 가끔씩 다른 여선생과 만나기도 했다. 그러면 그 귀여운 여자는 보통 온 얼굴에 웃음을 띠지만, 카르스키는 의미 있는 표정을 지었다. 그는 마치 "인류에 대한 봉사는 끝이 없군"이라고 말하려는 것처럼 보였다. 한번은 누군가가 와서 누구누구가 "아직 미혼"이어서 이제 상냥한 사람과 결혼해야 할 것이라고 이야기하자, 순회교사 일을 성공적으로 하고 있던 카르스키는 슬래브 풍처럼 각이 진 넓은 어깨를 좌우로 흔들면서 거의 경멸적인 어투로 "그래, 그래. 하느님에겐 별난 하숙인들이 있어"라고 말했다.

빈첸츠 빅토르 카르스키의 별난 점은 그와 가장 가까운 친구들조차 알지 못했던 어떤 일이 그의 삶에 있었다는 것이다. 그는 그것을 마치 스스로에게조차 숨기는 듯했다. 그가 그것을 일컬을 만한 이름을 찾지 못했기 때문이었다. 그리고 여름날 일몰 때 혼자 하얀 길을 가고 있었을 때나 겨울 바람이 조용한 거실의 벽난로를 파고들고 눈송이들이 꽉 닫은 유리창에 부딪치거나, 어두컴컴한 선술집의 홀에 친구들과 있을 때조차 그는 그 일에 대해 생각하고 있었다. 그때 그는 술잔을 만지지도 않고 자기 앞에 그대로 두었다. 그는 마치 멀리 있는 불을 보는 것처럼 스스로를 매혹적으로 들여다보았다. 그는 마치 기도라도 하듯이 무의식적으로 손을 꼭 잡고 있었는데, 그건 웃음이 터지거나 하품이 나오는 것처럼 아주 우연한 일이었다.

*

봄이 찾아오면 작은 도시에 축제가 열렸다. 가는 줄기에서 피어난 꽃봉오리처럼 금발의 아이들이 겨울철의 답답한 방에서 나와 시내를 돌아다녔다. 아이들의 머리칼과 옷깃을 잡아당기고, 그해의 첫 벚꽃잎을 그들의 품에 떨어뜨리는 미지근한 바람이 불어오는 듯했다. 마치 오랜 병치레 후 오랫동안 잊고 있던 낡은 장난감을 찾아내고 환호하듯 그들은 모든 것을 행복하게 다시 알아보았으며, 나무와 숲에 인사하고, 환호성을 지르면서 여태까지 무엇을 했는지 말하고 있는 시냇물에 귀기울였다. 맨발을 부드럽게 살살 간질이는 갓 자란 푸른 풀을 지나가면서, 처음 나타난 흰나비 뒤를 따라 뛰어가는 것은 커다란 기쁨이었다. 그 나비는 어찌할 바 몰라 커다란 곡선을 그리며 초라한 라일락 숲 위로 사라지더니 끝없이 뿌연 허공으로 날아갔다. 살아 있는 것들이 도처에서 움직였다. 지붕 밑에, 붉게 비치는 전신 케이블 뒤에, 심지어 높은 교회 탑 위에 그리고 울리는 오래된 종 바로 옆에서 제비들이 서로 만나고 있었다. 철새들이 오래 전에 살았던 둥지를 찾을 때처럼 아이들은 눈을 크게 뜨고, 아빠는 밀짚으로 만들어서 덮어주었던 장미나무의 외투를 벗기고, 엄마는 성급한 아이들에게서 플란넬 바지를 벗기고 있었다.

노인들 역시 조심스럽게 문턱을 넘고, 주름진 손을 비비며 갑자기 들어닥치는 빛에 눈을 깜박였다. 서로를 "노형"이라고 부르는 그들은 자신들이 행복하다는 것을, 감동받았다는 것을 나타내려 하지 않았다. 그러나 그들은 위를 쳐다보고는, 모두 마음속으로 감사했다. 또다시 봄이 온 것을.

*

이런 날에 손에 꽃도 없이 외출하는 것은 죄악이라고 카르스키 학생은 생각했다. 그렇게 해서 마치 봄을 알려야 하는 것처럼, 그는 오른손에 든 향기나는 작은 가지를 흔들었다. 열려 있는 검은색 대문의 답답하고 차가운 기운에서 좀더 일찍 벗어나려는 것처럼, 그는 십자무늬가 있는 오래된 잿빛 집의 골목을 가벼운 걸음으로 빨리 지나갔다. 그는 여관으로 들어오는 넓은 진입로 아래서 자랑스레 히죽 웃는 단골 주점의 주인에게 손짓을 했다. 그리고 정오 종이 울릴 때에 좁은 학교에서 빠져나오는 아이들에게 고개를 끄덕였다. 처음에는 둘씩 짝을 지어 매우 단정하게 같이 갔지만, 학교 문에서 스무 발 정도 떨어지자 학생들은 삼삼오오 흩어졌다. 그런 모습에 카르스키는 아주 작게 별처럼 빛나는 야광탄이나 조명탄같이 높이 허공으로 날아 올라가는 불꽃을 생각했다. 입가엔 가벼운 웃음을 띠고 속으로는 노래를 부르며 그는 조그만 도시에서 가장 떨어진 구역으로 서둘러 갔다. 그 구역에 있는 안락한 시골 농가들과 새로 지은 하얀 별장들이 작은 정원으로 둘러싸여 아주 정겨운 모습을 보여주고 있었다. 마지막 집 앞에 키가 큰 나무들의 그늘길이 보이자 그는 기뻐했다. 가볍게 흔들리고 있는 나뭇가지 위로 벌써 초록빛 기운이 빛나 보였는데, 앞으로 보여줄 화려함을 미리 알려주는 것 같았다. 그 마지막 집의 현관에는 벚나무 두 그루가 마치 봄을 위한 개선문처럼 서 있었다. 현관 위로는 연분홍 색의 꽃들이 '환영합니다' 라고 써놓은 것처럼 보였다.

갑작스레 카르스키는 소스라치며 움찔했다. 꽃들 한가운데서 그는 짙은 푸른색의 두 눈을 보았는데, 그 눈은 먼 곳을 고요하고 행복하게 바라보며 꿈꾸는 듯했다. 그는 다만 두 눈만 있음을 알았다. 하늘은 꽃나무 사이로 그를 바라보는 것 같았다. 그는 좀더 가까이 가서는 놀랐다. 한 창백한 금발 소녀가 꽃무늬 장식이 있는 빛바랜 등받이 의자에 웅크리고 앉아 있었다. 무엇인가 눈에 보이지 않는 것을 잡으려는 듯한 그녀의 하얀 손은 거의 투명하게 보이는 암녹색의 덮개와 대조를 이루어 두드러졌다. 그 덮개는 무릎과 발을 덮고 있었다. 입술은 아직 피지 않은 꽃처럼 옅은 붉은색이었다. 그 입술은 가벼운 웃음을 띠고 있었다. 흡사 크리스마스 이브에 새로운 목마를 팔에 안고 미소지으면서 잠든 아이의 모습이었다. 창백하고 순수한 그 얼굴은 너무 아름답고 부드러워서, 그는 오랫동안 생각하지 않았던 옛 동화를 갑자기 생각하게 되었다. 길에 있는 성모마리아 상 옆에 서 있었던 것처럼, 그는 오늘 자신도 모르게 햇빛에 대해 정말 경건하게 감사하는 마음으로 서 있었다. 그런 느낌은 가끔 기도드리는 것을 잊게 되는 사람들에게 엄습하는 느낌이었다. 그때 그의 시선이 처녀의 시선과 마주쳤다. 그들은 서로를 이해하는 듯 행복하게 서로의 눈을 쳐다보았다. 카르스키 학생이 거의 무의식적으로 울타리 위로 싱싱한 꽃가지를 내던지자, 그 가지는 가볍게 빙빙 돌더니 창백한 아이의 품 안으로 떨어졌다. 그녀는 하얗고 가느다란 손으로 우아하게 그 향기로운 가지를 얼른 붙잡았다. 카르스키는 그 처녀의 빛나는 눈이 기뻐하면서도 걱정은 하지만 감사하는 마음 또한 담고 있음을 알고는 즐거워했다. 그러고 나서 그는 계속 들판 쪽으로 걸어갔다. 멀리 밖으로 나와 드높은 하늘이 고요하고도 장엄하게 펼쳐져 보이자 비로소 그는 자기가 계속해서 노래를 불렀던 것을 알았다. 그건 기쁨 가득한 짤막한 옛 노래였다.

*

　겨우내 오랫동안 아팠지만 봄이 오면 천천히 다시 삶으로 되돌아가기를 나는 이따금 바랐었지라고 빈첸츠 빅토르 카르스키 학생은 생각했다. 문 앞을 나서면 놀랍게도 편안하게 휴식할 수 있었고, 태양이 있다는 것과 내가 존재하는 것에 대해 순진하게 감사할 수도 있었어. 이 모든 것이 사랑스럽고 다정했지. 어머니는 병이 나은 나의 이마에 쉴 새 없이 입맞춤을 하시고, 형제 자매들은 돌아가며 춤추었고, 저녁 노을 때까지 노래를 했어. 그가 그런 생각을 한 것은 병이 든 금발의 헬레네가 갑자기 생각났기 때문이었다. 그애는 꽃이 만발한 벚나무 아래 앉아서 이상한 꿈을 곰곰이 생각했다. 얼마나 자주 그는 일을 하다 말고 박차고 일어나 창백하고 말없는 그 소녀에게 급히 달려갔던가. 똑같이 행복을 느끼며 살아가고 있는 두 사람은 서로를 빨리 알게 되었다. 아픈 그애와 카르스키는 서늘하고 향기로운 봄바람에 흠뻑 취하여 마음속으로 함께 환호성을 질렀다. 그는 금발의 아이 옆에 앉아서 온화하고 정다운 목소리로 수없이 많은 이야기를 해주었다. 그러면 그애는 마치 묵시록을 듣는 것처럼, 순수하고 완전한 그의 말에 놀라기도 하고 황홀해하기도 하면서 귀기울여 들었다. 그가 전해주는 말은 정말 굉장했음에 틀림없었다. 헬레네의 어머니도 역시 이따금씩 그의 말을 주의 깊게 듣곤 했다. 그 어머니의 넓은 정수리에는 흰머리가 있었는데, 산전수전을 겪으면서 많은 말을 들었을 것 같은 여자였다. 그러던 중 한 번

그녀가 눈에 띄지 않게 웃으면서 말했다. "당신은 진정 작가여
야만 합니다. 카르스키 씨."

*

그러나 친구들은 깊이 생각하면서 머리를 흔들었다. 빈첸츠
빅토르 카르스키는 그들의 저녁 모임에 드물게 왔다. 한번은 그
가 와서 말없이 있었다. 그는 친구들의 농담이나 질문도 듣지 않
고 다만 램프빛 속에서 남몰래 웃고 있었다. 마치 멀리서 아늑한
느낌을 주는 노래를 경청하는 듯했다. 그는 문학에 대해서 이야
기하지 않았고 어떤 책도 읽으려고 하지 않았다. 곰곰이 생각하
는 데 심한 방해를 받게 되면, 그는 갑자기 불평하면서 말했다.
"이런, 우리 하느님에겐 별난 하숙인들이 있지."
　이제 이 착한 카르스키가 아주 별난 사람에 속한다는 데에는
학생들의 의견이 일치했다. 그는 우직하게 곰곰이 생각하는 것
을 다른 사람이 눈치채지 못하게 했기 때문이고, 어린 소녀들은
그의 박애적인 교사 활동을 그리워했기 때문이었다. 그는 모두
에게 이해될 수 없는 사람이었다. 사람들이 저녁에 골목에서 그
를 만나기도 했다. 그때 그는 오른쪽이나 왼쪽도 쳐다보지 않고
혼자 가고 있었는데, 환희에 찬 진기한 눈의 광채를 가능한 한
빨리 자기의 고독한 거실로 가지고 가서 모든 세계에서 격리된
그곳에 숨겨두려고 애쓰는 것처럼 보였다.

*

"네 이름은 참 아름답구나, 헬레네야." 카르스키는 마치 비밀이라도 털어놓는 듯이 조심스런 목소리로 소녀에게 속삭였다.

헬레네는 웃었다. "삼촌은 항상 꾸짖으면서, 실제로 공주와 여왕이 그런 이름을 지녀야 한다고 말했어요."

"너도 여왕이야. 너는 순금으로 된 왕관을 가지고 있지 않니. 너의 손은 백합 같아. 그리고 하느님은 너를 보기 위해 소중한 하늘 문을 열기로 했다고 나는 생각해."

"몽상가군요." 그 아픈 여자아이는 고맙다는 눈으로 뽀로통하게 말했다.

"나는 너를 그리기를 원해!"라고 카르스키 학생은 탄식하는 어투로 말했다. 그리고 나서 둘 다 침묵했다. 그들은 자신도 모르게 두 손을 꼭 잡고 있었다. 마치 조용한 정원을 통해 어떤 신이나 요정이 그녀에게 가까이 다가온 것처럼 보였다. 환희에 찬 기대는 그들의 영혼을 가득 채웠다. 짝을 지어 날고 있는 두 마리의 나비처럼, 그들의 열망하는 시선이 서로 마주쳤다. 그리고 키스를 했다.

그러고 나서 카르스키는 말하기 시작했다. 그의 목소리는 멀리 있는 자작나무가 움직이는 소리 같았다.

"모든 것이 꿈 같아. 너는 나를 사로잡았어. 나는 꽃나무 가지를 너에게 주었지. 모든 것이 달라졌어. 많은 빛이 내 안에 있어. 전에는 어땠는지 나는 전혀 몰라. 나는 고통이나 불쾌감을 느끼지 않고, 결코 어떤 소망을 갖고 있지 않아. 나는 항상 행복을 생각했지. 무덤 저편에 있는……."

"죽는 것을 두려워하세요?"

"죽는 것? 그래, 그러나 죽음은 아니야."

헬레네는 그의 이마 위에 창백한 손을 부드럽게 얹었다.

그는 그 손이 매우 차다고 느꼈다. "방으로 들어가자." 그는 나지막이 재촉했다.

"나는 춥지 않아요. 봄은 이렇게 아름답고요."

헬레네는 이 말을 마음속으로 그리워하며 말했다. 그녀의 말은 노래처럼 들렸다.

*

벚꽃나무는 더 이상 꽃을 피우지 않았다. 헬레네는 어둡고 싸늘하게 그림자진 아치형 현관 안쪽에 앉아 있다. 빈첸츠 빅토르 카스키는 작별하러 왔다. 그는 늙은 부모님이 계신 멀리 떨어진 오스트리아의 알프스 지방인 잘츠카머구트의 호숫가에서 여름 휴가를 보냈다. 그들은 항상 이런 저런 것에 대해, 꿈과 추억에 관해 이야기했다. 그러나 미래는 전혀 생각하지 않았다. 헬레네의 얼굴은 이전보다 더 창백했고, 눈은 쑥 들어가 더 커 보였다. 그리고 손은 암녹색 덮개 위에서 가볍게 움찔거리고 있었다. 카르스키 학생이 일어나서 마치 깨지기 쉬운 것을 잡는 것처럼 조심스럽게 그녀의 두 손을 잡았을 때, 헬레네는 "키스해주세요!"

라고 조용히 말했다.

　카르스키는 몸을 숙여 정욕적이지 않은 차가운 입술로 그 여자환자의 이마와 입에 입맞춤했다. 축복처럼 순결한 그 입의 뜨거운 향기를 마실 때, 그는 오래 전 어린 시절의 한 장면이 떠올랐다. 그건 어머니가 기적을 행하는 성모마리아 상 쪽으로 그를 높이 들어올렸던 장면이었다. 이런 생각을 하고 나서 그는 고통을 느끼지 않고 씩씩하게 어두컴컴한 아치형 현관을 지나갔다. 그는 다시 몸을 돌려, 그가 가는 것을 지친 웃음으로 바라보는 그 창백한 여자아이에게 눈짓을 했다. 그리고 그는 갓 핀 장미꽃을 울타리 위로 던졌다. 환희에 찬 그리움을 느끼며 헬레네는 그것을 잡으려고 했다. 그러나 붉은 꽃은 그녀의 발치에 떨어졌다. 허약한 소녀는 힘들게 허리를 구부렸다. 장미를 꼭 쥐고서 부드러운 그 붉은 꽃잎에 입맞춤을 했다.

　카르스키는 전에 그런 모습을 본 적이 없었다.

　타오르는 여름에 그는 두 주먹을 꼭 쥐고 걸어갔다.

　조용한 자기 방으로 들어오자, 그는 오래된 등받이 의자에 몸을 던졌다. 그리고 태양이 비치는 밖을 바라보았다. 파리들이 하얀 망사 커튼 뒤에서 윙윙거리며 날아다녔고, 어린 꽃봉오리가 창턱 위에 방긋이 피어나 있었다. 그때 카르스키 학생은 그 여자애가 "잘 가세요"라고 인사하지 않았다는 것을 문득 생각해냈다.

*

    휴가 때 햇볕에 검게 그을린 빈첸츠 빅토르 카르스키는 작은 도시로 되돌아왔다. 십자무늬의 벽이 있는, 오랫동안 친숙했던 골목을 기계적으로 지나가면서도 그는 연붉은 가을볕에 거의 보랏빛을 띠고 있는 집들을 쳐다보지 않았다. 그것은 그가 고향으로 돌아온 후 처음으로 가는 길이었다. 매일 같은 길을 다니는 사람처럼 그리로 걸어간 그는, 결국 높은 격자문을 지나서 조용한 교회 묘지로 들어갔다. 그리고 언덕과 예배당 사이를 지나가는 길로 계속 걸어갔다. 풀이 돋아 있는 무덤 앞에서 그는 섰다. 수수한 십자가를 보고 그는 그 무덤이 헬레네의 것임을 알았다. 전에도 그는 그녀를 여기서 찾아야 할 것이라고 느꼈었다. 그의 입가는 비애의 웃음으로 실룩거렸다.

    아니야. 어머니가 얼마나 인색했는데!라고 그는 갑자기 생각했다. 소녀의 무덤 위에는 바짝 말라버린 꽃 옆에 볼품없는 꽃들로 만든 금속 화환이 놓여 있었다. 카르스키 학생은 장미 몇 송이를 가져왔다. 그는 무릎을 꿇고 그 신선한 꽃으로 각진 보잘것없는 금속 화환을 덮어 가렸다. 그랬더니 모서리가 보이지 않았다. 그러고 나서 그는 되돌아갔다. 그의 마음은 지붕 위로 매우 장엄하게 보이는 붉은 초가을 저녁처럼 맑았다.

    한 시간 후에 카르스키는 단골 주점에 앉아 있었다. 옛 친구들이 그의 주위로 몰려들었다. 그들이 몹시 보채자 그는 자신의 여름 여행에 관해 이야기했다. 알프스 여행에 대해 말했을 때 그는 예전에 누렸던 우월한 감정을 다시 느끼게 되었다. 친구들은 그를 위해 축배를 들었다.

"이봐" 하고 친구 중 하나가 말을 시작했다. "그 당시 어떻게 되었어, 휴가 전에 말이야. 너는 완전히…… 그래. 얘기해봐, 터놓고 얘기해!"

그러자 빈첸츠 빅토르 카르스키는 살그머니 웃으며 말했다. "그래, 하느님에겐……."

"……별난 하숙인들이 있지." 다른 사람들이 이구동성으로 덧붙여 말했다. "그건 우리도 이미 알고 있는 거야."

얼마 후 누구도 더 이상 대답을 기다리지 않을 때, 그는 매우 진지하게 덧붙여 말했다. "내 말을 믿어. 누구에게나 삶에서 신성한 봄을 한번 가지는 것은 중요한 거야. 빛과 광채가 가슴속에 흠뻑 내려앉아, 앞으로의 모든 날을 금빛으로 채색하기에 충분한 그런 봄 말이야……."

뭔가를 좀더 기대하는 것처럼 모두들 귀를 기울였다. 하지만 카르스키는 눈만 반짝일 뿐 말이 없었다. 그의 말을 이해하는 사람은 아무도 없었다. 다만 모든 사람에게 어떤 비밀스런 느낌이 스쳐갔다. 그때 그들 중 제일 나이어린 친구가 술잔에 남아 있던 것을 단숨에 들이키면서 책상을 치며 소리쳤다. "애들아, 나는 너희들이 감상적이 되기를 원한다고 생각하는데. 일어나! 너희 모두를 내 집으로 초대하겠어. 거기는 사랑방보다 더 편한 곳이야. 게다가 아가씨들도 몇 명 올 거야. 너도 함께 갈 거지?" 그는 카르스키에게 몸을 돌리며 말했다.

"물론이지." 빈첸츠 빅토르 카르스키는 명랑하게 말하면서 자기의 잔을 천천히 비웠다.

가면극
색깔 있는 스케치

세월과 더불어 늙어버린 창백한 루돌프 황제가 성에 앉아서 제국은 잃었지만 많은 경험을 얻게 되었을 때, 그때는 정말 이상한 시기였다. 그 당시에는 순박한 한 남자가 일을 그만두고 좁은 골목 어딘가에서 일상을 엿듣거나, 고령의 노인이 도시의 성문 옆 자신의 정원에 앉아서 오랫동안 그 저녁을 엿보거나, 개 한 마리가 한밤중에 깨어 아무런 위험이나 이유도 없는데 그 다음날 새벽 어스름까지 짖어대는 일도 있었다. 그러나 그러한 둔감한 군중 중에는 특출한 사람들이 곳곳에 있게 마련인데, 그들은 불안하게 다가오는 나날의 불빛에 가려 있었으므로 실제보다 더 크게 보였다. 그들의 그림자는 그들의 시대 위에 무겁게 드리워져 있었다.

황제의 숨겨진 아들인 율리우스 카이사르도 그런 사람이었다. 그에게는 아버지가 스페인 궁정의 엄한 규율 아래서 남몰래 꾸어야 했던 그런 꿈만으로 살아가야 하는 것처럼 보였고, 또 사실 그러했다.

그는 합스부르크 가문이 로젠베르크 가문으로부터 넘겨받은 크룸마우 요새에 있었다. 오늘날에도 가장 무도회장이 있고, 그곳 벽에는 알록달록하게 채색되고 높다란 프레스코벽화가 있다. 쌍을 이루고 있는 각각의 인물들 뒤에서 어떤 인물들이 움직이는 것처럼 보였다. 시종과 광대 들이 순서대로 아첨 떨고 익살부리면서 열을 지어 있는 사람들을 밀며 나아가고 있었고, 문기둥 옆의 근위병들은 오늘날에도 많은 두려움을 자아낸다. 사람들이 그 그림을 그린 늙은 무명화가를 매우 칭찬하고 있는 것도 이해할 만한 일이다. 비록 나는 그 죽은 화가를 욕되게 하고 싶지는 않지만, 인물들이 움직이는 것처럼 보인다는 게 그의 업적에 속하는 것이 아니다. 그의 업적은 그 인물들이 뻣뻣하게 굳어 있지 않다는 데 있음을 나는 알고 있다. 그 인물들은 밤에 축제를 벌이기 위해 언제라도 깨어날 것이다. 이 밤은 이렇게 시작된다.

기사와 부인들은 잡담을 나누며 햇빛 비치는 무도회장에 몰려들고 있었다. 문 옆에서 키가 큰 근위병들이 도끼 달린 칼을 힘차게 땅에 세우자 사람들이 정렬했다. 천둥이 그들 위로 내리쳤다. 율리우스 카이사르는 여섯 마리의 거친 검은 말이 끄는 마차를 타고 우뚝 솟은 비탈길을 달리고 있었다. 검은옷을 입은 날렵한 모습의 그는 숨돌릴 틈도 없이 손님들 한가운데 섰다. 그 모습은 이삭이 여물어 흩날리는 들에 서 있는 측백나무처럼 보였다. 그러자 음악이 흘러나왔다. 근사한 옷이 스쳐 지나갈 때 나는 소리처럼 들렸다. 그 소리는 점점 커져 바다의 멜로디처럼 모인 사람들에게 요란하게 퍼졌다. 검은옷을 입은 왕자는 손짓을 하며 여기저기 즐겁게 서 있는 사람들 사이를 다녔다. 그들 속에서 보이지 않다가 그는 다른 곳에서 번쩍거리는 옷을 입은 손님들 사이에 검은 모습으로 나타났다. 햇빛이 훑고 지나가는 것처럼 그의 빛나는 웃음은 사람들의 머리 위로 미끄러져갔다. 그리고 기둥에 기댄 채 그는 많은 사람들 한가운데서 화려한 보석처럼 빛나는 말을 건넸다. 모두들 그 말을 들으려고 애를 썼다. 그런데 점점 더 격렬해지고 거칠어지는 소동 속에서 은밀한 욕구가 가볍게 솟구쳤다. 왕자는 은빛 기사 옆에 있는 창백하고 핏기 없는 한 여자를 보고는 자신이 은빛 기사를 싫어하고 창백한 여자를 사랑하고 있다는 것을 느꼈다. 그에겐 두 사람 모두 빠르게 얼굴이 붉어지는 것처럼 보였다. 그는 그 두 사람에게 몸을 굽혔다. 저런, 그는 그 기사를 왕으로 여겼던가? 그가 칼로 내리치자 반짝이는 그 기사의 갑옷 위로 자줏빛의 피가 흘러내렸기 때문이었다. 기사는 점점 더 많은 피를 흘리다가 마침내 왕자의 주름진 외투 아래 말없이 주저앉았다. "많은 왕들이 그렇게 되지"라고 검은옷의 왕자는 죽어가고 있는 그의 눈을 보고 웃었다. 그때 축제의 손님들은 공포로 꼼짝하지 않았다. 불이 꺼진 홀에서 자신들의 얼굴이 다시 차차 창백하게 되자 그들은 웃지도 못하게 되었다. 그 모임의 마지막 사람까지 빠져나가 텅 빈 홀은 마치 암석으로 된 나라처럼 삭막하기 그지없었다.

단지 율리우스 카이사르만 남아 있었다. 반항적인 그의 눈이 탐욕스럽게 이글거리자, 몸을 떨고 있던 그 여자의 마음은 타들어갔다. 하지만 그가 그녀를 잡으려 할 때, 그녀는 그의 위압적인 시선에서 벗어나 소리가 울리는 어두운 홀로 도망쳤다. 한 가

닥의 달빛처럼 푸른색의 얇은 비단옷은 탐욕스러운 왕자의 손가
락에 찢어졌다. 그는 그것으로 목을 휘어 감고 졸랐다. 그러고
나서 그녀를 어둠 속에서 찾아내고는 환호성을 질렀다. 그는 그
녀가 벽지를 바른 작은 문을 찾는 소리를 듣고는, 거기에 그녀가
있다는 것을 알았다. 그곳에는 길이 하나밖에 없었기 때문이었
다. 그 길은 높은 몰다우 탑 속에 있는 향내 나는 둥글고 작은 방
으로 통하는 좁은 탑의 계단이었다. 황급히 서두른 그는 이제 그
녀의 뒤에 있다고, 여전히 그녀의 뒤에 있다고 확신했다. 그리고
그는 위협에 쫓기고 있는 그녀의 발소리를 듣지 못했지만, 한 계
단을 돌 때 그녀가 앞에 있다는, 한 줄기 빛처럼 스치는 어렴풋
한 느낌을 받았다. 그때 그는 그녀를 다시 잡았다. 이제 그는 공
포에 열이 올라 따뜻해진 그녀의 부드러운 속내의를 손으로 꼭
잡고 있었다. 단지 속내의만을. 그의 입술과 뺨은 싸늘해 보였
다. 그는 현기증이 났다. 그리고 자기의 전리품인 그녀에게 키스
를 하려고 할 때, 그는 머뭇거리며 벽에 기댔다. 그리고 호랑이
처럼 서너 번 훌쩍 뛰어올라 탑 방의 문으로 사라졌다. 밤에 두
드러져 보이는 벌거벗은 그녀의 순결한 흰 몸은 굳어 있었다. 창
문가에 피어 있는 꽃 같았다. 둘 다 미동도 없이 가만히 있었다.
그리고 그녀는 그가 자신을 알아차리기 전에 어린아이처럼 겁먹
은 두 팔을 들어 별들을 향해 뻗었다. 마치 두 팔이 날개라도 되
기를 원하는 듯이. 그의 눈앞에서 무언가가 희미하게 사라졌다.
높은 아치형 창문 앞에는 아무것도 없었다. 공허하게 울부짖는
밤과 외침 외에는……

멀리 보이는 풍경

15세기 문예부흥기의 피렌체 이야기

두 사람 모두 서로를 잊고 있었다. 높이 자란 들장미 사이로 멀리 떨어진 곳까지 구불구불 길게 나 있는 오솔길을 지나자 갑자기 확 트인 밝은 곳이 보였다. 젊은 두 사람은 자신들을 맞이하고 있는 피렌체를 보았다. 대리석으로 만들어진 그 도시는 그들을 선물처럼 받아들였다. 그곳은 이들 젊은이와 처녀를 받아들였지만 또 그들을 헤어지게도 했던 도시였다. 그 도시는 그들 두 사람 모두의 마음을 빼앗은 또다른 피렌체였기 때문이었다. 화가 베아토 안젤리코의 도시인 이곳은 시모네타의 고향이었다. 흰옷을 입은 그녀는 한가운데 길을 가다가 낯선 것에 두려움을 느끼며 산타 마리아 델 피오레 교회 쪽으로 갔다. 몸에 꼭 끼는 자주색 옷을 입은 젊은이는 가파르게 서 있는 성곽을 그리워했고, 경계를 서고 있는 탑으로 인해 시간이 지나면서 그의 마음은 부풀어올랐다. 그의 얼굴은 진지해졌고, 눈에 보이지 않는 끌로 다듬은 것처럼 성숙해지면서 원숙해졌던 것이었다. 이제 그는 아르노 강을 따라가면서 힐끔 쳐다보고 귀를 기울이며 그곳에 머물러 있었다. 그리고 그는 격양된 어조로 "화재 연기가 여전히 나고 있군" 하고 말했다.

시모네타는 그 동안 몰래 교회로 다니던 길에서 방향을 바꾸어 세상으로 다시 돌아왔다. 그녀는 줄리아노를 즉시 알아보지 못하고 어리둥절해했다. 그 동안 나이가 들었기 때문이었다.

그는 초조했다. 마치 보이지 않는 활에서 화살 하나를 쏘는 것처럼 거칠게 팔을 내밀면서 그는 "그 화재 연기가 보이지 않니?"라고 말했다.

처녀는 놀랐다. 그녀는 힘없이 어딘가를 황망히 쳐다보았다.

그녀의 시선은 지붕 위의 둥근 탑과 건물의 전면을 넘어 황금빛의 피에솔레스 산까지 이르렀다. 불안하고 생기 없던 그 시선은 다시 제자리로 돌아왔다. 그녀의 눈이 움찔거리는 것은 날개치는 것 같았다.

줄리아노의 마음은 다시 새로워져서 자기가 그녀의 가련한 눈을 부추기고 있음을 알았다. 그것을 뉘우치니까 그의 마음은 젊어졌다. 다만 그렇게 해서 그는 젊어질 수 있었다. 그러자 그것을 느낀 그녀의 마음도 누그러졌다. 그에게 그녀는 어머니와 같이 자애로웠다.

그녀는 들장미를 잡더니, 꺾지 않고 치켜들었다. 그녀는 흰 꽃잎이 나직이 부탁하는 것을 알았다.

"나는 모든 것을 다 알 가치가 있어요. 제가 여기 세상에서 들은 것은 아무것도 없어요. 어떻게 생각하세요? 당신이 바라보고 있는 그 화재 연기를 나에게 보여주세요. 내가 그 연기를 찾도록 도와주시고, 그 화재 연기가 무엇을 의미하는지도 가르쳐주세요."

그 젊은이는 주저하며 이야기했다. "피렌체에 큰불이 났었어. 검은옷을 입은 어느 수도승이 골목마다 다니며 '너희들이 사랑하는 모든 것에는 유혹이 불타오르고 있다. 나는 그 세상의 광채에서 너희들을 구하고자 한다'고 가르쳤어."

그때 아르노 강물이 위로 소리내며 출렁거렸다. 줄리아노는 저녁의 모습을 바라보았다. 모든 것이 장관이었고 화려했다. 부끄러운 듯 그는 머뭇거리면서 천천히 이야기를 계속했다.

"그들은 그 수도승에게 자신들이 좋아했던 것을 갖다 주었어. 단검, 좋아하는 책, 베네치아의 그림, 금, 돌, 쇠사슬을…… 많은 여자들은 우단, 자주색 옷, 자신의 머리카락을 갖다 주었어. 그런데 이 모든 것이 그의 억센 손에서 불타버렸어." 젊은이의 목소리는 화가 나 있었다. 하지만 그는 화를 가라앉히며 말했다. "그리고 불탄 후에 그것들은 자욱한 연기를 내며 재가 되었지. 그리고 모두들 가난해졌어."

얼굴을 숙인 채 젊은이는 계속해서 걸어갔다. 그는 자신도 열흘 전에 불타는 장작더미에 장신구를 놓았다고 감히 고백하지는 않았다. 수줍어하며 그는 오솔길 왼쪽 편에서 걷고 있었고, 시모네타는 오른쪽 편에서 걷고 있었다. 그 길에는 사람이 없었고, 햇빛이 비추고 있었다. 그들 사이에 마치 강이 흐르고 있는 것 같았다. 그들은 그 강물 소리를 듣고 있는 듯했다.

그러고 나서 그들은 서로 걱정되어 큰 소리로 불렀다.

"줄리아노."

조용했다.

"시모네타."

다시 조용했다. 그들 사이의 강이 점점 더 넓어지는 것 같았다.

"걱정하지 마세요." 오른편에서 시모네타의 목소리가 들렸다. 멀리 떨어져서.

다시 조용했다. 그러자 왼편에서 소리쳤다.

"무슨 생각을 하지?"

"그 후 사람들이 이제 가난해졌지요?"

"그래."

또 오른편에서 말했다. "그리고 하느님은?"

젊은이도 "하느님도"라고 소리쳤다. 그는 서서 비틀거리며 더듬었다. 그 두 사람은 서로의 젊은 몸을 느꼈다. 그들은 길 한가운데서 서로 붙어버려 마치 한 사람이 된 것처럼 있었다. 그들은 눈을 감고 있었다. 여전히 그들은 우유부단하여 이렇게 가까이 있는 밤 외에 다른 곳에서는 함께 있지 못할 사람들이었다.

그러고 나서 시모네타는 '너는 어떻게 할 건데?'라고 생각했다.

줄리아노는 '내가 너의 아름다움을 어떻게 말해야 할까?'라고 어렴풋이 자문해보았다.

그들은 슬펐다. 그들 중 어느 누구도 사랑한다는 말을 하지 못했기 때문이었다.

마침내 그들은 동시에 눈을 들었다. 마치 하늘을 찾는 것처럼 높이 쳐다보았다.

하지만 두 사람은 서로를 보고는 뭔가 알았다는 듯이 웃었다. 그들은 마치 크게 놀라 '너는 왜 말도 못하고 그렇게 있니?' 라고 서로에게 말하는 것 같았다.

그러고는 두 사람 사이를 말로 이을 수는 없었다.

멀리 있는 것들은 어두워지자 점점 보이지 않게 되었다. 자신들이 보호받고 있음을 알기 위해서는 현실에서의 느낌을 필요로 하는 듯 그 주위는 아직 깨어 있었다.

나중에 점차 피곤해진 그녀는 "오늘 너를 누구에게로 데리고 가겠어. 하지만 어머니에게는 아니야"라고 말했다.

그때 이미 별들이 보였다. 하늘에는 성 니콜로 교회에서 나는 맑고도 조용한 아베마리아 종소리가 진동하고 있었다.

그때 그는 "하느님에게로 데려다 줘"라고 간청했다.

그녀는 그보다 앞장서 성 니콜로 교회의 문으로 갔다. 골목길의 시원한 그늘에서 그 옆에 서 있는 그녀는 빛과 같았다. 긴 축제 행렬의 앞에 있는 사람처럼 손과 손을 맞잡고 그들은 작은 교회의 계단을 올라갔다. 교회 안에서 그들은 많은 사람들 속에서 무릎을 꿇었다.

그곳엔 하느님이 충만했다.

조용한 배웅

어머니는 창문가에 앉아 뜨개질을 하고 계셨다. 어제도 오늘
도 그리고 내일도 역시, 매일 그랬고 또 그럴 것이다. 좁고 긴 카
펫은 아직 절반도 채 완성되지 않았는데도 벌써 느슨해졌다. 꼭
완성할 필요는 없었다. 어디에서 곧 축제가 열리는 것도 아니었
다. 가끔 손이 꿈꾸듯 움직였다. 그녀는 자기 손을 주시하며 '이
손이 무엇을 하려는 게지?'라고 생각했다. 그때 금발의 그녀는
기대에 가득 차 있었다. 하지만 손은 무언가를 하다가 지쳐 가만
히 있었다. 이처럼 아무 일도 일어나지 않았다. 기껏해야 두 손
이 노란 자수포를 따라 다시 움직여나갈 뿐이었다. 그 손은 물살
을 거슬러 배를 억지로 당기고 있는 밧줄 같았다. 강으로, 바다
로, 그리고 모든 대양으로 자유롭게 항해해야 할 배를.

하지만 베아테 부인은 자신의 시선이 이렇게 붙들려 있는 것
을 몹시 기뻐했다. 그녀는 방을 쳐다보려 하지 않았다. 비록 그
방이 잘 꾸며져 아늑하고 9월의 햇살로 따뜻했을지라도.

그녀는 아들이 방에 들어올 때도 쳐다보지 않았다. 아들은 열
여덟 살이었고, 금발머리에 얼굴은 창백했다. 굳게 다문 입은 언
제나 간청하는 듯한 눈과는 대조적이었다. 그는 이 대조적인 입

과 눈이 자수포와 다투고 있는 것에 열심히 귀기울이고 있는 것처럼 보였다. 하지만 그건 긴장하는 모습이 아니라 거의 습관적인 모습이었다. 때때로 그가 화를 내기도 하고 머뭇거리기도 했다. 그런데 그럴 때마다 그는 점점 더 불안해했다. 그를 도와줄 사람은 아무도 없었다.

아버지는 시간이 없었다. 어머니도 마치 누군가가 도와주러 와야만 하는 것처럼 늘 그랬다. 그렇지만 누구도 그녀에게 갈 수 없었고, 다만 지나칠 뿐이었다. 그녀는 몸이 날씬했고, 처녀처럼 젊었기 때문이었다.

그래서 사람들은 어머니와 이야기를 나누지 못했다.

아들은 방을 가로질러 문 쪽으로 가까이 갔다.

"안녕히 계세요." 그가 말했다. 그는 냉담한 듯이 보이려 했다.

그러자 어머니는 놀라면서도 마음속에 품고 있었던 모습을 내비쳤다. 그건 마치 결혼 의상처럼 향내 나는 과거에 관한 것이었다. 하지만 아들은 그것에 대해 알지 못했다. 일요일 오후 그는 가버렸다. 잘 닦인 마룻바닥이 삐걱거렸다. 나는 자유야, 나는 자유야…… 이렇게 뇌까리며 그는 갔다. 그러고 나서 계단에서도 그의 소리가 들렸다. 마치 그의 발소리가 멀어지는 것이 아니라 고분고분히 뭔가를 물어보려고 조용히 되돌아오는 소리 같았다. 베아테 부인은 몸을 움직였다. 그녀는 마치 아들 밀로스라프가 다시 방에 돌아와 오래 전부터 자기와 마주 앉아 있는 것처럼 행동했다.

"밀로야." 그녀는 꿈꾸듯, 자수포 너머로 천천히 말을 건넸다.

아라베스크 무늬를 짜는 것 같았다.

　나는 세어보았다, 밀로야. 오늘은 다섯 번째 일요일이야. 네가 벌써 그애의 마음을 들여다보았든가, 아니면 그애가 너의 마음을 들여다본 거야. 지난 네 번의 일요일마다 그랬듯이 오늘도 그럴 거야. 너희들은 다시 골목길을 지나갔었지. 쾌활하게 제멋대로 구는 어린애처럼 말이야. 그러다가 너희들은 눈짓으로 언제 사랑을 나눌 수 있느냐고 물었지. 그때 너희 둘 다 알았어. 많은 사람들이 있는 여기가 아니라는 것을. 여관집 정원에는 아마도 조용한 곳이 있었을 거야. 기분 좋게 너희들은 무작정 찾기 시작했지. 가득 찬 테이블 사이에서 놓치기 쉽기 때문에 너희들은 서로 몸을 꼭 붙들고 찾고 있었어. 어디선가 사람들이 너희들 뒤에서 익살스런 말을 했지. 그때 너희들은 서로 몸을 떼었지. 그리고 오랫동안 나란히 걸어갔어. 너희들을 다시 보았을 때, 너희들은 사람이 없는 교회 한가운데 서 있었어. 그 교회에는 봉헌하는 향내가 나지 않았어. 너희들은 언제 사랑을 나눌 수 있지? 라고 물었지.

　너희 둘 다 느꼈어. 차갑고 슬픈 이곳이 아니라는 것을. 이제 지방도로가 나왔어. 너희들 앞뒤로 바람이 불어 말하는 데 힘이 들었지. 너희들은 "뭐라고?", "뭐라고 말했어?"라고 계속 물어야만 했지. 그 오솔길은 끝이 없었어. 너희들은 둘 다 울 것 같은 모습으로 그 길의 한가운데서 머뭇거렸지. 언제 함께할 수 있지?

　여기는 아니었어.

서로 미워하는 사람처럼 너희들은 나란히 빠른 걸음으로 어디론가 걸어갔어. 너희 둘 다 돌아갈 고향이 있었어. 그래서 조용히 멀리 떨어져 그 고향을 생각했지.

이제 그녀는 조그만 격자 문을 밀치고 들어가, 너보다 앞서 조그만 정원으로 들어갔지. 너는 머뭇거렸어. 그건 교회 묘지야, 라고 너는 그녀에게 말하고 싶지 않았어. 그러나 마침내 너는 그렇게 말했지. 그건 교회 묘지라고 네 마음속으로 무정하게 말했어. 그녀는 그렇게 말하지는 않았지만 그곳이 교회 묘지라는 걸 오래 전부터 알고 있었어.

갑자기 너희들은 그곳이 교회 묘지라는 걸 아주 자연스레 알게 되었어. 너희들이 너무 피곤하여 어딘가에 앉아 쉬는 것말고는 바라는 것이 없었기 때문이었지.

하지만 이내 저녁이 되었어.

언덕 사이로 무언가가 계속해서 너희들을 스쳐 돌아다니기 시작했어. 그것이 뭐냐고 물어볼 필요도 없었지. 그건 분명히 바람이었기에.

너희들 중 아무도 쳐다보지 않았어. 너희들은 시내에서 한 시 종이 울릴 때까지 기다렸지. 한 시가 지나야 집에 돌아가도록 되어 있었으니까. 그래서 너희들은 무언가를 할 시간이 전혀 없었어. 어두운 대문 안으로 들어와서 숨가쁘게 다시 한번 말했지. 언제 사랑을 나눌 수 있지?

여기는 아니었어. 그래서 두려운 가운데 헤어지게 되었지.

그랬지, 밀로야?

아니야. 사정은 훨씬 좋지 못했어. 누군가가 너희들의 은밀한 사랑에 대해 말할 수 있다는 두려움 또한 있었지. 서둘러야 했기 때문에 저녁시간이라도 지체할 수 없었어. 그리고 나자 위험이 닥쳤지. 너희들 스스로는 피곤하고 괴로웠기에 무엇을 체념할 것인가를 깨닫지 못했어. 너희들이 절망하고 초조하여 서로를 붙들려고 했던 것은 어디서도 마음을 가라앉힐 수 없기 때문이었어…… 그것이 끝이었어.

나는 네가 집으로 돌아오는 것을 볼 때 모든 것을 알고 있었단다. 밀로야. 그래서 나는 조심스레 램프의 불을 다시 줄였어.

"램프에서 그을음이 나요"라고 나는 아버지께 말했지. 그러자 아버지는 투정하셨지. 신문을 읽으려고 하셨거든. 네가 잠자러 갈 때에야 비로소 나는 램프의 불꽃을 다시 높였지. 그러자 아버지는 다시 신문을 읽으셨어.

아버지께서 안 계셨다면, 밀로야. 일요일에 한 번 나는 그 방을 흰 꽃으로 가득 채워놓고 갔을 거야. 너희들을 술집 정원으로 가게 하는 것 대신에 교회로 그리고 시원한 바람을 맞으며 지방도로로 가게 했을 거야. 그래서 나는 어찌 되었을까? 나 역시 교회 묘지에 태연히 있었을 거야. 나는 교회 묘지에 대해서 두려움이 없거든. 알겠니, 밀로야?

그리고 나서 베아테 부인은 수놓은 것을 다시 풀었다. 그녀가 자수한 것의 가장자리가 엉망이 되었다. 30분 후에 그녀는 잘못된 것을 찾고는, 초조하게 여기지 않고 다시 시작했다.

그녀는 "그리고…… 그애가 나를 좋아할 수 있다고 너는 생각하니?"라고 꿈꾸듯 단 한마디 말만 했다.

그녀는 짜고 있던 카펫에 몸을 굽히고 있었다. 오랫동안 그렇게 있었다.

아버지가 들어와서 "당신 눈을 버리겠구려"라고 말할 때까지.

그때 그녀는 '여덟 시구나. 아버지는 정확하시거든' 하고 생각했다.

그녀는 눈이 너무 쑤시고 얼굴도 창백해져서 다 식은 일요일 저녁빵도 먹지 못했다.

시계를 쳐다보지 않게 되면, 그녀는 남편의 초조해하는 눈을 쳐다보았다. 그러면 그녀는 위안이 되었다.

그녀는 자신의 힘과 의지를 모두 그렇게 사용했다.

마침내 아홉 시 반이 되자 그녀는 끝마쳤다. 아버지는 신문을 들고서 "그애는 도대체 어디 있소?"라며 내실 쪽을 향해 소리쳤다.

베아테 부인은 조용히 일어섰다.

그녀는 계단에서 기다렸다. 15분, 그리고 또 15분을.

그리고 나서 그녀는 갑자기 급히 맞이하러 무거운 발걸음으로 몇 걸음 내려갔다.

천천히, 천천히 그녀는 밀로와 함께 올라왔다.

그는 너무 슬프고 불안해하고 있었기 때문에 어머니가 마중 나온 것에 대해 놀라지 않았다.

마치 어머니와 아들 두 사람이 함께 떠나버렸던 것처럼, 잠깐 동안 그런 모습이었다.

세대 차이

　목요일에는 우리 방에서 토마토 냄새가 났고, 일요일에는 거위 굽는 냄새가 났다. 월요일마다 빨래를 했다. 그래서 그런 날은 빨간 날, 기름진 날, 미끄러운 날이었다. 그 외에 유리문 뒤에도 여러 날 있었다. 그러나 추운 날, 비단의 날, 백단나무의 날은 단 하루뿐이었다. 체로 친 것처럼 가늘고 곱게 조용히 비치는 햇살은 은빛이었다. 우리 방에는 그을음이나 파리들이 다른 방처럼 들어오지 않았고, 그렇게 시끄럽지도 않았으며, 폭풍우도 그다지 들이치지 않았다. 다른 방과 우리 방 사이에는 단지 유리문만 있었다. 하지만 그 유리문은 놋쇠로 된 문이 스무 개 정도 나열된 것 같았다. 또는 끝이 없는 다리와 같거나 나룻배가 불안스레 오가는 강의 모습 같기도 했다.

　우리 방으로 건너오는 사람은 거의 없었다. 해가 진 어스름 속에서 소파 위로 있는 그림의 금빛 테두리 안에 크게 보이는 할아버지와 할머니를 차츰 알아볼 수 있었다. 그건 흉상만 보이는 타원형의 좁은 그림이었다. 두 사람 모두 양손을 끌어당기고 있는데, 피곤하게 보일 수도 있는 모습이었다. 만약 그 손이 없다면 그건 초상화가 아닐지도 몰랐다. 그 손 뒤로 그들이 조용히 검소하고 유유자적하게 살아온 흔적이 보였다. 두 손은 일하면서 살아왔고, 동경하며 근심도 했다. 그 손들은 젊었을 때에는 힘이 있었으나, 이제 늙어서는 피곤했다. 두 손은 이러한 운명을 경건하고도 경외심에 가득 차서 바라보는 방관자였다. 그 두 손은 삶에서 아주 멀리 떨어진 어떤 곳에서 한가롭게 머물러 있는 표정이었기에 천천히 서로 닮아가지 않을 수 없었다. 소파 위 그림의 황금빛 테두리 안에 있는 할아버지와 할머니는 남매 같았다. 하지만 일요일에 입는 검은 나들이옷 앞에 놓인 두 손으로 인해 그 노인들의 모습이 갑자기 드러나게 되었다.

굳센 한쪽 손이 경련을 일으키면서 '인생이란 그런 거야'라고 무정하게 말했다. 창백한 다른 쪽 손은 걱정스럽지만 아주 상냥하게 '오, 일곱 명의 자녀들!' 하고 말했다. 금발의 손자가 한번은 두 손이 하는 말을 듣고, '이 손은 아버지 같구나. 딱딱한 딱지가 붙어 있으니까'라고 생각했다. 그리고 창백한 손 앞에서 손자는 그 손은 엄마 같다고 생각했다. 두 손은 아주 비슷했다. 그런데 손자 아이는 이 아버지와 엄마가 서로를 보고 싶어하지 않는다는 것을 알았다. 그 때문에 부모님이 사교장에 거의 가지 않는다는 것이었다. 두 손이라는 부모는 햇빛이 가득 비치는 방 안에 있는 것이 어울린다는 것이었다. 그리고 날이 바뀜에 따라 때로는 토마토처럼 붉게, 때로는 소다처럼 먹먹하게 지낼 것이라는 얘기였다. 그것이 인생이기 때문이었다. 그 손의 모든 특징들이 조부모님의 예전의 손과 마찬가지였다. 그냥 두 손이었고 그 외에 별다른 의미는 없었다.

유리문 뒤에서는 유별난 생각이 펼쳐지고 있었다. 거의 앞을 보지 못하는 높다란 거울이 할아버지, 할머니란 말을 계속 반복하고 있었다. 마치 그들이 이 말을 외워야 하는 것처럼 보였다. 뜨개질로 만든 식탁보 위에 놓인 앨범은 할아버지, 할머니의 사진들로 가득 차 있었다. 물론 등받이가 수직으로 된 의자들이 경의를 표하며 주위에 있었다. 그 의자들은 마치 서로 방금 소개받아 "반갑습니다" 또는 "여기에 오래 머무르실 건가요?" 등과 같은 친절한 말을 몇 마디 나누는 것처럼 보였다. 그러고 나서 의자들은 말이 없었다. 그러다가 노래하는 음악시계가 "딩동 댕동……" 하고 소리내며 노래를 시작하면, 의자들은 "어서 해보세요"라고 말하는 것 같았다. 그리고 의자들은 가냘프고 시든 목소리로 미뉴에트를 함께 노래했다. 그 노래는 끝났지만 잠시 동안 그 여운이 남아 있다 곧 거울 속으로 스며들어가, 호수 속의 은그릇처럼 평안한 모습을 보여주는 것 같았다.

그림의 모퉁이에는 손자가 있었는데, 그는 화가 반 다이크의 그림 같았다. 그의 이름을 음악시계에 맞춰 노래할 수 있다는 것을 의미하는 것 같았다. 좁은 방에서 우리와 함께 사는 것은 싸움과 질병이 아니며, 근심과 일용할 빵과 세탁일과는 전혀 다른 것이라는 생각을 그가 갑자기 하게 되었기 때문이었다. 실제적인 삶은 "딩동 댕동"이라는 노래와 같은 것이었다……. 실제적인 삶은 받거나 선물할 수 있는 것이었고, 거지나 왕도 할아버지를 부를 수 있는 것이었다. 경우에 따라서는 할아버지를 우울하게나 슬프게도 할 수 있었다. 하지만 그 삶은 얼굴을 근심지게

하거나 화나게 일그러뜨릴 수는 없으며 —— 할아버지에게는 죄
송하지만 —— 할아버지 손처럼 그렇게 손을 거칠고 보기 흉하
게 만들 수는 없을 것이라는 생각이었다.

　금발의 그 아이에게 꽉 들어차 있는 것은 그러한 희미한 생각
뿐이었다. 그건 납으로 만들어진 장난감 병사들이 아이들 생각
에 영향을 주는 것처럼, 아이들이 단순하게 달리 생각하는데도
눈에 띄지 않게 영향을 미치고 있는 것 같았다. 그 아이는 그것
을 현실처럼 느꼈을 것이다.

에발트 트라기

1

에발트 트라기는 아버지와 나란히 그라벤 거리를 걷고 있었다. 일요일 오후였고, 꽃마차 행렬이 있는 날이었다. 길가는 사람들의 옷차림에서 알 수 있는 것처럼 따분하고 버거운 늦여름, 즉 9월 초순이었다. 여자들이 입은 옷 가운데는 낡은 것도 적지 않았다. 예를 들면 유행하는 색깔인 폰 로나이 부인의 초록색 드레스나 방카 부인이 입은 푸른색의 얇은 비단 드레스도 그랬다. 이런 옷들은 손질만 조금 한다면 앞으로 1년 정도는 괜찮을 거라고 젊은 나이의 트라기는 생각했다. 거리에는 생글거리며 걸어오는 젊은 아가씨도 있었다. 얇은 연분홍빛 비단옷을 입고 있는 그녀는 손에 깨끗한 장갑을 끼고 있었다. 그녀의 뒤를 따라가는 신사들이 있었는데, 그들은 모두 휘발유 냄새에 젖어 있었다. 트라기는 그들을 경멸했다. 그는 이런 사람들을 모두 경멸했지만, 언제나 옛날 예법으로 깍듯이 인사를 했다.

하기야 그것은 아버지가 인사나 답례를 할 경우에 한한 일이긴 했다. 젊은 트라기 자신이 알고 있는 사람은 하나도 없었다.

그럼에도 그는 함께 모자를 자주 벗어야 했다. 아버지가 기품 있고 명망 있는, 소위 저명한 인물이었기 때문이었다. 아버지는 보기에도 귀족적인 자태를 지니고 있었다. 때문에 젊은 사관이나 관리들은 그에게 인사할 영광을 얻는 것을 자랑으로 여길 정도였다. 그러면 인사를 받을 때마다 노신사는 오랫동안 다물고 있던 입을 열어 "그래"라고 관대한 억양으로 답례했다. 큰 소리로 말하는 이 '그래'라는 말은, 감사관인 그 신사가 자기 아들과 꽃마차 행렬로 붐비는 일요일의 길거리에서 뭔가 중요한 이야기를 주고받고 있지만, 그들 사이에 의견일치가 이루어지는 일은 거의 없다는 오해를 행인들에게 퍼뜨릴 수도 있었다. 그 대화는 사실은 이랬다.

　"그래"라는 대답을 통해 아버지는, 말하자면 상대방의 공손한 인사에 깃들여 있는 '저 예의바르지요?'라는 모범적인 물음에 보답하는 것이었다. '그래'라는 감사관의 이 말은 너그럽게 보아준다는 것과 같은 것이었다.

　때때로 트라기는 아버지가 '그래'라고 말하면, "그 사람이 누구였어요, 아버지?" 하고 재빨리 묻곤 했다. 이런 질문을 받으면 아버지는 '그래'라고 말했지만 어찌할 바를 모르셨다. 마치 네 량의 객차를 단 기관차가 잘못된 궤도에 진입한 것처럼 더 이상 나갈 수도 물러갈 수도 없게 된 것이다.

　아버지인 폰 트라기 씨는 방금 답례했던 사람을 황급히 뒤돌아보지만, 조금 전의 그 상대가 누구였는지 통 생각이 나지 않았다. 그는 두어 걸음 걸으면서 생각해도 결국 떠오르지 않자 "글

쎄다?" 하고 말할 뿐이었다.

때때로 그는 이렇게 말을 덧붙였다. "네 모자가 먼지투성이구나."

"그래요." 아들은 공손히 받아들였다.

그러면 두 사람 모두 순간적으로 슬퍼지는 것이었다.

열 걸음쯤 걷는 동안 먼지 묻은 모자가 이상할 정도로 그들을 자극했다.

'모두가 이쪽을 보는 것 같군. 꼴불견이야.' 아버지는 생각했다. 반면 아들은 그 불쌍한 모자가 어떤 꼴을 하고 있는지, 어디에 먼지가 묻어 있는지 생각해내려고 애를 썼다. 차양 쪽에 붙어 있겠지 하는 생각이 갑자기 떠올랐다. '어쩔 수 없지 뭐. 솔이라도 있으면 몰라도……' 라고 생각했다.

그때 갑자기 눈앞에 모자가 나타났다. 그는 깜짝 놀랐다. 아버지가 아들 머리에서 모자를 벗겨버렸던 것이었다. 그는 빨간 장갑을 낀 손으로 정성껏 먼지 터는 흉내를 냈다. 트라기는 잠시 머리를 드러낸 채로 그 모양을 지켜보았다. 그러고 나서 그는 더러운 모자를 얌전하게 들고 있는 아버지의 두 손에서 그것을 낚아채듯 빼앗아 아무렇게나 푹 뒤집어썼다. 마치 머리카락에 불이라도 붙은 듯했다. "하지만 아버지" 하고 트라기는 말하고 싶었다.

'저는 이제 열여덟 살이에요. 그런데 이런 곳에서 모자를 벗기시다니. 더욱이 일요일 대낮에 이렇게 사람들이 많이 있는 데서.'

하지만 그는 한마디도 입 밖에 내지 못하고 말을 억눌렀다. 기분이 상한 그는 마치 몸이 커져서 맞지 않는 옷을 입고 있는 것처럼 갑갑해졌다.

그러자 노감사관은 갑자기 맞은편 보행자 길로 가서 경직된 자세로 점잖게 걷기 시작했다. 그에게는 이제 아들도 남 같았다. 두 사람 사이에는 일요일의 인파가 흘러가고 있었다. 하지만 그 많은 사람 중에 저 두 사람이 부자간임을 모르는 사람은 아무도 없었다. 모든 사람들은 두 사람을 이처럼 멀리 떼어놓은 무모하고도 우연한 사건을 유감스럽게 생각했다. 충분한 관심과 이해를 가졌으면서도 사람들은 서로 피했다. 부자가 다시 나란히 걷는 것을 보고 나서야 그들의 마음은 비로소 편해졌다. 그들은 때때로 두 사람의 걸음걸이가 같아지고 몸짓이 점점 비슷해지는 것을 보고는 기뻐했다. 지난날 젊은 트라기는 집을 떠나서 군사학교에서 교육을 받았다고 한다. 그런데 어느 날 그는 소외감에 못 이겨 학교에서 돌아오고 말았다. 그 까닭은 아무도 몰랐다. 하지만 조금 전에 감사관으로부터 '그래'라고 답례를 받은 마음씨 착해 보이는 어느 한 노인이 말했다. "보세요. 그가 머리를 왼쪽으로 조금 갸웃한 것이 꼭 아버지를 닮았군요." 이렇게 자신이 발견한 것에 만족한 듯 그의 얼굴이 환해졌다.

중년 부인들도 트라기에게 관심을 갖고 있었다. 그녀들은 그가 지나갈 때 잠시 그를 쳐다보며, 그를 생각하면서, 그의 아버지가 멋있는 사람이었다고 말했다. 그의 아버지는 지금도 멋있는 사람이지만, 트라기는 그렇지 못했다. 정말 그렇지 못했다.

도대체 누구를 닮은 것일까. 아마 어머니를 닮은 것 같다(그 엄마가 지금 어디에 숨어 있는지는 모르지만). 그러나 에발트는 무용수가 되기에는 좋은 체격을 하고 있었다……. 역시 그런 생각을 하고 있던 나이든 부인이 장미색 옷을 입은 딸에게 "엘리야, 너 트라기에게도 고맙다고 친절하게 인사했니?"라고 말했다.

그러나 결국 그것도 쓸데없는 일이었다. 트라기를 좋아한 늙은 노인의 기쁨도, 엘리 어머니의 현명한 배려도 쓸데없었다. 왜냐하면 꽃마차 행렬의 사람들이 인기척이 뜸한 좁은 헤렌 가로 꼬부라져 사라지자, 트라기가 한숨을 쉬면서 이렇게 말했기 때문이었다.

"마지막 일요일이야."

그는 숨을 크게 쉬었다. 그래도 노신사는 아무런 대꾸도 하지 않았다. 이렇게 과묵하시다니 하고 트라기는 생각했다. 마치 사방이 꽉꽉 막혀버려 아무 소리도 들리지 않는 정신병원 병실 안에 있는 것 같았다.

그렇게 그들은 '독일' 극장까지 걸어갔다.

그곳까지 오자 트라기의 아버지가 갑자기 물었다. "뭐라 그랬지?"

트라기는 참을성 있게 반복했다. "마지막 일요일이라고 말했습니다."

"그래." 감사관은 짧게 대답했다. "타일러도 소용없는 자는……"

잠시 가만 있다가 그는 말을 이었다. "날개를 태워 없애러 가거라. 그래야만 너는 제 발로 서는 것이 어떤 건지 알게 될 거야. 그래. 여러 가지 경험을 쌓도록 해봐. 나는 반대하지 않을 테니까."

"하지만 아버지." 트라기는 다소 격하게 말했다. "이 일에 대해서는 이미 충분한 의견을 나누었다고 생각합니다."

"그러나 대체 네가 바라는 게 무언지 나는 아직 모르겠구나. 사람이란 그렇게 정처없이 떠도는 게 아니야. 도대체 너는 뮌헨에 가서 뭘 하려는 거야?"

"일입니다." 에발트 트라기는 망설이지 않고 대답했다.

"그래 그 말은 마치 여기서는 아무 일도 못 한다는 것 같구나!"

"여기서라뇨." 뭔가 생각하듯 아들이 웃으며 말했다.

아버지 폰 트라기는 아주 침착했다. "도대체 이곳이 뭐가 부족하다는 거냐? 네 방이 있고, 먹을 것도 있어. 모두 너에게 호의를 갖고 있잖아. 게다가 여기서는 체면도 통해. 네가 사람들을 제대로 다루는 법을 터득하면 일류 가정에도 출입할 수 있게 될 거야."

"항상 사람, 사람들이군요." 아들은 다소 비웃는 어투로 말을 계속했다. "마치 그것말고는 세상에 아무것도 없다는 말씀인 것 같군요. 전 사람들 따위는 아무래도 좋습니다"(이렇게 자신 있게 말을 하고 있지만, 사실 그는 아까 그 모자 건을 생각해내고 자기가 거짓말을 하고 있음을 느꼈다). 그는 다시 한번 강조해서 말했다. "저 같은 사람을 마음에 들어할까요, 사람들이? 대관절 그들이 누구입니까? 인간이라구요? 아마 그렇겠죠."

그러자 노신사는 우스웠다. 그런데 그 노인의 점잖은 얼굴에 어딘지 모르게 아주 독특한 미소가 하얀 수염 밑의 입술 부근에서 생겨났는지, 눈언저리에서 생겨났는지는 도무지 알 길이 없었다.

그 미소는 금세 사라지고 말았다. 그러나 열여덟 살의 트라기는 아버지의 그 미소를 잊을 수 없었다. 그는 부끄러웠고, 그 부끄러움을 감추기 위해 큰 소리로 말했다. "어쨌든." 결국 그는 초조한지 허공에 대고 손을 빙글빙글 돌리면서 말했다. "아버지는 두 가지 일밖에 모르시는 것 같아요. 사람들과 돈 말이에요. 만사가 이 두 가지를 중심으로 움직이고 있으니까요. 사람들 앞에 납작 엎드리는 것이 살아가는 방식이고, 돈 앞에 엎드리는 것이 살아가는 목적이죠. 그렇지 않습니까?"

"애야, 너도 그 두 가지가 필요해질 거야." 노신사가 참을성 있게 말했다. "돈을 많이 가지고 있다면, 돈을 위해 엎드릴 필요가 없는 것이지."

"돈이 없으면요, 그러면……" 트라기는 약간 머뭇거렸다.

"그러면이라니?" 아버지는 묻고 나서 대답을 기다렸다.

"아뇨." 아들은 모르는 체하고 더 이상 말하지 않는다. 뭔가 다르게 말하는 것이 나을 것 같았다. 그러나 아버지는 대답을 기다리고 있었다. 그러나 아버지는 그 대목에서 가차없이 말을 맺어 버렸다. "돈이 없으면 룸펜이 되어 이 명예스럽고 좋은 가문의 이름에 먹칠을 하게 된단 말이다."

"아, 생각하시는 게 고작 그거예요……" 아들은 크게 화를 냈다.

"우리들은 요즘 사람들이 아니야"라고 아버지가 말했다.

"이 이야기는 이 정도로 해두자."

"네, 정말 그렇군요." 트라기는 기가 살아난 듯 말을 이었다. "아버지는 어느 시대 분이죠? 무척 옛날이시죠? 바짝 말라서 먼지투성이시군요. 완전히……."

"함부로 지껄이지 마!" 감사관은 명령조로 말했다. 장교 출신이란 그의 바탕이 금세 드러난 것이다.

"제게도 권리는 있습니다."

"닥쳐!"

"제가 말해도 될까요?"

"말해봐." 아버지 폰 트라기 씨는 비웃듯이 내뱉었다. '말해봐'라는 짧은 이 표현은 마치 얼굴에 가한 일격과도 같은 것이었다. 그러고 나서 아버지는 경직되고 엄숙한 걸음걸이로 거리 저쪽으로 움직였다. 텅 빈 거리였기 때문에 두 사람은 쉽사리 가까워지지 않았다. 햇살이 잘 비추는 무더운 찻길이 그들 사이에서 점점 벌어지는 것 같았다. 이제 두 사람이 닮은 데라곤 전혀 없는 것처럼 보였다. 노신사의 걸음걸이나 몸 자세는 여전히 흠잡을 데가 없었다. 그의 장화는 유난히 번쩍거렸다. 길 저쪽에서 걷고 있는 젊은이도 뭔가 달라 보였다. 몸에 걸친 모든 것이 마치 타들어가는 종이처럼 주름지거나 퍼덕거렸다. 양복에는 갑자기 숱한 주름이 생겼다. 넥타이는 부풀어오르고 있었고, 모자의 차양은 넓어지는 듯했다. 유행하는 간소한 오버코트를 레인코트처럼 몸에 꼭 붙게 입고, 폭풍 속을 걸어가듯이 앞으로 걸어갔다. 투쟁적인 그의 걸음걸이는 〈1848년〉이라든가 〈혁명가〉라는 제목이 붙은 낡은 석판화를 연상시켰다.

그래도 그는 가끔 길 건너편으로 조심스러운 눈길을 보내곤 했다. 그곳에는 한 노인이 홀로 버림받은 채 사람이 없는 보도 위를 걷고 있었다. 그것을 보자 아들의 마음이 언짢아졌다. 아버지가 외톨이가 되셨구나 하고 생각했다. 만일 아버지에게 무슨 일이 일어난다면…….

그의 눈은 이제 아버지에게서 떨어지지 않았다. 그가 아버지의 움직임을 쫓아 시선을 집중시켰기 때문에 눈이 아플 정도였다.

마침내 두 사람은 같은 집 앞에 나란히 서게 되었다. 현관문을 들어서려 할 때 에발트 트라기가 "아버지!" 하고 간청하듯이 불렀다. 잠시 멈추었다가 빠르게 "코트 깃을 세우세요, 아버지…… 계단은 매우 추우니까요"라고 말을 꺼냈다.

그의 말투는 조심스러웠다. 그럴 생각이 아니었는데도 마지막에는 요구하는 듯한 어조가 되었다.

아버지는 그 말에는 대답하지 않고 도리어 명령조로 "네 넥타이나 고쳐"라고 말했다.

"네." 에발트 트라기는 의례적으로 대답하고 넥타이를 매만졌다.

그러고 나서 두 사람은 계단을 올라갔다. 그들은 의젓하게 올라갔는데 건강에도 아주 좋은 걸음걸이였다.

　　2층의 오른쪽으로 폰 발바흐 부인의 거실이 있었다. 그분을 모두 카롤리네 백모님이라고 불렀는데, 일요일마다 이 부인의 거실에 친족들이 모여서 식사를 했다. 시간은 한 시 반이었다.

　　트라기 부자는 정확히 시간에 맞춰 도착했다. 그런데도 벌써 모든 사람이 와 있었다. 알다시피 '시간을 정확하게 지키기' 보다는 약속시간보다 조금 먼저 도착하는 경우가 점점 더 많아졌다.

　　트라기는 대기실 거울 앞에서 잠시 걸음을 멈췄다. 그리고 '마지막 일요일'이란 표정을 갖추고 아버지 뒤를 따라 노란색을 칠한 넓은 방으로 들어갔다.

　　"오오……"

　　모여 있던 손님들이 놀란 듯 반가움을 표시하고, 서로 서로를 보고 남들보다 더 놀라는 듯한 표정을 지으려 했다. 트라기 부자의 등장은 그다지 대단한 일이 아니었다. 그래도 그것은 어떻게든 인생을 풍요롭게 만드는 것이라면 이해할 만했다. 서로들 인사를 하느라 야단이었다. 에발트 트라기는 각양각색의 부인들과 악수하며, 마치 식자공처럼 오식(誤植)이 없도록 각기 사람에 맞는 인사말을 했다. 그러나 오늘 에발트 트라기는 '마지막 일요일'이란 얼굴을 가지고 멋진 인사를 했다. 아버지가 누이동생 요한나가 있는 데로 갔을 때, 트라기는 세 사람의 숙모와 네 사람의 사촌 자매, 꼬마 에곤, 그리고 다른 아가씨와 인사를 하고 있었다. 그런데도 전혀 피로한 기색을 보이지 않았다.

마침내 트라기의 아버지도 제자리에 앉았다. 이제 모두가 마주 보고 앉게 되었다. 모두들 배가 고팠다. 네 사람의 사촌 자매는 무슨 말이라도 해야 한다고 느꼈다. 여기저기 앉아 있던 그녀들은 이야기를 꺼내려고 애를 썼다. 예컨대 청우계라든가 창가에 놓인 진달래꽃, 긴 의자 위쪽에 걸린 동판화로 된 상장 따위에 대해서 하나하나 설명을 붙이는 것이었다. 그러나 마치 배부른 거머리가 매우 미끈거리는 사물에 붙어 있지 못하고 떨어져 나가듯, 그것들에 대한 이야기는 금방 끝나고 말았다. 침묵이 스며들었다. 사람들은 길게 연결된 빛바랜 실과 같은 침묵에 휩싸여 있었다. 친척 여자 중에서도 제일 연장자이자 미망인인 엘레오노레 리히터 소령부인은 무릎 위에 올려놓은 굳어버린 손가락을 가만히 꼼지락거렸다. 마치 한없이 지루한 이 시간을 실패에 정성스레 감기나 하려는 것 같았다. 사실 그녀는 여자들이 빈둥거리며 놀고 지낼 수 없었던 그런 시대에 태어난 사람이기도 했다.

그러나 미망인인 소령부인이 '젊다'고 말하는 사람들도 이때 멍청하게 가만히 있던 것은 아니었다. 네 명의 사촌 아가씨들이 거의 동시에 "로라는?" 하고 말했다.

그 예쁜 목소리의 울림을 선물처럼 느끼고 모두들 미소를 띠었다. 그러자 이 집의 주인인 카롤리네 백모가 대화를 시작했다. "개는 어떻게 짖지?"

"멍멍!"——네 아가씨가 개 짖는 소리를 흉내냈다.

꼬마 에곤이 어느 구석에선가 기어나와서 열심히 이 대화에 끼여들려고 했다.

그러나 여주인은 이 주제를 그만둘 생각인지 다른 질문을 던졌다. "그럼 고양이는?"

그러자 모두 일제히 고양이 우는 소리를 내보였다. 나아가서 모두 제각기 역할이나 취향에 따라서 닭이나 염소, 소 따위의 울음소리를 질러댔다. 누가 가장 나은 재능을 발휘했는지 말하기는 어려웠다. 혀 꼬부라진 소리나 날카로운 소리, 매끄러운 소리보다도 미망인인 소령부인이 내는 수탉 울음소리가 더 크게 들렸다. 그럴 때 그녀는 정말 젊어진 것 같았다.

"아주머니가 수탉 우는 소리를 내고 있어." 누군가가 정말 대단하다는 듯 말했다.

그러나 모두 언제까지나 똑같은 짓만 하고 있는 것은 아니었다. 실로 소리를 다양하게 낼 수 있다는 것을 알고 하는 짓들이 점점 대담해졌다. 음절을 기묘하게 연결시켜 그 속에서 각기 독특한 개성을 유감없이 발휘해나갔다. 그러나 이와 같이 각자의 개성을 송두리째 드러내면서도, 모두가 같은 가족이라 다양한 목소리에서도 미묘하지만 비슷한 데가 있다는 사실을 지적한다는 것은 정말 감동적인 일이었다. 그것은 모두의 마음속에 깃들여 있는 공통된 소리였다. 이것을 알게 되자 모두들 스스럼없이 정말 기뻐했다.

그때 갑자기 노란 창살 뒤에서 회색이 섞인 초록색 앵무새가 몸을 움직이기 시작했다. 수심에 잠긴 것처럼 말없이 고개를 숙인 그 새의 모습이 모두의 목소리를 인정한다는 점잖은 자태라고 말할 수 있었다. 그렇게 느낀 사람들은 점점 말소리를 낮추며 그 새에게 고맙다는 미소를 지어 보였다.

그 앵무새는 유태인 음악선생 같은 표정을 짓고 있었다. 그리고 자기 학생 같은 모두에게 두어 번 머리를 숙여 보였다. 앵무새 로라가 한 식구가 된 이래, 가족들은 명랑한 말들을 많이 배우며, 어휘수도 정말 많이 늘었다. 그것은 이제까지 꿈에도 생각지 못한 일이었다. 앵무새가 가만히 칭찬해주거나 하면, 모두들 그 사실에 우쭐거리며 기뻐했다. 그리하여 대단히 기분이 좋아져서 식탁에 앉게 되었다.

일요일마다 에발트 트라기는 셋째 숙모인 아우구스테 양이 미소지으며 "먹는다는 것도 하찮은 일은 아니군요"라고 말할 때까지 기다렸다. 그러면 습관상 그 말에 누군가가 나서서 "그럼, 나쁘지 않고 말고요"라고 맞장구쳐주지 않으면 안 되었다.

이것은 보통 두 번째 요리가 나온 다음에 일어나는 일이었다. 에발트 트라기는 세 번째 요리 다음에 무슨 일이 있고, 네 번째 요리 뒤에는 무슨 일이 일어나는지 다 알고 있었다. 요리가 나오는 동안에 입을 여는 사람은 거의 없었다. 우선 일하는 사람들 앞에서 말을 삼가기 때문이고, 둘째는 모두 자기 접시 상대하기에 바빴기 때문이었다. 고작해야 뭐라 말을 걸어야 비로소 말을 하는 꼬마 에곤을 향해 많이 먹으라든지, 음식을 잘 씹어 먹어야 한다는 둥 자상한 배려를 보였는데, 그가 먹는 것을 방해할 정도였다. 꼬마 에곤은 제일 먼저 배가 불러오기 때문에 이제 그만이라고 생각하기 시작했다. 그러면 그는 점점 얼굴을 붉히는 '아가씨'를 보고 자기처럼 더 이상 먹을 수 없다는 생각을 속으로 하게 되었다. 다른 사람들의 얌전떠는 모습도 오래가지 않았다. 모두 자기 접시에 음식이 배분되면, 나직이 신음소리를 내었다. 또 하녀가 달콤한 크림을 들고 들어오면 모두 고민스럽게 큰 한숨을 내쉬었다. 모두들 얼음으로 차게 식힌 것이 있었으면 하고 줄곧 생각했다. 누가 그 욕망을 극복할 수 있으리요. 노감사관은 '나중에 소다를 주면 좋겠다……'고 생각했다. 아우구스테 양은 카롤리네 백모 쪽을 돌아보며 "집에 위장약이 있습니까, 백모님?"라고 물었다. 그러자 발바흐 부인은 장난기 어린 미소를 띠고 작은 책상을 끌어당겼다. 그 위에는 많은 상자와 깡통, 묘한 형태를 한 병 따위가 준비되어 있었다. 약방 냄새가 나기 시작하자 모두들 웃었다. 그러고 나서 다시 한번 크림이 모두에게 나누어졌다.

그때 갑자기 제일 나이많은 아주머니가 일어나서 할머니 같은 표정을 짓고 나무라듯 "에발트, 너는?" 하고 물었다.

에발트가 크림을 받지 않았던 것이었다.

"너는?" 하고 좌중의 눈이 일제히 트라기를 향하고 있었다. 집주인인 백모는 '언제나 이 아이만이 여느 사람과 다르단 말이야. 우리들은 내일 기분이 쓸쓸해질 텐데, 이 아이는 과연 어떨까? 그래도 괜찮을까……' 라고 생각했다.

"이젠 됐어요." 트라기는 짧게 대꾸하고는 접시를 약간 한쪽으로 밀어두었다. 그건 '제발 이것은 이 정도로 해주세요, 부탁입니다'라고 하는 것과 같았다.

그러나 누구도 그 뜻을 몰랐다. 모두 이야깃거리가 생긴 것에 기뻐하며, 그가 잘 모르고 있는 것을 알려주려고 애썼다.

"넌 맛있는 음식을 모르고 있어……." 누군가가 말했다.

"괜찮아요."

그러자 네 명의 사촌 자매들이 일제히 숟가락을 트라기에게 내밀었다. "시험 삼아 먹어봐."

"괜찮다니까요." 트라기가 거듭 거절하니까 네 명의 젊은 아가씨들은 난처해했다. 분위기가 이상해졌다. 잠시 후 아우구스테 숙모가 나서서 "할머니가 늘 말씀하셨지. '무엇을 먹느냐'가 아니라 '어떻게 참느냐'지"라고 말했다.

"그렇지 않아." 카롤리네 백모가 다시 고쳐 말했다. "참는다는 것은……."

그러나 그것도 틀린 말이었다.

네 명의 사촌 자매는 어쩔 줄을 몰랐다.

그러자 폰 트라기 씨가 아들에게 고갯짓을 해 보였다. '자, 네가 한번 해봐. 모두들 감동하게. 자, 해봐.'

트라기는 아무 말도 하지 않았다. 그러나 모두가 자기의 도움을 구하고 있다는 것을 그는 알고 있었다. 오늘은 마지막 일요일이었다. 마침내 그는 결심한 듯 "먹고 싶은 것은 먹고, 참을 수 있는 것은 참는 것입니다"라고 말을 내뱉었다. 아주 경멸스럽다는 어투로.

칭찬하는 소리가 대단했다. 모두 그 말을 차례대로 따라하고,

곱씹으면서 곰곰이 생각해보았다. 소화를 좀더 잘 시키기나 하려는 듯 입 안에서 이 말을 중얼거렸다. 그 말을 반복하는 것이 좌중을 한 바퀴 돌아 다시 트라기 차례가 되었을 때 주위가 벌써 어두워져 있었다.

빈혈이 있는 프랑스 '아가씨'는 이것을 언어 연습인 줄 알았는지 꼬마 에곤에게 몸을 굽히고 반복했다. "먹고 싶은 것은 먹고……."

잠깐 동안 에발트 트라기는 가족의 정신적 지주가 되었다. 언제나 생각해낼 수 있는 그의 기억력에 모두들 감탄했다. 그러다가 카롤리네 백모가 입술을 삐죽거리며 비꼬는 듯한 말투로 말했다.

"음…… 저렇게 젊은데 뭐……."

사실 네 명의 사촌누이들도 '저렇게 젊은데 뭐……' 하고 생각하고 있었다.

꼬마 에곤의 파리한 얼굴에까지 '저렇게 젊은데 뭐……' 하고 비웃는 빛이 떠올랐다. 그래서 열여덟 살의 트라기는 '그래서 도대체 어쩌란 말이지? 이 사람들이 그 다음엔 내가 여기서 태어날 것을 기대할 것 같은데'라고 생각했다.

어쨌든 그는 기분이 좋지 않았다. 아우구스테 숙모가 식사 중에 자기 치아에 관한 이야기, 즉 단단하던 때와 흔들려서 빼냈던 때에 대해 이야기하는 참이었다. 트라기는 숙모가 아주 흥이 나서 한참 이야기를 하는 중에 그녀의 말을 가로막았다.

"제가 생각하기로 식사 중에는……." 이렇게 말하고 그는 좌중의 대답을 기대했다. '쓸데없는 소리 하지 마. 싫으면 네가 나가면 되잖니' 하는 식의 말을. 그러나 모두 기분이 언짢았음에도 말없이 가만히 있었다.

나중에 '깡뜨낙'으로 건배하는 순서가 되었을 때, 트라기는 누군가가 잔을 들고 '자 그럼, 에발트……' 라고 말해주길 기대하고 있었다. 그런데 순서에 따라 건배를 했건만, '그럼 자, 에발트……' 하고 말을 꺼내는 사람은 아무도 없었다.

그러고 긴 휴식 시간이 되었다. 에발트 트라기가 이것저것 불안한 생각을 하고 있을 때였다. 그는 갑자기 모인 사람들 모두가 자기를 무심히 쳐다보기도 하지만, 심술궂게 바라보고도 있다는 것을 느꼈다. 그래서 그는 겁먹은 태도로 그 눈길을 피하려고 애를 썼다. 그러나 그가 그런 태도를 보일수록 눈에 보이지 않게 엉키어 있던 눈길을 점점 어렵게 만들었다. 처음에는 화가 났으나 이내 어쩔 수 없이 그의 생각은 계속 맴돌 뿐이었다. 불쾌하고 초조해져서 그는 거듭 이러한 생각을 하게 되었던 것이다. '당신들이 당치도 않은 무서운 말을 들어야 할 텐데. 누군가가 무례한 말로 당신들의 두 눈이 빠져나오도록 실컷 두들겨줘야 할 텐데' 라는. 그러나 그것은 다만 바람일 뿐이었다. 트라기는 자라온 안일하고 시시콜콜한 일상생활에서 좋아하는 것이 너무 많았기 때문이었다. 그건 마치 도둑을 부모로 둔 아이가 부모가 하는 일을 경멸하면서도 점점 자기도 도둑질을 배워가는 것과 같았다.

이런 걱정을 하고 있는데, 아우구스테 숙모가 순진하게 말을 꺼냈다. "저기 있는 젊은 양반은 우리가 하는 말이 못마땅한 모양인데, 자네도 좋을 대로 말해보지 그래. 그렇게 하면 다른 사람도 그 말을 들을 텐데……. 자, 에발트. 너도 꽤 곳곳을 돌아다녔지?"

에발트 트라기는 그 말을 거의 듣지 않았다. 그는 얼굴을 들고는 슬픈 듯이 미소를 지었다. '아 네, 저는…….'

네 명의 사촌 자매가 "너더댓 주일 전에 네가 무슨 이야기를 했었잖아?" 하고 그가 생각해내기를 바라며 말했다. 그러나 이 말은 트라기의 귀에는 먼 데서 들려오는 것 같았다. 그래서 그는 황급히 그것이 어떤 이야기였는지 생각해내려고 애썼다. "무슨 이야기였지?" 이윽고 그가 조심스럽게 물었다.

네 명의 사촌 자매도 생각에 잠겼다.

그 사이에 카롤리네 백모가 그에게 물었다. "아직도 시를 쓰고 있니?"

에발트 트라기는 얼굴이 창백해져, 사촌 자매들에게 "그럼 누이들도 기억하지 못하고 있나요?"라고 말했다. 한편에서는 미망인인 소령부인의 깜짝 놀란 듯한 목소리가 들려왔다. "뭐라구요? 에발트가 시를 쓴다구요?" 그녀는 고개를 흔들며 "이런 세상에……" 하고 말했다.

그러나 그런 말에는 아랑곳하지 않는 듯 그는 너더댓 주일 전에 말하기 시작했다는 이야기를 생각해내려고 했다. 그러다가 어떤 계기로 오늘이 마지막 일요일이라는 이야기를 꺼낼 수 있었으면 하고 그는 바랐다. 그러면 모두 크게 한숨을 내쉴 것이다. 그런데 갑자기 백모인 발바흐 부인이 그의 생각을 가로막으며 입을 열었다.

"시인은 언제나 주의가 산만하거든. 이제 그만 넓은 방으로 가는 것이 좋을 것 같은데요." 그리고 에발트에게 "그 이야기는 다음 일요일에 듣기로 하자. 괜찮겠지?" 하고 말했다.

그녀는 재치에 넘친 미소를 짓고는 일어섰다. 트라기는 자기가 판결을 받은 죄수 같다고 느꼈다. 언제나 다음 일요일인 것이었다. 그러니까 무슨 말을 하더라도 쓸데가 없었다. "허탕이야!" 그는 신음하듯이 중얼거렸다.

그러나 아무도 그 말을 듣지 못했다. 모두들 의자를 뒤로 밀고, 기지개를 켜면서 기름 낀 만족스런 목소리로 "잘 먹었습니다" 하고 인사를 주고받았다. 그것은 포장이 잘못된 도로를 차가 달릴 때처럼 딸꾹질에 걸려서 나온 말이었다. 그러고는 모두 손에 땀을 쥐고 넓은 방으로 갔다. 넓은 방은 예전과 다름없었다. 다만 이번에는 모두가 흩어져서 앉았다. 그래서 식사 때와 같은 가족적인 유대감은 없었다.

미망인인 소령부인은 피아노 앞을 오락가락하며 경련이 일어나 손가락을 딱딱 꺾어 보였다. 여주인인 백모는 말한다. "아주머니는 악보를 보지 않고도 뭐든지 칠 수 있단다…… 놀라운 일이지."

"정말이에요?" 아우구스테 숙모는 깜짝 놀라 물었다. "악보를 다 외우고 있어요?"

"외고 계시대요." 네 사촌 자매도 보증하듯 말했다. 그래서 그들은 소령부인에게 "제발 좀 들려주세요" 하고 졸라댔다.

　그러자 미망인은 거듭되는 요청에 아량을 베풀듯 물었다. "어떤 곡을 칠까요?"

　"마스카니!" 네 명의 사촌 자매가 꿈꾸듯 말했다. 마침 그때는 마스카니가 인기 작곡가였기 때문이었다.

　"좋아요." 엘레노오레 리히터 소령부인은 말하고는 건반을 시험해보았다. "카발레리아?"

　"네." 몇 사람이 대답했다.

　"좋았어." 늙은 소령부인은 고개를 끄덕이며 생각에 잠겼다.

　"악보 없이도 뭐든지 연주하실 수 있다면서요……." 가볍게 잠이 들었던 아우구스테 숙모가 말했다. 누군가가 깊이 한숨을 내쉬면서 말을 덧붙였다.

　"그건 정말 놀라운 일이에요……."

　"네……" 하고 소령부인은 망설이다가 다시 건반을 시험 삼아 두들기며 말했다. "누가 휘파람으로 멜로디를 불러줘야겠는데."

　감사관인 트라기의 아버지가 휘파람을 불었다. "이렇게 나는 유머를 찾네……" 오페라 〈미카도〉의 한 구절이었다. "맞았어요." 소령부인이 미소지었다. 처녀 시절로 되돌아간 것처럼 그녀는 "카발레리아예요" 하고 웃었다.

　이리하여 그녀는 〈미카도〉를 치기 시작했다. 그러고 나서 친 〈거지 학생〉과 〈코르네이유의 종〉은 앞의 곡과 너무나도 잘 어울렸다.

　다른 사람들은 피아노 소리를 고마워하면서 꾸벅꾸벅 졸기 시작했다. 끝내는 소령부인까지도 졸음에 물들기에 이르렀다.

에발트 트라기는 참을 수가 없었다. 무슨 대가를 치르더라도 말해야 할 것 같은 기분이었다. 마치 〈코르네유의 종〉 결말에 나오는 대사이기나 하듯 그는 "마지막 일요일이야"라고 말했다.

단 한 사람, 잔 양만이 이 말을 들었다. 그녀는 조용히 두꺼운 융단 위로 걸어가서 이 젊은이와 마주 보고 창가에 앉았다.

두 사람은 잠시 서로 바라보았다.

프랑스 처녀가 프랑스어로 나지막하게 물었다. "당신은 떠나시나요?"

"예." 트라기는 독일어로 대답했다. "저는 여행을 떠납니다. 아가씨…… 먼 곳으로……" 그는 마지막 말을 길게 늘여서 발음하고는 자기의 말이 가진 진폭도 괜찮구나 생각했다. 그는 잔과 이야기하는 것은 이번이 처음이기에 놀라고 있었다. 그는 갑자기, 그녀가 여느 사람들이 생각하고 있는 것처럼 단순한 '아가씨'가 아님을 느꼈다. 그리고 자기가 이제까지 그 사실을 모르고 있었다는 것이 이상했다. 그녀는 모든 사람이 인사를 드리지 않으면 안 될 그런 여자이며, 더욱이 외국인이었다. 그는 조용히 그녀를 살펴보고 있었지만 마음속에 어떤 감정이 일어나 그녀 앞에서 고개를 숙이게 되었다. 너무 과장되게 머리를 숙였기 때문에 그녀는 웃음을 참지 못했다. 그것은 우아한 미소였다. 그 미소는 예쁘게 생긴 입술 주위에 바로크 풍의 나선을 그리며 퍼졌지만, 당장이라도 울 듯한 슬픔을 띤 그늘 짙은 눈까지는 이르지 않았다. 왠지 모르게 미소가 떠오르는 일도 있다는 것을 트라기는 알게 되었다. 그는 그 아가씨보다 나이가 어렸다.

곧 그는 그녀를 기쁘게 할 감사의 말을 하고 싶었다. 뭔가 두 사람에게 공통되는 일을 그녀로 하여금 기억나게 해야 할 것 같은 생각이 들었다. 예컨대 '어제는' 하고 말하고 나서, 서로 이해하는 듯한 표정을 짓는 것처럼. 그러나 이 세상에 그들 두 사람에게 공통되는 것이란 아무것도 없었다. 곤혹스런 표정을 짓고 있는 그에게, 그녀는 조심스런 독일어로 물었다.

"왜요? 왜 여행을 떠나시려는 거죠?"

에발트 트라기는 무릎 위에 팔꿈치를 세우고, 두 손을 오목하게 만들어 턱을 괴었다.

"당신도 집을 나오지 않았소" 하고 그는 말했다. 잔은 여유를 주지 않고 나무라듯이 말했다.

"향수병에 걸릴 거예요."

"나는 그리움을 지니고 있어요." 트라기는 고백하듯 말했다. 이리하여 두 사람의 대화는 잠시 엇갈리게 되었다.

이윽고 둘의 이야기는 원점으로 거슬러올라가 다시 처음의 대화로 되돌아갔다. 잔은 나직한 목소리로 털어놓기 시작했다. "전 집을 나올 수밖에 없었어요. 집에는 형제들이 여덟 명이나 있는걸요. 아시겠죠. 하지만 무척 겁이 났어요. 물론 여기 계신 분들은 모두 좋은 사람들뿐이에요." 그녀는 마지막 말을 불안스레 덧붙였다. 그러고 나서 그녀는 에발트의 고백을 요구하듯 물었다. "당신은?"

"저요?" 그 젊은이는 멍하니 생각에 잠겨 있었다. "저요? 저는 그렇지 않아요. 집에서 놔주지를 않아요. 정반대죠. 당신도 알다시피 여기 있는 사람들은 모두, 오늘이 내게는 마지막 일요일이라는 것을 알고 있어요. 그런데도 마지막 일요일답게 대해주는 사람이 하나도 없어요. 그런데…… 당신은 왜 웃고 있죠?" 그는 말을 중단하고 물었다.

아가씨는 잠시 주저하다가,

"당신은 시인이신가요?" 하고 되물었다. 그리고 그녀는 안색을 붉히며, 어린애처럼 겁에 질린 표정을 지었다.

"그것은 저……." 그는 설명하려고 했다. "저도 몰라요. 하지만 언젠가는 알게 되겠죠. 시인인지 아닌지를 말이에요. 이곳에서는 그것이 확실해지지 않아요. 이곳에서는 제 자신을 떨쳐버리기가 힘들어요. 쉴 수가 없어요. 사면팔방이 꽉 막혀서 넓은 시야를 가질 수도 없어요. 아시겠어요, 아가씨?"

"네." 프랑스 아가씨는 고개를 끄덕였다. "하지만 제 생각엔 당신 아버님도 틀림없이 기뻐하실 거고, 그리고 당신의……."

"어머니, 라고 당신은 말하고 싶겠지요. 그래요, 모두 그런 식으로 말하니까요. 아는지 모르겠지만, 우리 어머니는 앓아 누워 계세요. 아마 당신도 들으셨을 거예요. 여기서는 모두 어머니의 이름을 대는 걸 피하고 있지만, 어머니는 아버지 곁에서 도망을 치셨어요. 어머니는 지금 여행 중입니다. 도중에 필요한 것밖에 가진 게 없어요. 사랑에 대해서도 그래요…… 나는 오랫동안 어머니의 소식을 못 들었습니다. 지난 1년 동안 우리는 편지 왕래도 없었어요. 그러나 어머니가 기차를 타면 찻간에서 '우리 아들은 시인입니다' 라고 말할 것만은 확실해요."

　잠시 말이 없었다.

　"그래요. 다음은 아버지인데, 아버지는 뛰어난 분이세요. 나는 아버지를 좋아합니다. 귀족적이고 성실한 마음의 소유자십니다. 그런데 세상 사람들은 곧잘 아버지에게 '댁의 아드님은 뭘 하고 계세요' 하고 묻습니다. 그때마다 아버지는 부끄러워 당황하시는 거예요. 뭐라고 말하면 좋을까. 그저 '시인입니다' 라고만 할까? 이건 좀 우스운걸요. 가령 그런 식의 대답이 있을 수 있다고 하더라도 '시인은 사회적 지위도 없고, 수입도 없고, 사회의 어느 등급에도 속하지 않으며, 연금을 탈 권리도 없다. 요컨대 시인이라는 것은 살아가는 것과는 전혀 관계가 없다' 고 아버지는 생각하시는 거예요. 그러므로 시인을 지망하는 따위를 지지해서는 안 될 뿐더러 매사에 '좋아', '괜찮겠지' 해서도 안 된다는 말입니다. 내가 아버지에게, 아니 여기에 계신 누구에게도 내가 쓴 것을 하나도 보여주지 않는 심정을 당신은 이해해주시겠죠. 이 사람들은 내가 쓰는 글의 가치를 판단해주진 않아요. 그들은 선입견 때문에 그런 것이라면 대체로 싫어합니다. 이런 일을 하는 나를 싫어하고 있는 거예요. 게다가 나 자신 역시 크게 의문을 가지고 있어요. 정말입니다. 밤새도록 잠자리 속에서 손을 모은 채 잠들지 못하며 '내가 시인이 될 자격이 있을까?' 하고 자문하면서 번민했던 적이 여러 번이에요."

　에발트 트라기는 슬퍼져서 잠시 입을 다물었다.

　그런 동안에 다른 사람들도 잠에서 깨어나 둘씩 짝지어 옆방으로 갔다. 그 방에는 카드놀이를 할 수 있는 테이블이 몇 개 준비되어 있었다.

감사관은 기분이 좋았다. 그는 아들의 등을 가볍게 두드렸다. "네, 아버지?"

에발트는 웃으려고 애쓰면서 아버지의 손에 입맞춤을 했다.

'이놈은 이곳에 있어주겠지.' 감사관은 생각했다. '그렇게 하는 것이 당연한 일이지.' 그의 생각은 계속 이어졌다. 그리고 그는 다른 사람들의 뒤를 따라갔다.

트라기는 곧 미소를 지우며 투덜거렸다. "보세요. 저런 식으로 아버지는 나를 가지 못하게 하는 겁니다. 강압적으로 하거나 감화시킴으로써가 아니라 어떤 것을 기억나게 함으로써 '너도 어렸을 때가 있었어. 해마다 나는 너를 위해서 크리스마스 트리에 불을 붙여주었어. 생각해봐……' 마치 이런 투로 말하고 싶어하는 것 같아요. 아버지는 이렇게 해서 내 마음을 약하게 만들지요. 이와 같은 아버지의 다정함에서 벗어날 길이 없답니다. 더욱이 아버지의 분노는 끝을 모르는 엄청나게 깊은 심연 같아요. 그것을 뛰어넘을 용기는 나에게 없어요. 아마도 나는 겁쟁이인 모양입니다. 당신도 그렇게 생각하시죠. 내가 겁 많고 하찮은 인간이라고. 모두가 생각하고 있듯이 이곳에 머물러 있는 것이 내게는 제일 좋겠지요. 얌전하고 겸손하게, 매일매일 똑같은 비참한 하루를 되풀이하며 살아가는 그런 자로서 말입니다……."

"아뇨." 잔은 딱 잘라 말했다. "당신은 거짓말을 하고 있어요……."

"그래요. 그럴지도 모르죠. 내가 거짓말을 잘한다는 것을 당신은 알아두세요. 경우에 따라서 어느 때는 위에, 어떤 때는 아래. 그리고 그 한가운데에 '나'라는 인간이 있지만, 이따금 나는 그 한가운데에 아무것도 없는 것 같은 기분이 들어요. 가령 내가 아우구스테 숙모를 찾아갔다고 합시다. 그 집은 밝고, 조상 대대로 내려오는 거실은 정말 차분한 느낌을 줍니다. 나는 염치 불구하고 제일 좋은 의자에 다리를 꼬고 앉아서 이런 식으로 말합니다. '숙모님, 전 피로합니다. 그러니 이 깨끗한 소파의 커버 위에 더러운 발을 올려놓겠습니다. 괜찮겠죠?' 그러니까 나는 선량한 숙모가 이 농담에 흥미를 느끼고, 필요 없이 나를 붙들어두지 않게 하기 위해 서슴없이 이런 짓을 하는 거지요. 왜냐하면 나는 이야기할 것이 아직 많기 때문입니다. 예컨대 이런 것입니다. '만사가 정말 잘되어가는군요. 세상에는 법률이나 관습 따위가 있고, 사람들은 크든 작든 그것에 의지하고 있습니다. 그러나 저를 그런 얌전한 사람 중 하나로 여기진 말아주십시오, 숙모님. 저는 제 자신의 입법자이자 제왕입니다. 저 외에 아무도 저를 지배하고 있지 않습니다. 하느님도 그렇지 못합니다.' 아가씨, 대체로 나는 이런 것을 숙모님에게 말한 것입니다. 그러면 숙모님은 노여움으로 얼굴을 붉힙니다. 그녀는 부들부들 떨면서 '남들은 너 정도가 되면 세상에 순응하는 것도 배우는데……' 하고 말씀하실 겁니다. 나는 '그럴지도 모르지요' 하고 무관심하게 대답할 겁니다. '그런데 너만은 아니야. 너 같은 생각을 가진 사람이 가는 곳은 정신병원과 감옥이 있을 뿐이다. 아이구……'

그러면 숙모는 벌써 울고 있는 거예요. 이어서 '그런 인간이 수백 명이나 있어' 하는 겁니다. 그런 말을 들으니 내가 화가 나겠지요. '아뇨, 나 같은 인간은 따로 없습니다. 이제까지도 없었습니다……' 하면서 고래고래 외쳐대는 것입니다. 이렇게 소리지르니 목소리가 쉬지 않을 리가 없지요. 그런데 언뜻 정신이 들어 보니, 낯익은 그 방이 다른 사람의 방이 되고, 갈 길을 잃은 늙은 여자가 된 숙모님 앞에 서서 나는 연극을 하고 있는 것이에요. 그래서 나는 몸을 웅크려 그곳을 빠져나와 골목길을 막 달려가지요. 눈에서 눈물이 막 쏟아지려는 순간 나는 내 방에 뛰어듭니다. 그러고는……" 에발트 트라기는 힘차게 고개를 흔들었다. 마치 꼬리를 물고 생겨나는 생각을 떨쳐버리려는 것 같았다. 그는 곧 자기가 울 것이라는 사실을 알고 있었다. 자기의 비밀을 털어놓았기 때문이었다. 그러나 그것을 어떻게 설명하면 좋을까. 설명할 필요가 있을까. 그런 짓을 하면 또 하나의 비밀을 폭로하는 일이 되는 것이 아닐까?

그래서 그는 황급히 확신시키듯 말했다. "쓸데없는 소리였어요, 아가씨…… 내가 정말 울었다고는 생각지 마세요……"

그런데 그는 그렇게 거짓말한 것에 마음이 아팠다.

자기를 숨김없이 털어놓는다는 것은 대단히 좋은 일이었다. 그런데 지금은 모든 것이 아주 엉망이 되어버렸다. 다시 처음부터 고쳐 말하지 않는 편이 좋다고 생각한 트라기는 기분이 언짢아져서 입을 다물고 말았다.

아가씨도 말이 없었다.

두 사람이 귀를 기울이니 트럼프의 카드가 테이블을 치는 소리가 들려왔다. 그것은 마치 흔들리는 나무에서 물방울이 떨어지는 소리 같았다. 그때 매우 신중하게 이런 말이 들려왔다.

"아주머니가 돌리실 차례예요."

또는 "누가 커트하지?"

또는 "클로버가 트럼프예요."

그리고 연이어 네 사촌 자매의 나직한 웃음소리도 들려왔다.

잔은 생각에 잠겼다. 그녀는 뭔가 다정한 말을 하고 싶었다. 그를 위해서 독일어로 뭔가 말하려고 했다. 그러나 그녀는 외국어에 어떻게 따뜻한 감정을 넣을 수 있는지 알 수 없었다. 생각하던 끝에 그녀는 "슬퍼하지 마세요"라고 말을 꺼냈다. 그리고 얼굴이 빨개졌다.

트라기는 눈을 들어서 그녀의 얼굴을 바라보았다. 진지하고 명상적인 그의 눈빛에, 잘못 말했는지도 모른다는 생각은 그녀의 머리에서 사라지게 되었다. 이윽고 그는 고개를 약간 숙이며 진지한 마음으로 그녀의 손을 잡았다. 그러다가 그 손을 소중하게 자기 두 손으로 감싸쥐었다. 그는 한번 그렇게 해보았을 뿐이지만 이렇게 잡은 아가씨의 손을 어찌해야 좋을지는 모른다. 그래서 그는 어처구니없게도 그 손을 놓아버렸다.

그런 동안 잔은 두 번째로 독일어 문장을 생각해냈다. 그러고 나서 이번에는 아주 만족스런 표정으로 그녀는 "하지만 당신은 아직 아무것도 잃어버리지 않았잖아요?" 하고 말을 꺼냈다.

에발트는 무릎 사이에 손을 끼고, 창 밖으로 눈을 돌렸다.

잠깐 말이 없었다.

"당신은 젊어요……." 그를 위로하듯이 그녀는 조심조심 말했다.

"아아." 그는 말했다. 자기에게 인생은 벌써 끝났다고 그는 진정으로 믿고 있는 것이다. 인생을 다 걸어왔노라고 생각하진 않지만, 어쨌든 이미 다 지나가버렸다고 생각하고 있었다. 그러므로 이번에야말로 그는 거짓말을 하고 있는 게 아니었다. 정말 슬픈 생각으로 말했다. "젊다구요, 정말 그렇습니까? 나는 모든 것을 잃고 말았습니다……."

다시 말이 없었다.

"하느님까지도." 그는 마음이 격해지는 것을 억누르며 말했다. 그녀는 미소지었다. 신앙심이 깊은 여자였다.

그는 그 미소를 이해하지 못했다. 다름 아닌 지금과 같은 경우, 그 미소가 그에게는 매우 방해가 되었다. 그는 약간 기분이 상했다. 그녀는 실례를 사과하며 자리에서 일어났다.

"에발트." 그녀는 이 말을 발음할 때, 잘못해서 '발'에 악센트를 주고 마지막 '트'를 탁하게 말했다. 그것이 뭔가 신비스런 암시 같은 여운을 주었다. "당신이 곧 모든 것을 찾을 거라고 생각해요……."

그 말을 할 때의 그녀의 모습이 그에게는 엄숙해 보였다.

그는 점점 깊이 머리를 숙였다. 그는 그녀에게 '어린애 같군요'라고 큰 소리를 지르고 싶었다. 그렇게 그는 슬픈 생각에 잠겨 있고 싶었다. 그러나 한편으로는 그녀 말에 감사하면서 '나도 알고 있어요' 하고 환성을 지르고 싶은 기분이었다. 그러나 그는 둘 중 어느 쪽도 택하지 않았다.

이때 트럼프 놀이를 하던 방에서 누군가가 옆방이 쥐죽은 듯이 잠잠해진 것을 눈치챈 모양이었다. 발바흐 부인은 이마에 주름살을 지으며 "잔!" 하고 불렀다.

잔은 망설였다.

집주인인 그 부인은 정말 근심하고 있었다. 네 사람의 사촌 자매도 부인을 도와서 "아가씨!" 하고 외쳤다.

프랑스 아가씨는 몸을 굽히고 속삭였다. "그래서 당신은 여행하실 거예요?!" 그 말투는 질문하는 것인지 또는 명령하는 것인지 확실치가 않았다.

"예." 에발트도 다급하게 낮은 목소리로 대답했다. 그때 짧은 순간이지만 머리카락에 닿는 그녀의 손을 느꼈다. 한 외국의 젊은 처녀에게 세상에 나설 것을 맹세하면서, 그는 이 일이 조금도 이상하다고 느끼지 않았다.

2

에발트 트라기가 꼬박 열네 시간 동안이나 잠을 잔다고는 여간해서 믿어지지 않을 것이다. 더욱이 다른 고장의 형편없는 호텔 침대에서 말이다. 역전 광장에서는 새벽 다섯 시부터 시끄러운 소리가 들리고, 해가 쨍쨍 내리쬐고 있었다. 그는 '첫' 꿈이

특별한 의미가 있다는 것을 알고 있으면서도, 꿈꾸는 것도 잊고 잠들어 있었다. 그러나 그는 이제야말로 무슨 일이든 성취할 수 있다고 생각하고 마음을 가라앉혔다. 꿈을 꾸든 말든 그것은 아무래도 좋았다. 마치 깊은 생각이나 하듯, 어제까지의 모든 일 다음에 찾아온 이 넋 빠진 잠의 뿌리를 뽑을 모양이었다. 자, 이것으로 족하다. 그런데 이제는? 이제야말로 시작이었다. 생활이 시작되는 것이었다. 이번에는 그것이 시작되지 않으면 안 될 차례인 것이었다.

이 젊은이는 흡족하다는 듯이 침대 속에서 몸을 폈다. 그는 이 기분 좋은 온기 속에서 삶의 사건들을 맞아들이고 싶었을지도 몰랐다. 그는 반 시간쯤 더 그렇게 기다리고 있었다. 그러나 그런 삶은 찾아오지 않았다. 그래서 그는 일어나 자기가 삶을 찾아갈 다짐을 했다. 여하튼 그렇게 해야 했다. 그것이 이 첫 아침에 깨달은 일이었다.

이 깨달음으로 인해 그는 마음을 가라앉히고, 나가야 할 바와 추구해야 할 바를 알게 되었다. 그래서 새로운 밝은 도시로 나서게 되었다. 그가 최초에 느낀 것은 거리는 끝없이 길고, 전차가 우스꽝스러울 정도로 작다는 것이었다. 그래서 이 두 가지 현상의 어느 쪽도 다른 하나로는 설명할 수 없을 것 같은 생각이 들었다. 그것이 왠지 그의 기분을 매우 가라앉혔다. 모든 것이 그의 흥미를 끌었다. 특히 크게 눈에 띄는 것은 말할 필요도 없었다. 그러나 해가 높아져 한낮이 다가옴에 따라, 거리 여기저기에 놓인 빗물통 외의 다른 것은 점점 그의 눈에 들어오지 않게 되었다. 빗물통 앞에서 걸음을 멈추고 트라기는 점점 생각에 잠긴 표정이 되었다. 이제는 그도 빗물 통에 붙은 작은 전단이나 거기 씌어 있는 약속의 글귀 따위를 보고 웃지 않았다. 거기에 씌어 있는 기묘한 문구를 재미있어할 여유를 이미 잃은 것이었다. 그는 자세하게 신경을 쓰면서 그 문구를 옮겨 쓰고, 수많은 이름과 주소를 수첩에 적어두었다.

마침내 그는 처음으로 방을 찾으러 나섰다. 그는 현관에서 넥타이를 단정하게 매고, 마음속으로 자신을 타일렀다. "실례합니다. 이 댁에 일인용 빈 방이 있을까요?"라는 말을 '아주 공손하게 말해야겠다'고 다짐했다. 그는 벨을 누르고 기다렸다. 그리고 그는 표준 독일어로 악센트를 강하게 넣지 않고 공손히 말했다. 그러자 몸집이 가로퍼진 여자는 그의 말이 끝나기도 전에 왼편 문 안으로 그를 밀어 넣었다.

"이 방입니다. 깨끗하죠. 그 밖에 뭔가 필요한 것이 있으면……" 하고 말하면서 그녀는 두 손을 허리에 짚고 그의 결정을 기다리고 있었다.

그건 작은 방이었다. 창문은 둘이었고, 낡았지만 공들여서 디자인한 가구가 비치되어 있었다. 더욱이 벌써 어둠이 깃들여 있어서 꿈에도 볼 수 없을 듯한 수많은 것을 함께 빌릴 수 있을 듯했다.

이 젊은이가 아직 한마디도 하지 않고 어두운 방 안을 제대로 돌아보기도 전에 그 여자는 주저하면서 말을 덧붙였다. "아침식사를 포함해서 월 20마르크입니다. 지금까지 언제나 그 정도는 받아왔습니다." 트라기는 두어 번 고개를 끄덕여 보였다. 그리고 그는 구석에 놓은 낡은 책상으로 걸어가서, 글을 쓸 때 당겨서 사용할 수 있는 여닫이 판이 나와 있는 것을 살펴보고 웃었다. 또한 그 뒤쪽에 있는 작은 서랍을 두어 개 열어보았다. 그리고 다시 웃었다. "이것은 여기에 두는 거죠, 이 책상은?" 하고 그는 물었다. 그러면서 여기에 있으리라 마음을 정했다. 그런데 그때 그의 머리에는 수첩에 길게 쓴 번호가 떠올랐다. 반드시 그런 생각을 해야 하는 것 같았다. 그래서 그는 급히 말했다. "그럼 내일까지 생각할 여유를 주시겠습니까?"

"네, 상관없습니다."

그래서 트라기는 그 집의 주소를 알아내어 수첩에 '핑켄 가 17번지, 뒷방, 1층, 책상'이라고 썼다. 그 '책상' 뒤에는 느낌표를 세 개 찍었다. 이것으로 크게 만족해서, 그날은 더 이상 방 찾는 일을 하지 않았다.

그러나 다음날 아침 일찍부터 그는 적혀 있는 순서에 따라 걷기 시작했다. 그건 그렇게 하찮은 일이 아니었다. 거리의 주민들이 겨우 잠에서 깨어나 방문을 열어놓고 있는 오전 중에 여기저기 걸어다니는 것은 꽤 유쾌한 일이었다. 그는 각 집의 특성을 자세하게 수첩에 적으며 걸어갔다. '소파침대를 마주하고 있는, 전망 좋게 불쑥 튀어나온 창이 있음'이라든가, '23번지의 3층에는 욕실이 있음'이라고. 그러나 그곳 어디에도 책상은 없었다. 한편 그는 경고하는 글귀도 여기저기 조금 적어두었다. 예컨대 '작은 아이들'이라든가 '피아노' 또는 '식당 겸업'이라는 식이었다. 그는 점점 간단하고, 급하게 메모했다. 각 집에서 받은 인상도 이상하게 자꾸 바뀌었다. 눈은 점점 침침해졌지만 그에 반해서 후각이 기능을 발휘하게 되었다. 정오가 되니까 전혀 신경을 쓰지 않았던 이 감각기관이 예민해진 것이었다. 그래서 이제 외부 세계는 이 감각을 통해서만 그의 의식 속에 들어오게 되었다. 그는 '아, 콩이구나' 라든가 '간 절임 캐비지군' 하고 생각했다. 또 때마침 세탁날이어서 수증기가 뿌얗게 서려 있으면, 그는 문지방을 넘어서지 않고 돌아섰다. 그는 이미 찾아다니는 목적을 완전히 잊어버리고, 마치 들개처럼 우스꽝스러울 만큼 작은 부엌에서 새어나와 그를 맞는 각 가정의 특유한 냄새를 파악하는 일에만 몰두하고 있었다. 발길을 돌리려 하다가 큰 소리로 떠들고 있는 아이들과 부딪쳐서 넘어지거나, 화가 난 어머니들에게 간단하게 미소짓기도 했다. 그런가 하면 그는 방 모퉁이에서 자기를 놀라게 한 말없던 노인에게 특별한 존경을 표하는 동작을 하기도 했다.

드디어 모든 집의 현관들이 어두워지기 시작했다. 어느 집의 벨을 눌러도 문을 열고 그를 맞는 것은 언제나 똑같이 뚱뚱한 부인이고, 어느 집에서도 똑같은 아이들이 큰 소리를 지르며 그에게 달려들었다. 그 뒤에는 언제나 방해자가 왔다는 듯, 그 집의 나이든 주인이 놀란 듯 멍한 눈을 하고 서 있었다.

에발트 트라기는 숨도 쉬지 않고 도망치듯 나왔다. 겨우 기운을 차렸을 때, 그는 서랍이 많이 달린 그 책상 앞에 앉아 편지를 쓰기 시작하고 있었다.

'아버지, 제가 사는 집은 핑켄 가 17번지, 슈스터 부인 댁입니다.' 그러고 나서 그는 오랫동안 생각에 잠겼다. 결국 편지는 내일 다시 쓰기로 했다.

그러나 그 후에 그는 좀처럼 책상이 필요하지 않았다. 처음 몇 주는 매일 온종일 밖에서 지냈다. 아무런 계획도 없이 마음속으로는 늘 '대체 여기에 와서 무엇을 하려고 했었지' 하고 자문했다. 그는 화랑도 둘러보았지만 그림에는 실망했다. 《뮌헨 안내서》를 한 권 사서 보았지만, 그 책을 들여다보는 것도 곧 싫증이 났다. 마침내 그는 몇 년 전부터 여기에 살고 있는 사람처럼 행세하기로 했다. 일요일에는 속인들 사이에 끼어 맥주양조장 정원에 앉아 있거나, 노점이나 회전목마가 늘어선 교외의 시월제 회장을 어슬렁거렸다. 또 오후에는 마차를 타고 '영국 정원'에 가기도 했다. 그런 날에는 가끔 그에게 잊지 못할 때가 있었다. 가령 다섯 시와 여섯 시 사이. 하늘 높이 구름의 모양과 색채가 환상적인 기분을 더해주고, 또 '영국 정원'의 평탄한 들판 뒤쪽에서 갑자기 산 모양을 한 구름이 뭉게뭉게 이는 듯한 시간이었다. 그러면 내일은 저 산정에 오르고 싶은데, 하고 생각하게 마련이었다. 그러나 그 이튿날은 비가 와서 짙은 안개가 끝없는 한 길 위를 무겁게 뒤덮고 있었다. 아침은 늘 손에서 물건을 앗아가듯 그렇게 빨리 왔다. 이 젊은이는 상황이 달라지기만을 기다릴 뿐이었다. 그런 경우에 무엇을 하면 좋을까를 물을 수 있는 말상대도 그에게는 없었다. 아침식사를 날라다주는 그 집 가정부와 몇 마디를 주고받는 정도였다. 그래서 매일 저녁 트라기는 이 백작의 저택 같은 집에서 마부로 일하는 그녀의 남편을 만나면 매우 공손하게 인사를 했다. 이 내외에게 딸아이가 하나 있다는 사실을 그는 알고 있었다. 집안이 온통 조용해지면 가끔 벽을 통하여 "엄마……" 하고 부르는 소리와 함께 그 딸아이의 부드러운 목소리가 들려왔다. 계집아이는 뭔가를 낭독하고 있는 듯했다. 아마도 시를 읽고 있는 것 같았다.

그런 일이 있는 것은 에발트가 보통 때보다 일찍 집으로 돌아와서, 차를 마시며 뭔가 일을 하거나 책을 읽거나 하여 밤이 깊었을 때였다. 옆에서 목소리가 들리면 에발트는 언제나 웃었다. 이렇게 하여 점점 그는 자기 방에 애착을 갖게 되었다. 그 방에 점점 신경을 쓰게 되고, 꽃을 사오거나 더 이상 숨길 필요가 없다는 듯이 방의 네 벽에 대고 하루 종일 소리내어 말을 걸어보거나 했다.

그러나 이렇게 아무리 방과 친해지려고 노력해보아도 그 방 안의 물건들에는 역시 어딘가 거부하는 듯한 차가운 느낌이 감돌고 있다. 저녁에는 이따금 그 방 안에 자기말고도 또 하나의 누군가가 살고 있어서, 자기가 있는데도 불구하고 그 사람이 그 방의 물건을 맘대로 사용하고, 물건도 그 사람에게 예속되어 있는 게 아닌가 하는 느낌이 들 때도 있었다. 그 느낌은 다음과 같은 일이 있고부터 점점 확실해졌다.

어느 날 아침, 슈스터 부인이 커피잔을 내려놓는 순간에 에발트는 입을 열었다. "이상한 일인데…… 좀 봐주세요. 책상에 달린 이 두 개의 서랍이 통 열리질 않습니다. 혹시 열쇠를 가지고 계십니까? 그렇지 않으면 하나 만들어야 할 것 같군요." 그렇게 말하고 그는 가장 은밀한 서랍 두 개를 흔들어 보였다.

"어머, 용서하세요." 슈스터 부인은 당황하여 난처한 표정을 지으며 표준 독일어로 말했다. "저도 그 두 서랍은 열지 못해요. 왜냐하면……."

트라기는 깜짝 놀라 쳐다보았다.

"당신에게도 말해두어야겠군요. 사실은 먼저 이 방에 계시던 분이 형편이 좋지 않아서 방세도 물지 못했거든요. 그래서 이 서랍장을 두고 나가신 거예요. 이 두 개의 서랍에 가장 소중한 서류를 챙겨 넣고 그것을 저당으로 두고 간다고 말하며 그분이 열쇠를 갖고 가셨어요……."

"그렇습니까." 트라기는 이렇게 대답하고 관심이 없는 듯한 표정을 지었다. "오래 전의 일인가요?"

"네." 부인은 잠시 생각에 잠기더니 "약 7, 8년쯤 됐지요, 아마……. 이제는 소식도 없어요. 하지만 그분이 맡긴 물건을 언제 찾으러 올지 모르겠군요. 언제 올지……."

"아 네, 그렇군요." 트라기는 적당히 얼버무리고는 모자를 집어들고 방에서 나왔다. 아침식사를 하는 것도 완전히 잊어버린 채.

그 후부터 트라기는 소파에 붙어 있는 타원형 테이블을 다른 창가로 옮겨놓고, 그곳에서 일을 하게 됐다. 10월도 꽤 깊었고, 책상의 위치는 창문에 너무 가까웠다. 이로써 이렇게 옮겨놓은 이유가 아주 자연스럽게 설명될 수 있었다.

그리고 이 젊은이는 가구 배치를 바꾼 덕분에 여러 가지 일을 더 발견하게 되었다. 한 예로 창문에 마주서면 밖이 내다보이는 데, 그게 마치 한 폭의 그림 같다는 점이었다. 정원에는 상수리 나무 같은 것들이 늘어서 있었는데, 시들어가고 있었다. 뒤로는 양 옆이 돌로 둘러싸인 오래된 샘물이 노래하듯이 졸졸거리며 흐르고 있었다. 마치 그 풍경 전체에 반주를 하고 있는 것 같았 다. 또한 부조된 석상 같은 것이 받침돌 위에 놓여 있었다. 무슨 모양을 아로새긴 것인지 정확하게 분간이 되면 좋으련만 도무지 알 수가 없었다. 너무 빨리 어두워지므로 곧 불을 켜지 않으면 안 되었다. 그렇긴 하지만 지금처럼 바깥에 바람이 없을 때 나뭇 잎 지는 모습은 한없이 느렸다. 익살스러울 만큼 느리게 떨어졌 다. 나뭇잎들이 습기 찬 대기 속에서, 떨어지면서 거의 제자리에 멈춰 방 안을 들여다보는 것 같았다. 나뭇잎 한 잎 한 잎이 사람 의 얼굴 같구나…… 하고 트라기는 생각하며, 꼼짝도 않고 앉아 있었다. 밖에서 누군가가 창문에 몸을 붙이고, 가만히 안을 들여 다보고 있지만 그는 전혀 눈치채지 못했다. 그 얼굴은 창문에 너 무 바싹 달라붙어서 코가 유리창에 눌리고 안면이 납작해져 있 는데, 흡혈귀와 같은 탐욕스런 표정이었다. 에발트의 눈길은 완 전히 초점을 잃은 채 이 얼굴의 윤곽을 따라갔고, 마지막에는 마 치 나락으로 떨어지듯이 방 안을 엿보고 있는 알지 못하는 눈 속 으로 빨려들어갔다. 거기서 그는 정신을 차렸다. 그는 벌떡 일어 나 창가로 달려갔다. 손이 떨려서 창문에 붙은 쇠고리가 말을 듣 지 않았다. 트라기가 안개 속에 몸을 내밀었을 때, 그 사람은 이미 흔적도 없었다.

　그러나 차디찬 바깥 공기가 그의 마음을 가라앉힌 것은 분명했다. 그가 더 이상 엉뚱한 짓을 하지 않았기 때문이었다. 그는 램프에 불을 켜고, 매일 하는 것처럼 차를 준비했다. 그 앞에 놓인 책이 그의 흥미를 끌고 있는 것 같았다.

　단 한 가지, 그날 밤 이상한 일은 그가 전혀 잠자리에 들지 않았다는 사실이었다. 그는 램프의 불이 다 탈 때까지 기다리고 있었다. 그 불이 꺼진 것은 한 시 반경이었다. 그는 촛대에 불을 붙이고, 그 불이 차츰 꺼질 때까지 참을성있게 바라보고 있었다. 그러자 벌써 유리창 저쪽에는 망설이는 듯한 새벽빛이 밝아오기 시작했다. 밤이 참 짧았다. 에발트는 이사를 해야 할지 어떨지 이미 결정을 내린 상태였다. 그것은 기정 사실이었다. 그는 어떻게 말을 꺼낼지 그것만 생각하고 있다. '미안합니다만, 슈스터 부인'이라고 말할까. '댁에는 완전히 만족하고 있습니다만……'하고 시작할까. 그는 이런 저런 안쓰러운 문구를 짜맞춰보았다.

　그러나 아침이 되자, 불쑥 이런 말을 한다는 것은 도저히 불가능한 일이라는 생각이 들었다. 그것은 아무래도 표현할 방법이 없기 때문이었다. 그래서 그는 이대로 계속 있기로 했다. 여하튼 환경에 순응하지 않으면 안 되었다. 이런 방이란 대개가 그러니까. 예전에 여기 살고 있었던 사람은 아직 완전히 나가지 않았고, 에발트 트라기의 뒤에 올 사람들도 벌써 대기하고 있는 것이다. 협조해가며 사는 수밖에 도리가 없었다. 마침 일요일인 그날부터 에발트는 가능한 한 눈에 띄지 않게 생활하고, 낯 모르는 같은 하숙집 친구들에게도 방해가 되지 않도록, 그리고 핑켄 가의 이 하숙집 안에서 가장 미미한 존재로서 표나지 않는 생활을 하겠노라고 결심했다.

그와 같은 생활이 계속되었다. 그럭저럭 2, 3주일이 지나고, 때는 온화한 11월로 접어들었다. 한낮이 짧고 서러워지는 반면 밤이 길어졌다. 어떠한 일도 가능케 하는 긴 밤이.

무엇보다도 먼저 '루이트폴트'가 있었다. 이것은 꽤 멋진 찻집이었다. 사람들은 대리석으로 된 작은 테이블 앞에 앉아서, 한 뭉치의 신문을 옆에 놓고 매우 바쁜 듯한 표정을 지어 보였다. 그러면 검은 유니폼을 입은 여자애가 다가와서는 찻잔에 엷은 커피를 가득 따랐다. 그것이 너무 넘쳐서 설탕을 넣을 생각도 못 했다. 손님들은 '보통'이라든가 '짙게'라는 등의 말을 하기도 했다. 희망에 따라서 '보통'으로도 '짙게'로도 되는 모양이다. 그러는 동안에 손님은 뭔가 쓸데없는 농담을 했다. 마침 준비된 이야깃거리가 있을 때는. 그러면 민나나 베르타는 피로한 듯 알 수 없는 미소를 짓고 오른손에 든 니켈 주전자를 흔들었다.

그것은 단지 트라기가 다른 테이블에서 목격한 것이었다. 그 자신은 그저 고맙다고 말했을 뿐이다. 낮 동안 너무 여위어 보이는 이 검은옷의 계집애들이 그의 마음에는 들지 않았기 때문이었다. 다만 물을 갖다 주는 나이 어린 베티만은 왠지 동정심을 불러일으켰다. 왜 그가 베티에게 뭔가 좋은 일을 해주고 싶은 기분이 드는지는 몰랐다. 그러나 어쨌든 그가 팁 외에도 작게 접은

쪽지를 그녀의 손에 쥐어준 것은 사실이었다. 그러자 그녀의 눈이 반짝거려 그는 기뻤다. 그것은 어느 자선단체의 복권으로, 맞기만 하면 5만 마르크를 탈 수 있는 것이었다. 그러나 잠시 후 복권을 맞춰보고 나서 기둥 뒤에서 나온 베티는 실망한 얼굴로 "고맙습니다"라는 말도 하지 않았다.

이와 같은 작고 사소한 사건도 그 자신이 생각하는 이상으로 이 젊은이의 마음에 깊은 충격을 주었다. 오며가며 주고받는 약간의 미소로 서로 마음이 통하는 사람들 틈에 섞여서, 자기만이 소외되어 내쫓긴 채 먼 고장의 관습에 따라 살아가지 않으면 안 된다는 느낌을 그는 받았다. 그는 그런 시민의 한 사람이 되고픈 것이었다. 아무 특별한 것이 없는 평범한 시민 중 한 사람이 되고 싶었다. 때로는 거의 그렇게 믿게 될 때도 있었다. 뭔가 사소한 사건이 일어나도 이제까지의 관계는 하등의 변화가 없었다. 한쪽에는 그 자신이 혼자 있었고, 저쪽에는 세상 사람들이 있었다. 이런 관계를 지닌 채 살아갈 수밖에 없는 것이었다.

누구든 아는 사람을 만들 필요가 있다고 생각하던 때에 그는 한 통의 편지를 받았다. 거기에는 이렇게 씌어 있었다.

'우연한 일로 당신이 뮌헨에 계시다는 말을 들었습니다. 저는 당신이 쓴 글을 꽤 많이 읽었습니다. 한번 만나봤으면 얼마나 좋을까 생각하고 있습니다. 댁에서든 제 집에서든, 혹은 제삼의 장소에서든 당신이 원하시는 곳에서 말입니다……. 물론 괜찮으시다면.'

트라기는 그럴 마음이 나지 않았다. 편지에 적혀 있는 이름은 잡지나 시 선집을 통해 예전부터 알고 있는 빌헬름 폰 크란츠라는 이름으로 그에게는 무엇 하나 하자가 없었다. 전혀 없었다. 그러나 이 사람이 접근해오면 그는 달팽이처럼 껍질 속으로 숨어버리고 말았다. 어제까지 소원하던 일이 실현되려는 순간이 오면, 그것은 갑자기 위험으로 변하는 것이었다. 그 자신조차 들어갈 때 발소리를 낮추는 그의 이 고독한 영역에 함부로, 말하자면 흙 묻은 발로 밟고 들어오려는 자가 있다니 생각지도 않던 일로 여겨지는 것이었다. 그래서 그는 답장을 주지 않았을 뿐 아니라 '제삼의 장소'가 생기지 않도록 조심했다. 집에 있는 일이 많아져서 이제까지 목소리밖에 못 들었던 그 집 딸과도 얼굴을 익히게 되었다.

언젠가 딸이 커피를 가지고 왔을 때 그는 말했다. "조피 양, 밤에는 뭘 읽고 있죠?"

"아 예, 가지고 있는 책이에요. 많지는 않아요. 그런데 여기까지 들려요?"

"또박또박." 에발트는 과장해서 대답했다.

"방해가 되는 건 아닌지."

트라기는 그저 이렇게 말했다. "아니, 방해될 거야 없어요. 책을 읽고 싶어하시면, 내 책을 한 권 빌려드리죠. 많지는 않으나 꽤 있어요." 그는 그녀에게 괴테의 책 한 권을 내밀었다.

이리하여 그들 사이에는 아주 사소하지만 만남이 이루어졌다. 이 만남은 트라기의 마음을 뭔가로 채우고, 그의 마음속을 지나치는 수많은 것들 한가운데서도 항상 생각을 하게 만들었다. 그는 그녀와 만나면서 편히 쉴 수가 있었다. 누구에게 그러한 책을 빌려준다는 것은 복권을 주는 것과 똑같은 일이었다. 더욱이 이번에는 트라기도 호감이 가는 답례의 말을 들었고, 바로 그것이 그를 기쁘게 했다.

어느 날 오후 불시에 집으로 돌아왔을 때도 그는 역시 매우 기분이 좋았다. 그런데 방 앞까지 와보니, 안에서 말소리가 들렸다. 그는 주저하면서 귀를 기울였다. 그의 발소리가 다가오는 것을 알아채기나 한 것처럼 나직하고 빠른 말소리였다. 이윽고 얼굴이 넓적하고 살이 찐 한 젊은 남자가 문 앞에 나타나더니 시치미를 떼고 경쾌하게 휘파람을 불고 있었다. 에발트가 이 남자에게 뭔가 말을 걸려는 순간, 조피가 그 방에서 창백한 얼굴로 나왔다. 그리고 이것이 너무나 당연한 일인 듯 행동했다. 그러고 나서 그녀는 불안한 어조로 말했다. "여기 계신 이분…… 이분이…… 방을 보겠다고 하시기에, 트라기 씨."

젊은 두 사람은 서로 얼굴을 마주 보았다. 낯선 사내는 불던 휘파람을 그치고 인사를 했다. 그때 사나이는 은근한 미소를 보였는데, 그래선지 그 얼굴은 점점 넓적하고 멍청하게 보였다. 트라기는 혐오감을 느꼈다. 그는 모자챙에 손을 대며 가볍게 인사하고 자기 방으로 들어갔다.

조피가 문 저쪽에 서서 안을 살피면서, 갑자기 무슨 할 일이 많은 것처럼 움직이는 것을 그가 알아차린 것은 조금 지나서였다. 그는 뭐든 하지 않으면 못 견딜 것 같은 생각이 들었다. 괜한 일인 줄 알면서도 이 책상에서 저 책상으로 여러 가지 물건을 옮졌다. 가끔은 뭔가 주워올리기 위해서 몸을 굽히기도 했다. 하지만 마침내 그는 그렇게 쓸데없이 정리하는 것도 그만두었다. 그는 아가씨에게 뭘 바라느냐고 묻고 싶어 견딜 수가 없었다. 아무 이유 없이 엿들으려 할 까닭은 없기 때문이었다.

갑자기 그는 뭔가 생각나듯 문 저쪽 구석을 향해 말을 걸었다. "안심해도 좋아요. 나는 아무 말도 안 할 테니까. 이 말을 당신은 듣고 싶었겠죠. 좋아요. 하지만 나는 다음달에 이사하겠어요. 전부터 그럴 생각이었지만……."

그렇게 말하면서 그는 벌써 책상에 앉아 편지를 쓰고 있었다. 두 시간이나 그 일에 몰두했다. 그건 폰 크란츠 씨에게 보낼 극히 짧은 편지에 지나지 않았다. '괜찮으시다면 내일 정각 네 시에 루이트폴트 찻집으로 와주십시오' 라는 글이었다. 주소를 적고 나서야 비로소 그는 조심스럽게 주위를 살폈다. 아무도 없었다. 그는 구두와 양복을 갈아입었다. 밖에 나가서 저녁식사를 하려 했기 때문이었다.

*

폰 크란츠 씨는 약속시간을 정확히 지켰다. 그는 어떤 약속시간이라도 잘 지키는 사람 같았다. 말하자면 그는 대단히 바쁜 사람이었다. 그는 뭔가 큰 작품을 쓰고 있었다. 서사시라고 할까, 아니 서사시의 범주를 넘어선 작품이랄까. 어쨌든 전혀 새로운 형식의 '대단히 격조 높은 것' 을 쓰고 있었다. 만나자마자 처음

반 시간 동안 폰 크란츠 씨는 우선 그 일을 이 새로운 친구에게 설명했다. 하지만 누구나 알고 있듯이 그런 작품은 전적으로 인스피레이션, 깊은 영감에 의지하는 것이었다. 폰 크란츠 씨의 말에 의하면 그러한 영감은 '암흑시대인 중세의 꿈을 실현하는 것'이었고, 모든 것으로부터 금을 생산해내는 일'이었다. 그와 같은 영감은 물론 한밤중 또는 뜻하지 않았을 때 찾아드는 것으로, 오후 네 시와 같은 가장 일상적인 일만이 일어나는 시간에 찾아오는 것은 결코 아니었다. 그렇기 때문에 폰 크란츠 씨는 시간이 있어 '루이트폴트' 찻집에서 트라기와 마주하게 된 것이었다. 폰 크란츠 씨는 대단히 말을 잘했다. 트라기가 과묵하기 때문이기도 했다. 크란츠는 말하지 않고 가만히 있는 것을 좋아하지 않는 것 같았다. 그는 침묵은 혼자 있는 사람의 특권으로 여겼다. 그러나 두어 사람이 모여 있을 때는 침묵이란 실제로 의미가 없다는 것이었다. 적어도 금방 알 수 있는 그런 의미는 없다는 것이었다. 확실하지 않은 것, 이해하기 힘든 것 따위는 적어도 살아가는 데는 없다는 것이었다. "예술에서는 어떨까요? 예술의 경우에는 얘기가 다릅니다. 예술에는 상징이란 것이 있으니까요. 밝은 배경 앞에서 어두운 윤곽을 그리는 것이지요. 그렇지 않습니까? 베일에 싸인 형상……이라고나 할까요. 그러나 삶에 있어서…… 상징이란…… 우스꽝스런 얘깁니다……."

가끔 에발트는 "예"라고 대답했다. 그는 세상을 살아가면서 어떻게 이같이 "예"라는 말을 빈번히 하지 않고 마음속에 쌓아두었는지 자신도 이상하게 생각했다. 자신도 멋진 말을 하면서도,

어느 변두리 거리 한구석에서 보잘것없이 살고 있는 자신을 그는 이상하게 생각했다. 새가 하늘에서 내려다보듯, 이날 오후에 그는 폰 크란츠 씨의 세계관 전체를 모두 알아버렸기 때문이었다. 그래서 그는 자신에 대해 이상해하고 있었다. 그는 젊었기 때문에 모든 일을 다 사실로서 받아들였고, 이러한 감동을 자신이 부딪쳐야 할 운명으로 받아들였다. 그래서 가끔 이 화려한 고백 중 약간을 기록해두려고 했다. 크란츠 씨가 말한 전체적인 맥락이 너무 넓어서 잘 파악되지 않는 듯했기 때문이었다. 그가 무엇보다 놀란 것은 크란츠 씨의 확신에 찬 말솜씨였다. 그는 태연히 가벼운 말투로 새롭게 하나하나를 인식하게 해주었다. 그것은 정말 콜럼버스의 달걀 같은 것이었다. 하나의 주장을 꺼내 보이고, 그것이 곧 똑바로 설 것 같지 않으면 책상 위에 부딪쳐 깨뜨리는 것이었다……. 그러면 순식간에 서고 말았다.

이것이 손재주에 의한 것인지, 아니면 실력에 의한 것인지는 아무도 판정하지 못할 것 같았다. 어쨌든 폰 크란츠 씨는 대화할 때 아주 솔직했다. 그는 대단히 큰 소리로 말했고, 자기가 말하고 있는 곳이 어딘지를 분명 잊고 있었다. 대화를 나누는 그의 말투는 남의 방 창문을 부수고 몰아치는 폭풍 같았다. 결국은 누구나 그의 말에 양보하든지, 기껏해야 창문을 열고 나가게 하는 수밖에 없었다. 그때야말로 폭풍 같은 그의 말이 절정에 다다르는 때였다. 예쁘게 생긴 민나 아가씨까지 차 따르는 일을 잊어버리고 탁자에 몸을 기댄 채 그의 말에 귀를 기울일 정도였다. 다만 아쉬운 것은 전혀 부끄러워하지 않는 눈빛을 하고 있다는 것이었다. 그러다가 갑자기 그녀는 그 커다란 초록빛 눈으로 이 시인의 빛나는 눈길을 사로잡아 억눌러버리면서, 보잘것없고 하찮은 것으로 만들어버렸다. 그러면 그는 부끄럽다는 웃음을 지으며, 눈길을 떨어뜨리고 마는 것이었다.

폰 크란츠 씨는 한순간 갈피를 잡지 못했다. 그는 의자에서 몸을 흔들었다. 그러다가 곧 일부러 몸을 흔드는 시늉을 하면서, 예쁜 민나에게 말을 걸었다. 그건 뭔가 끈끈한 말이었고, 꽃처럼 예쁜 말이라기보다는 서툰 말이었다. 그러고 나서 그는 다시 이야기의 본론으로 돌아왔다. "나는 어떻게 해서 니체를 극복했는가"에서 그의 이야기는 절정에 이르렀다.

하지만 에발트 트라기는 이미 그의 말을 듣지 않고 있었다. 그는 크란츠 씨가 말을 끊고 잠시 입을 다물고 있었다는 것도 조금 지나서야 알았다. 이 기다림의 의미는 "그럼 당신은?"이란 뜻이었다. "당신도 여러 가지 점에 대해서 의견을 가지고 계실 테죠, 아마. 내가 세상을 보는 견해에 대해 당신 생각을 좀 들려주십시오"라는 뜻이었다.

트라기는 그 상황을 즉시 알지 못했다. 그러다가 그 상황을 알게 되었을 때, 그는 말할 수 없이 혼란스러웠다. 깊은 숲속 한가운데 서 있는 것과 같았다. 보이는 것은 오직 나무둥치뿐이었고, 나무들 위에 한낮의 햇살이 있는지, 밤의 어둠이 있는지조차 알수 없었다. 그런 상황 속에서 그는 지금 시각을 정확하게, 약간의 오차도 없이 몇 시 몇 분까지 정확히 말하지 않으면 안 될 입장에 놓인 것이었다. 그는 침묵을 지키는 것이 폰 크란츠 씨의 기분을 상하게 하지나 않을까 두려웠다. 그러나 크란츠 씨는 점점 온화한 표정을 지으며, 마치 아버지와도 같은 태도로 나왔다. 그는 급히 "계산하세요!" 하고 명령하듯 말했다. 그 정도로 그는 다정다감했다.

그 후 며칠이 지나지 않아 그는 새로 알게 된 그 사람에게 자신에 대해서 무슨 말을 해야겠다는 생각이 점점 커졌다. 그것은 그 사람의 말에 공감했기 때문이 아니라, 그날 오후 격의 없이 대화를 나눈 후 크란츠 씨에게 분명히 빚을 졌기 때문이었다. 그래서 어느 날 둘이서 '영국 정원'을 산책할 때 —— 그날은 지평선에 구름이 뭉게뭉게 피어올라 다시 어두워졌을 때였는데 —— 갑자기 그가 입을 열었다. "나는 언제나 고독했습니다. 열 살 때 나는 군사학교에 가서 5백 명이나 되는 생도들과 같이 생활했습니다. 그럼에도…… 거기서 나는 매우 불행했습니다. 5년 동안이었죠. 그리고 나서 또다른 학교에 다녔습니다. 그리고 또다른 학교로. 나는 언제나 고독했습니다. 알고 계시겠지만……."

그 정도의 일이라면 그를 고독에서 헤어나게 해줄 수 있다고 폰 크란츠 씨는 생각했다. 그래서 그 후부터 그는 자주 트라기를 방문했다. 이른 아침에도, 오전에도, 더러는 밤 늦게까지 있을 때도 가끔 있었다. 크란츠 씨가 너무도 당연하게 그의 방을 드나들었기 때문에 트라기는 이제 문을 닫고 고독을 지키려는 생각도 못하게 되었다. 말하자면 문을 활짝 열어놓고 생활하는 것과 같았다. 폰 크란츠 씨는 들어왔다가는 나가고, 나갔다가는 들어오곤 했다. 그렇게 하는 것이 그에게는 당연했다. "우리는 같은 운명을 지니고 있지, 트라기" 하고 그가 주장했기 때문이었다. "나 역시 가족들에게 이해받지 못하고 있어. 모두가 나를 엉뚱하다거나 머리가 돈 모양이라고 말하고 있거든, 마치……." 그는 그럴 때 자기 부친이 독일의 어느 작은 궁정의 의전관이라는 말을 덧붙이는 것을 잊지 않았다. 그런 궁정의 패거리들은 지체 높은 얼굴을 갖고 보수적인 생각을 하고 있노라고 말하면서, 그는 그들을 몹시 경멸했다. 바로 그런 사고방식 덕분에 장교가 되어야 했다는 것이었다. 그가 근위병 장교가 되어야 했다니! 그리고 그는 상관이나 부하들과 친숙해지지 않아서, 1년 후에 퇴역하는 데 실로 끔찍한 고생을 했노라고 힘주어 말했다. 게다가 그의 가족이 있는 제비스 크란츠의 저택에서는 모두 그가 새로이 선택한, 군인이라는 그 직업에 찬성하지 않았다는 것이었다. 한사코 반대였다. 무슨 수를 써서라도 그가 나가는 길을 막으려 했던 것이었다. 그것은 두말할 필요가 없는 일이었다. 그럼에도 불구하고 그는 싸우는 것을 그만두지 않았다고 말했다. 오히려 그 반대였다. 그는 약혼을 했다는 것이었다. 정식으로 청첩장을 보내고 약혼식을 올렸다. 상대편 규수는 일류 가문 출신이었다. 소박하고 기품이 있으며, 훌륭한 교육을 받았다. 부자는 아니지만 귀족에 가까웠다(그녀의 모친은 어느 백작부인이었다). 이처럼 무턱대고 해치워버린 그러한 처사는 자기에게 어느 정도 자유를 주게 되었다. 결혼식 날짜도 그리 멀지 않았다. 식이 끝나면, 마침내 그가 계획한 주된 목적이 성취된다는 것이었다. 즉 "종문에서 내가 이탈하는 것이 되었죠……." 그렇게 말하고서 크란츠 씨는 갈색의 콧수염을 들어올리며 미소를 지었다.

"그렇지⋯⋯"라고 말하고 그는 자기가 말한 것뿐 아니라 트라기가 놀라는 데에 크게 만족했다. "약간 놀랐을 겝니다. 그것으로써 나는 장교라는 부담에서 벗어났으니까 말입니다. 내 확신 때문에 나는 그녀를 희생시킨 겁니다. 규율을 따르지 못할 사회에 소속되어 있다는 것은 자기 자신에 대해 불성실하다는 뜻이 되니까요."

'자기 자신에 대한 불성실'이란 말을 트라기는 한밤중에 언뜻 생각해냈다. 이 말 역시 얼마나 교묘하고, 명확하고 또한 고풍스런 것일까. 그는 그 후부터 매일 밤 크란츠와 나눈 대화 내용을 이것저것 회상해보았다. 그러면 크란츠의 말이 한결같이 탁월하고, 독특하다고 생각되었다. 그가 말한 것에 대한 효과가 아직 나타나지 않고 있는데도.

아직 11월인 어느 아침의 일이었다. 잠에서 깨어난 트라기에게 세계를 바라보는 안목이 생겨났다. 어떤 세계관이 그의 마음속에 자리잡고 있다는 것은 부인할 수 없었다. 온갖 조짐이 그 사실을 대변해주었다. 그 생각이 누구의 것인지 알 수 없었다. 하지만 그는 그것이 자기 마음속에 있다는 것을 알게 되었다. 당연한 일이지만, 세상을 보는 그러한 안목으로 그는 '루이트폴트' 찻집으로 얼른 달려갔다. 그 생각을 모두에게 피력하자, 당장에 많은 사람을 알게 되었다. 그들은 거의 친구 같았고, 자신들이 모두 알고 있는 그의 시에 대해 말해주었다. 그리고 5분마다 모두가 그에게 "자, 한 대 피워보세요" 하고 담배를 권했다.

그러나 그의 어깨를 두드리며 "자네"라고 부르는 정도는 아니었다. 하지만 트라기는 담배를 피우지 않았다. 담배도, 앞에 놓인 셰리주도, 유명한 여가수 브라니카가 노래하는 카바레에서 하룻저녁을 보낸다는 계획도 자기의 세계관에 필요한 것이라고 느끼고는 있었지만.

그때 누군가가 브라니카라면 크란츠가 틀림없이 잘 알고 있을 걸요, 라고 말하면서 "그렇죠?" 하며 동의를 구했다.

크란츠는 어깨를 한 번 으쓱하고 콧수염을 비틀었다. 그는 별안간 장교의 위치에 있게 되었고, 귀족 신분이 되었다. 그런데 또 한 사람이 놀려댔다. "어쨌든 약혼녀와 함께 지낸 뒤라 그 양반에겐 접지선이 필요하거든." 그러자 왈칵 폭소가 쏟아졌다. 모두 기술용어가 교묘하고도 멋들어지게 사용되었다고 생각했기 때문이었다. 크란츠 자신도 그렇다고 말했다.

젊은 사람들 사이에 끼어, 크란츠는 정말 기분이 좋았다. 다만 이름 같은 것은 기억할 마음이 조금도 나지 않았다. 한 사람 한 사람을 구별하려면 번호라도 붙여두면 좋을 듯했다. 물론 크란츠는 이 집의 단골들을 진정으로 인정하고 있지는 않았다. 그는 이들을 자기라는 인물을 위해서 마련된 배경 정도로 생각하고 있었다. 그래서 트라기가 이 사람들 중 누군가에 대해서 물어보면 항상 그는 아무렇게나 대답할 뿐이었다. "그 사람 말입니까. 그렇지요, 재능이 있는지 어떤지 아직 모르겠는데요." 그것을 계기로 해서, '예술의 사명'이라든가 '드라마의 기술적 요구' 또는 '미래의 서사시' 같은 것에 대해 지껄이기 시작했다.

이런 것을 보아도 트라기는 자기가 아주 미숙하다고 느꼈다. 그가 만족스러운 대답을 통 못 하니까 제대로 토론이 된 예가 없었다. 그러나 다른 경우라면 자신의 무지가 그를 불안하게 만들겠지만, 지금 같은 경우 그에게 일종의 방패와도 같은 것이었다. 그것이 무엇인지 파악할 수 없지만, 뭔가 좋아하는 것, 심오한 것을 이 방패 뒤에 감춰둘 수 있을 것처럼 생각되었다. 외부로부터의 위험을 느끼고 감추는 것이기는 하지만, 그것이 어떠한 위험인지는 몰랐다. 그는 남 모르는 조용한 시간에 만든 자기 작품을 친구인 크란츠에게 보이는 것도 꺼리고 있었다. 극히 드물지만 그도 무의식중에 호소하는 듯한 목소리로 크란츠에게 조심스레 시 몇 줄을 읽어줄 때도 있었는데, 그런 다음에는 곧 후회했다. 더욱이 크란츠의 거리낌없이 큰 박수소리에는 부끄러운 생각까지 들었다. 트라기의 시는 병이 들기 시작한 것 같았다. 그래서 병들어 있는 이 시에 대해 큰 소리로 떠들기는 곤란한 형편이었다.

게다가 트라기에게는 시를 쓰는 은밀한 작업을 할 시간이 많지 않았다. 그의 일과 속에는 갑자기 해야 할 여러 가지 일이 늘어나고 있었다. 그러나 그것도 하루 종일 아무 예정도 없고, 몸을 의탁할 곳도 없었던 예전에 비하면, 지금은 훨씬 편하게 하루를 지낼 수 있는 것이기도 했다. 사소하지만 해야 할 일이 많이 있었다. 크란츠나 그 패거리들과 매일 만날 약속, 대단한 의미는 없지만 항상 뭔가 해야 할 일, 어디서든지 자기 좋은 곳에서 언제 끝내도 상관없는 대화 같은 일들이었다. 그런 대화를 하는 데 그는 흥분하지도 않았고, 불안하지도 않았다. 친구들과 함께 시간을 보낸다는 정도의 의미밖에는 없었다. 자기 자신의 의지란 그것과는 상관없는 것이었다. 그런데 사람을 위협하는 위험은 오직 하나, 그것은 외톨이라는 것이었다. 사람들만이 다른 사람을 이런 외톨이가 되지 않게 하는 것이었다.

이런 나날이 계속되고 있는 어느 오후의 일이었다. '루이트폴트' 찻집에 앉아 있던 크란츠 씨는 여느 때와는 다른 진지한 얼굴로 트라기에게 이런 말을 꺼냈다.

"우리가 그것에 도달하지 못한다면…… 그건 결국 아무것도 아닌 거야. 우리에게 필요한 것은 고귀한 예술이야. 이봐, 예술은 수많은 사람들을 초월한 훨씬 높은 것이라구. 우리들의 예술은 모든 산 위에서 나라에서 나라로 신호를 전하는 봉화의 불꽃으로 피지 않으면 안 돼. 다른 사람에게 소리쳐 알리는 예술, 신호의 예술 말이야……."

"시시한 소리군." 누가 그의 등뒤에서 말했다. 이 한마디가 질 퍽한 회반죽처럼 이 시인이 화려하게 말하는 것을 방해하면서, 그 말을 엉망으로 만들어버렸다.

'시시한 소리군' 하고 말한 사람은 검은옷을 입고 있는 키가 작은 남자였다. 그는 담배를 아주 꽁초가 될 때까지 피우고 있었다. 담배에 불을 붙이면 그의 크고 검은 눈은 빛나기 시작하고, 담배가 재가 되면 눈의 빛도 보이지 않았다. 담배를 버리고 나서 그는 여유만만하게 두 사람 옆을 떠났다. 화가 난 크란츠 씨는 그의 등뒤에 대고, "물론이지, 탈만……" 하고 큰 소리로 말했다.

그리고 그는 에발트에게 덧붙였다. "저놈은 예의를 몰라요. 언젠가는 저놈이 본심을 실토하도록 만들어야겠어요. 어쨌든 저놈은 예의가 없어요. 사람 축에 못 끼는 놈이죠. 상대하지 않는 편이 가장 좋아요……." 이렇게 말하고 난 그는 기분이 나아져, 고귀한 예술에 관한 토론을 다시 하려고 했다. 그러나 트라기는 여느 때와는 달리 그 토론을 아예 하지 않으면서, 똑똑한 어조로 "저자는 누구예요?" 하고 물었다.

"어딘가 작은 마을에서 태어난 유태인이죠. 소설을 쓰고 있는 모양인데. 이곳에 많은 의심스런 인물 중 하나죠. 그런 자가 많이 있어요. 그런 자들은 오늘 왔는가 하면 모레에는 가버리고 말죠. 어디서 왔는지도 모르고 어디로 가는지도 몰라요. 그리고 뒤에 남기고 가는 것이란 더러운 말뿐이죠. 이 패거리들의 행동에 현혹되면 안 돼요, 트라기……."

그의 목소리는 초조한 빛을 띠고 있었다. 이것으로 모든 이야기는 끝났다는 말투였다. 트라기도 그 말에 동의하고서, 현혹되지 않게끔 마음의 준비를 했다.

그러나 이 오후는 정말 획기적인 시간이었다. 예언자처럼 열광적으로 달변을 토하고 있던 크란츠를 비웃는 '시시한 소리군'이라는 말을 트라기는 아무래도 잊을 수 없었다. 더욱 고약한 것은 그 방해하던 그 소리가 아직 귀에 맴돌고 있다는 사실이었다. 그 소리는 크란츠 씨가 한 멋진 고백을 모두 다 엉망으로 만들어놓고 있었다. 그의 기억 어느 한 구석에는 넓은 어깨에 남루한 저고리를 걸친, 키가 작은 그 사람이 검은옷 차림으로 웃으며 서 있었다.

일주일 후 어느 날 저녁, 트라기는 그때와 똑같은 모습의 그를 카바레에서 만나게 되었다. 트라기는 물론 그에게 다가가서 인사할 생각이었다. 왜 그런지는 몰랐다. 상대편 사람도 별로 놀라지 않고 인사를 받았다. 그는 다만 "크란츠와 동행입니까?"라고 물었다.

"크란츠는 나중에 온다고 했습니다."

잠깐 말이 없더니 그는 덧붙였다. "당신은 크란츠의 의견에 공감하시지 않을 것 같군요."

탈만은 1층에 있는 누군가에게 고개를 끄덕여 보이며, 그와 동시에 대답했다.

"공감이라고요? 그런 말 마십시오. 그는 나를 지루하게 만들죠."

"그럼 다른 때는 지루함을 느끼지 않습니까?" 트라기도 상대방의 버릇없는 태도에 화가 나려고 했다.

"그럼요. 나는 지루할 틈이 없어요."

"그런데도 이런 곳에 나타난다는 것은 좀 이상하군요."

"왜요?"

"모두가 지루해서 이곳에 오는 게 아닙니까?"

"다른 사람들은 그렇겠죠. 나는 아닙니다."

트라기는 그의 고집에 어처구니가 없었다. 그러나 물러서지 않았다.

"그럼 뭔가에 흥미를 가지시고?"

"아닙니다." 검은옷을 입은 그 사람은 이렇게 말하고 나서 앞으로 걸어갔다. 뒤쫓듯이 트라기가 말했다.

"그렇지 않은가요?"

탈만은 잠시 뒤돌아보고 "동정하고 있는 겁니다"라고 말했다.

"누구를 말입니까?"

"그 누구보다 당신 말입니다." 그렇게 말하고 그는 트라기를 그대로 둔 채 가버렸다. 그때 '루이트폴트' 찻집에서와 똑같은 모습이었다. 트라기가 집에 돌아온 것은 열한 시였다. 그는 그날 밤 잠을 이루지 못했다.

그 다음날은 눈이 내렸다. 사람들은 모두 눈이 내리니 기뻐하고 있었다. 하얗게 된 한길에서 만나는 사람들은 서로 미소를 교환했다. "쌓이는군요." 그렇게 기뻐하고들 있었다. 에발트는 테레지엔 가 모퉁이에서 탈만과 마주쳤다. 두 사람은 잠시 함께 걸었다. 오랜 침묵을 깨고 에발트가 말을 꺼냈다. "글을 쓰시고 계시다면서요?"

"네, 쓰기도 합니다. 이따금."

"쓰기도 하다뇨? 그럼 그것이 당신의 본업이 아닙니까?"

"네."

잠깐 말이 없었다.

"그럼 대체 하고 계시는 일은 무엇입니까?"

"보는 일입니다."

"뭐라구요?"

"보는 일, 기타 여러 가지죠. 먹는 일, 마시는 일, 잠자는 일, 별로 특별한 일은 하지 않습니다."

"당신은 언제나 농담만 하고 계시는 것 같군요."

"그렇습니까. 무엇에 대해 농담한다는 거죠?"

"모든 것을. 하느님도 세상사도."

탈만은 대답하지 않고 미소만 짓다가 말했다. "그런데 당신은 시를 많이 쓰고 계시죠?"

트라기는 얼굴을 붉히며 침묵했다. 그는 한마디도 할 수 없었다.

탈만은 웃을 뿐이었다.

"당신은 시 쓰는 것을 부끄럽다고 생각하시나요?" 트라기는 상대방에게 말하도록 강요하듯이 질문하고는 다시 입을 다물었다.

"천만에, 나는 무슨 일이든 의의 있는 일이라곤 생각지 않습니다. 다만, 시를 쓴다는 건······ 무익한 일이란 생각은 합니다. 이제 나는 위로 올라가야 합니다." 문 있는 데서 그는 "안녕. 농담을 한다는 당신의 말이 아무래도 맞는 것 같군요" 하고 말했다.

트라기는 다시 혼자가 되었다. 그는 응석받이로 자라고 있던 열 살 때 집을 뛰쳐나온 일이 생각났다. 그때 그는 분별 없이 무턱대고 자포자기한 기분으로 집을 뛰쳐나왔다. 그리고 지금도 꼭 그때와 같은 공포와 절망, 무능하다는 생각에 몰리고 있었다. 그때와 조금도 틀리지 않았다. 마치 사는 데 필요한 뭔가가, 앞으로 나아가는 데 없어서는 안 될 중요한 기관이 자기에게는 결여되어 있는 것 같았다. 이처럼 노력을 되풀이해봐도 결국 헛된 일이 아닌가.

먼 길을 걸어온 것처럼 기진맥진해진 그는 집으로 돌아왔다. 그러나 자신을 어떻게 해야 좋을지 몰랐다. 오래된 편지나 기억날 만한 것들을 샅샅이 뒤져보았다. 자기가 쓴 시도 이것저것 꼼꼼히 읽어보았다. 크란츠 씨도 모르는 극히 최근의 시도 나지막이 읽어보았다. 그렇게 하는 사이, 그에게 자기라는 것이 차츰 보였다. 마치 오랜 시간이 걸려서 멀리 있던 사람이 다가오듯, 윤곽이 조금씩 뚜렷해지고 분간이 되었다. 기뻐서 그는 우선 탈만에게 편지를 썼다. 그것은 고마움에 넘친 편지였다.

"당신이 옳았습니다. 이전의 나는 거짓투성이, 알맹이 없는 인간이었습니다. 이제 나는 모든 것을 통찰하고 있으며, 모든 것을 이해하고 있습니다. 당신은 저를 악몽에서 깨어나게 하셨습니다. 어떻게 감사드려야 좋을지요. 여기 동봉한 시는 제가 가진 것 중에서 가장 귀중한, 가장 은밀한 것입니다. 저로서는 이것을 보내드리는 것말고는 달리 감사의 마음을 전할 길이 없습니다."

그리고 나서 트라기는 편지와 시를 지니고 수신인에게 직접 전하기 위하여 나섰다. 그는 갑자기 우체국은 못 믿을 것 같은 생각이 들었다. 늦은 시각이었다. 그는 어둠 속을 손으로 더듬어 네 개의 계단을 올라갔다. 그리하여 탈만이 살고 있는 기젤라 가의 아틀리에에 도착했다. 그는 우스울 만큼 작은 토굴 같은 곳에서 탈만을 만났다. 그곳은 북쪽으로 커다란 창문이 비스듬히 나 있었고 오직 창틀만 보이는 공간이었다. 거기서 탈만은 글을 쓰고 있었다. 한밤에 낡고 찌그러진 램프가 천장에서 타오르고 있었다. 그 불빛은 난잡하게 흩어져 있는 수많은 물건들을 하나하나 또렷이 비쳐낼 만큼 밝지는 않았다.

탈만은 다가오는 사나이의 코 끝에 램프를 높이 들이댔다. "아, 당신이군요." 그는 자기의 안락의자를 트라기 쪽으로 내밀었다. "담배 피우십니까?"

"괜찮습니다."

"커피는 이젠 만들어드릴 수 없습니다. 술도 없구요. 그러나 원하신다면 이것이나 함께 드시죠." 그는 손잡이가 없는 낡은 커피포트를 두 사람 사이에 놓았다.

그는 팔짱을 끼고 우뚝 선 채 담배를 피우며 침착하게 손님을 관찰했다. 전혀 무관심한 듯했다.

트라기는 말을 못 꺼내고 있었다.

"뭔가 내게 말씀하실 거라도 있으십니까?" 그렇게 말하고, 탈만은 커피를 한 모금 마신 다음, 손등으로 입을 훔쳤다.

"당신에게 드리려고 가져온 것이 있습니다……." 트라기는 털어놓았다.

탈만은 감정의 움직임을 보이지 않았다. "그렇습니까. 어디, 이리 주시죠. 가끔 들여다보겠습니다. 뭡니까, 이것은?"

"편집니다" 하고 트라기는 망설였다. "그런데…… 지금 읽어봐주십시오."

탈만은 이 말이 끝나기 전에 벌써 봉투를 열어 아무렇게나 뜯고 있었다. 그는 이빨 사이에 담배를 물고, 담배연기 속에서 눈을 반짝이며 그 편지를 훑어보았다. 흥분한 에발트는 일어서서 기다리고 있었다. 그러나 검은옷을 입은 탈만의 창백한 얼굴에는 아무 변화도 나타나지 않았다. 그는 단지 자꾸만 담배연기를 귀찮은 듯이 내젓고 있을 뿐이었다. 마침내 그는 고개를 끄덕이며 "아하, 그런 얘기군요"라고 말했다. 그리고 그는 트라기를 향해 "나도 이런 일에 대해서 생각하고 있는 것을 가끔 당신에게 써보도록 하지요. 말하는 것은 아무래도 질색이니까"라고 말하고는 단숨에 커피를 마셔버렸다.

트라기는 다시 안락의자에 앉았다. 앉은 채 솟아오르는 눈물을 꾹 참고 있었다. 그의 얼굴은 그 밤에 커다란 유리창으로 폭풍이 불어닥치고 있다는 것을 느끼고 있는 표정이었다.

말이 없었다.

탈만이 "춥지 않습니까? 떨고 있군요" 하고 물었다.

에발트는 고개를 가로저었다.

또다시 말이 없었다.

가끔 창유리가 나지막이 떨리고 있었다. 바람이 휘몰아칠 때 창문은 마치 떠내려가는 얼음덩이 같은 소리를 내었다. 마침내 트라기가 입을 열었다. "왜 나를 이렇게 대하는 겁니까." 그는 여느 때와는 달리 병을 앓고 있는 듯한 슬픈 표정이었다.

탈만은 담배만 연거푸 피웠다. "이렇게 대하다니요? 당신은 이것을 대한다는 거라고 말씀하시는 건가요? 당신은 정말 조심스런 분이군요. 어떤 식으로든 나는 당신을 어떻게 대한다는 생각은 털끝만큼도 없다는 것을 똑똑히 말씀드리죠. 내가 당신과 대등한 입장에서 상종할 것을 바라신다면, 우선 그런 말을 쓰는 버릇을 그만둬주십시오. 그런 거창한 말을 나는 좋아하지 않습니다."

"당신은 대체 어떤 사람입니까?" 트라기는 이렇게 소리치고 의자를 걷어차면서 탈만에게 대들었다. 마치 그 얼굴을 후려칠 듯한 기세였다. 트라기는 분노에 떨고 있었다. "대체 무슨 권리로 나의 모든 것을 짓밟는 것입니까."

그러나 벌써 그의 목소리에 눈물이 뒤섞여 말을 할 수가 없다. 눈앞이 흐려지고, 힘이 빠져서 불끈 쥔 주먹을 풀었다.

탈만은 트라기를 가만히 안락의자에 앉히고 기다렸다. 조금 지나자 그는 시계를 쳐다보고 나서 말했다. "이제 그만하시죠. 댁으로 돌아가셔야 하니까. 나도 쓸 것이 있습니다. 한밤중입니다. 내가 어떤 사람이냐고 물으셨죠. 나는 노동자입니다. 보시다시피 손에 상처가 나 있는 노동자입니다. 불청객이기도 하지요. 아름다운 여자를 사랑하지만, 그러기에는 너무나 가난한 자입니다. 남의 동정을 받고 싶지 않은 나머지, 남에게 미움을 받아야 할 처지에 놓인 자이지요……. 쓸데없는 소리는 그만둡시다."

트라기는 눈을 들었다. 그 눈은 열기에 가득 차 눈물은 보이지 않았다. 그는 계속해서 램프를 바라보았다. '이제 곧 램프도 꺼지겠지'라고 그는 생각하며, 일어서서 밖으로 나갔다.

탈만이 위에서 좁은 계단에 불을 비춰주었다. 트라기는 그 계단이 한없이 계속되고 있는 것 같은 기분이 들었다.

*

트라기는 병이 났다. 그래서 이사도 못 하고 핑켄 가의 방에서 정월 초하루를 맞게 되었다. 그는 편하지도 않은 소파에 누워, 빛바랜 넓은 목초지와 언덕이 있는 정원을 생각하고 있었다. 언덕 위에는 자작나무들이 조용하고 청초한 모습으로 높이 자라나고 있었다. 어디까지 뻗어 오를까. 하늘까지. 그러다 갑자기 날씬하고 어린 자작나무가 하늘로 향하는 것 외에 달리 어디로 뻗을까를 생각하는 것이 우습고도 어처구니없는 일로 그에게 다가왔다. 확실히 자작나무는 하늘을 향해서만 자라고 있었다. 분명히 그랬다. 그럼 도대체 지상의 인간은 어찌하면 좋단 말인가. 아니 그것은 갈색의 아름드리 나무줄기 옆에서 생각만 하면 되는 일 아닌가…… 그렇게 하면 별을 천장에까지 끌어내릴 수도 있으리라. 갑자기 트라기는 "뭘 따고 있지, 잔", "별이야" 하고 자문자답했다. 그는 잠깐 생각에 잠기고 나서 또 말했다. "그거 좋지. 잔, 아주 멋져." 그는 온몸에 상쾌한 기분이 넘치는 것을 느꼈다. 그러나 허리가 아파서 그 기분이 엉망이 되어버렸다. 오전 내내 계속 꽃을 꺾는 일에 너무 열중했던 모양이야. 그래도 왜 이럴까? 아직 오전인데. 우스웠다. 이틀이 아니라 2주일이 지나도 끄떡 없던 내가. 그때 잔이 오솔길로 걸어오고 있었다. 포플러 긴 오솔길을 지나서. 마침내 잔이 그의 옆으로 왔다. "양귀비꽃이야?" 에발트는 실망해서 말했다. 양귀비꽃을 가져오는 사람이 어디 있담. 폭풍이 몰아치면 모두 날아가버릴 텐데. 좀 있으면 알 거야. 그런데 다음에는 무엇을 가져올까…….

갑자기 트라기는 일어나 앉았다. 정원의 모양이 희미하게 머리에 남아 있었다. 다시 한번 그 모습을 똑똑하게 생각해내려고 애썼다. 그것은 언제 일어난 일일까? 어제일까? 그는 번민했다. 1년 전 일이었나? 그러고 있는 사이에 그것이 꿈이었다는 생각이 났다. 다만 꿈이었다. 아니 그럴 리가 없었다. 그는 마음을 진정할 수 없었다. "꿈은 언제 꾸는 것일까?" 그는 소리내어 자신에게 물었다. 그래서 그는 해질 무렵에 자기를 찾아온 크란츠 씨에게 이런 이야기를 했다. "인생이란 아득하게 먼 것이지만 그 속에 있는 것은 극히 적어요. 영원한 것은 모두 하나의 것에 불과합니다. 그렇게 되는 과정을 생각하면 불안해지고 지쳐버립니다. 어렸을 때 나는 이탈리아에 간 적이 있습니다. 하지만 기억에 많이 남아 있지는 않아요. 나는 시골길을 가던 도중에 한 농부를 만났습니다. 그래서 그 농부에게 '마을까지는 얼마쯤 남았나요?' 라고 물었습니다. 그러자 '반 시간쯤 남았어요' 라고 대답했습니다. 두 번째 만난 농부도, 세 번째 만난 농부도 마치 약속이나 한 것처럼 똑같은 대답을 하는 거예요. 그런데 우리가 하루 종일 걸었건만, 끝내 마을은 나오지 않았습니다. 인생도 마치 이것과 같아요. 그런데 꿈속에서는 뭐든지 가까이 있거든요. 그래서 불안을 느끼지 않는 거죠. 우리는 본래 꿈에 맞도록 만들어졌으며, 삶을 위한 기관을 전혀 갖고 있지 않아요. 그런데도 우리는 물고기인 주제에 날 생각만 하고 있습니다. 이런 짓을 해서 어떻게 한다는 것이죠."

크란츠 씨는 이 말을 정확히 음미한 뒤에 동의했다. "훌륭해요" 하고 그는 웃었다. "정말 훌륭합니다. 이것은 꼭 시로 써야해요. 그건 보람 있을 겁니다. 그것이 당신다운 일이지요……." 그러고 나서 그는 곧 가버렸다. 그는 이런 대화를 하는 것을 그다지 좋아하지 않았다. 그가 찾아오는 횟수는 점점 줄어들었다. 트라기는 그것을 고맙게 생각했다. 이제야말로 그는 정말 꿈속에서 살아가고 있으며, 그것을 방해받고 싶지 않은 것이었다. 방해를 받게 되면 바깥 세상의 슬픈 잿빛의 대낮과 조금도 따뜻해지지 않는 이 낯설고 습기 찬 방에 눈을 돌리지 않을 수 없게 되기 때문이었다. 하기야 여러 가지 빛깔로 화사하게 비치는 이 방과도 그는 꽤 친숙해져 있었다. 오직 밤에만은 기분이 좋지 않았고, 겁도 났다. 어렸을 때 앓은 적이 있는 열병으로 인한 고통이 밤마다 새삼스럽게 그를 엄습했고, 그의 힘을 빼앗아갔다. 팔다리는 돌이라도 박힌 것처럼 무거웠다. 더듬는 그의 손바닥에는 딱딱한 잿빛 화강암의 차가움이 사정없이 느껴졌다. 열이 오른 그의 불쌍한 몸뚱어리는 이 화강암까지도 녹여 구멍을 뚫을 것 같았다. 그의 발은 뿌리처럼, 서서히 혈관까지 치밀어 올라오는 서리를 빨아올리는 것 같았다……. 창문을 통해서도 서리의 차가움이 느껴졌다. 난로 뒤의 높은 곳에 달린 작은 창문을 통해서도. 난로 뒤 높은 곳에 작은 창문이 있었다. 아아, 누가 뭐라고 해도 이 창문이 얼마나 무서운 것인지 이해할 수 있는 사람은 없으리라. 난로 뒤에는 창문이 있었다. 그 창문 뒤에 또 무엇이 있다고 생각하면 도대체 끔찍하지 않다는 건지. 작은 방인지 넓은 홀인지, 정원인지 누가 그것을 알고 있으랴…….

"열병의 고통만 재발하지 않는다면, 선생님."

"당신은 신경쇠약입니다……." 의사는 미소지었다. 그는 진찰에 대체로 만족한 표정이었다. "그러므로 필요없이 흥분하면 안 됩니다. 열이 좀 있으나 곧 나을 겁니다. 완쾌되면 많이 먹어야 합니다."

에발트는 돌아가는 늙은 의사의 등을 보면서 살짝 미소를 지었다. 그는 병이 있다고 느꼈다. 마음 전체가 병들었다고 느꼈다. 모든 게 병이 났다는 조짐과 꼭 맞아떨어지는 것이었다. 권태로워 창유리에 몸을 기대어 날마다 희미하게 꿈을 꾸는 것도. 어둠이 오래된 먼지처럼 모든 것 위에 뒤덮여 있는 방도. 가구나 마루에서 끊임없이 조금씩 풍기는 냄새도.

가끔 어디선가 종이 크게 울렸다. 그것이 그가 이제까지 들어본 적이 없는 큰 소리였다. 그런 때 그는 가슴 위에 손을 모으고 눈을 감았다. 그리고 그는 꿈을 꾸었다. 베갯머리에는 초가 타고 있고, 기다란 일곱 가락의 촛불에서 비치는 빨간 불꽃이 마치 꽃처럼 장엄한 슬픔에 싸여 빛나고 있는 꿈을.

그러나 늙은 의사의 말이 옳았다. 열은 내렸고, 트라기는 갑자기 그런 꿈을 꾸지 않게 되었다. 휴식으로 인해 축적된 새로운 에너지가 그의 온몸에서 활발히 움직여, 그를 침대에서 일어나게 했다. 그건 그의 뜻에 어긋나는 것이었다. 그래도 그는 잠시 환자처럼 행동하지만, 때로는 자신이 생각해도 우스웠다. 그 이유는 다른 데 있는 것이 아니었다. 겨울날이 어쩌다가 순간적으로 햇살을 비추며 반짝이고 온 사방을 따뜻하게 해주었기 때문이었다. 따뜻한 겨울날의 이러한 미소는 하나의 조짐이었다.

그는 아직도 바깥 기운을 쐬면 안 되었다. 그래서 자기 방에 앉아 기다렸다. 지금은 모든 것이 자기를 기쁘게 하기 위해 있는 것 같은 기분이 들었다. 밖에서 들려오는 모든 소리가 부름을 받은 음유시인이 이야기하는 것 같았다. 트라기는 편지를 기다리고 있었다. 어떤 편지를. 그리고 크란츠 씨가 문을 노크하지 않을까 하고 기다렸다. 그러나 매일매일이 아무 일도 없이 지나갔다. 밖에는 눈이 내리고 있었다. 쌓인 눈 속에서는 아무 소리도 들리지 않았다. 편지도 오지 않았고, 방문자도 없었다. 그래서 매일 저녁은 한없이 길었다. 트라기는 자기가 모두에게 망각된 사람인 것 같은 생각이 들었다. 그리하여 그는 본의 아니게 스스로 몸을 움직여 사람을 청하면서, 자신의 존재를 알리는 작업을 시작했다. 그는 편지를 썼다. 고향에, 크란츠 씨에게, 그리고 우연히 알게 된 사람들에게까지 편지를 썼다. 고향을 떠날 때 가져왔으나, 지금까지 쓰지 않고 간수해두었던 추천장도 보냈다. 그리고 그 초청장에 회답이 오기를 기다렸다. 하지만 헛수고였다. 그는 잊혀진 사람이었다. 사람을 청해도, 신호를 보내도 그의 목소리는 어떤 곳에도 닿지 않았다.

이러한 나날을 보내면서 다른 사람과 만나고 싶다는 그의 욕망은 커졌다. 그 욕망은 점점 더 커져서 몹시 목마른 갈망으로 변했다. 그는 그 갈망으로 굴욕을 느끼기보다는 씁쓰름한 기분으로 반항심을 불태우고 있었다. 그러다가 문득 그는 자기가 세상에서 헛되이 바라고 있는 것은 애당초 자기로서는 아무에게도 요구할 수 없는 것이 아닐까 하는 생각에 미쳤다. 그건 마치 상대방 입장에서 보면 시효가 지난 오래된 권리나 빚을 이제 와서 요구하거나 독촉하는 것과 같았다. 그는 침울해지고 말았다. 그래서 그는 어머니에게 "저에게 오세요. 저에게 속한 것을 가지고 오세요"라고 요구했다.

이러한 것을 요구하자니 기나긴 편지가 되었다. 에발트는 밤늦게까지 계속해서 편지를 썼다. 글은 점점 빨라졌고, 뺨은 점점 달아올랐다. 그는 어머니로서의 의무를 요구하는 것으로 편지를 시작했으나, 자기도 모르게 은혜나 선물, 따뜻함과 애정을 요구하고 있었다. "아직 늦진 않았습니다. 저는 아직도 유연합니다. 어머니의 손에 싸이면 저는 양초같이 될 것입니다. 저를 품에 안으셔서 저를 만들어주시고, 완성시켜주세요……"

이것은 한 여성을 훨씬 넘어선 모성에 대한 외침이었다. 봄이 기쁨에 차 시름을 잊은 저 첫사랑에도 어울리는 외침이었다. 이 편지의 글은 이미 그 누구를 향해 한 말은 아니었다. 팔을 넓게 벌리고 태양 속에 뛰어드는 글이었다……. 그러므로 결국 마지막에 트라기가, 이 편지를 보낼 상대가 존재하지 않는다는 것과 아무도 자기를 이해해주지 못하리라는 것을 깨달았다는 것은 조금도 놀라운 일이 아니었다. 저 몸집이 가냘프고 신경과민이신 어머니도 마찬가지로 이해해주지 못할 것이었다. 어머니는 자존심이 강한 분이어서 타향에서는 모두들 어머니를 "아가씨"로 부르고 있다는 것을 에발트는 생각하고 있었다. 그래서 에발트는 그 편지는 빨리 태워버려야 한다는 것을 알았다.

　그는 기다리고 있었다.

　그러나 편지는 떨고 있는 가느다란 불꽃 속에서 좀처럼 타려 하지 않았다.

삶 속에서

회계사는 책상 위로 몸을 굽혔다. 마치 맨 끝에 희미한 전구를 매단 가스 샹들리에처럼. 그는 부지런했다. 해야 할 일이 있으면 부지런한 것은 결코 하찮은 일이 아니었다.

책상에는 다행히도 장식대가 있어서, 가슴 정도를 숨길 수 있는 흉벽 뒤에서처럼 그 뒤에 숨을 수가 있었다. 회계사는 덮개가 없는 타자기의 활자판을 숫자가 나오도록 돌렸다. 그러니까 같이 있던 관리는 왕실 및 국립 벽지도인 '유럽철도망'에 대고 말하는 것 같았다.

마지막까지 사무실에 남아 있는 그 젊은이가 신성한 국가 재산을 대수롭지 않게 여기고 있음을 알 수 있었다. 그는 제멋대로였다. 예를 들면 그는 지금 이렇게 말하고 있는 것이다.

"정말입니다, 크니만 씨. 여기서 서서히 보잘것없는 먼지투성이가 되는 것보다 차라리 청소부가 더 낫죠. 보십시오. 여기 벽들을. 오른쪽, 왼쪽 벽들. 우리는 마치 오래된 책 속에 끼어 있는 것 같아요. 이 자리에서 잠이 들었던 사람이 끼워놓은 책갈피같이 말이에요."

"만 칠천팔백오십." 회계사 크니만이 말했다. 그는 토지대장의 커다란 페이지를 넘기면서 몸을 피했다. 책장을 넘길 때 마치 돛단배가 그의 옆을 지나가는 것 같았다.

"항상 공무원으로 있을 것은 아니라고 말하시려는군요." 그 제스처를 보고 젊은이가 설명해주었다. "회계사가 되고, 소장이 되고 심지어 감독관도 되겠죠. 다시 말해서 쓸모없는 헌 책에서 금박 칠한 책 쪽으로 옮겨지게 된다는 겁니다. 예를 들면 《석탄 상자 속의 살인자》 같은 책에서 《노래책》 쪽으로 옮겨진다 말입니다. 그러나 책갈피로 남아 있으세요. 승진할 때 기껏해야 '나를 잊지 마세요'라는 문구가 적혀 있는 책갈피로 말입니다. 이제는 됐습니다. 이 목표를 위한 나의 입장은 분명합니다. 나는 여기서 가겠습니다."

"알았어요." 회계사는 무관심하게 신음하며 밑에서부터 다시 더하기를 시작했다. 그는 계산을 잘못했던 것이었다.

"그곳에는 아침, 점심 그리고 저녁이 있습니다." 젊은이는 흥분해서 말했다. "혹시 여기에도 그렇게 되어 있습니까? 여덟 시에서 세 시까지 여기서, 그런데 그게 뭘까요? 하루에 남는 시간은 얼마나 됩니까? 그 시간은 몇 미터 남은 옷감, 염가 대매출 그리고 할인된 가격과 같은 것이죠. 그걸로는 턱도 없습니다. 그걸로는 조끼조차도 만들 수 없어요. 그러나 그곳에는, 그곳에는 빛이 있고, 공기가 있고, 색깔과 자유가 있습니다……."

"어디 말입니까?" 회계사는 믿지 못하겠다는 듯이 물으면서 계산을 계속했다.

"삶 속에요." 젊은이가 자랑스럽게 말했다.

"젊은이" 하고 크니만 씨는 화를 내며 계속해서 계산을 했다.

그러나 그 젊은 관리는 꿈꾸는 것을 멈출 수가 없었다. 오늘 그는 시인이었다. 그러나 단지 하루만의 시인이었다. 감성적이고 조금은 구식이며, 진짜 시인으로서의 부끄러움과 소박함은 없었다. 그러나 그는 스스로 열광했다. 그는 마치 누군가 사랑의 편지를 태우는 촛불 같았다. 그는 이렇게 꿈을 꾸었다.

"봄의 정원 —— 뭔가 감동적이군요. 내가 말하는 건 부엌 창문들이 보이는 작은 정원들입니다. 하나 건너서 또 하나가 보이죠. 도처에서 노랫소리가 들려요. 나무에서도, 창문에서도. 그리고 광장과 모든 골목길을 따라서도 노래가 들리구요.

회계사님, 여기서 노래하는 것을 들은 적이 있습니까? '아니요,' 난 그렇게 말하겠어요. '당신은 노래하는 것을 들은 적이 없다' 고. 우선 그 자리들 말인데요. 거기에 엄숙하고도 굳은 표정의 입상들이 서 있죠. 그 입상들은 위대한 사람들을 기념하면서 일어서는 사람들 주위에 서 있습니다. 당신은 한 번도 이 불후의 명작 앞에 선 적이 없을 겁니다. 당신은 몸을 일으킬 시간도 없겠죠."

그러면서 그 젊은 관리는 고개를 들었다. 숙였던 그 회계사 노인의 이마 위로 큰 파리 한 마리가 기어갔다. 그는 태연히 그대로 내버려두었다. 맞은편에 있던 젊은 관리는 회계사 크니만이 죽은 건가 하고 생각했고, 그래서 몹시 신경이 거슬렸다. 마침내 그는 그 모습을 더 이상 참을 수가 없었다.

"제발 당신 이마에서 파리라도 쫓아버리세요! 그렇게 좀 해주세요!"

크니만씨는 생기 없는 손을 기계적으로 움직이며 계산했다. "만 이천사백칠십삼."

그때 젊은 관리는 다시 생기가 났다.

그는 환한 미소를 지었다. "그리고 그곳에는 골목길이 있어요. 골목길이……." 다시 말이 없었다. "사람들은 가야 하는 것을 알기만 하면 되죠. 언제나 금발의 소녀가 지나갑니다. 그녀는 우리가 자기에게 '너'라고 말을 건 것처럼 웃어요. 그리고 창문 뒤에서 그들은 행운을 기다리죠. 그들은 단지 그곳에 숨어 있을 뿐입니다. 초조하게 작은 발을 동동 굴리면서 말입니다. 그리고 그들은 몸을 쭉 뻗으며, '나는 행운아다'라고 생각합니다. 그러면 그건 예술품과 같이 되는 거죠! 크니만 씨, 제가 당신에게 말씀드리고 싶은 것은, 우리가 뭔가를 소망해야 한다는 것입니다. 그것이 모든 것이죠. 내일 아침 일찍 일어나서 명령하십시오. '나는 유럽의 황제다'라고. 당신은 알게 될 것입니다. 당신이 황제라는 것을".

"와아아?" 하고 회계사가 신음소리를 내며 흙벽 위쪽으로 조금 움직였다. 겁먹은 젊은 관리는 조그만 얼굴에 선한 웃음을 보이며 우쭐거렸다.

"예, 거기는 그렇습니다."

늙은 회계사는 다시 그의 큰 책에 얼굴을 파묻었지만, 잠시 후 불안해하며 "어디 말입니까?" 하고 물었다.

"어디냐고요?" 그 젊은 관리는 생각했다. "삶 속에서죠……."

회계사 크니만 씨는 '너는 나에게 말하겠지' 라고 생각했다. 그는 경험이 많았기 때문이었다. 그는 부스럼과 성홍열을 앓았고, 견진성사도 받았다. 그는 생각하며 웃었는데, 그의 머리 속 어디에선가 그것은 마치 가스등의 작은 불꽃 같은 것이었다. 그리고 이제 빛이 희미해지면, 이 침침한 전구가 얼마나 먼지투성이인지 알게 될 터였다.

건너편 젊은이는 정신을 가다듬었다. 오늘 그는 작품 전집을 출판하는 것 같았다. 그래서 그는 계속 말했다.

"어떤 여름날을 생각하십시오. 무한한 것처럼 보이지 않습니까? 그렇지만 그건 아무것도 아니지요. 여름날은 많으니까요. 하지만 같은 날은 하루도 없고, 모든 날들은 곧 경이로움 그 자체죠. 저 밖에는 온통 경이로움으로 가득합니다. 그리고 그 모든 것이 우리를 위한 것이고요. 우리가 바라보지 않는다면 누가 그럴 수 있겠습니까? 우리는 여기 앉아서 뭔가 더 재치 있는 일을 하죠. 그건 숫자를 적는 거죠. '12월의 석탄 운반' 이라고도 쓰지요. 삶은 저 밖에 있는데 말입니다. '운반마차 Nr. 7815.' 우리는 그렇게 적고 있습니다. 저 밖에 행운이 있는데 말입니다.

나는 농업 경영자가 될 겁니다. 어쨌든 농부가 되는 거죠. 우리는 신만이 알고 있는 것을 해야 합니다. 신이 이 칙칙한 뒷마당을 볼 수 있다고 생각합니까? 그 때문에 휴일 열흘 동안 기분을 망칠 텐데 말이죠!

그리고 잊지 말아야 할 것이 있습니다. 저 밖에는 모든 것이 움직이고 있다는 거죠. 위아래로, 여기저기로. 마치 춤처럼 말입니다. 다리가 마비된 사람도, 숨이 차오르는 사람도 없습니다. 우리에 관해서 말해선 안 됩니다. 앉아서 하는 삶이니까요. 그건 자살 행위이니까요. 기껏해야 죽는 듯 앉아 있는 거라고 해두죠. 나는 아직 죽을 생각이 없습니다. 그 전에 좋은 분위기에서 담배 몇 개비를 피울 생각입니다. 그곳에서는 (여기와는 달리) 모든 것이 허용되니까요. 담배 피우는 것까지도요."

이 이야기가 계속되는 동안 회계사는 천천히 고개를 들었다. 그는 서류를 고정시키는 물건처럼 "문자 B 서류철"을 앞으로 내민 아래턱으로 괴고 있었다. 그는 신중하게 고개를 끄덕였다. "삶 속에 말이지요?"

"삶 속에요." 그 젊은이는 진지하게 확인해주며 뺨을 붉혔다.

"사실이에요. 사람들은 한참 동안 문을 이리저리 더듬으며 삶 속으로 곧장 들어가지 못하죠. 이런 삶은 위험한 거죠. 이런 삶은 다름 아닌 정상과 심연, 섬과 파도인 거죠. 그게 다예요. 전부라고요! 이런 삶이 무엇인지 느낄 수 있습니까? 그건 성탄절 저녁, 선물 같은 거죠. 우린 선물을 받을 손이 충분하지 못하지요. 그 선물들을 보고 놀라워할 눈도 마찬가지고요. 사람들은 부 앞에서 너무 나약해요."

"삶 속에서." 이번에는 물음표도 없었다. 그 늙은이의 처량한 목소리는 무의식적으로 다른 사람들의 환호를 흉내내고 있었다. 그 회계사는 그런 자신의 목소리에 스스로도 놀라며, 조심스레 말을 배우는 사람처럼 또 한 번 말했다. "삶 속에서."

그리고 맞은편에 있는 젊은이가 거의 동시에 "삶 속에서"라고 말했다.

두 사람이 같이 "삶 속에서"라고 말했기 때문에 그 말은 마치 선서나 기도처럼 강하게 들렸다.

젊은이는 엄숙한 정적을 느꼈고, 순간적으로 숲 가운데 있는 것처럼 아주 조용해졌다. 그는 자신의 어머니를 생각하며, 일요일의 어머니 모습을 그려보았다. 연보라색 두건을 쓰고서 설교에 조금 눈물을 흘리거나 웃음 짓는 그런 모습이었다…….

갈색의 콧수염이 있음에도 불구하고 이제 그는 어린애와 같은 모습이었다. 그의 얼굴은 대단히 순진하게 보였기 때문에 회계사는 알게 되었다. '아니야. 그는 거짓말을 하고 있지는 않아.'

회계사는 아직도 무엇인가를 기다렸다. 그러나 젊은 관리가 말을 하지 않자 그는 조심스레 앉아 있었다. 그리고 그는 책을 덮고, 책받침으로 사용된, 잉크를 빨아들여 더러워진 커다란 흰 압지를 오랫동안 바라보았다.

세 개의 크고 오래된 얼룩이 그의 시선을 끌었다.

마침내 그는 그것에서 눈을 떼고서, 무슨 이유 때문인지 창문 쪽으로 머리를 돌렸다. 창문 앞에는 아무것도 없었다. 그곳에 있는 거라고는 단지 회색 벽과 위에 보이는 한 줄기 햇살뿐이었다.

크니만 씨는 "그래 그래, 이건 전혀 삶이 아니야"라고 생각했다.

그때 뜰 안 잿빛 담에 세 개의 오렌지색 달이 떴다.

그것은 검은 잉크 얼룩이었는데, 먼지 긴 서류철 때문에 보이지 않다가 오렌지 같은 빨간색으로 그곳에서 다시 떠오르는 것처럼 보이는 진기한 별 같았다.

회계사는 갑자기 두려웠다. "세 개의 빨간 달, 이건 도대체 어떤 세상이지?" 슬픈 세상이죠. 회계사님.

그는 잠시 후 일어나 그 관리가 놀랄 정도로 사무소 사환을 크게 불렀다. 그는 온 목소리를 다해 말했다.

"크니체크!"

대단히 급한 일인 것처럼 보였다.

"크니체크!"

……

"새 압지를 깔아주게!"

마귀 소동

　파울 백작은 성깔이 좀 있는 사람 같았다. 죽음이 때 이르게 그에게서 젊은 부인을 앗아갔을 때 그는 모든 것을 버렸다. 재물, 돈 그리고 애첩까지도 다 버렸다. 그는 그때까지도 아직 슈타이어 마르크 왕가의 기병대에 속해 있었다. 스테로비츠 남작은 때때로 그곳에 와서, "백작님의 입은 마치 돌아가신 백작부인의 입 같군요"라고 말했다. 이 말에 홀아비가 된 백작은 감동을 받았다. 그 후로 그는 언제나 포도주 한 잔을 아주 가까운 곳에 두었다. 그것만이 사랑하는 입과 자신이 마주 대하고 있다는 것을 아는 유일한 방법이었기 때문이었다. 소문 또한 그랬다. 그렇지만 실제로 2년 후 파울 백작은 무엇 하나 가진 게 없었다.

　그럼에도 불구하고 우리가 우연히 펠더로데 가(家)의 세습 토지 근처에 있었을 때 그는 우리에게 함께 가자고 요청했다. "자네들에게 내 행운의 장소를 보여줘야겠어." 그는 우리에게 약속하듯 말했다. 그는 부인들 쪽으로 몸을 돌리며 "내가 어릴 때 놀았던 그 장소지요"라고 말했다.

　8월의 어느 저녁 그로스 로호체크에서 우리는 한 사교 모임에 도착했다. 시간이 늦어진 것은 백작의 기분 때문이었다. 그는 빛났다. 사람들은 서로 감격에 겨워 그 자리에서 꼼짝도 하지 않았다. 결국 우리는 다음날 아침에 성과 정원을 둘러보고(지금은 방문 시간이 지났기 때문에), 그 높은 폐허에서 태양이 지는 것을 보기로 했다. "폐허가 된 나의 성이오" 하고 백작은 소리질렀는데, 그것은 마치 그가 자기의 수척한 몸에 두른 비옷처럼 그 오래된 성벽을 몸에 두르는 것 같았다. 그 위에 있던 한 작은 식당이 우리를 놀라게 했고, 분위기는 눈에 띄게 점점 고조되었다.

"난 이 바위 성이 정말 좋다니까." 백작은 그렇게 말하며 망루의 첨탑 위에서 왔다갔다했다. 그가 다시 우리 옆으로 왔을 때 누군가 물었다. "우리 내일 저 밑에 가기로 되어 있는 거죠?" 그리고 한 여자가 "그로스 로호체크는 지금 누구 소유지요?"라고 물었다. 백작은 그것을 흘려 듣고 싶었을 것이다. "음, 유능한 젊은이의 소유지요. 그렇지 않으면 금융계 사람이거나. 아니면 영사일 수도 있겠군요."

"결혼은 했나요?" 나이많은 한 여자가 물었다.

"아니에요. 잠시 어머니와 같이 있죠." 백작이 웃었다. 그리고 그는 포도주가 훌륭하다는 것을 이내 알았다. 모임은 멋있었고, 그날 저녁은 화려했다. 그리고 이곳으로 오자는 자기의 생각 역시 썩 괜찮았다. 그 사이에 그는 이탈리아 민요와 오스트리아 왈츠를 열정적으로 불렀다. 오스트리아 왈츠를 부르면서 그는 필요할 때는 뛰어오르는 동작도 했다. 마침내 그가 노래를 멈추었을 때 나는 출발하는 것이 좋겠다고 생각했다. 사람들은 피곤하다는 구실로 잠시만 더 "그의 폐허"에 머물자고 그에게 말하고는, 함께 작은 마을 여관으로 내려왔다. "곧 따라가겠소!" 백작이 우리 뒤에서 소리쳤다. 그 길은 성을 지나가게 되어 있었다. 모든 창문들에 비치는 이 성은 밤의 모습 같지 않았다. 영사가 모임을 열고 있었다.

정원에서 마지막 마차가 떠난 것은 자정이 다 된 시간이었다. 영사의 어머니가 반쯤 열린 대기실에서 촛불을 껐다. 그로 인해 그녀는 어두움에 휩싸이는 것 같았다. 몸에 꼭 끼는 비단 코르셋의 단추들을 열 때마다 생기는 틈 때문에, 그녀의 형상은 점점 그 모습을 잃어갔다. 마침내 그녀는 곧 성 전체를 채운 어둠 그 자체인 것처럼 보였다. 아들 역시 어뢰처럼 모든 곳을 구석구석 다니고 있었다. 그는 완전히 어두워져 보이지 않기 전에 자기 어머니를 붙들려고 애쓰는 것처럼 보였다. 그의 이러한 행동은 더위를 식히려는 것이었다. 이 두 사람은 매번 숨돌릴 틈도 없이 멋진 거울 앞에서 급히 엇갈리곤 했는데, 그 거울 속에 두 사람의 팔다리가 뒤엉키고 얼굴을 찡그리는 모습이 태연히 비쳤다. 두 명의 백작, 한 명의 남작 그리고 호감이 가는 많은 신사와 숙녀들의 모임인 이러한 밤의 광경 때문에 그 거울은 호강에 겨워했다. 그런데 이제 체격이 가냘프고, 검은옷을 입고 있는 영사가 들여다보는 것으로 만족해야 했다. 거울은 성의 주인인 영사가 들여다보자 얼굴을 맞대고 화를 내는 것 같았다. 그것은 너무나 서글픈 일이었다. 그럼에도 불구하고 사람들이 너무 사용하지 않아 모욕을 당한 것처럼 느낀 거울은 너무나 순결한 것 같았다.

어머니 역시 그 사이 조용해졌다. 그녀는 실뭉치처럼 한 구석으로 굴러갔다. 조금 지나자 영사는 그곳에서 무슨 소리가 났는지 알아보려고 했다. 그리고 그는 놀랐다. 그때까지도 거울 앞에 서 있던 그는 "하지만 하인들을 그대로 내버려두세요!" 하고 프랑스어로 크게 소리쳤다. 그러고 나서 마음을 가라앉히고 자기가 한 말을 다시 고쳐 말했다. "사람들이 어떻게 생각하겠어요, 어머니. 그냥 두세요. 가서 주무시고요……. 프리드리히를 부르겠어요." 이 위협이 결정적이었다. 그 백작의 늙은 시종을 잡아둔 것이 다행이었다. 그렇지 않다면 예를 들어 이 연회가 어떻게 개최되었겠는가. 그러나 연회를 개최한 것 또한 위험이었다. 사람들은 무슨 옷을 입어야 하는지, 무슨 옷을 입게 할 것인지 등 등을 알지 못했다. '아무튼 이 순간 중요한 것은 은수저조차도 잘못 세지 않았다는 겁니다. 그렇지 않나요? 자, 그러니, 어머니.'

검은 비단옷을 입은 뚱뚱한 부인은 갔다. 원래 그녀는 아들 레오를 조금 경멸하고 있었다. 왜 그는 자신에게 활동할 영역을 주는 귀족 칭호를 가지고 있지 않나 하는 것이었다. 아들은 영사이지만 그녀는? 그것은 수치였다. 그러나 어쨌든 그녀는 갔다.

레오는 잡고 있던 손을 벌리고, 은수저를 다시 세고 있었다. "스물다섯, 스물여덟, 스물아홉" 그는 마치 운을 떼는 것처럼 훌륭한 독일어로 말했다. 그때 그는 고함소리를 들었다. "무슨 일이야?" 하고, 마치 진열대 뒤에서 말하는 것처럼 그는 아무 생각 없이 소리쳤다. "서른, 서른둘" 하고 그는 계속 세고 있었다. 아무런 대답이 없자, 그는 여전히 은수저가 30여 개가 된다는 것을 알게 되었다. 그는 서른여섯이라는 숫자를 세려고 하면서 노란 빛이 비치는 홀을 지나갔다. 그리고 또 카드놀이하는 방과 초록 빛이 비치는 홀을 지나갔다. 어머니의 침실로 이르는 유리문 앞에는 축 늘어진 시커먼 물체가 있었다. 그건 그의 어머니였다. 그녀는 고통스럽게 신음소리를 내고 있었다. 그는 우선 어머니를 성 안으로 불러들이려고 했다. 그러나 갑자기 그렇게 하려는 생각을 그만두고, 조바심나는 눈으로 유리문 안을 뚫어지게 바라보았다. 거기에는 길고 흰 무엇이 마치 어두움과 싸우는 것처럼 벽을 따라 더듬고 있었고, 몸을 굽히고는 어둠 속으로 사라졌다가 다시 바람막이가 있는 무색의 거대한 등잔불처럼 창문 쪽으로 점점 커져갔다. 이미 이성적 판단을 할 수 없을 정도로 겁에 질려 있었기 때문에 레오는 그 형체가 오래 전에 고인이 된 펠더로데가 틀림없을 거라고 생각했다. 또한 방의 천장이나 의자에도 백작의 방패 문장이 모두 그대로 붙어 있다는 점에서, 그는 전에 들어보지도 못한 이 상황이 위험한 상황일지도 모른다는 생각이 차츰 들었다. 그는 이 성이 팔렸다는 사실을 전혀 모르고 있었다. 이 때문에 그는 계속 혼란스러웠다. 이렇게 모든 것이 기이함에도 불구하고 영사는 잠깐 자신이 처해 있는 상황을 잊고, 이러한 일이 일어날 수 있는 모든 가능성을 생각했다. 그가 마지막에 받은 인상은 이 사건이 마귀 소동이라는 것이었다. 잠깐 그는 성 안에 있는 예배당으로 급히 가야겠다고 생각했다. 하지만 그는 기독교 신앙에 대해서는 전혀 몰랐기 때문에 이 어려운 상황이 점점 확대된 것이었다.

그가 불쌍한 자기 어머니를 다시 맞이했을 때 방 안의 장면은 생각과는 달랐다. 흥분한 채 주문을 외는 것 같은 소리가 들렸다. 그러고 나자 곧 침실용 탁자 위에 촛불이 켜졌다. 그 형체는 침대 위에 앉았다. 그러니까 그 형체의 모습이 이내 분명해졌다. 그 몸짓이 점차 사람의 것처럼 알아볼 수 있었기 때문이었다. 레오는 갑자기 웃고 싶어서 빈정거리며, "귀족적인 모습이었어요. 저나 그 백작 중에 누가 죽는다면, 아무 일도 없었던 것처럼 행동하겠죠. 5백 년 후에도 말이에요"라고 말했다. 그리고 그는 "물론 전에도 저나 백작은 죽은 거나 마찬가지였어요. 지금도 마찬가지입니다⋯⋯" 하고 심술궂게 말했다.

이런 생각이 아주 적절하다고 여겼기 때문에 그는 어쨌든 어머니가 알아듣게 말하려고 했다. 그러는 사이 어머니는 때마침 제정신을 차렸다. 그녀는 흰옷을 입은 아들이 그녀의 속옷을 요에서 걷어내 마치 바다에 내던지듯 아무렇게나 내팽개치는 것을 보았다. 그녀는 다시 조금 전처럼 의식을 잃는 상태가 되기를 원했지만, 윤리적 양심 때문에 그렇게 되지는 않았다. 그 순간 그녀가 "아주 비열한 사람이야! 프리드리히, 요한나, 아우구스트는!" 하고 소리를 질렀다. 그러고 나서 그녀는 아들의 팔을 잡았다. 그러자 아들은 거침없던 행동을 그만두었다. 그러자 그녀가 "레오, 들어가서 권총을 가지고 와. 들어가란 말이야"라고 말하면서 아들을 떠밀었다.

레오는 다리가 후들거렸다. "지금 곧 가겠습니다" 하고 그는 신음하듯 말하고서 내실로 통하는 문을 두 손으로 밀고 나갔다.

그때 그 방의 침대에 있던 그녀가 경고하듯 든 손이 점점 커졌다. 그러자 고분고분 말을 듣듯 초가 쓰러져 꺼져버렸다.

바로 이 순간 백발의 프리드리히가 녹색 빛이 비치는 홀의 문지방에 나타났다. 그는 은빛 나는 무거운 샹들리에를 들고 왔다. 그는 우선 기다리고 있었다. 그 사이 영사의 어머니는 씩씩거리며 그에게 "아주 비열한 사람이야! 아주 비열한 사람이야!"라고 말했다. 그렇지만 레오는 반대로 신중함과 용기를 보여주었다. 그는 또박또박 분명하게 말했다. "몰래 숨어들어온 사람이 있어. 프리드리히, 아마 도둑이 어머니의 방에 숨어든 것 같아. 프리드리히, 가서 처리하게, 사람들을 부르게. 내가 직접 가는 것은 좋지 않네……."

늙은 시종은 급히 어두운 방으로 갔다. 그는 영사의 마지막 말을 따랐던 것이었다. 그 자리에 있던 두 사람은 두려워하며 그의 뒷모습을 바라보았다.

프리드리히는 침대보를 잡더니 갑자기 그 남자의 얼굴에 불을 비추었다. 그의 움직임이 아주 힘차서 레오는 영웅 같은 기세로 고함쳤다. "저 사람을 끌어내게, 이 룸펜, 이 막된 놈을……." 그는 자기가 화낸 것에 대해 어머니에게 용서를 구하려고 했다.

그러나 그때 프리드리히가 갑자기 곧고 완고하고 엄한 재판관처럼 그의 앞에 섰다. 그러더니 꼭 다문 자기의 입술에 손가락은 갖다 댔다. 이런 제스처를 보이며 그는 주인을 부드럽게 침실 밖으로 밀어내고는 유리문을 세심하게 잠갔다. 그리고 그는 커튼을 치고 샹들리에 네 가지의 불을 하나하나 껐다. 어머니와 아들은 어쩌지 못하고 말없이 묻는 듯한 표정으로 그의 제스처를 따랐다.

그러고는 그 늙은 시종은 주인 앞에 공손하게 몸을 굽히고, 방문자가 있음을 알려주었다. "영주 파울 펠더로데 백작, 황실 및 왕실의 전 기병대장이십니다."

영사는 뭔가를 말하려 했지만 목소리가 나오지 않는다는 것을 알았다. 그는 몇 번 손수건으로 이마를 닦았다. 그는 자기 어머니를 바라보려고 하지 않았다. 늙은 어머니가 자기의 손을 더듬어 아주 조용히 잡고 있는 것을 그는 느꼈다. 이 손이 이 두 사람을 하나로 만들었다. 그들은 일상적 현실에서 벗어나 실향민의 운명에 처하게 된 것을 알았다. 프리드리히는 전보다 더 깊이 몸을 숙여 말했다.

"손님 방을 정돈하게 할까요?"

그리고 그는 초록빛이 비치는 홀의 불을 끄고 주인을 따라갔다.

판 므라즈의 웃음

므라즈 이야기에는 다음과 같은 것이 부연된다.

므라즈 씨가 마흔 살까지 무엇을 했는가에 대해서는 알려진 바가 없었다. 그것은 아무 상관이 없다. 어쨌든 그는 낭비하며 살지는 않았다. 그 나이에 그는 엄청난 빚을 진 부브나부브나 백작에게서 성과 전 재산을 포함하여 베친 농장을 사들였기 때문이었다.

그 당시 하얀 어린이옷을 입고 성문 앞에서 새 주인을 기다리던 나이든 처녀들은 20년 전의 일을 말해주지는 않는다. 하지만 그건 마치 어제 일인 것 같았다. 그 처녀들은 사람들이 정원에서 따온 큰 장미 다발을 마차에 있던 므라즈에게 전했을 때, 므라즈가 침을 뱉었다는 것을 알고 있다. 그것은 우연한 일이었고 어떤 악의도 없던 일이었다.

그 다음날 새 주인은 그 고성의 모든 방을 둘러보았다. 그는 어느 곳에도 머물지 않았다. 단 한 번 그는 등받이가 거의 수직인 웅장한 황제의자 앞에 잠시 멈추어 서서 소리내어 웃었다. 다리가 휘어진 작은 탁자, 바늘이 멈춘 벽시계가 있는 멋진 벽난로 그리고 많은 어두운 그림들, 긴장한 관리인 앞을 지나는 동안 므라즈는 이 모든 것을 즐기는 것처럼 보였다.

그러나 침침한 은회색 빛의 응접실에서 그의 즐거운 기분은 사라져버렸다. 손님을 갈망하며 기다리는 듯한 거울들에 잘 익은 큰 사과 같은 므라즈 씨의 빨간 머리가 비쳤다. 오만하게 게임을 하듯 거울들이 그를 계속 비추고 있었다. 그러자 판 바크라브가 화가 나서 문을 닫고 나가면서, 우스꽝스런 가구와 불필요한 방으로 가득한 그 건물의 날개 부분을 앞으로 영원히 폐쇄하라고 명령했다.

그리고 정말로 그렇게 되었다.

므라즈 씨는 육중한 의자와 넓고 반들반들한 탁자가 있는 예전의 관리인 숙소로 들어갔다. 그곳에는 참나무로 만들어진 부부용 침대도 있었다. 얼마 동안 판 므라즈는 베로 된 이불 속에서 혼자서 편하게 지냈다. 그러던 어느 날 저녁 오른쪽으로 조금 움직여, 행실이 좋던 알로이시아 므라즈를 위한 자리를 만들었다. 그녀의 처녀 때 이름은 하누스였다.

그러니까 그것은 이렇게 이루어졌다. 가정부들은 늘 뭔가를 속이는데, 그것은 세상 사람 모두가 아는 사실이었다. 그렇기 때문에 부지런하고 건강한 가정부를 두는 게 좋았다. 알로이시아 하누스는 그러한 조건에 딱 들어맞는 것처럼 보였다. 두 번째로 모든 성에는 상속인이 있었다. 재산 목록에는 그러한 상속인이 없었다. 그래서 그러한 상속인이 있어야 했다. 그때 판 바크라브는 알로이시아가 가장 낫다고 생각했다. 그녀는 갈색 머리였고 농부처럼 건장했으며 건강했기 때문이었다. 므라즈 씨가 원했던

게 바로 그런 것이었다.

　그러나 순진한 알로이시아는 자기의 의무를 완전히 잘못 이해했던 것이었다. 우선 그녀는 아이를 낳았다. 아이는 체에 거른 것처럼 너무 작아서 판 므라즈가 항상 그 아이를 지켜보아야 할 정도였다. 그리고 사람들이 웃음거리가 된 그 작은 아이가 살아 있다는 것에 정말 놀라워했을 때 그녀는 곧 죽어버렸다. 그런데 늘 그렇듯 그때 그의 가정부는 다시 속임수를 쓸 게 분명했다.

　판 므라즈는 이 두 가지 슬픔을 잊지 않았다. 넓은 의자에 앉아 있는 그는 점차 쓸쓸해졌다. 그는 방문객이 올 때만 일어났다. 그건 자주 있는 일이 아니었다. 방문객이 오면 그는 포도주를 가져오게 하고, 몹시도 침울하게 정치에 대해서 얘기했다. 마치 매우 슬픈 것에 대해서 말하는 것처럼 보였다. 말을 채 끝마치지도 않았는데, 옆 사람이 덧붙여 설명하려 하면 그는 거칠어졌다. 종종 그는 일어나서 소리질렀다. "바크라브!"

　잠시 후 수척한 젊은이가 들어왔다.

　"이리 와서 손님께 인사하거라." 므라즈가 소리질렀다. 그리고 손님에게 말했다. "죄송합니다. 제 아들입니다. 말하지 않았어야 되는데. 이 아이가 열여덟 살이라는 것을 믿으시겠습니까? 열여덟 살이랍니다. 불편해하지 마십시오. 잘해야 열다섯 살이라 말하시겠지요. 당연합니다. 이 팔 좀 보세요. 바크라브, 너는 열여덟 살이다. 부끄럽지도 않니?"

　그러고는 그는 자기 아들을 다시 보냈다. "걱정입니다." 그는 투덜거렸다. "저 아이는 정말 아무것도 아니라니까요. 만약 내가 오늘이라도 죽는다면……."

얼마 전에 한 방문객이 이렇게 말했다. "무슨 말씀이십니까, 므라즈 씨. 미래가 당신을 정말로 불안하게 하다니요……. 당신은 아직 젊습니다……. 다시 한번 해보세요, 결혼하세요……."

"예?" 므라즈가 소리쳤다. 그리고 그 낯선 사람은 황급히 그 자리를 떠났다.

2주도 채 지나지 않아서 판 바크라브는 검은 코트를 차려입고 스크르벤으로 갔다.

스크르벤스키 가(家)는 오래된 귀족 가문이었지만 마지막으로 남은 종갓집에서 배고픔으로 고생하고 있었다. 그곳에서 므라즈는 막내딸인 콤테세 시타를 데려왔다. 사람들은 시타를 부러워했는데, 이는 므라즈가 매우 부자였기 때문이었다. 곧 결혼식이 치러졌다. 아주 간소한 결혼식이었다.

므라즈는 시타가 매우 연약하고 창백하다는 것을 집에 와서야 알았다. 그는 처음에 '이 백작부인'이 부서지기라도 할까봐 두려워했다. 하지만 그는 '세상이 공평하다면, 그녀가 내게 떡두꺼비 같은 아들을 선사해야겠지'라고 생각했다. 그리고 그는 기다렸다.

그러나 세상은 정말 공평하지 않았다.

시타 부인은 아주 순진했다. 단지 그녀의 눈만은 몹시 놀랄 만한 것이었다. 그 외에 어떤 일도 일어나지 않았다. 그녀는 언제나 정원이나 마당 또는 집을 이리저리 돌아다녔다.

사람들은 항상 그녀를 찾아다녀야 했다. 한번은 식사 시간에도 오지 않았다. "아내가 없는 것 같군……." 므라즈가 욕을 했다. 이 시기에 그의 머리카락은 급속히 셌으며, 걷는 것도 힘들었다. 그렇지만 어느 날 오후 그는 직접 시타 부인을 찾아나섰다. 한 시종이 언제나 잠겨 있는 건물의 날개 부분을 가리켰다. 소리가 나지 않는 털신을 신은 바크라브는 어둠이 깃들인 습기 찬 쓸모없는 방들을 조용히 걸어다녔다. 화려한 벽난로와 의자들을 지나가면서 그는 투덜거렸다. 웃을 기분이 아니었기 때문이었다.

마침내 그는 거울이 많이 있는 은회색 빛의 응접실 문턱에 섰다. 그리고 그는 놀랐다. 어둠이 시작되었음에도 불구하고 그는 그 안을 느낄 수 있었다. 시타 부인과 자기의 아들인 창백한 바크라브가 있었다. 그들은 밝은 비단 소파에 멀리 떨어져 앉아 꼼짝도 않고 서로 바라보고 있었다. 그들은 아무 말도 하지 않았다. 그들은 아무 얘기도 하지 않았을 것 같았다. 그들은 기다렸다. 이상하게도. '그리고……?' 므라즈 씨는 생각했다. 그의 생각 뒤에는 언제나 의문부호가 붙어 있었다. "그리고……?" 그러자 그는 참을 수 없었다. "좋으실 대로." 그는 소리를 질렀다. 그리고 문 쪽에 대고 더 큰 소리로 "방해가 되었나보군요, 두 분께" 하고 말했다. 그때 그의 아들이 몸을 떨며 벌떡 일어서서 문 쪽을 보았다. 그러나 판 므라즈는 그에게 그곳에 있으라고 명령했다.

그 후로 그에겐 긴 오후를 위해 무언가 할 일이 생겼다. 아주 불만스러워질 때면 소리나지 않는 신발을 신고 잠들어 있는 모든 유리 응접실의 방들을 가만가만 다녔다. 그 두 사람이 아직 그곳에 있지 않을 때도 있었다. 그러면 그는 두 사람을 데려오도록 했다.

"내 아내와 아들을 데려오게!" 그는 시종에게 소리쳤다.

그러고 나면 그들은 그때처럼 같은 소파에 마주 앉아야 했다. "나 때문에 방해받지 말아라……." 바크라브 씨는 고함을 치고 느긋하게 큰 백작 소파에 누웠다. 종종 그는 자는 것 같기도 했다. 적어도 그는 그렇게 숨쉬었다. 그러나 그는 눈을 가늘게 뜨고 지켜보고 있었다. 그는 점차 어스름에 익숙해졌다. 지금 그는 처음보다도 더 잘 보게 되었다.

그는 이 두 사람의 시선이 어떻게 서로를 피하고 있는지를 알게 되었다. 그 시선이 지친 듯 어찌할 바를 모르는 것 같지만 모든 거울에서 다시 만나는 것을 그는 알아차렸다. 측량할 수 없는 낭떠러지로 떨어지는 것처럼 다른 이의 눈으로 빠져들기를 그들이 두려워하고 있다는 것을 그는 알아차렸다. 그런데도 그들이 대담하게도 낭떠러지 끝에 머물러 있다는 것을. 그들이 위험한 게임을 즐기고 있다는 것을 그는 알았다. 갑자기 그들은 어지러웠다. 그래서 그들은 동시에 눈을 감았다. 마치 함께 탑에서 뛰어내리는 두 사람처럼…….

므라즈 씨는 웃고 또 웃었다. 오랜 시간이 지난 후에도 그는 또 웃을 수가 있었다. 그건 그가 늙은 것이 분명하다는 좋은 징표였다.

구름화가 블라디미르

그들은 어느 모로 보나 또다시 쓸모없는 자, 배신자, 상처받은 자로 전락했다. 그들은 각자 자기부터 그렇게 생각하기 시작했고, 자기보다 나은 사람과 못한 사람들을 모두 헐뜯었다.

이런 감정 상태로 남작이 먼저 입을 열었다. "사람들은 더 이상 이 카페에 올 수 없을 거야. 신문도 하나 없고, 서비스도 형편없다니까. 도대체."

나머지 두 사람도 맞장구를 쳤다.

그렇게 그들은 조그만 대리석 테이블에 앉아 있었다. 그 테이블은 이 세 사람이 원하는 게 뭔지 알 턱이 없었다. 그들이 원하는 건 조용함이었다. 단지 그것뿐이었다. 조용한 것. 시인은 분명하게, 그리고 의성어를 내뱉듯 그렇게 말했다.

"쓸데없는 소리야." 한 반 시간이 지나자 그는 그렇게 말했다.

그리고 다른 두 사람 생각도 다르지 않았다.

그들은 계속 기다리고 있었으나, 무엇을 기다리는지 아는 사람은 없었다.

화가는 한쪽 다리를 떨기 시작했다. 그는 잠깐 동안 깊이 생각에 잠긴 듯했다. 그러고 나서 그는 자신이 다리를 떨고 있다는 것을 알고, 감격한 듯 천천히 말하기 시작했다.

　"어리석은 생각, 어리석은 생각,

　　너는 나의 위안이니……"

　그렇지만 이제 출발할 때가 되었다. 그들은 줄지어가며 옷깃을 높이 세웠다. 날씨도 그냥 그랬다. 그들은 울고 싶어졌다.

　뭘 하지? 단 한 가지가 남아 있었다. 다섯 시에서 여섯 시 사이에는 블라디미르에게 가야 했다. 해가 질 때쯤엔. 물론 그랬다. 파크 가 17번지 아틀리에 빌딩으로!

　　　　　　　　　　　*

　블라디미르 루보프스키에게 다가갈 수 있는 방법은 진열해놓은 그의 작품을 거쳐가는 길뿐이었다. 그러니까 그는 담배를 피우며 모든 그림들을 그렸다. 아틀리에는 온통 뭔가 환상적인 연기로 자욱했다. 이 태초의 안개 같은 연기 속에서 더듬거리지 않고 곧바로 나가 블라디미르가 낮이고 밤이고 누워 지내는 낡아빠진 간이침대를 발견하게 된다면 운이라고 말할 수 있을 것이다.

　오늘 역시 그랬다. 그는 아직 일어나 앉지도 않고 이 세 명의 "상처받은 자들"을 조용히 기다리고 있었다. 그들은 각자 자기 나름대로 그를 둘러싸고 앉았다. 그들은 어디에선가 초록색 리큐르 술과 담배를 찾아냈다. 그들은 끊임없이 희생당하는 사람의 표정을 하고 술을 마시고, 담배를 피운 것은 말할 것도 없었다. 담배는 맛이 좋았다. 썩 훌륭한 맛이었다. 이런 비참한 삶을 위해 할 수 있는 것이 또 무엇이겠는가…….

시인이 몸을 뒤로 기대며 말했다. "그런데 삶 자체가 이미 엉터리 작품이 아니던가? 특히 예술 애호가들에겐 말야, 그렇지 않나?"

블라디미르는 아무 대답도 하지 않았다.

다른 사람들은 기꺼이 기다리고 있었다. 이렇게 향내나는 어둠 속이란 이상하리만치 기분 좋은 것이었다. 그들은 그냥 꼼짝 않고 가만히 있을 뿐이었다. 그러다가 누군가 몸을 움직이기 시작했다.

"그런데 어떻게 된 거야, 루보프스키. 자네에게선 송진 냄새가 나지 않잖아……." 화가가 얼버무리듯 말하자 남작이 덧붙였다.

"아니, 그 반대지. 여기 어딘가에 꽃이 있나?"

말이 없었다. 블라디미르는 멀리 자신이 만든 구름 뒤에 그대로 있었다.

그렇지만 그 세 사람은 여유로이 기다렸다. 그들에겐 시간이 있었고, 술도 있었다.

기다리면 된다는 것도 그들은 알고 있었다.

담배 연기, 연기, 연기, 그리고 조용히, 그리고 천천히 이런 저런 말들이 오갔다. 세상 돌아가는 이야기, 저 멀리서 일어나는 뭔가 놀라운 일들…… 구름 같은 담배 연기에 그들은 붕 뜬 기분이었다. 아주 은밀한 천국으로의 여행인 듯했다.

예를 들자면.

담배 연기. "그러니까 사람들은 늘 하느님을 잘 보지 못하지. 그들은 점점 더 차가워지고, 더 몸에 스며드는 빛 가운데, 저 위에서 하느님을 찾는다구." 연기. "그런데 하느님은 다른 곳에서 기다린단 말야. 모든 사물의 제일 밑바닥에서 기다린다구. 깊은 곳이지. 뿌리가 숨어 있는 아주 깊은 곳에서 말야. 아주 따뜻하고, 또 어두운……." 담배 연기.

그리고 시인은 갑자기 이리저리 걷기 시작했다.

세 사람 모두 사물의 뒤편 어딘가에 있는 하느님에 대해 생각하고 있었다. 놀라운 어딘가.

그리고 한참이 지났을까.

"불안……한가?" 담배 연기. "무엇 때문에?" 담배 연기.

"사람들은, 그래, 늘 하느님 위에 있는 거지. 예쁜 껍질 속에 들어 있는 과일처럼 말야. 금빛으로 잎 사이에서 빛나는. 그리고 과일이 익으면, 저절로 떨어지는 거야."

그때 화가가 격렬한 몸짓으로 담배 연기를 헤치며 나왔다. "하느으으님……." 그는 그렇게 말하며 간이침대에 작고 창백한 사람이 있다는 것을 알았다. 그 사람의 큰 눈은 반짝이고 있었다. 그 광채 뒤에 영원한 슬픔을 간직한 듯한 눈이었다. 아주 여성스럽게 기뻐하는 듯한……. 그리고 완전히 식어버린 두 손.

화가는 당황한 채 그 앞에 멈추어 섰다. 그는 자신이 무엇을 원하는지조차 제대로 알지 못했다. 다행히도 남작이 다가왔다. "자네 그림을 그려야지, 루보프스키……." 하지만 무슨 그림을 그려야 하는지는 그도 몰랐다.

그는 계속해서 되풀이했다. "그래, 루보프스키." 그 소리는 그가 의도한 것은 아니라 하더라도 조금 거만하게까지 들렸다.

그 동안 블라디미르가 공포에서 깨어나 깜짝 놀랄 때까지는 시간이 좀 걸렸다. 그리고 그는 조용히 미소지으며 꿈꾸듯 낮게 중얼거렸다. "아, 그래, 내일은……." 담배 연기.

*

작업실에는 더 이상 세 사람이 있을 자리가 없어졌고, 그들은 서로 부딪치게 되었다. 그들은 모두 나갔다. "잘 있게, 루보프스키."

바로 그 다음 모퉁이에서 벌써 그들은 성급하게 손을 흔들었다. 그들은 서둘러 서로에게서 헤어졌다.

그들은 서로 멀리 떨어지게 되었다.

어느 작고 초라한 카페. 사람은 아무도 없고, 램프마저 윙윙거리고 있었다. 그곳에서 시인은 편지봉투에 시구를 끄적이기 시작했다. 손은 점점 더 빨라지고 글씨는 점점 더 작아졌다. 더 많이 써야 한다고 느꼈기 때문일지도 몰랐다.

다섯 계단 위 화가의 작업실에는 내일을 위한 준비가 계속되고 있었다. 그는 노래를 흥얼거리며 이젤 위의 먼지를 입으로 불어냈다. 아주 오래된 먼지였다. 그리고 그 위에 별처럼 빛나는 새 캔버스를 펼쳤다. 화환으로 장식하고 싶어질 정도였다.

남작만이 아직도 길을 가는 도중이었다. "열 시 반이군, 올림 피아 극장, 옆문으로!" 그는 마부에게 몸을 맡기고 계속해서 조용히 갔다. 몸을 쉬게 하고 옷을 제대로 차려입기엔 아직 시간이 좀 있었다. 블라디미르 루보프스키를 생각하는 사람은 아무도 없었다.

*

블라디미르는 문을 걸어 잠그고 완전히 어두워질 때까지 기다렸다. 그는 그렇게 간이침대 모서리에 걸터앉아서 얼음장 같은 하얀 손에 얼굴을 묻고 울었다. 어떤 긴장감도 파토스도 없이 그냥 그렇게 조용하게. 그것이 바로 그가 아직도 밝히지 않은 유일한 것이었으며, 오직 그에게만 속한 유일한 것이었다. 그의 고독이었다.

어느 저녁의 기록

1899년 11월 3일
자정 무렵

내가 두려워하는 건, 단지 내 안에 있는 어떤 모순이다. 뭔가 타협하려는 경향……. 그것은 마치 곳곳에 손을 내밀 것을 생각할 때면 내 삶의 아주 모자라는 면이 되고 만다. 나의 모순은 아주 가끔, 소문으로만 들을 수 있는 것이다. 서로 멀리 떨어진 지방의 두 영주가 갑자기 한 처녀를 사이에 두고 서로를 미워하게 되는 것처럼 말이다. 그렇지만 그 처녀는…… 그런데 왜 모든 것이 드러나는 거지?

때때로 그렇게 말할 수 있을지도 모른다. 나는 기쁘다고. 그리고 당신을 잘 알고 있는 사람, 그 사람에겐 그가 당신이 좋아하는 친구라는 것이면 그만이다. 그렇지 않으면 당신은 다시 이렇게 말하겠지. 나는 슬프다고. 그리고 당신의 상태는 사실 달리 표현할 수 없이 단지 슬픈 것뿐이다. 그렇지만 이 두 감정 사이에는 어떤 뉘앙스가 있고, 변화가 있으며, 긴 여운을 남기는 그런 머뭇거림이 있다. 그것을 표현하기 위해 너는 그렇게 말할 것이다. 나는…… 아니, 너는 오히려 이렇게 얘기할 것이다. 어떤 일이······.

예를 들면 그건 작은 식당에서 맞이하는 어느 저녁 같은 것이다. 창문으로는 황혼이 깃들이고, 산등성이의 윤곽이 희미하게 들어오는 저녁. 식당 안에는 모든 빛들의 색조가 더 깊어지고, 더욱 편안했으며, 더 포근해졌다. 그리고 몇 명의 젊은이들이 모여들었다. 그들의 이야기는 곧 끊어졌다. 그들은 깃이 높이 달린 유니폼 상의 단추가 열린 것도 잊은 채 그대로 서 있었다. 그러다가 갑자기 도망이라도 가고 싶은 듯, 한 사람이 움직이지만, 그는 바로 자기 옆 사람에게로 몸을 돌릴 뿐이었다. 크고 깊은 눈의 금발 청년에게로. "연주 좀 해봐, 샤샤!" 그는 저 뒤쪽까지 들릴 정도로 큰 소리로 말했다. 그러면 다른 사람들까지도 정신을 차리고, 그 슬픈 눈의 청년을 작은 구석 피아노 앞에 앉히고는 뜨거운 그의 손을 건반 위에 올려놓았다. 그러면 청년은 모두들 함께 서서 뭔가에 열중해 있는 그 낯선 방에서 자신 앞에서 누가 건반을 연주했었는지 생각했다. 그는 자신의 손 바로 옆에 있는 두 손을 느꼈다. 가르치는 듯, 하지만 조용한······. 그리고 그는 그 얼굴까지도 알아차렸다. 섬세하고 조용한 선을 가진 한 소녀의 얼굴. 그 얼굴은 창문으로 보이는 황혼과 대조를 이루며 선명한 실루엣으로 드러났다. 눈꺼풀이 살짝 덮인 깊은 눈, 그 안 어딘가에 바람이라도 머물렀을 듯싶은 곱슬머리, 그리고 그 흘러내린 곱슬머리에 그늘진 단아한 이마. 샤샤는 기꺼이 이 소녀의 노래에 맞추어 연주했다. 마치 건반이 그렇게 원하기라도 한 듯했다. 그는 이곳에 없는 사람, 이방인, 그리고 이미 죽은 자들의 노래까지 연주했다. 그리고 이 식당에도 어둠이 밀려왔다. 다른 사람들은 어둠 속으로 사라져갔다. 그들은 귀를 기울이며 얼굴을 옷깃에 묻고 있던 것이었다. 단지 별빛 같은 것이 여기저기에서 가끔씩 희미하게 빛날 뿐이었다. 그들 중 누군가 두 명이 깜짝 놀라 동시에 눈을 들고 서로 무언가를 묻는 듯 쳐다보는 그런 때에……

아무 말도 할 수 없는 그런 일이 종종 일어나곤 했다. 나는…… 아니 나는 그렇게 말할 것이다. 어떤 일이…… 하지만 나는 입을 다물고 만다. 대부분은.

우리의 감정이란 내게는 연극 시작 전의 장막과도 같은 기분이 들게 한다. 무대 뒤 어딘가에서 빛이 들어오는 동시에 커튼 위에 비친 크고 비밀스러운 그림자가 움직이는 것이다. 만약 우리의 감정이라는 것이 너무나 단순하고 소박한 것이라서 그것을 우리가 단지 우리의 움직임이나 표정 안에서만 느낀다면, 또는 그것이 너무나 상징적이고 의미 있는 것이라서 단지 어떤 과정에서…… 언젠가…… 어떤 이상한 날에…… 일어나는 것이라고 설명할 수 있다면, 우리는 우리의 감정을 측정할 수 있을지도, 또 그 감정에 몸을 내맡겨버릴 수 있을지도 모른다.

그것은 우리의 진보일지도 모른다. 재료들은 더 이상 그다지 무겁지도, 중요하지도 않다. 우리는 그 재료들을 사용할 수 있고, 단지 우리만의 어떤 감정을 알기 위해, 즉 새로운 감정을 더욱 풍부하게 만들기 위해 완전히 드라마를 만들 수도 있다.

체육 시간

체육관. 동급생들은 밝은 색 무명 블라우스를 입고 대형 샹들리에 아래 두 줄로 서 있었다. 검게 그을린 얼굴에 경멸하는 듯한 차가운 눈을 가진 체육 선생이 개인 운동을 시키고는 조를 짜고 있었다. "1조 철봉, 2조 평행봉, 3조 뜀틀, 4조 등반 훈련, 해산!" 콜로포늄으로 방수 처리가 된 가벼운 운동화를 신은 아이들은 금세 흩어졌다. 몇몇 아이들은 내키지 않는 듯 머뭇거리며 체육관 한가운데 그대로 서 있었다. 4조 학생들은 뛰어난 운동선수들은 아니었다. 그들은 운동기구에서 몸을 움직이는 데 별 흥미가 없는 듯했으며 무릎 굽히기 스무 번에 벌써 지쳐서 현기증을 느꼈고, 숨을 내몰았다. 그들 중 단 한 명, 보통 때 같으면 누구보다도 바로 그런 이유 때문에 그대로 서 있었을 칼 그루버만 벌써 어둑어둑해진 체육관 한 구석, 낡은 체육복을 걸어두는 벽 바로 앞에 마련된 등반봉 곁에 서 있었다. 그가 바로 옆에 있는 등반봉을 잡고 엄청난 힘을 주어 앞으로 잡아당기자, 봉은 운동하기에 적당한 그 자리에서 흔들리기 시작했다. 그루버는 봉에서 손 한 번 떼지 않고 뛰어올라 얼마간 공중에 떠 있는가 싶더니 어느새 자기도 모르게 봉과 연결된 밧줄 끝에 두 다리를 꼰 채 봉에 매달렸다(예전의 그라면 상상도 하지 못할 일이었다). 그는 그 상태로 다른 조원들을 기다리면서 키 작은 폴란드 출신 하사관이 깜짝 놀라 화내는 것을 만족스럽게 지켜보는 것 같았다. 그는 내려오라고 소리치고 있었다. 그렇지만 그루버는 전혀 말을 듣지 않았고, 그 금발의 하사관 야스터스키는 결국 명령했다. "아래로 내려오거나 위로 올라가라. 그렇지 않으면 중위님께 보고하겠다……." 그제야 그루버는 허겁지겁 올라가기 시작했다. 두 다리는 거의 올라가지 않았으나 위쪽을 향한 시선은 얼마간 두려워하더니, 아직도 눈앞에 있는 등반봉의 아득한 거리를 가늠하고 있었다. 그의 움직임은 느려졌다. 한 번 손을 뗄 때마다 그는 어떤 야릇한 쾌감을 느끼는 듯, 마치 늘 그렇게 오르곤 하는 것처럼 점점 더 높이 올라갔다. 그는 더욱 화가 난 하사관의 분노에도 아랑곳하지 않고 계속 올라갔고, 시선은 여전히 저 위를 향하고 있었다. 마치 체육관 천장에서 비상구라도 발견하고 거기에 닿기 위해 안간힘을 쓰는 것처럼…… 보였다. 4조 전원의 눈이 그를 뒤쫓았다. 이제는 다른 조원들까지도 올라가고 있는 그에게 주의를 기울였다. 평소 같으면 등반봉의 3분의 1도 못 올라가 숨을 헐떡이고, 얼굴이 붉어지고, 눈이 충혈되던 그루버였다. "브라보, 그루버!" 1조의 누군가가 위쪽을 향해 소리쳤다. 그러자 다른 많은 사람들의 눈이 위로 향하기 시작했고, 체육관 안은 잠시 조용해졌다. 그런데 바로 그 순간, 모두의 시선이 그루버의 얼굴로 향해 있던 그 순간, 그는 마치 그 시선을 떨쳐버리려는 듯 천장 아래에서 몸을 움직였다. 제대로 성공하지는 못했지만, 그는 그 모든 애들이 저 위 칠이 안 된 쇠고리를 쳐다보는 동안 등반봉을 타고 미끄러져 내려왔다. 그가 이미 현기증을 느끼며 흥분된 채 서서 눈에 야릇한 광채를 띠고 빨갛게 달아오른 자신의 손바닥을 들여다보고 있을 때에도 모두는 아직 위를 올려다보고 있었다. 그때 바로 옆에 있던 친구 하나가 그에게 물었다. 도대체 오늘 그에게 무슨 일이 있는 거냐고. "1조로 가고 싶은 거야?" 그루버는 웃어 보이며 뭔가 대답하려는 것 같았지만, 곧 생각에 잠기는 듯 재빨리 눈을 감았다. 그러고도 소란이 계속되자 그는 조용히 벽 모퉁이 쪽으로 물러나 주저앉아서는 초조하게 자신을 둘러보았다. 한숨을 몰아쉬고 그는 다시 한번 웃어 보이고는 뭔가 말하려 했다……. 그렇지만 이미 그를 눈여겨보는 사람은 더 이상 없었다. 단지 제롬만이 지켜보고 있었다. 그가 다시 자신의 손을 들여다보고, 희미한 불빛에 편지를 읽으려 애쓰는 사람처럼 자신의 손 위로 몸을 깊숙이 숙이는 것을……. 그리고 잠시 후 그는 그루버에게 다가와 물었다. "아프지 않았어?" 그루버는 깜짝 놀랐다. "뭐라고?" 그는 평소에도 늘 그렇지만 입안 가득 침을 문 것 같은 목소리로 대답했다. "좀 봐." 제롬은 그루버의 손을 잡아채 불빛 쪽으로 가져갔다. 엄지손가락 아랫부분의 피부가 좀 벗겨져 있었다. "내가 좀 봐줄게." 제롬이 말했다. "이리 줘봐." 그렇지만 그루버는 못들은 척했다. 그는 제롬을 지나쳐 체육관 안을 둘러보았다. 그리고 뭔가 알아차린 듯했다. 그건 체육관 안에서가 아니라 창 밖 어딘가에서였다. 밖은 어두웠고 늦은 시간이었으며 가을이었는데도 말이다.

바로 그 순간, 하사관은 예의 그 거만한 말투로 그를 불렀다. "그루버." 그루버는 꼼짝하지 않았고, 앞으로 뻗은 두 발만이 마루 위에서 조금 앞으로 미끄러졌을 뿐이었다. "그루버!" 하사관이 다시 소리쳤지만, 그 소리도 휙 지나갔다. 그는 잠시 기다리다가는 그루버를 쳐다보지도 않은 채 성급히 말했다. "자네는 이 시간 이후 보고될 걸세. 나는 자네에게 이미……." 그리고 시간이 좀더 지났다. "그루버" 하고 부르며 제롬이 점점 더 벽 모퉁이 쪽으로 몸을 기대는 동료에게로 몸을 돌렸다. "등반봉에 오르는 건 네 임무였잖아. 줄을 타고 한번 해봐. 해보라구, 그렇지 않으면 야스터스키가 무슨 일을 저지를지 모른다구." 그루버는 고개를 끄덕였다. 그렇지만 일어서는 대신 갑자기 눈을 감고는 제롬이 하는 말에 몸을 내맡겼다. 마치 파도에 그러는 것처럼. 그리고 제롬은 그루버의 머리가 의자의 목재에 세게 부딪혀 앞으로 고꾸라지는 소리를 듣고서야 비로소 무슨 일이 일어났는지 알아차렸다.

"그루버." 그는 쉰 목소리로 그를 불렀다. 이 사태를 알아차린 사람은 아무도 없었다. 제롬만이 힘없이 팔을 늘어뜨린 채 그 자리에서 그의 이름을 불렀다. "그루버, 그루버." 그는 그루버를 일으켜 세울 생각조차 하지 못했다. 그때 누군가가 제롬과 부딪치며 그루버에게 말했다. "멍청한 놈." 다른 누군가도 그를 밀치며 앞으로 나갔다. 제롬은 그들이 꼼짝 않고 누워 있는 그루버를 들어올리는 걸 지켜보고 있었다. 그들은 그를 지나쳐 어딘가로, 아마도 옆방으로 그를 데려가는 것 같았다. 중위가 나타났다. 그

리고 더욱 엄격하고 우렁찬 목소리로 명령을 내렸다. 그의 명령
은 수십 명의 웅성거림을 단번에 멈추게 했다. 모두가 입을 다물
었다. 여기저기에 작은 움직임과 무슨 일이 생긴지도 모르고 뒤
늦게 킥킥거리는 사람이 하나 있을 뿐이었다. 그 철없는 웃음소
리도 곧 침묵 속으로 사라졌다. 그리고 다급한 질문들이 쏟아졌
다. "뭐야? 뭐라고? 그루버가?" 계속되는 질문들. 그리고 누군
가 크게 대답했다. "기절했습니다." 하사관 야스터스키는 얼굴
이 빨개져서는 중위 뒤로 가서 분노로 몸을 떨면서 허스키한 목
소리로 대답한다. "꾀병입니다, 중위님. 꾀병을 부리는 겁니다."
중위는 그에게는 신경도 쓰지 않았다. 그는 곧장 자신의 매무새
만 쳐다보다가 강한 턱을 훨씬 더 돋보이게 해주는 콧수염을 만
지작거리며 때때로 몇 가지 지시를 내렸다. 그루버를 옮긴 네 명
의 학생과 중위가 옆방으로 사라졌다. 곧이어 그 네 명의 학생들
은 돌아왔다. 한 사환이 체육관을 지나 달려갔다. 그 네 명은 다
른 사람들로부터 질문 세례를 받았다. "어때 보여? 무슨 일이 생
긴 거야? 정신은 좀 들었어?" 그들 중 누구도 특별하다 할 만한
건 알지 못했다. 그리고 그때 중위가 훈련을 계속하라고 불러들
였고, 골트슈타인 상사에게 명령권을 넘겼다.

   훈련은 그렇게 계속되었다. 평행봉에서, 철봉에서, 그리고 조
금 뚱뚱한 3조 학생들은 비곗살이 있는 다리로 높은 뜀틀 위로
기어올라갔다. 그렇지만 모든 움직임은 그전과 달라졌다. 뭔가
가 그들을 지켜보는 듯했다. 철봉 운동은 갑자기 중단되었고, 평
행봉 역시 훨씬 가벼운 연습만 되고 있었다. 모두가 단지 한 마

디만 하는 것처럼 소리들은 점점 더 단순해지고 가늘어졌다. "스, 스, 스……." 그 동안 작고 꾀 많은 크릭스가 옆방 문에 귀를 기울이고 있었다. 그 때문에 2조의 하사관은 뒤에서 때릴 듯 그를 쫓아왔다. 크릭스는 영리하게 눈을 반짝이며 고양이처럼 뒤로 물러났다. 어쨌거나 그는 이제 알 만큼 알고 있었다. 그리고 잠시 후 아무도 그에게 신경 쓰지 않게 되자, 그는 파블로비치에게 말을 전했다. "연대 군의관이 왔어." 모두들 파블로비치를 잘 알던 터였다. 그는 마치 명령을 받은 것처럼 아주 거만한 태도로 체육관을 지나 각 조에게로 가서 제법 큰 소리로 "연대 군의관이 저 안에 있어"라고 말했다. 그러자 하사관마저도 이 소식에 흥미를 보이는 듯했다. 시선은 점점 더 자주 그 방문 쪽으로 향했고, 훈련은 점점 더 느려졌다. 그리고 검은 눈을 가진 한 작은 학생은 뜀틀 위에 쪼그리고 그대로 앉아서 입까지 벌리고 그 방 쪽을 쳐다보았다. 뭔가 마비된 듯한 모습들이었다. 1조에서 가장 튼튼한 학생들은 여전히 몇 차례 힘든 동작을 하면서 다리를 움직이고 있었다. 그 중 티롤 출신인 폼베르트는 팔을 굽혀 무명옷 위로 드러난 단단한 근육을 관찰하기까지 했다. 키가 작은 바움은 철봉 위에서 팔굽혀펴기를 몇 번 더 했고, 순간 갑자기 이 다급한 움직임은 체육관 안에서 일어나는 유일한 움직임이 되고 말았다. 모두가 조용한 가운데 뭔가 어른거리듯 커다란 원을 그렸는데 그 모습은 섬뜩했다. 그리고 한 순간 그 작은 아이가 갑자기 멈추더니 힘없이 털썩 주저앉아 마치 모두를 경멸하는 듯한 표정을 지었다. 그렇지만 바보 같은 그의 눈도 곧 그 옆방 문에 머물렀다. 이제는 가스등 불꽃의 노랫소리와 째깍거리는 벽시계소리까지 들렸다. 그때 시간을 알리는 종소리가 뎅그렁거렸다. 오늘 듣는 종소리는 왠지 너무 낯설고 특별해서, 그들은 그 소리에 깜짝 놀란 듯 귀를 기울였다. 그렇지만 골트슈타인 하사는 자신의 임무를 잊지 않고 있었다. 그는 소리쳤다. "집합!" 그러나 그의 말을 듣는 사람은 아무도 없었다. 그 누구도 이 말이 예전에 무엇을 뜻하는 것이었는지 기억해내지 못하는 듯했다. 언제 그랬지? "집합!" 상사는 쉰 목소리로 소리쳤고, 이젠 다른 하사관들까지도 함께 소리질렀다. 그리고 학생들 중 몇몇도 잠꼬대하듯 독촉했다. "집합." 그렇지만 모두 자신들이 아직 좀더 기다려야 한다는 걸 알고 있었다. 그리고 바로 그때, 방문이 열리는가 싶더니 잠시 아무 일도 일어나지 않았다. 그러고 나서 발 중위가 걸어나왔다. 그의 눈은 더 커지고 분노로 가득했으며, 걸음걸이는 지나치리 만치 경직되어 있었다. 그는 분열행진이라도 하는 듯 걸어나왔다. "집합!" 그는 쉰 목소리로 소리쳤다. 모두 엄청나게 빨리 대오를 정렬했다. 그 자리에 사령관이라도 자리한 것처럼 누구 하나 움직이지 않았다. 그리고 다시 명령. "팔열 종대!" 훨씬 더 갈라지고 거친 목소리. "너희 동료 그루버는 지금 막 죽었다. 심장마비다. 앞으로 가!" 잠깐 동안 말이 없었다.

그리고 잠시 후 당번 생도의 목소리가 낮고 조용하게 들려왔다. "좌향 좌, 앞으로 가, 중대 앞으로 가!" 속보가 아니라 천천히 그들은 문 쪽으로 향했다. 제롬이 제일 마지막이었다. 두리번

거리는 사람은 아무도 없었다. 복도의 공기는 소년들에게 차갑고 음습한 것이었다. 그 중 하나가 페놀 냄새가 나는 걸 알아차렸다. 폼베르트가 악취에 관련된 매우 저속한 농담을 했지만 아무도 웃지 않았다. 제롬은 갑자기 누군가가 자기의 팔을 잡는 것을 느꼈다. 팔이 뻐근할 정도였다. 크릭스가 팔에 매달려 있다. 그의 눈은 눈물로 반짝였고, 치아 역시 뭔가 물기라도 할 것처럼 반짝였다. "나 그앨 봤어." 그는 속삭였다. 그리고 제롬의 팔을 꼭 잡았다. 가슴속에서 웃음이 터져나와 그는 제롬의 팔을 이리저리 흔들었다. "그는 완전히 발가벗은 채였어. 아주 홀쭉하고 키가 컸어. 그런데 그애 발이 묶여 있었어!"

그리고 그는 킥킥거리며 제롬의 옷소매를 입으로 깨물고 있었다.

어느 아침

아르코와 도소 디 로마르촐로의 성곽 바위 사이인 산등성이에
세 마을이 있었다. 그 산등성은 깨어나서 목말라하는 용처럼 가
르다 호수로 미끄러져 움직이는 형세를 하고 있었다. 그 세 마을
의 이름은 같았다. 그 마을들은 너무 가난해서 이웃 마을과 지속
적으로 구분한다는 것은 거의 힘들 정도였기 때문이었다. 첫째
마을의 변두리에는 새로 지은 하얀 교회가 있었지만, 그 담벼락
의 3분의 1정도는 바닥에 질질 끈 옷같이 벌써 더러워져 있었다.
멀리 떨어진 마을의 주민들은 매우 오래된 산타마리아 델레 그
라치에 수도원에 있는 탁발 수도사에게 가서 기도하고 고백했는
데도 불구하고, 그 교회는 세 마을 공용으로 지어졌다. 둘째 마
을의 변두리에는 여관이 있었다. 이 여관은 아르코의 손님들이
오후에 즐겨 찾았기 때문에, 이미 이 이방인들의 영향을 받고 있
었다. 밝은 집인 그 여관의 간판, 테라스 그리고 작은 바늘꽃 화
분이 눈에 띈 점이 그러한 영향이었고, 때때로 깃발도 보였다.
그리고 그 곁에는 창문이 많은 아주 큰 증기 제분소가 우뚝 솟
아, 작은 집들과 그 집에서 볼 수 있는 하늘을 가리고 있었다. 그
증기 제분소는 여관 주인의 소유였다. 그 제분소는 신맛이 나는

값싼 포도주를 비싼 값을 치르고 마시는 아르코 휴양객의 더러운 돈을 받고 있었다. 거기에 와서 술을 마시고 때가 묻은 숙박인 명부에 익살스러운 이야기를 쓰고, 여종업원에게 이름을 묻는 자는 누구든지 이 커다란 제분소에 돌 하나를 갖다놓게 되었는데, 이로 인해 매년 작은 집만한 것이 생겨났다.

　나는 공동으로 이용하는 작은 교회와 변두리에서 인접하고 있는 첫째 마을 이름이 키아라노라는 것을 우연히 알게 되었다. 나는 그 마을의 몇 가구 되지 않는 초라한 집들을 정확히 알고 있다고 생각했다. 올리브나무 숲 한가운데로 돌로 만들어진 배수로가 수직으로 파여 지나가고 있었다. 은빛 나는 둥근 그 숲은 뒤에 있는 언덕을 감싸고 있었다. 나는 3월의 어느 이른 아침에 그 길을 걸어가고 있다고 생각했다. 이미 태양을 가리고 있는 안개가 옅게 퍼져 있었다. 그래서 태양은 마치 하늘 어딘가에 가서 볼 수 있는 것보다는 훨씬 더 가깝게 비추는 것 같았다. 그리고 순간 나는 이미 첫번째 올리브나무를 알아보았다. 그 나무는 밝은 빛이었고, 줄기와 나뭇잎은 거의 창백하게 짙은 회색으로 동일했다. 그러나 갑자기 나는 담 앞에 서게 되었다. 그 담은 어디로부터인가 길 위로 나 있었다. 그래서 나는 왼쪽으로 방향을 바꾸었다. 무언가 하고 싶은 아침이었다. 새로운 그 길을 오랫동안 걷게 되면 틀림없이 끝이 보일 거라는 생각이 들었다. 그런 생각을 하는데 낡은 돌로 된 투박한 담이 나의 길을 다시 가로막았다. 안개 속에서 망설이면서 나는 잠시 숨이 가빴다. 마치 그 담이 다른 길로 해서 나보다 먼저 온 것처럼 보였다. 그래서 나는 다시 왼쪽으로 갔다. 그러자 넓은 대문의 아치가 어둡게 보였다. 그 위에는 꽃 장식이 있었고, '포도주 판매'라는 표지판이 달려 있었다. 하지만 그 꽃 장식은 시들어 있었다. 안뜰에는 의자와 문틀, 창틀이 폭풍우 또는 아이들에 의해 아무렇게나 내동댕이 쳐진 것 같았다. 그리고 문짝이 떨어져나간 것을 보고 그곳이 황량한 곳임을 알 수 있었다. 안뜰 건너편에 있는 두 번째 문은 꽤나 긴 어두운 현관 마루의 끝에 있었다. 그때 그 문 앞으로 어떤 처녀인지 또는 어떤 부인인지 한 여자가 지나갔다. 호리호리한 그 여자는 검은옷을 입고 있었는데, 그 옷은 농부의 아내들이 거의 매일 입는 차림이었다. 내가 빨리 그 집으로 나왔을 때, 왼쪽으로 간 그 여자는 안개 속에서 보이지 않았다. 나는 그 방향으로 따라갔다. 그러자 왼쪽으로, 오른쪽으로 조그만 좁은 골목길이 계속 펼쳐졌다. 마치 집들이 옆으로 옮겨진 듯했다. 처음 보았던 여자처럼, 많은 처녀와 부인들이 서로 말없이 차례로 걸어갔다. 나는 그 순간 젊은 사람의 밝은 얼굴을 보았다. 아니 정신을 가다듬고 보니까 깊은 곳에서 빛나는 눈이었다. 또는 갈색의 좁은 이마였는데, 그 이마 위로 검은 머리카락이 가볍게 이리저리 움직이고 있었다. 그러고 나자 안개가 커튼처럼 그 앞을 재빨리 가렸다. 다만 어디서인가 앞에서 나무로 된 신발들이 달그락거리는 소리만 많이 들렸다.

갑자기 나는 서 있었다. 그러자 나는 부드럽고, 엉클어진 머리카락처럼 앞을 가리고 있는 옅은 안개 속에서 앞을 보게 되었다. 그건 테두리를 양각된 돌로 만든 분수대였다. 게다가 돌로 만든 조그만 성모상이 비바람에 몸을 맡기고 있었고 그 위로는 육중한 둥근 지붕이 있었다. 그러나 이 주상은 다만 건물의 처음 부분이었다. 이 주상은 어느 작은 교회들의 모퉁이에 세워져 있었다. 외벽에는 오래된 프레스코 벽화가 부분적으로 보였다. 아마도 성찬식을 묘사하는 것 같았다. 그리고 입구 옆으로 머리와 팔이 보였는데, 힘차게 물을 걸어서 건너는 성 크리스토퍼의 다리 부분을 알 수가 있었다. 그 크기가 웅장한 탓에 이 성자의 모습이 약간 구부려져 있었다. 그가 어린 예수를 업고 있기 때문만 아니라, 지붕이 낮은 것이 걱정되어 그렇게 보인 것 같았다. 그 지붕은 단지 임시변통으로 연결되어 있었다. 그 지붕에는 많은 이음새와 틈새가 있었는데, 지금 그 교회 안의 벤치에 앉아 있는 처녀들과 부인들 위로 햇빛이 산발적으로 쏟아지고 있었다. 그 빛은 머리에서 어깨 위로 좁게 비쳤고, 어깨 위에서 천천히 흩날리는 커다란 장미꽃잎처럼 너울거렸다. 제단은 아주 어두웠다. 초라하게 가물거리는 촛불은 희미한 빛을 비추고 있었고, 검게 보이는 그림자들 앞에서 불안스레 움찔거리는 것 같았다. 연한 청색의 타프타 옷감으로 만든 미사복을 입은 한 작은 노인이 성경의 복음서를 읽고 있었다. 그는 아주 조용히 서 있다가, 옅은 푸른색 등을 구부리면서 여자들에게로 향했다. 그 모습은 마치 잠을 자는 것처럼 보였다. 그의 흰머리의 얼굴만 복음서의 말씀으로 떨고 있었다. 단지 촛불의 빛 때문에 그렇게 보였을 것이다.

  내가 다시 돌아보았을 때, 그곳은 또렷하게 보였다. 스쳐지나가는 광채와 같은 안개가 돌 위에 축축하게 끼여 있었다. 나는 두 서너 골목길을 걸어갔다. 그때 골목에 있는 집에서는 남자들이 활발히 움직이고 있었다. 욕설이 들렸고, 여기저기서 쉰 목소리로 노래를 부르기 시작했다. 그러나 그 목소리는 아직 잠에 취해 있었다. 붉은 얼굴의 한 젊은이는 가축 우리에서 당나귀를 밀어내고 있었다. 한 노인이 계속해서 화를 내면서 "지타! 지타!"라고 불러댔다. 그러나 대답하는 사람은 아무도 없었다.

나는 지타가 어디에 있는지 알고 있었다. 남자들이 활발히 움직이기 전에 나는 여자들이 어디에 있는지 알고 있었다.

그래서 즉시 나는 올리브나무 아래로 갔다. 숲에서 나는 뒤돌아보았다. 지붕이 엉망인 초라한 오두막집들이 아침 바람에 손짓하듯 다시 보였다. 그 집의 담은 비바람에 풍화되어 씻겨 있었고, 유리가 없는 창문과 난간에서 말리고 있는 붉은색 앞치마도 보였다. 변두리에는 볼품없이 하얀 새 교회가 있었다. 일요일 오전 아홉 시여서 대미사를 드리고 있는 중이었다. 이 교회와 비교할 만한 다른 교회가 있다는 것이 알려진다면, 아마도 이 작은 교회는 슬프게도 없어질지 몰랐다. 한 시간 후면 낮이 훤히 밝을 것이다. 그 교회는 이 세상에 하나밖에 없는 교회 같았다. 그리고 교회에서 여자들 중 어느 누구도 옆 사람에게 새로운 교회에 관해 말하지 않을 것이다. 어떤 여자도 마치 다른 사람에 대해 전혀 알지 못하는 것처럼 침묵을 지켰다. 그리고 늙은 신부도 사람들도 그곳에 사람이 있는지에 대해 알지 못했다. 그 신부는 복음서를 읽고 있었다. 그는 발에 돌의 차가움을 느끼게 되면 "어

제는 여기 양탄자가 있었는데⋯⋯"라는 생각을 간간이 하고 있
었다. 그러나 계단 위에 양탄자가 있었던 것은 50년 전의 일이었
다.

　나는 두려워서 이 작은 교회를 다시 찾으러 키아라노로 더 이
상 가지 않았다.

추기경
일생의 기록

  그는 아름다운 아스콜리 제후부인의 아들이었다. 그의 아버지
는 모험가였다. 그 당시 사람들은 그 아버지를 펨바 후작이라고
불렀다. 제후부인은 아들을 사랑했다. 그녀는 아들을 보면 어느
정원과 베네치아 그리고 어느 때보다 더 아름다웠던 어느 날을
생각하게 되었다. 그 아들의 삶 가운데 그런 생각과 연관된 삶이
있었다. 그의 이름은 빌라베네치아 후작이었다. 이 후작은 좋은
학생은 아니었다. 그는 매를 손 위에 올려놓고 노는 것을 좋아했
다. 그의 선생님이 한 번은 그에게 "매가 다시 돌아오지 않는다
면 어떡하지?"라고 물었다(선생님은 사냥에 대해 많이 알지 못
했다). "그러면, 그러면……." 이 학생은 매우 흥분해서 말했다.
"그러면 제가 직접 그 새를 찾아나설 거예요." 그러면서 그는 마
치 자신의 마음을 드러낸 것처럼 얼굴이 아주 빨개졌다. 나중에
열다섯 살이 되었을 때, 그는 얼마 동안 차분했고 부지런했다.
그는 아름다운 공작부인인 줄리아 폰 에스터를 사랑했다. 1년
간 그는 그녀를 그렇게 사랑했다. 하지만 그는 그녀를 떠났고,
어떤 금발의 하녀에게서 만족을 구했다. 그리고 그는 그 사랑도

잊어버렸다. 그때는 정말 하루하루가 떠들썩하고 빠르게 지나갔다. 그의 무용담은 밤에는 거의 일어나지 않았다. 그는 베네치아로 갔다. 어느 정원이 생각났기 때문이었다. 1년 동안 그는 그 정원을 찾아다녔다. 그러고 나서 그는 발렌치아를 찾아냈다. 그녀는 키가 컸고, 금발이었으며 자존심이 강한 여자였다. 그녀를 생각하면 다른 사람의 얼굴은 전혀 떠오르지 않았다. 그는 그녀에 대해 아무런 생각도 하지 않고 그녀에게 키스를 했다. 그러나 그녀에게는 애인이 있었다. 심지어는 그녀에게 남편이 있다는 말도 있었다. 그러나 애인이 더 위험스런 인물이었다. 후작은 그 애인을 오래 전부터 알고 있었다. 그 시대에 도처에 그의 초상화가 걸려 있었다. 그 초상화는 매우 어두운 홀에 걸려 있었는데, 보통은 아이들이 보지 못하도록 하기 위해 문 위에 걸려 있었다. 그 초상화는 바라보기만 해도 재앙을 줄 것 같은 눈초리를 하고 있었다. 후작도 그 눈초리에 쫓기고 있다는 느낌을 받았다. 그는 포도주 잔을 들 때마다 그 초상화의 뭔가 감추고 있는 듯한 어둡고 좁은 이마와 이마 가장자리의 검은 눈썹이 그 잔에 비치는 것을 보았다. 그는 놀랐다. 그는 매번 놀라서 몸을 움찔했다. 그러고 나서 그는 아주 크게 웃었다. 폭이 넓은 침대의 커튼이 움직이던 어느 날 밤, 그는 그 부인의 커다란 저택 창문에서 운하로 뛰어내렸다. 총쏘는 소리가 들렸다. 하지만 그는 옆 골목으로 갔고, 거기서 낚시꾼들이 그를 도와주었다.

10년 후 그는 그 창문을 둘러보기 위해서 베네치아에 갔다. 그 창문은 고딕 아치 장식물로, 과장되지 않은 정교한 양식으로 되어 있었다. 그는 만족스러웠다. 그는 아직 젊은 사람이었고, 보르메오 추기경의 비서였다. 그래서 그는 베네치아를 다시 보게 되었다. 축제 때 그는 발렌치아도 보았다. 그녀는 그전처럼 완벽했다. 그녀는 그를 향해 가까이 다가왔다. 그러나 그는 그전과는 다른 사람이었다. 그는 몸을 깊이 숙여 인사를 하면서, 그리티 참의원과 진지한 대화를 하기 위해 뒤로 물러났다. 부활절 직전에 그는 추기경이 될 예정이었다. 부활절 날 그는 자신의 건장한 어깨 위에 보랏빛의 묵직한 비단옷이 살랑거리는 소리를 느끼게 될 것이다. 그는 자기의 긴 옷자락을 들고 따라올 귀여운 소년들을 생각하며 기뻐했다. 그리고 그는 불빛과 화려한 광경을 생각하며 기뻐했다. 그래서 노랫가락이 포도밭의 향기처럼 그의 머리 속에까지 퍼졌다. 1년이 지나도록 부활절에 추기경이 오지 않았다. 그는 자신의 소유지에서 살면서 정원을 꾸몄다. 그 부활절 일요일에 그는 새로 지을 성을 구상하며 앉아 있었다. 건축가 산소빈이 지어줄 성이었다. 호평을 받고 있는 추기경은 저녁 때가 되자 갑자기 오늘이 부활절이라는 것을 떠올렸다. 추기경은 웃었다. 부활절 축제는 빠르게 준비되었다. 카르마뇰라에서 처녀들이 왔는데, 50명씩 두 그룹이었다.

추기경은 손님 접대를 아주 잘했다.. 여기저기에서 그에 대해 이야기했다. 백성들은 그를 마법사라고 여겼다. 스무 명의 화가는 그의 주위에 있었고, 열 명의 조각가가 그의 정원에서 일하고 있었다. 그리고 시인들마다 모두 그를 신과 비교했다. 어느 날 그는 발렌치아를 접대했다. 그 부인의 모습은 예전보다 더 밝게 빛났다. 그는 그녀에게 매일 축제를 베풀어주었다. 가장 멋진 축제를 벌이던 중에 말을 타고 온 전령이 추기경에게 편지를 가져왔다. 그 편지를 읽고 난 그의 얼굴이 창백해졌다. 그리고 그는 그 편지를 발렌치아에게 건네주었다. 저녁에 그 부인은 로마로 떠났다. 거기에 있는 추기경들 중에는 그녀의 친구들이 있었다. 그러던 밤에 추기경은 잠에서 깨어났다. 그는 그 편지를 다시 한 번 읽었다. 편지를 읽는데 그가 총애하던 소년이 횃불을 들어주었다. 편지의 마지막 말은 교황이 죽었다는 것이었다.

사흘 후 이 추기경은 로마로부터 편지를 받았다. 그의 어머니인 늙은 아스콜리 공작부인에게서 온 편지였다. 그건 어머니가 처음으로 보낸 편지였다. 그녀는 뭔가에 대해 그에게 축하했다. 그는 그것을 이해할 수 없었다. 그러나 저녁에 그는 로마로부터 급히 교황으로 추대되었다. 그때서야 그는 그 편지를 이해했다. 그래서 그의 어머니에게 (베네치아를 생각나게 하는 베네치아 르네상스의) 화가 조르조네의 그림 하나를 선물하려고 생각했다.

블라하 부인의 하녀

투르나우어 역의 하급관리인 벤첼 블라하와 결혼한 블라하 부인은 매년 여름 몇 주 동안 고향에 갔다. 그 고향은 님부르크 지역의 평평하고 늪이 많은 보헤미아 지방에 있었는데, 가난하고 보잘것없는 곳이었다. 어떤 의미에서 이미 도시 사람이라고 여기고 있었던 블라하 부인이 작고 비참한 집들을 다시 보았을 때, 그녀는 뭔가 자선을 베풀 수 있을 거라고 생각하게 되었다. 그녀는 한 농부의 아낙을 알고 있었는데, 딸이 있는 것을 알고 그 집에 가서 도시에 사는 자기가 그 딸을 고용하겠다고 제의했다. 그녀는 그 딸에게 지불하게 될 임금은 얼마 안 되지만, 이 처녀는 도시에 산다는 이점을 갖게 되며 또 도시에서 많은 것을 배우게 되리라고 주장했다(그녀가 도시에서 무엇을 배워야 할 것인지는 블라하 부인도 명확하게 몰랐다). 농부의 아내는 이 문제를 남편과 상의했다. 남편은 끊임없이 눈을 깜박거리고 있다가 처음에는 경멸적으로 침을 내뱉을 뿐이었다. 그러나 30분 후 그는 다시 방으로 들어와서는 "그래, 그 여자가 안나의 형편을 알고 있어?"라고 물었다. 이 말을 하면서 그는 그을린 주름진 손을 흔들거렸다. 그 모습은 그의 이마 앞에서 이리저리 흔들리는 생기 잃은 밤나무 잎사귀처럼 보였다. 여자 농부는 "당신은 바보예요"라고 말했다. "우리가 할 수 없잖아요……!"

그래서 안나는 블라하 집으로 오게 되었다. 그녀는 그곳에 거의 하루 종일 혼자 있었다. 벤첼 블라하 씨는 사무실에 있고, 그 부인은 이 집 저 집 바느질하러 다녔다. 그리고 그 집에는 아이가 없었다. 안나는 조그맣고 어두운 부엌에 앉아 있었다. 그 부엌에는 햇볕이 잘 드는 안뜰 쪽으로 창문이 있었다. 그녀는 거리의 악사가 올 때까지 기다렸다. 그 악사는 매일 해질 무렵에 왔다. 그를 기다리면서 그녀는 몸을 앞으로 구부려 작은 창문에 기대어 있었다. 그래서 그녀의 뿌연 머리카락이 바람에 휘날렸다. 그녀는 마음속으로 춤을 추고 있었다. 그랬더니 어지러움이 느껴졌다. 높다란 지저분한 담이 위험스레 흔들거려 몸에 부딪칠 것 같았다. 그러다가 마음이 불안해지면, 그녀는 깜깜하고 지저분한 계단을 지나 집 안 전체와 연기가 자욱한 골목 술집 아래쪽까지 걸어서 둘러보기 시작했다. 그 술집에서는 때때로 어떤 사람이 벌써 취해 노래부르고 있었다. 가는 도중에 언제나 그녀는 집에서도 찾지 않고 하루 종일 이리저리 놀고 있는 아이들과 어울렸다. 아이들은 이상하게도 항상 그녀가 자기들에게 이야기해주기를 원했다. 이따금 그 아이들은 심지어 부엌까지 그녀를 뒤따라왔다. 그러면 안나는 아궁이에 앉아서 넋이 나간 듯 창백한 얼굴을 손으로 가리면서 "생각해보자"라고 말했다. 아이들은 얼마 동안 참고 기다렸다. 그러나 원래의 이름이 안누스카인 그녀가 계속 생각만 하자 어두운 부엌은 조용해져서 두렵기까지 했다. 그러자 아이들은 그곳을 떠났다. 그래서 아이들은 그 처녀가 소리내지 않고 슬프게 울기 시작하면서, 향수에 잠겨 어쩔 줄 몰라하는 모습을 보지 못했다. 그녀가 무엇을 그리워하는지는 불확실했다. 울고 난 후에도 그리워하는 모습이었다. 대부분의 경우는 전에 있었던 특정하지 않은 어떤 것에 대해서였거나 또는 단지 꿈꾸고 있었던 것에 대한 그리움이었을지도 몰랐다. 아이들의 요구에 시달려 많이 생각할 때마다 그녀는 천천히 생각이 떠올랐다. 처음에 그녀는 붉은 피가 생각났다. 붉은 피가. 그리고 많은 사람들이 떠올랐다. 그러고 나서 종에 대해, 큰 소리를 내는 종에 대해 이야기했다. 그 다음은 어떤 왕과 농부, 탑에 대해 이야기했다. 그러고 그녀는 왕과 농부가 서로 말하게 했다. "왕이시여"라고 농부가 말하면 "그래", "알고 있도다"라고 왕은 아주 당당한 목소리로 말했다. 그런데 사실은 농부가 왕에게 말하고자 했던 모든 것을 왕이 알 수는 없었다.

한번은 블라하 부인이 장을 보는데 이 처녀를 데려갔다. 크리스마스 무렵 저녁 때였기 때문에 쇼윈도는 매우 밝았고, 많은 물건들이 넘쳐났다. 장난감 가게에서 안나는 갑자기 자신의 기억 속에 떠오르는 것들을 보았다. 그건 왕, 농부, 탑……이었다. 아, 그녀의 심장은 발소리보다 크게 뛰었다. 그러나 그녀는 빨리 시선을 돌렸다. 그리고 블라하 부인 곁에서 나란히 걸어갔다. 그녀는 자신의 속마음을 드러내고 싶은 심정이 아니었다. 그래서 그들은 그 인형극을 전혀 살펴보지도 못한 채 그렇게 지나쳐버리게 되었다. 아이가 없던 블라하 부인은 그 마음을 전혀 눈치채지 못했다. 그 후 얼마 안 가서 일요일에 안나는 외출을 하게 되었다. 그 저녁에 그녀는 돌아오지 않았다. 선술집 아래층에서 그녀를 보았던 어떤 남자가 벌써 그녀와 가까워졌다. 그리고 그가 그녀를 어디로 데려갔는데, 그곳이 어디인지를 그녀는 정확히 기억할 수 없었다. 그녀는 마치 자신이 1년 동안 사라진 것처럼 느꼈다. 그녀가 월요일 아침 일찍 지쳐서 부엌으로 돌아왔을 때, 모든 것은 전보다 더 차갑고 암담했다. 그녀는 이날 수프 그릇을 깨뜨렸다. 그래서 심하게 야단맞았다. 블라하 부인은 그녀가 밤에 돌아오지 않았다는 것을 전혀 알지 못했다. 후에 새해 무렵까지 그녀는 나가서 사흘 밤을 돌아오지 않았다. 그러고 나서 그녀는 집안을 이리저리 돌아다니는 것을 갑자기 그만두었고, 두려운 듯 방문도 닫아버렸다. 비록 손풍금 치는 악사가 거리에서 연주를 할지라도 그녀가 항상 창가로 간 것은 아니었다.

그렇게 겨울이 지나가고 창백한 빛을 띤 소심한 봄이 시작되었다. 건물 뒤의 좁은 마당에는 그런 봄이 제격이었다. 집들은 어둡고 습했다. 공기는 자주 세탁한 아마포처럼 맑았다. 제대로 청소가 되지 않은 창문들은 번쩍거렸고, 여러 가지 가벼운 쓰레기들이 집 아래위로 춤추듯 바람에 휘날렸다. 집에서 나는 소리는 분명히 들을 수 있었다. 찰칵 하고 나는 열쇠소리가 달랐는데, 탁하지 않고 크게 들렸다. 그리고 칼과 숟가락의 딸가닥거리는 소리도 달리 들렸다.

그 당시 안누스카는 아이를 가졌다. 그녀의 임신은 전혀 예기치 못한 것이었다. 몇 주 동안 몸이 불어나고 무거워지는 것을 느낀 후 어느 날 아침 그녀는 산기를 느꼈고, 곧 아이가 태어났다. 누구의 아이인지는 아무도 몰랐다. 그날은 일요일이어서 사람들이 여전히 잠을 자고 있던 시간이었다. 아무렇지도 않게 그녀는 얼마 동안 아기를 관찰했다. 아이는 거의 움직이지 않았다. 그러나 갑자기 그 작은 아기의 가슴에서 가느다랗고 날카로운 소리가 나기 시작했다. 동시에 블라하 부인이 부르는 소리가 들렸다. 그리고 방의 침대가 부서지는 소리가 났다. 이때 안누스카는 침대 근처에 걸려 있던 파란 앞치마를 움켜쥐었다. 그리고 앞치마의 허리끈을 아기의 가느다란 목에 묶고 잡아당긴 후 그 푸른 꾸러미를 여행용 가방 밑에 넣었다. 그러고 나서 그녀는 그 방으로 가서 커튼을 풀고 커피를 끓이기 시작했다. 그 다음날 안누스카는 지금까지 받았던 자기의 급료를 세어보았다. 15굴덴이었다. 그녀는 문을 잠근 후 가방을 열고 무겁고 움직이지 않는 묵직한 푸른색의 앞치마를 식탁 위에 놓았다. 그녀는 앞치마를 천천히 풀고, 아기를 바라보았다. 그리고 가늘고 길쭉한 자로 그 아이의 머리부터 발까지 크기를 쟀다. 그러고 나서 그녀는 모든 것을 예전의 상태로 정돈하고서 그 집을 나왔다. 그러나 유감스럽게도 왕, 농부 그리고 탑은 그녀에겐 아주 사소한 것들이었다. 그럼에도 불구하고 그녀는 그것뿐 아니라 다른 인형들도 가지고 나왔다. 말하자면 뺨에 붉고 둥근 점이 있는 공주와 어떤 늙은 사람 모습의 인형, 그리고 가슴에 십자가 목걸이를 하고 있는 또다른 늙은 사람 모습을 한 인형이었다. 이 인형은 턱수염 때문에 산타클로스 할아버지를 닮은 것 같았다. 그리고 그녀는 그다지 예쁘지도 않고, 중요하지 않은 두서너 가지의 인형도 가지고 나왔다. 또한 막이 위아래로 열리는 가설 연극무대도 가지고 나왔는데, 그 무대 뒤에 있는 정원은 보이다가 다시 사라지는 이동식이었다.

이제 안누스카는 혼자 있어도 지낼 만한 물건이 있었다. 그래서 고향에 대한 그리움은 어디론가 사라지게 되었다! 그녀는 크고 아름다운 연극 무대를 꾸몄다(그 비용으로 12굴덴이 들었다). 그리고 그것을 잘 어울리게 가지고 온 무대 뒤에 세웠다. 그 무대의 막이 말아 올려질 때 이따금씩 그녀는 앞으로 빨리 나아가서 정원을 들여다보았다. 매우 어두운 부엌은 크고 화려한 나무들 때문에 보이지 않았다. 그러고 나서 그녀는 다시 되돌아나왔다. 그녀는 두서너 개의 인형들을 끄집어내고는 그녀의 생각에 따라 그 인형들에게 말을 시켰다. 아직은 연극 작품이라고 말할 수 없었다. 그러나 서로 말을 주고받게 했다. 놀랍게도 두 인형이 갑자기 서로 몸을 굽혀 인사하기도 했다. 또는 이 두 인형이 늙은 인형에게 인사하기도 했는데, 이 늙은 인형은 나무로 만들어졌기 때문에 몸을 굽힐 수 없었다. 이 때문에 그 인형은 감사하다는 답례로 그때마다 넘어졌다.

아이들 사이에 이 안누스카 연극에 관한 소문이 났다. 그 후로 이웃에 사는 아이들이 블라하의 부엌에 모였다. 처음에는 그 소문에 대해 미심쩍어했지만 점차 신뢰하게 되었다. 아이들은 어두워질 때면 구석에 서서, 항상 같은 말을 하는 예쁜 인형들에게서 눈을 떼지 않았다. 한번은 뺨이 발갛게 달아오른 안누스카가

"나는 아주 큰 인형도 가지고 있어"라고 말했다. 아이들은 초조해서 안달이었다. 그러나 안누스카는 자기가 한 말을 잊어버린 것처럼 보였다. 그녀는 아이들 모두에게 자신의 정원을 보여주었다. 그리고 그녀는 똑바로 서 있지 않으려는 아이들을 무대의 측면 세트에 기대게 했다. 그러자 곧 크고 둥근 얼굴의 어릿광대가 무대에 나타났다. 그건 아이들이 전혀 기억할 수 없었던 것이었다. 그러나 너무나 화려한 그 모습에 점점 더 흥분된 아이들은 "아주 큰 인형을" 보여달라고 부탁했다. 단 한 번 그 "큰 인형"이 모습을 보였다. 단지 한 순간만 그 "큰 인형이" 나타났다.

안누스카는 가방이 있는 뒤쪽으로 갔다. 벌써 날이 어두워져 있었다. 아이들과 인형은 서로 마주 보고 서 있었다. 아주 조용한 게 서로 비슷한 모습이었다. 그러나 마치 놀라운 일을 기다리는 것처럼 커다랗게 뜬 어릿광대의 눈에서 아이들은 두려움을 느꼈다. 그건 예기치도 않은 일이었다. 그러자 아이들은 모두 갑자기 큰 소리를 지르며 달아나버렸다.

안누스카는 푸른 옷을 입은 커다란 아이를 손에 들고서 다시 앞으로 나왔다. 갑자기 그녀의 손은 떨고 있었다. 아이들이 떠난 부엌에는 적막이 흘렀다. 안누스카는 두려워하지 않았다. 그녀는 고즈넉하게 웃으며 연극 무대를 발로 밀어 넘어뜨렸다. 그리고 정원이었던 얇은 널빤지들을 발로 밟아 부러뜨렸다. 부엌이 이미 어두워지자 그녀는 이리저리 돌아다니면서 모든 인형들의 머리를 망가뜨려버렸다. 크고 파란 아이도 역시.

반사된 빛

프랑스혁명이 끝나자마자 빌레로즈 공작부인이 보헤미아 지방에 갑자기 나타났다. 프리틀란트 공작이 자기 소유의 성 하나를 그녀에게 제공했다는 소문이 나 있었다. 그 후 얼마 안 가서 세 대의 커다란 여객마차가 그 데민 성에 들어왔다. 공기가 삼엄했던 이때에 많은 시종을 거느린 사람은 전혀 없었다. 그럼에도 불구하고 성 안이 한산한 것은 아니었다. 이 지방에 많은 귀족과 망명자들 그리고 다른 지방의 사람들이 살고 있다는 것은 전혀 뜻밖의 일이었다. 특히 폴란드인들이 많이 있었다.

이러한 때에 그 공작부인이 베푼 처음 몇 차례의 향연이 사람들을 당황스럽게 한 것은 당연한 일이었다. 마차들이 많이 지나가는 번쩍거리는 높은 정문 아래에 모인 남자들은 뭔가를 기억하려고 애를 쓰는 눈초리로 의심이 나는 듯 놀라서 서로를 쳐다보고 있었다. 그리고 여자들은 빈정대는 웃음을 지으며 서로 인사하고 있었다. 그들은 아주 큰 소리를 내며 빠른 말투로 폴론스카 백작부인, 리그니츠 후작부인 그리고 많은 훌륭한 사람들의 이름을 말하고 있었다. 현관 앞 대기실에서도 많은 사람들이 장갑의 단추를 채우며, 그 인사들의 이름과 지위를 생각하고 있었다.

하지만 빌레로즈 공작부인은 이러한 당황스러운 일에 자연스럽게 잘 대처했다. 그녀가 접대한 사람뿐 아니라 냉정하지만 부드럽게 돌보아주며 보호해준 사람들은 그럴듯했다. 공작부인은 독특한 많은 이름들을 모두 기억하고 있었고, 기분이 좋을 때마다 그 이름들을 마치 허공에 던져진 진주를 다루듯 가벼운 마음으로 들먹거렸다. 연회에 참석한 모든 사람들은 그 이름을 앞질러 말하기도 했다.

모든 여자들의 아름다움을 대표할 수 있는 것처럼 보이는 정말 고운 나이와, 금발의 우아한 공작부인 외에도 손님들이 데민에 와 있었다. 공작부인의 누이로 미망인이 된 실바 발타라 후작부인이 그 중에 있었다. 그러나 그녀는 공작부인을 전혀 닮지 않았다. 또한 모든 여자들이 은밀히 감탄해 마지않는 여자들을 믿지 않는 알마 백작이 있었는데, 그는 스위스에서 궁중 귀족이었고 스웨덴의 접신론자인 스베덴보리의 제자라는 소문이 있었다. 그 외에도 창문 모퉁이의 그림자진 쪽에는 수도원장 릭이 말없이 있었다. 그는 얇은 입술 위로 생기 없는 미소를 띠고 있었다. 또한 화려한 그 모임에 한 젊은 여자가 숲 속을 거니는 것처럼 조용하게 말없이 이리저리 다니고 있었다. 그녀는 공작부인의 딸인 헬레네였고, 항상 흰 옷을 입고 있었다. 공작부인은 그 딸을 매우 사랑하는 것처럼 보였다. 젊은 후작부인이 홀에 나타나자마자 연회를 베푼 공작부인은 누군가 대화를 하다가 그 젊은 여자에게로 가서 이마에 입맞춤을 했다. 이러한 애정 표시에 모두들 환희를 느꼈다. 뚱뚱한 발린 공작은 큰 소리로 외쳤다. "아름다운 여인이십니다!" 여전히 약혼한 상태로만 있는, 나이든 여윈 어느 귀부인은 "어머니 같습니다. 아, 어머니 같아요, 공작!"이라고 말하면서 발린 공작의 말에 한술 더 떴다. 하지만 이러한 장면에서 한 젊은이도 자기가 처음 지은 시를 읽었다. 그날 저녁 그는 홀의 한 구석에서 계속 얼굴을 붉히며 시를 낭독했는데, 갑자기 많은 귀부인의 총애를 받게 되었다. 하지만 데민에도 역시 진정한 시인들이 있었다. 때때로 공원의 좁은 길을 따라 내려가는 조용한 사람의 모습이 보였다. 누군가가 가까이 오면, 그들은 외로움으로 가득 찬 얼굴을 들고 쳐다보았다. 그 두 눈은 낯설게 보이는 먼 풍경을 바라보고 있었다.

사랑방에서 무도곡의 선율을 만든 사람들이 데민의 축제에 왔었다. 그날 밤 그 선율에 따라 사람들은 춤을 추었다. 뜻밖에도 짤막한 드라마도 만들어졌는데, 두 시간 후에 기이하게 보이는 알록달록한 의상을 입고 배우들이 그 드라마를 공연했다. 그 드라마를 공연하기 전에 대본은 남겨두지 않고 난로 속에 던져 불태워졌다. 매일 새로운 춤을 추었고, 필요할 때마다 새로운 연극을 공연했다. 궁정처럼 보이는 건물도 지어졌다. 여기가 공작부인의 영토인 것처럼 보였다. 데민이 그 중심지였다.

손님들이 많이 모임에 따라 시종들도 점점 더 많아졌다. 사방 각처에서 사람들이 이리로 몰려왔고, 대부분의 사람들이 접대를 받았다. 시종장도 그곳에 갑자기 왔는데, 그는 백 명도 넘는 남녀 시종들을 호령했다. 그 궁내 대신의 얼굴은 냉정하고 오만했지만, 이와는 전혀 대조적으로 아부할 때는 비굴하기 짝이 없었다.

　한번은 알마 백작이 공작부인에게 "저 시종장을 해고하십시오"라고 말했다. 그러자 그녀는 놀라서 "왜 그러세요?"라고 물어보면서, "저는 그에게 만족하고 있어요"라고 말했다. 그 말에 백작은 의심스러운 표정으로 어깨를 움찔거렸다. 시종장은 해고되지 않았다. 그는 모든 사람들을 함께 모이게 하는 데 아주 능숙했다. 그가 끼여들지 않는 연회와 축제가 없었다. 심지어는 예술가들도 때때로 그의 조언에 귀기울였다. 어느 귀부인은 "그는 미에 대한 감식력을 가지고 있어요"라고 말하기도 했다. 시종장은 우연히도 그 곁에 있었는데, 그는 그 찬사에 말없이 허리를 굽혀 인사를 했다. 그 모습이 하도 겸손해서 그 귀부인은 자기도 모르게 웃지 않을 수 없었다.

　그 무렵에 축제는 점점 더 화려했고, 더욱더 떠들썩했다. 그때에 예기치도 않게 왕족 가문의 한 손님이 나타났다. 그는 젊고 멋진 왕자였고 엔긴 공작과 형제였다. 엔긴 공작이 잔인한 모습으로 죽었다는 소문이 그 후에 있었다. 그는 모인 사람들 사이에서 마치 보석 같은 존재였다. 모든 사람들이 그를 동경했다. 그는 모인 사람들이 자기에게 보이는 애정을 그들을 휘어잡는 방법으로 이용할 줄 아는 재치가 넘쳤다. 그는 자기 주위에 모인 사람들을 각각의 부류에 따라 정방형의 대리석처럼 흩어놓았다. 즉 아름다운 여자들, 사치스런 여자들 그리고 아름다운 여자들을 감동하면서 흠모하는 여자들의 부류로 나누었다. 이것은 멋진 일이었다. 대부분의 사람들이 하지 못한 일을 그가 해냈기 때문이었다. 이러한 일을 마무리지으면서 그가 만난 유일한 여자는 헬레네였다. 그녀의 커다란 눈은 슬퍼 보였다. 이러한 일을 계속하는 가운데 그가 안식을 찾은 것은 그녀 곁에서였다. 그는 그녀에게 말을 많이 걸지 않았다. 다만 커다란 바다 가까이 있는 광활한 땅인 자기의 고향에 대해서만 말했다. 그는 마치 자기가 어부 또는 어떤 이름 없는 사람의 아들인 것처럼 말하기를 좋아했다. 이런 대화를 나누면서 궁성에 대해서나 어떤 정원에 대해서는 이야기하지 않았다. 차분히 이야기를 나누면서 그들은 어떤 장소나 시대와 연관될 수도 있는 구체적인 말은 하지 않았다. 왕자가 연회에 모인 사람들을 감동시키거나 그들 모두 활기 넘치는 대화를 나눌 때, 그리고 다양한 몸짓을 하다가 자기의 감정이 고조된 것이 자주 눈에 보이게 될 때는 언제나, 왕자는 소리 없이 뒤로 물러나서 어렴풋이 들리는 대화 속에서 자기가 아직은 잘 모르는 조용한 헬레네를 잘 찾아냈다.

한 번은 그녀가 홀의 높은 문 옆에 서 있었다. 그 문은 넓은 발코니로 통하고 있었다. 왕자는 그녀의 옆으로 가서 함께 먼 곳을 바라보았다. 흔들거리는 나무들이 많이 있었고, 밤은 점점 깊어가고 있었다. 그가 자기 옆에 있는 것을 알자, 말이 없던 그녀는 마치 물음에 대답하는 것처럼 말했다. "저는 계속해서 생기는 저 구름들이 각각 제 나름대로 모습을 만들다가, 각각 다른 모습으로 사라진다고 생각해요. 그런데 사람들은 모든 구름들이 각각의 모습으로 계속 그대로 있다고 생각하는 모양이에요. 그렇지 않다면 그 모습이 왜 생기겠어요?" 갑자기 젊은 이 두 사람은 서로를 바라보았다. 그러고 나서 그들은 잠깐 동안 밤을 내다보며 나란히 있었다. 하지만 왕자는 뭔가에 이끌린 듯 갑자기 몸을 돌렸다. 그는 수도원장이 자기를 바라보고 있는 것을 알았다. 그는 마치 모인 사람들 때문에 정신이 없는 것 같았다. 그는 다른 사람들과 함께 어울렸다. 그랬더니 근심이 없어 보였다. 하지만 그는 창문 모퉁이 쪽으로 가려 했다. 그는 애써 웃으면서 "원장님, 무엇하세요?"라고 물었다. 그러면서도 왕자는 머뭇거렸다. 자신의 혼란스러움을 감추는 데 힘이 들었다. 그리고 천천히 정상적인 목소리로 "당신에게도 잘 어울리는 성대한 축제가 열리지 않았나요?"라고 물었다. 그들은 언제나 그랬던 것처럼 즐겁지 않아 보였다.

수도원장은 약간 몸을 굽혀 인사하면서 "왕자님, 잘못 생각하셨습니다. 저는 축제에서 잘 어울립니다. 섬과 같다고 할 수 있을 겁니다. 아침의 햇살처럼 왕자님께서 빛나게 해주시는 축제라는 바다에서 저는 그늘진 섬과 같습니다"라고 말했다.

"원장님, 그렇게 말씀하시니 외로우신 것 같군요. 원장님은 시인이시죠. 내가 잘못 알았나요. 아니면 철학자이시고요."

"결코 그렇지 않습니다, 왕자님. 대단한 사람들이 모인 이곳에서 정말 그런 티가 나야 한다면, 차라리 저를 구경꾼이라고 부르십시오. 그래도 괜찮습니다. 경우에 따라서는 말입니다. 구경꾼은 구경거리를 보고 자라나는 사람이지요. 전투 장면을 보았던 사람들은 싸움에 휩쓸리는 그런 사람들과는 구별됩니다."

"자기가 본 것에 따라 판단한단 말이죠……"라고 왕자가 말했다.

"맞습니다, 왕자님. 제 자신이 그렇게 생각해왔던 것을 왕자님이 아실 겁니다. 제가 말씀드리는 것은, 부와 아름다움 그리고 권력을 보면서 저는 걸출한 사람이 되었다는 점입니다. 이렇게 말한 것을 용서하십시오. 아니, 걸출한 구경꾼이 되었습니다. 하지만 구경꾼이 어떤 사건에 갑자기 참견하게 된다면 무슨 일이 일어날지를 부디 생각해보시기 바랍니다. 혼란스러울 뿐이지요. 그렇지 않겠습니까? 그러면 구경거리가 갑자기 끝나고 말겁니다. 다른 얼굴로 꾸미면서, 다른 옷을 입고, 다른 목소리로…… 말입니다." 그리고는 수도원장은 계속해서 이와는 다른 말을 짧게 했다. 그는 그 말에 악센트를 넣지 않았지만 마치 강철 같은 굳센 힘이 들어 있었다. "왕자님도 아시겠지만, 공작부인은 모인 사람들 중에서 제일 낫습니다. 그녀는 어느 남작의 딸입니다. 그가 프랑스 남작도 아니고, 로렌의 남작이 아닌 것은 유감스러운 일입니다만, 어쨌든 남작입니다. 그 점을 지적할 필요는 없습니다. 그녀의 어머니는…… 얼른 생각이 나지 않는 것을 용서하십시오. 그녀의 어머니는…… 아, 그렇군요. 무희였습니다. 왕자님도 아시다시피, 공작부인도 자기 어머니와 똑같이 언제나 황홀한 미소를 짓고 있지 않습니까. 다만 그녀는 무대에서 짧은 옷을 입고 웃지 않아도 되기 때문에 그 웃음이 전혀 달라 보입니다만. 마치 그 웃음을 어머니에게서 물려받은 것이 아닌 것처럼 말입니다! 하지만 그럼에도 불구하고 그녀는 공작부인으로서의 자질을 가지고 있습니다. 그녀의 옆에 있는 실비아 발타라 부인을 한번 보십시오. 그녀는 꿈을 꾸는 어느 스페인 여자 같습니다. 제 생각으로는, 그녀가 곱고 아리따웠을 때 시녀였을 겁니다. 이제 그녀가 뚱뚱해졌기 때문에, 이름은 계속해서 유지되는 어느 후작의 미망인으로 남아 있기를 더 좋아했던 거죠. 그들은 귀부인입니다. 왕자님은 귀족들도 알기를 원하십니까?"

왕자는 칼자루에다 손을 얹었다. 그 손은 떨고 있었기 때문에 손에 긴 반지가 칼자루 머리에 부딪쳐 소리를 냈다.

수도원장은 냉담한 자세를 바꾸지 않았다. "왕자님도 아시겠지만, 저는 원래 쾌활한 사람입니다. 그래도 제가 이 축제에 참여하지 않는다고 꾸짖으시겠습니까? 이 축제가 바로 저에게 익살을 떨도록 만들어놓았습니다……."

왕자는 잠시 수도원장에게서 몸을 돌렸다.

이와 거의 동시에 홀의 다른 쪽 끝이 소란스러웠다. 시종장이 술에 좀 취했던지 발린 백작의 팔을 잡고 불손한 말을 했던 것이었다. 그 일은 감추어지는 것이 나을 뻔했다. 화가 난 백작이 그에게 덤벼들었을 때 사람들이 시종장을 밖으로 떼어내려 하고 있었다. 그래서 뜻밖에도 홀 안에서 귀부인들이 보는 앞에서 난장판이 벌어지게 되었다. 시종장은 제정신을 차렸다. 그는 힘이 셌다. 그는 백작을 모퉁이에다 내동댕이쳤다. 홀의 한가운데에서 피를 흘리고 있던 그는 커다란 목소리로 욕을 하면서 뛰어들었다.

"당신들은 개야, 개란 말이오! 모두들 들어봐요. 이 공작부인은 공작부인이 아니오. 여러분 모두도 그렇소. 모두가. 다 그렇단 말이오……."

이루 말할 수 없이 혼란스러워졌다. 몇 사람은 칼을 번쩍이며 싸우고 있었다. 귀부인들은 찢어진 긴 옷자락을 잡고서 도망갔다. 서로 고함을 지르다가 갑자기 조용해졌다. 공작부인이 딸과 함께 시종장 앞에 바짝 붙어 서 있었던 것이었다. 홀 안 전체에서 그녀의 목소리를 들을 수 있었다. 그 목소리는 처음에는 떨리고 있었지만 분명했다.

"시메온. 이 아이와 후작부인 앞에서 자네가 지금 했던 말을 다시 반복할 수 있겠나?"

헬레네의 눈초리는 태연했지만, 시종장의 당황한 모습을 보고는 슬퍼졌다. 모두들 말없이 있었다. 그러고 나서 헬레네가 어머니인 공작부인에게 나직이 청했다. "이 사람을 내보내세요!" 그러자 시종장은 말없이 그 말에 복종하며 홀을 나갔다.

다음날 그는 데민을 떠났다.

공작부인도 폴란드의 자기가 알고 있는 다른 성으로 가고 싶다고 말했다. 모두들 그녀의 말에 동의했다. 오래 전에 빈에 요구했던 통행증이 아직 오지 않았다. 알마 백작은 불안했다. 향연에 참석하고 있는 동안 그는 즐거운 대화를 해보지 못했다. 그는 슬픈 모습이었지만, 얼굴은 대단히 진지했다. 이 때문에 공작부인은 그를 나무랐다. 그러자 그는 "부디 오늘 출발하십시오, 오늘 말입니다"라고 대답했다.

공작부인은 웃으며 말했다. "하지만 백작, 통행증 없이 어떻게 여행을 합니까?"

"적어도 여기를 떠나 국경까지는 갈 수 있지요."

"그럼 나보고 들판에서 잠을 자란 말입니까, 백작? 뭔가 잘못 알고 계시군요. 꿈이라도 꾸시는 겁니까?"

백작은 이에 대한 대답은 피했다. "제가 잠을 잘 자지 못했습니다. 그래서 잠깐 급하게 꿈을 꾸었나 봅니다."

다음날 통행증이 왔다. 그래서 이제 급히 출발하기 시작했다. 백작은 출발을 하도록 부추겼다. 아무도 그의 말에 반대하지 않았다. 시종들은 벽과 옷장에서 모든 물건을 끄집어냈다. 폭우 때 홈통으로 빗물이 쏟아지듯, 여행가방과 궤짝에는 물건들이 쌓였다.

모든 방들이 비어 있었고, 열린 문으로 바람이 들어왔다. 하인들이 호기심이 나는 듯 홀 안으로 많이 몰려왔다. 마치 약탈이라도 하려는 모습이었다. 운반해 나가려는 의자에 앉아서 자고 있는 노예도 보였다. 하녀들은 깨끗한 거울에 비친 주근깨 있는 붉은 얼굴을 들여다보고 있었다. 하녀들은 마치 접시를 들여다보듯 거울을 보면서 어리석게 웃으며, 그 거울을 이리저리 운반해 가고 있었다.

그 사람들 중 아무도 자기의 목소리가 어떤지를 개의치 않았다. 모두들 시끄럽게 굴며, 마치 술취한 듯 웃어댔다. 뻔뻔스럽고 행실이 좋지 않은 한 하녀가 그 중 가장 크게 웃고 있었다. 그녀의 이름은 오로라였다. 모든 남자들이 그녀를 좋아하는 것 같았다. 하지만 그녀가 전에 시종장이었던 시메온의 여자라는 것과 시종장이 어떤 일을 시키려고 하녀들 중에서 그녀를 머물러 있게 해두었다는 것을 알고 있는 사람은 수도원장 릭뿐이었다. 오로라는 공작부인과 성 안의 다른 사람들에게 귀족 칭호를 붙이는 것이 부당하다고 사람들에게 말하지는 않았다. 그와는 반대로 우연히 태어난 것만으로 다른 사람들보다도 어떤 사람에게 특별한 명예를 주는 것이 얼마나 우스운 일인지를 모든 사람들에게 일깨워주려 했다. 그 점을 이미 알고 있었던 모든 남자들은 공작부인의 보석과 비단옷이 다만 오로라의 목과 몸에 없을 뿐이라고 생각하고 싶었다. 똑같이 보석과 비단옷만 있으면 그녀도 군주같이 거만하게 보일 수 있기 때문이었다. 그 사이에 계속해서 이 광경을 지켜보고 있었던 수도원장은 점점 용감해지는 오로라에게서 그녀가 뭔가를 준비하고 있음을 알게 되었다. 시메온이 최근에 성에 나타나 아침이 되기 전에 사라진다는 소문도 있었다.

떠나기 전날 저녁에 헬레네는 아직 잘 정돈된 조그만 객실에서 왕자와 함께 있었다. 멀리서 이따금씩 출발하는 소리가 들렸다. 하지만 가을 폭풍이 강하게 불고 있음을 밖에 있는 오래된 나무를 보면 알 수 있었다. 이 폭풍에 모든 것이 흩날려 사라졌다. 닫혀 있지 않은 난로 속에서 작은 불씨가 가물거렸지만, 피어오를 것 같지 않았다. 밖에서부터 드리워지는 황혼녘의 어두움으로 그 불씨는 일어나지 못하는 것처럼 보였다. 두 사람에게도 어두움이 드리워졌다.

"어머니를 사랑하시죠?" 왕자가 물었다.

잠깐 말이 없었다.

"저는 어머니를 사랑해요. 제 어머니가 아니기 때문이에요……." 그녀는 간단하게 말했다. 자신 있는 이 대답은 대단히 감동적이었다.

"당신의 어머니가 돌아가셨나요?"

헬레네는 머리를 숙였다.

다시 잠깐 말이 없었다.

그러자 갑자기 젊은 왕자는 "나를 용서해주겠소, 헬레네?"라고 말했다.

헬레네는 뭔가를 생각하면서 천천히 고개를 끄덕였다.

"그렇다고 말하는 거요? 도대체 당신은 내가 무엇을 용서해달라는 건지나 알고 있는 거요?"

"몰라요. 하지만 저는 왕자님의 질문에 대답했어요. 저는 왕자님의 모든 것을 용서할 수 있어요."

젊은 왕자는 벌떡 일어나서 초조한 듯 빠른 동작으로 손을 목에 갖다댔다. 그는 목을 뒤로 젖히면서, "……나는 왕자가……아니오……. 나는…… 아니란…… 말이오……. 귀족이 아니오……. 나는…… 나는…… 가난한 사람이오……. 대단히 가난하오……." 그는 단호하게 급히 말을 마쳤지만, 자신의 이름을 말할 수 없었다.

헬레네는 놀라지 않은 것처럼 보였다. 그녀는 몸을 돌려 아이를 어르듯 말했다. "왜 불안해하세요? 고향에 대해 말해보세요. 당신의 고향 말이에요. 물론 고향이 한두 군데가 아니겠죠."

그러자 그는 고백을 하고 있는 입을 가볍게 떨면서, 자기에게 내민 그녀의 손을 어루만졌다. 이렇게 그녀의 손을 만지니 그는 새롭게 귀족이 되었다고 느꼈다.

공작부인이 이 젊은 두 남녀가 있는 방으로 들어섰을 때, "이제 진지해지세요. 아침에 해가 뜨자마자 우리는 출발할 거예요. 우리는 헤어져야 해요. 왕자님은 어디로 가시나요?"라고 헬레네가 말했다.

왕자는 일어서면서 말했다. "내가 함께 여행하는 것을 허락해 달라고 헬레네 당신에게 간청하고 있소……."

"나는 네가 그 간청을 허락한 걸로 알고 있는데……." 공작부인이 웃으면서 이렇게 말하며, 딸의 이마에 입맞춤을 했다.

조금 있다가 실비아 발타라 부인도 들어왔다. 그녀는 아주 불안해했다. 그녀는 서성거리면서 이 방 저 방을 다니고 있었다. 그녀는 이 젊은 남녀가 있는 방에서 뭔가 좋지 않은 기분이 들어서, 불을 켜라고 사람을 불러야겠다고 말했다. 하지만 불을 켜기에는 아직 좀더 기다려야 했다.

무장을 한 알마 백작이 갑자기 그들 앞에 나타나자 모두들 놀랐다. 누군가가 그 모습을 보고 웃자, 그는 "나는 떠날 차비를 다 끝냈어요"라고 쉰 목소리로 말했다.

마침내 그 옆에서 많은 사람들이 걸어오는 발소리가 들렸다. 램프를 든 시종들이 들어오도록 하기 위해 왕자는 문 쪽으로 갔다. 그러나 걸어오는 사람들의 발소리는 하인들의 것과는 달랐다. 그들은 횃불을 많이 들고 있었다. 문이 활짝 열리더니 횃불

의 빛이 왕자를 환히 비추었다. 그는 그들에게 왼쪽 어깨를 칼에
찔려 통증을 느꼈다. 그는 비틀거렸다. 하지만 곧 그는 칼을 들
고 몰려 들어오는 무리들과 마주 대하고 섰다. 그 옆에는 알마
백작이 있었다. 그들은 몰려오는 무리들을 몹시 경계했다. 그들
의 신분을 나타내는 옷을 모두 벗고 있었기 때문에 그들이 누구
인지 알 수 없었다. 왕자와 백작은 무리들과 무섭도록 싸웠다.
예전에 어느 옛 왕국의 왕자였던 그는 영화 때문에 쓰러질 수 없
었다. 그들은 수적으로 불리했다. 백작이 먼저 죽었다. 일곱 군
데에 상처를 입은 왕자의 생명이 위태로웠다. 죽어가면서 그의
눈은 헬레네를 찾고 있었다. 그녀는 그 홀에 없었다. 다른 여자
들도 이미 도망간 것처럼 보였다. 그 무리들은 큰 소리를 지르며
달려들었다. 그때 선두에 시메온이 보였다. 그는 어떤 저항도 전
혀 무서워하지 않았다. 어두운 좁은 복도에서 그는 옷꾸러미를
들고 가는 여자를 만났다. 그건 실비아 발타라 부인이었다. 그는
그녀를 목 졸라 죽여버렸다.

그러는 사이 무리들이 큰 홀로 몰려갔을 때, 공작부인은 헬레
네를 찾고 있는 중이었다. 시메온이 그녀에게 달려들다가 머뭇
거렸다.

"헬레네를 돌려다오!" 달빛에 환히 비치는 그녀는 이렇게 소
리를 지르며, 시메온에게 칼을 휘둘렀다. 그 칼에 찔려 그는 손
에 상처를 입었다.

"네가 남자냐?" 시메온은 벼락같이 소리치며, 칼자루로 그녀
를 쳐서 죽여버렸다. 그러고 나서 그는 그녀를 들어올려 —— 그

녀는 어린아이처럼 가벼웠다——아치형의 넓은 창문 밖의 어두운 마당으로 내던져버렸다.

그러고 나자 곧 여객마차가 현관 앞에 와 섰다. 성 안에 있던 무리들이 이미 달려들어 약탈했던 마차였다. 누군가가 지하실에서 포도주를 찾아내자 시메온은 그 포도주도 가져가기로 했다. 그는 큰 외투를 걸치고 있었는데, 그 안에는 알마 백작의 검은 예복을 입고 있었다. 통행증도 그 옷 속에 있었다. 그 앞으로 오로라가 마차에 올라탔다. 몸을 거의 감추고 있었지만, 장갑을 끼지 않은 손에 반지가 보였다. 하인이 잠자는 듯하거나 의식을 잃은, 흰옷 차림을 하고 베일을 쓴 여자를 맞은편 자리로 들어올렸다.

마차가 움직이기 시작하자, 누군가가 급히 올라타 뒷자리에 앉았다. 시메온은 그를 즉시 알아보지 못했다. 하지만 그때 그는 얼굴을 앞으로 내밀고는, 차갑고 분명한 목소리로 "공작부인……" 하고 말했다. 그는 수도원장이었다.

아무도 말이 없었다. 마차 안은 냉랭하고 섬뜩했다. 어디선지 모르게 빛이 스며들어 미끄러지듯 얼굴들을 비추고 있었다. 마치 각 사람들의 잘못된 생각이 스쳐 지나가는 것처럼 보였다. 오로라는 몸을 떨고 있었다. 갑자기 그녀는 속삭이듯 "이 여자가 누구예요?"라고 물었다. 그녀는 손가락으로 베일을 쓴 흰옷 차림의 여자를 가리켰다. 시메온은 웃으며 "앞으로 그대의 딸이 될 거요. 공작부인"이라고 말했다.

수도원장은 그 베일을 벗겼다. 그러자 창백한 달빛 속에서 힘

들게 자고 있는 헬레네의 얼굴이 보였다. 곧 그녀가 실신 상태에
서 깨어났다. 몇 번 눈을 깜박이더니 이내 눈을 떴다. 이제는 놀
라지 않는 듯한 그 눈은 어딘지 모르게 고고하면서도 슬픔으로
가득 차 있었다.

  하지만 시메온과 그의 여자는 벌을 받은 개처럼 기가 죽었다.
그들은 갑자기 바로 이 여자가 귀족부인이라는 것을 알게 되었
다.

집

단치히 근처에 있는 큰 면직물 공장 겸 옷감 염색 공장인 뵈르만 슈나이더 회사는 에어하르트 슈틸프리트라는 뛰어난 도안가 한 명을 찾아냈다. 그는 대략 삼십대 초반의 아직은 젊은 청년이었다. 시간이 흘러 이제 그는 회사에서 없어서는 안 될 사람이되었다. 그의 뛰어난 재능을 확고한 위치에 올려놓기 위해서 그는 자신의 지식을 예술가적 측면에서뿐만 아니라 기술적 측면에서도 완성시켜야 했다. 그는 뮌헨에 있는 공예기술학교에서 1년을 보내야 했고, 그 다음해에는 파리와 빈, 베를린에 있는 자기전공의 대형 공장에서 일을 배워야 했다. 회사가 그에게 이런 제안을 한 것은 그가 결혼한 지 얼마 되지 않아서였다. 아내와 함께 간다는 것은 생각할 수 없는 일이었기에 에어하르트는 결심하기가 힘들었다. 하지만 자신의 미래가 그 결심에 달려 있었고, 게다가 젊은 부인도 그에게 그렇게 하라고 했다. 그래서 그는 자신의 첫아이가 태어날 때까지만 기다렸다. 사내아이가 태어나자기뻐했고, 그 후에 그는 길을 떠났다.

이제 그는 돌아오는 중이었다. 그는 편안한 기차의 삼등칸을 타고 있었다. 벌써 기차는 베를린을 뒤로하고 달리고 있었다. 그는 이상한 기분이 들었다. 흥분으로 인한 전율이 손끝까지 느껴지고, 갑작스런 기쁨이 그를 덮쳤다가 다시 사라졌다. 함께 기차를 타고 가는 사람들이 그를 쳐다보았다. 그는 신문을 집어들고는 들여다보면서 생각했다. 2년이란 세월이 어떻게 지나갔는가. 믿기 어려웠다. 이제 생각하니 그저 일만 했다. 일 때문에 시간 가는 줄을 몰랐던 것이었다. 그가 연구에 몰두했기 때문에 사장은 놀라게 될 것이다. 그는 자신의 성공에 대해 단지 짧게 보고만 했고, 가장 큰 놀라운 업적은 그가 직접 가져가고 있었다. 예를 들어 새로운 염색 압축 모델. 얼마나 독특한가! 사실 그는 그것의 발명가를 만났다. 그 가여운 인간은 자신의 발명품에 대해 어찌할 바를 알지 못했다. 이제 그 발명품이 만들어지고 특허를 받게 되면, 사람들은 그것을 차지하려고 다툴 것이다. 그것의 발명가는 젤리어라는 이름을 가진 사람이었다. 그것이 도대체 어디였지? 파리였다. 그렇다! 파리였다. 이제 그 이름은 에어하르트에게는 낯설게 들렸다. 최근 그의 아내는 그에게 편지를 썼다. "당신은 이제 세상을 보았어요." 세상을? 사실 그는 모든 도시에서 단지 '그의 것'만을 찾았다. 특정한 물건을 가져오기 위해 컴컴한 방으로 들어가는 사람처럼. 세상에 대해 그는 많은 것을 알지 못했다. 하지만 그것은 중요하지 않았다. 후에 한번 여행을 할 수 있겠지. 관광차 여행을 함께 말이다. 아이가 클 때까지. 그렇다. 아이는! 어떻게 자랐을까. 얼굴은 어떻게 생겼을까? 그는 아이가 태어났을 때 본 것이 전부였다. 그렇게 작은 아이일 때는 사실 얼굴 생김새를 잘 알 수 없다. 아빠를 닮았을까, 아니면 엄마를 닮았을까? 그러고 그는 자신의 아내를 생각했다. 따스함이 끝없이 그를 스쳐 지나간다. 열광적인 것은 아닌 단순한 따스함이. 그녀는 그 당시 약간 창백했다. 하지만 그것은 아이를 낳고 난 직후였다. 그러고 이제는 더 나은 생활을 하게 될 것이다. 일주일에 두 번 정도는 고기를 먹을 수 있을 것이고, 아마 피아노도 가지게 될 것이다. 바로 당장은 아닐지라도 얼마만 있으면. 크리스마스 때쯤이면…….

그때 기차가 멈추었다. 사람들이 이리저리 지나다녔다. 내리세요! 내리세요! 하는 소리가 들렸다. 기차 문이 열리고, 찬 공기가 객실 안으로 들어왔다. 밝은 색의 아마포 웃옷을 입은 짐꾼들이 나타났다. 그는 주저했다. 그때 누군가 말하는 소리가 들렸다. "이제 우리는 갈 수 없어요." 놀란 그가 "뭐라고 그러셨죠?"라고 물었다. 누군가가 화난 목소리로 대답했다. "갈아 탈 기차가 떠나서 이제 어떻게 해야 할지를 알아봐야 하오." 그는 이제 기차 밖에 나와 서 있었다. 그는 역장을 찾았다. 많은 사람들을 사정없이 밀치고 역장에게로 갔다. "전 계속 가야 해요, 당장!" 그는 정신없이 소리쳤다. "하지만 여러분, 전 다른 방법이 없었어요. 여러분이 타고 오신 기차가 20분이나 늦었고, 단치히로 가는 기차는 떠나야 했어요. 제가 선로를 바꿀 수는 없지요" 하고 역장은 무덤덤하게 그와 다른 사람들에게 말했다. "하지만 방법이 있겠지요"라고 그는 에어하르트를 쳐다보고는 말했다. "진정하세요. 지금이 두 시지요. 일곱 시에 급행열차가 있습니다. 그러니까 다섯 시간 후에. 어디로 가시나요?" 역장은 벌써 다른 사람에게로 가 있었다. 에어하르트는 가방을 들고 사람들이 점점 사라져가는 플랫폼에 서 있었다. 도대체 여기가 어디지? 문득 이런 생각이 났다. 자기 위에 있는 커다란 글씨를 읽었다. 밀타우, 밀타우! 단치히에서 기차로 두 시간, 차로는 대략 다섯 시간 거리였다. 그는 차를 타기로 마음먹었다. 그는 역의 한 직원에게 물었다. 그 남자는 "그러시려면 시내로 가셔야 해요. 여기는 없어요" 하고 퉁명스럽게 말했다. "시내는 먼가요?" "아니요." 에어하르트는 몇 걸음 걷다가 이렇게 하는 것이 우습다고 생각했다. 차를 타고 간다면 그 비용은 얼마나 될 것이고, 또 그렇게 해서 도착한다면…… 왜 그렇게 해야 하는가? 다섯 시간이 뭐 그리 대단해서? 그는 웃었다. 흥분하지 말자고 자신에게 말했다. 그건 별거 아니었다. 벌써 거의 다 오지 않았는가. 그건 건넌방에 있는 것과 마찬가지였다.

그래서 그는 레스토랑에 들어갔다. 그는 코냑 한 잔을 주문했다. 몸이 바짝 얼어 있었다. 그러고 나서 그는 뭔가 하기를 원했던 사람이 그것이 무엇인지를 잊어버린 것처럼 거기에 앉아 있었다. 드디어 무엇인가가 떠올랐다. 그렇다. 예전에 그랬던 것처럼 생각하는 것이었다. 아내와 거의 두 살 반이 된 아들에 대한 생각을 하려고 했다. 두 살 반이 된 아이는 벌써 말을 할까? 하지만 그런 생각을 계속 하지 못하고 말았다. 모든 것이 움직이고 있었던 기차 안에서와는 달랐다. 이 지루한 레스토랑 안에 있는 모든 것은 멈춰 있었고, 먼지에 파묻혀 있었다. 생각도 멈춰 있었다. 하지만 그는 전에도 자주 그러한 역에서 기다려야 하지 않았던가! 그런 역에서? 오, 아주 다른 곳에서도! 그는 그럴 때 무엇을 했는가? 그는 결코 오래 참지 못했다. 대개 시내 구경을 했다. 좋은 생각이었다. 코냑 한 잔을 더 마신 뒤에 시내로 갔다.

석탄 자갈로 덮인 거리는 시커멓고 더러웠다. 오래된 나무 울타리를 따라 곧장 계속 걸어갔다. 쓰레기로 덮인 지저분한 무덤 위로 난 다리를 건너다가, 그는 그 아래에서 오래되고 녹슨 깡통 하나를 발견했다. 진흙이 반 정도 차 있었다. 갑자기 공장 하나가 나타났다. 굴뚝과 함석판으로 된 높은 벽들. 거대한 정어리 통조림과 같은 쓸모없는 것들! 마침내 시내가 나타났다. 오른쪽에 집 한 채가 있고, 웅덩이가 있고, 왼쪽에 집 한 채…… 그리고 골목길. 슬리퍼, 칫솔, 양파를 파는 상점. 얼마 동안 그는 그 앞에 서 있었다. 그러고 나서 그는 계속해서 그 골목길 끝까지 걸어갔다. 길모퉁이에 있는 새로 지은 집 한 채를 발견했다. 1층은 커다란 거울 유리창으로 되어 있었고 그 뒤에는 꽃들이 있었다. 그 위에 '카페와 빵집'이라고 씌어져 있었다. 어쩌면 커피 한잔을 마실 수 있겠구나 하고 에어하르트는 생각하고 출입구로 걸어갔다. 출입문도 역시 거울 유리였고, '입구'라는 글자가 대도시 풍으로 씌어 있었다. 하지만 에어하르트는 그냥 지나쳤다. 난 뭔가 음식을 먹으려고 하는데 이곳에는 그런 것이 없어. 아마 형편없는 커피 정도겠지!라고 자신에게 말했다. 난 집에 거의 다 왔어. 단지 중간에 잠시 머무는 곳이고, 아주 사소한 것들이야라고 생각하면서 그는 계속 똑바로 걸어갔다. 그때 그의 앞에서 사람의 목소리가 들려왔다. 때때로 버라이어티 쇼극장의 불빛이 이리저리 비추면서 점점 밝아지듯, 처음에는 한 점이었다가 점점 커지면서 극장홀을 비추는, 아름답지도 않고 역겨우면서 무거운 기분이 드는 그런 불빛처럼 우악스럽고 묵직하게 들려왔다. 그 목소리는 이러했다. "아니야, 난 그것을 분명히 알아. 난 그녀의 단서를 벌써 얻은 것이나 다름없어! 하지만 내가 그 남자를 발견한다면, 그를 때려 죽일 거야……" 에어하르트는 쳐다보았다. 커다란 체격의 한 남자가 조그마하고 날카롭게 생긴 한 사람과 지나가고 있었다. 조그마한 사람은 호기심에 가득 차서 듣고 있었다. 덩치 큰 남자는 흥분한 채 무서운 얼굴을 하고 있었는데 그의 입에는 아직도 "때려 죽일 거야"라는 말이 머물러 있었다. "저런 사람이라니!"라고 에어하르트는 생각했다. 정말 무서워할 얼굴이었다! 그는 계속 걸어갔다. 도로의 포장 상태는 엉망이었다. 암담하게 텅 빈 공간. 집들은 그에게서 아주 멀리 떨어져 있는 듯했고, 그것이 그의 마음을 끌었다. 저쪽 편에…… 아니 이상하게도, 림프 종양이 생겨 잘 듣지 못하는 병에 걸린 아이의 얼굴 모습처럼 우둔하게 보이는 모든 집들 가운데 그렇지 않은 집이 한 채 있었다. 정면이 나폴레옹 시대의 양식으로 장식되고, 지붕 위는 두 개의 꽃병으로 꾸며져 있었으며, 오른쪽과 왼쪽 측면에는 십자형 긴 벽이 보였다.

에어하르트는 가까이 다가갔다. 그래도 그 집은 더 크게 보이지 않았다. 색이 칠해진 둥근 기둥들이나 빛바랜 흑갈색의 꽃 장식들이 있음에도 불구하고 조그만 그 집은 우스꽝스럽게 보였다. 집 벽면에 창문이 하나 있었고, 2층에는 두 개의 창문이, 세 개의 계단을 올라가면 있는 출입문 옆에 조그마한 타원형 창문이 하나 있었다. 하지만 창문과 문은 통과할 수 없는 것처럼 보였다. 마치 그 뒤에는 실제로 집이 있는 것이 아니라…… . 에어하르트는 갑자기 생각했다. 어디서 한번 이런 집을……? 그래, 항상 그랬다. 사람들은 문득 '내가 어디서 벌써……?' 라고 생각하는 법이다. 에어하르트는 더 다가갔다. 갑자기 그는 자신이 벨을 눌렀다는 것을 알았다. 이런 멍청한 짓을! 그리고 그는 뒤돌아서려 했다. 하지만 벌써 문 여는 소리가 났다. 그는 그냥 달아나는 것이 부끄러웠다.

"무슨 일이죠." 젊어 보이는 한 여자가 불안해하는 눈으로 말했다.

"저는, 아, 죄송합니다. 저는……" 하고 에어하르트는 주저하면서 말했다.

"자, 들어오세요, 추워요" 하고 그 여인이 말했다. 많이 놀란 것 같지는 않아 보였다.

밖은 춥지 않았다. 초봄이었다. 하지만 에어하르트도 역시 춥다고 느끼고 안으로 들어갔다. 복도는 온화하고 습도가 높았다. 에어하르트가 들어설 때, 그 여인이 두르고 있던 천에 가볍게 스쳤다. 그것은 이상하게도 부드럽게 느껴졌다. 그녀는 이제 그와 가까이 서 있었다. 그녀는 "여기 위쪽으로"라고 말하고, 삐걱거리는 좁은 계단으로 다가갔다. 흐린 붉은색 조명이 켜진 방 하나가 나타났다. '아마도 붉은 무명커튼 때문인가 보다. 아니면 어딘가에 숨겨진 전등 때문인가?' 하고 그는 생각했다.

"앉으세요"라고 그 여인이 말했다. 그녀는 부드러운 천을 벗고는, 소파 위에 놓여 있던 모피의 주름을 펴고 있었다. 그녀의 팔이 드러나 보였고, 옷은 움직임이 자유롭고 느슨하게 풀어져 있었다. 목소리도 옷과 같았다. 에어하르트는 그녀를 쳐다보았다. 갑자기 그는 제정신으로 돌아와서 "죄송합니다. 이렇게 들어와서……" 하고 당황하면서도 정중하게 말했다. 그녀는 웃고는 모피 속으로 깊이 몸을 움츠렸다. 모피가 불룩해졌다. 에어하르트는 점점 더 불안해하고 주저하면서 "저는 이 집을 보았어요. 집이 아주 특이하더군요!" 하고 말했다.

그녀는 앉아서 웃고 있었다. 모피의 주름이 그녀의 다리를 따라 내려가다가는 다시 사라졌다. '불빛 때문인가?' 그는 생각했다. "집이 아마 오래되었지요?"라고 에어하르트는 말했다. 그녀는 웃으면서 "네, 오래된 집이에요. 그런데 왜 이쪽으로 앉지 않으세요"라고 말하면서 낮은 의자 하나를 자기 쪽으로 끌어놓는다. 거기에도 모피가 있었다. 그는 넋을 잃은 사람처럼 모자를 벗고는 앉았다.

"외지 분이신가요?"

"네, 저는…… 그러니까…… 집이 저를……." 에어하르트는 다시 당황했다. 그는 이 방에 있는 모든 것들이 기분 나쁘지 않았다. 쿠션들이 자신의 등을 받쳐주고 있고, 손에 닿아 있는 모피는 마치 고양이가 혀로 가볍게 핥는 것 같았다.

갑자기 그 여인은 뒤로 기대더니, 팔을 머리 뒤로 넓게, 마치 베개처럼 두었다. 그러고는 다른 어조로 물었다. "우리가 그때 본 후로 얼마나 지났지요?"

에어하르트는 이해하지 못했다. "무슨 말씀인지……"

"아마 베를린의 크롤이란 곳에서였지요."

그는 마음을 가다듬고는 "아니요, 당신은 아마 착각을 하고 있나 봐요, 전 에어하르트 슈틸프리트라는 도안가입니다"라고 말했다. 그리고 그는 가려고 마음먹었다. 그녀는 그의 말을 전혀 듣지 못한 듯싶었다. 그러나 그때 그녀가 갑자기 몸을 앞으로 숙이면서 웃었다. "뮌헨에서였구나!"

그는 다시 일어서려고 했다. 하지만 그녀의 웃음에 현기증이 났다.

"뮌헨에서였어! 10월 축제가 열리는 잔디밭에서, 자기는 아무것도 모르는 것처럼 구네……"

"아니에요, 당신은 아마 착각을 하고 있어요, 전……" 에어하르트는 다시 한번 혼란스러워졌다. 그 순간 그에게는 1년 반 전의 뮌헨에서의 한 소녀가 생각났다. 맞았다. 뮌헨에서 어느 날 밤에. 2년 간의 세월 동안에 유일한 그날 하룻밤. 그는 그 당시 많이 취해 있었고, 그리고 그 소녀. 이제 갑자기 모든 것이 기억났다. 분명히 그 소녀는 말랐고, 허약했으며 약간 창백했다……. 그의 눈에는 그렇게 보였다. 그리고 이 여자는? 그는 그녀를 살펴보려 했다. 그녀는 그런 눈빛을 기다리고 있었다. 그녀는 그를 잡고 장난쳤다. 그를 자신의 무릎에 앉히고는 갑자기 머리를 풀어헤치고, 그 머리카락으로 그를 덮었다. 그러면서 그녀는 계속해서 귀엽고도 짧게, 말하자면 또랑또랑하게 그를 "자기"라고 불렀다. 또다른 뻔뻔스러운 호칭도 썼는데, 그런 단어들이 그는 싫었다. 그리고 매우 분명해졌다. 아니었다. 그때의 소녀가 아니다. 확실히 아니었다. 그가 단 한 번 뮌헨의 어느 밤에 본 그 소녀의 모습이 분명히 기억났다. 창백하고 여윈 모습이. 그래서 그는 단호하게 일어섰다. 하지만 그때 갑자기 이런 생각이 떠올랐다. 그렇다면 이 여자는 그것을 어디서 알았을까? 그리고는 곧 자신을 진정시켰다. '그녀는 알지 못하면서 단지 한번 해보는 소리야' 하고 생각했다. 그리고는 "전 여행을 하기 때문에 기차를 타러 가려면 서둘러야 해요"라고 거칠게 말했다. 자신 앞에 임박해 있는 것이 떠올랐다. 그는 그리움과 행복한 생각에 사로잡혀 있었다. 이게 무슨 일이람, 얼마나 어리석은 짓인가——그는 생각하고 모자를 집었다——하지만 이것은 단지 삶의 한 에피소드에 지나지 않았고, 완전히 사소한 일이었다.

"당신이 도안가라고요?" 그녀는 또다른 세 번째 어조로 묻고는 그의 곁에 다가섰다. 그는 그렇다고 했다. "잠시만 기다려주세요." 그녀는 상냥하게 청했다. "당신이 전문가란 말씀이죠. 제가 당신에게 보여드릴 옷감이 있어요. 도안 때문에 그 옷감을 염색할 수 있을지 봐주실 수 있겠죠?" 에어하르트는 모자를 다시 내려놓았다.

"그러지요. 그 정도의 시간은 있습니다"라고 사무적으로 말했다.

그녀는 작은 비밀 문으로 사라졌다. 그녀가 나가자 그 문은 다시 조용히 열렸다. 그는 시계를 보았다. 이제 다섯 시다. 아직 두 시간이나 있었다. 얼마나 더 있어야 하나. 사실 지금은 상관없었다. 열 시에 단치히에 도착할 것이고, 교외철도로 갈아타면 열한 시 전에는 집에 도착할 수 있을 것이라고 생각하고 그는 웃었다.

그때 그녀가 근처에서 소리쳤다. 조금 전에 부드럽게 유혹하던 그 목소리로, 미소와 함께. 무의식적으로 에어하르트는 안으로 들어갔다. 그녀는 열려 있는 커다란 옷장 앞에 무릎을 꿇고 앉아 무엇인가를 끌어당기고 있었다. "이 상자를 끌어낼 수가 없어요" 하고 그녀는 말했다. 아이처럼 고집스러워 보였다. 에어하르트가 그녀 곁에 무릎을 꿇었다. 그는 그녀에게서 유희적인 충동을 느꼈는데, 그 힘이 그녀의 팔을 긴장시키고 있었다. 옷장에 걸려 있는 옷에서 자스민 숲에서 나는 자극적인 냄새가 몹시 났다. 그는 상자를 끄집어내려고 애쓰고는 있었지만, 손만 닿아 있었을 뿐 이상하게도 힘이 없었다. 옷의 끝자락이 그의 이마에 닿았다. 손이었던가? 그리고는 갑자기 옷 같은 것이 그의 위에 떨어졌다. 그리고 키스. 퍼붓는 키스. 전율…….

갑자기 커다란 시계의 추처럼. 부드러운 팔이 그를 밀쳤다. 추는 위아래로, 위아래로 움직였다. 에어하르트는 옷장에 걸려 있는 옷을 등뒤에 대고 기댔다. 옷들은 차갑고 풀을 먹여 뻣뻣한 상태였다. 무서운 공포가 그를 덮쳐왔다. 계속해서 가야 한다고 그는 생각했다. 추가 움직이는 소리는 더 크게 들렸다. 그는 가고 있다고 생각했지만, 실제로 그는 옷장 앞에 서서 문을 주시하고 있었다. 거기에 그가 어디선가 분명히 한 번 보았던 붉은 얼굴의 남자가 있었다. 그는 긴장했다. 그는 '내가 그를 어디서……? 저 남자는 자기가 말하고 있다고 믿는 건가?' 하고 생각했다. 그의 입술은 움직였다. 하지만 그것은 착각이었다. 죽은 듯이 조용했다(에어하르트는 맹세할 수 있었다). 죽은 듯이 조용했다. 그리고 그는 이제 누군가가 정말 죽어야 한다는 것을 즉시 알아챘다. 그러나 이런 것 역시 중요하지 않았다. 단지 중간에 잠시 머무는 곳에 불과했다…….

크고 무서운 부르짖음에 그는 괴로워했다. '지금 그가 그녀를 때려 죽이고 있구나' 하고 그는 생각했다. 누구를? 그것을 생각하기에 그에게는 시간이 부족했다. 덩치 큰 남자는 점점 커져——문, 벽, 모든 것이——방 전체가 붉게 달아오른 얼굴의 남자로 가득 찬 것처럼 보였기 때문이었다.

다시 두려움이. 하지만 잠시뿐이었다. 그리고 나서 그 남자는 다시 차츰 차분해졌다. 그러자 그는 많이 진정되었다. 하지만 그는 뭔가를 들어올렸다——쓰러졌다. 깊은 나락으로——별들, 수많은 별들.

하지만 아득한 생각이 다시 들었다. 아니 그것은 대화였다. 에어하르트 슈틸프리트가 누군가에게 말하고 있었다. "그건 아무렇지도 않아요. 몇 시간 잠을 달게 잘 수 있었을 텐데."

그리고 다시 쓰러졌다, 두려울 정도로.

그리고 더 이상 아무런 생각도 없었다.

'비탈리가 잠에서 깨어났다'

비탈리가 잠에서 깨어났다. 그는 자신이 꿈을 꾸었는지를 기억할 수 없었다. 하지만 어떤 속삭임이 그를 깨웠다는 것을 알았다. 무의식적으로 그는 시계를 쳐다보았다. 네 시가 조금 넘었다. 방 안으로 새벽 여명의 밝은 빛이 한 번 지나갔다. 그는 일어나서 흰 면잠옷을 입고 창가로 다가갔다. 그 옷을 입고 있으니 젊은 수도승처럼 보였다. 거기에는 조그마한 정원이 있었는데, 조용하고 아무도 없었다. 밤 사이에 비가 왔음에 틀림없었다. 나뭇잎이 떨어진 검은 가지들 사이로 어두운 대지가 보였다. 마치 밤이 달아나면서 하늘로 올라가지 않고 땅으로 꺼진 것처럼, 땅은 무겁고 꽉 찬 듯이 보였다. 하늘은 적막하고 흐리고, 높은 곳에서 바람이 불었다. 하지만 비탈리가 아무 목적 없이 시선을 구름으로 옮겼을 때, 그는 다시 속삭이는 소리를 들었다. 그리고 이제야 비로소 그것이 종달새가 멀리서 아침을 알리는 소리였다는 것을 알았다. 그 소리는 이슬에 젖어 있는 공기 속에 용해되어 있는 것같이 멀리서나 가까이에서나 모든 곳에서 들렸기 때문에 귀보다는 마음으로 더 잘 접할 수 있었다. 그는 갑자기 이 소리로 가득 찬 시간은 어떤 이름으로도 부를 수 없으며, 시계

위의 어디에도 없는 시간임을 깨달았다. 아직 아침은 아니지만, 더 이상 밤도 아닌 시간이었다. 그는 감격해서 창 아래 있는 정원으로 다가갔다. 마치 이제는 더 잘 이해할 수 있을 것 같았다. 그는 전에 보지 못했던 무성한 나무를 식별했다. 크고 작은 새들이 그 나뭇가지와 꽃봉오리에 앉아서 기다리고 있었다. 정원에 있는 모든 것은 기다림과 인내였다. 나무들과 새롭게 가꾸어진 조그마하고 둥그런 화단은 하늘의 날을 기다리고 있었다. 해가 빛나는 그런 날이 아니라 다치지 않을 정도로 비가 내리는 날을. 모든 것은 자연의 손에 달려 있기 때문이었다. 그렇게 감동적으로 조그마한 정원은 참고 기다리고 있었다. 하지만 비탈리는 그 정원 위에서 큰 소리로 '마치 고딕 양식의 창문을 통해 쳐다보는 것 같아'라고 말했다. 그리고 뒤로 물러나서 조용히 자신의 잠자리로 갔다. 그는 잠을 청했다. 그러나 밖에서는 큰비가 내리기 시작했고, 그는 여전히 빗방울 떨어지는 소리를 듣고 있었다.

한 소녀의 편지에서

가르다 호숫가의 리바에서, 4월에

……모두가 잠자고 있을 때, 나는 조용히 일어나 창문을 열었다. 집에 있는 모든 창문처럼 덜컹거리는 소리는 나지 않았다. 나의 손에 의해 움직인 것이 아니라, 오히려 그전에 가득 모여든 향기에 의해서 창문이 조용히 열렸다. 꽃봉오리가 피어나듯이 창문이 열렸다. …… 딱딱하고 초라한 책의 커버처럼 창문의 왼쪽과 오른쪽이 서로 제쳐졌다. 이제 나는 꽃 속을 깊이, 이 밤에 수많은 꽃잎에서도 보지 못했던 어두운 꽃받침 속을 바라보았다.

"여행하다"라고 적혀 있어. 헬레네. 동화책에 씌어 있는 이 제목이 얼마나 단순하니! 내 손은 그 책의 첫번째 장을 만지작거리지. 오래된 나의 어린 시절의 독특한 두려움으로 책장 넘기기를 주저하기 때문이야. 그 책은 단지 '여행하다'라는 책이야. 다른 이름을 찾아야 하지 않을까? 어떤 이름을 생각나게 해줘, 사랑. 아직은 그 이름을 비밀로 하는 게 낫겠지. 내가 만약 그 이름을 지금 또는 꿈속에서 우연히 떠올려야 한다면. 꿈이란 무엇일까? 우리가 서로의 방을 오가며, 하는 일 없이 점점 권태로워졌던 긴 오후에 서로에게 이야기했던 모든 꿈들은 무엇이었지? 나의 사랑하는 헬레네. 비록 네 꿈이 항상 화려함과 아름다움에서 나의 꿈을 능가했지만, 너의 꿈조차도 여기서는 한낮의 성탄나무처럼 암담하고 가련해질 거야. 나를 용서해줘. 하지만 네가 꿈에 대해서 그렇게 많이 집착하는 것은 아마 좋지 않을 거야. 너는 종종 힘들게 일어나서는 오전 내내 고개를 돌리고 지내지. 네이마는 간밤의 달빛에 비친 듯 여전히 아주 창백해. 그러면 너의 모든 생각은 밤으로 달려가서, 네 눈에서 낮에 대한 일은 찾아볼 수가 없고 너의 가늘고 긴 손은 마치 아무도 돌보지 않는 고아처럼 빈둥거리고 있어. 너의 침묵한 입은 약간 열려서 창백하구나. 하얀 돌샘의 아름다운 입구가 비록 자신을 받을 잔이 없음에도 자신을 허비하면서 불안해하지 않고 흘러나오는 것처럼. 그럴 때면 너의 입술에서도 흘러나오지. 그때 조용하고 소리없이 그 속에서 흘러나오는 것은 너의 삶이야. 너의 삶은 목마른 정원에 물을 주고, 그 정원 속의 기이한 봄은 너를 유약하게 만들지.

나에게 화내지 마, 헬레네. 이제 나도 이러한 상황을 얼마나 좋아하게 되었는지를 알게 된 후로, 난 그것의 커다란 위험을 느낀단다. 우리는 오감을 접고 살았어. 헬레네. 우리는 어머니를 거의 보지 못했고, 아버지는 가끔 깊은 애정조차도 우리에게 주지 못했어. 내 방의 벽이 무슨 색인지를 너에게 말해야 한다면, 난 알지 못해. 우리들의 빈 방에 와서 보고, 내게 편지해줘. 우린 모든 벽들의 안을 쳐다볼 수 있다고 여겼지. 우리는 그때 얼마나 착각 속에 살았던가. 그저께 난 어떤 것을 경험했어. 밝고 무더운 정오에 여기 포도밭 사이의 조그맣고 돌로 된 길이 아주 밝게 빛나고 있었어. 그 시간에는 아무도 없었어. 사람들은 너나 내 머리 끝 정도 높이의 돌로 된 벽 사이를 지나다니지. 길가의 흰 먼지가 눈을 피곤하게 해서 졸린 눈으로 벽을 보았어. 하지만 그 곳도 눈부셨어. 햇빛이 좁은 길을 비추어서 빛의 밝은 여운만이 있을 뿐이었어. 그 여운은 똑바르지 않고 구불구불했어. 모르타르가 떨어져나가 있었기 때문이야. 그래서 더 따뜻하게 보이지. 시선은 그 여운을 따라 움직이고 있어. 붉은 색을 띤 곳이 있었는데, 마치 국화꽃이 색바랜 것 같았어. 틈 사이로 나온 작고 가늘고 긴 줄기는 융단처럼 그 앞에 그림자를 드리우지. 그 위로 너의 눈길이 지나가고 있어. 하지만 가장 어두운 곳은 그 틈이야. 마치 잔이 끝까지 어둠으로 채워진 것처럼. 그리고 네 시선은 그 틈에서 그 어둠을 흡수하기 위해서 틈에서 틈으로 옮겨가기 시작하지. 그러나 갑자기 그 깊은 암흑은 사라졌어. 마치 물결이 작은 통 속으로 사라지듯이 말이야. 그곳은 텅 비고, 너는 비어 있는 잿빛의 밑바닥을 보지. 그러나 조그마하고 민첩한 동물들과 함께 어둠은 사라져버리지. 그 움직임이 너무 컸기 때문에 너는 그 장면을 보지 못했어. 나중에야 깨달은 것이지만, 넌 시선을 항상 어디에 두고 있었는지 아니. 눈이었어. 쳐다보고 있는 수천 개의 눈이었지. 그 틈 속에는 조그마한 도마뱀이 깨어 있었지. 나를 쳐다보고 있던 도마뱀의 눈이 그 속에 있던 암흑이었어. 수천 마리의 도마뱀들이 나를 쳐다보았지.

　내가 뭘 생각하고 있는지 아니? 모든 벽들이 그래. 모든 벽들만이 그런 것이 아니라 모든 것이! 시선이 가볍게 느껴져서 우리는 시선을 위로 두어야 할지 아니면 무거운 짐처럼 아래로 떨어뜨려야 할지. 시선을 잡고 정지시키고, 더 빛나는 시선을 돌려주는 눈은 항상 떠 있지. 이 빛나는 시선으로 우리는 계속 쳐다보고, 그 다음에 우리가 바라보게 되는 것에서 또 하나의 더 아름다운 시선을 받아들이지. 이것은 큰 행운이 아닐까? 많이 쳐다볼수록 우리는 더 아름다운 시선을 얻게 되는 거야. 각각의 시선은 다른 것들보다 항상 더 좋기 때문이야. 헬레네, 많은 눈들을 봐!

　하지만 이제 눈이 없는 곳은 보지 말아야 한다는 것을 느끼니? 우리가 더 이상 바라볼 수 없고 눈꺼풀 없이 돌아다닐 때까지 말이야……. 우리의 눈을 마셔버리는 눈먼 적이 있다는 것을 아니? 입술의 꿈에서 네 눈을 끄집어내봐, 헬레네! 사물과 해와 또 한 좋은 사람들에게로 시선을 돌려봐. 그래서 눈이 사랑의 시선으로 가득 차게끔. 네가 여기 있다면. 네가 나의 변화를 볼 수 있도록 네 부모님이 우리와 함께 두었더라면! 내 눈에는 이제 수천 개의 눈이 있어. 네가 내면을 쳐다볼 수 있다면 넌 모든 것을 이해하고 순식간에 나와 같이 될 수 있을 거야. 그러면 너는 내게 입맞춤을 했을 텐데. 그리고 울었겠지. 나의 웃음이 이 시간에 너무 일상적이고, 너무 유치하고 무엇보다도 너무 시끄럽기 때문에 내가 지금 울고 있듯이.

　너의……

두 가지 단편

〔1〕

아침에 죽음이 찾아왔을 때, 그녀의 파란만장한 삶이 그녀의 얼굴에 완전히 나타나 있었다. 죽음이 그 얼굴에서 삶을 빼앗아 갔다. 그런데 그 죽음은 소녀의 차가운 육신을 아직 건드리지 않았다. 하지만 죽음은 마치 부드러운 점토를 만지는 것처럼 금방 그녀의 얼굴 형태를 무너뜨렸고, 모든 생김새가 상당히 흐트러지고 눈에 띄게 길게 늘어났다. 게오르크는 뾰족한 턱과 가느다란 코를 볼 수가 없었다. 코 가장자리에는 그늘이 져 있었다. 그는 밖으로 나가서 화난 눈으로, 차가운 가을 공기 속에서 촉촉하게 피어 있던 붉은 장미의 가을 꽃봉오리 두 개를 꺾었다. 그리고 그 두 송이를 가지고 꽃이 만발한 정원을 돌아다니다가 소녀의 시체가 있는 방으로 다시 돌아왔다. 마지막 시선이 아직도 어둡게 그녀의 뜬 눈 속에 남아 있는 것이 그를 괴롭혔다. 그는 크고 하얀 그녀의 눈을 감겼다. 이마에서 눈꺼풀을 아래로 쓸어내리고는 두 눈 위에 아직 꽃봉오리 상태인 장미 한 송이씩을 놓았다. 그러고 나서야 비로소 그는 진정하고서 죽은 이의 얼굴을 쳐다볼 수 있었다. 그리고 그가 오래 쳐다볼수록, 그녀 얼굴에 아직도 삶의 몸부림이 밀려왔다가 다시 안으로 되돌아가는 것을 느꼈다. 그는 지금은 그녀의 이마 위에서, 그리고 고통 어린 입가에 나타나 있는 것과 같은 그 삶을 그녀 생애의 아주 아름다운 시간 동안 자신이 보고 기뻐했던 것을 기억해냈다. 그는 그것이 그녀의 가장 신성한 삶이었을 거라고 확신했다. 그는 거의 그 삶의 동반자가 되지 못했다. 그 동반자에 대해서는 단지 소문으로만 알아 들었다. 그녀는 죽었다. 죽음은 그녀에게서 삶을 앗아가지 않았다. 죽음은 그녀의 흐트러진 얼굴 속의 수많은 일상 속에서 속았던 것이다. 죽음은 그녀의 옆 얼굴의 부드러운 모습을 빼앗아가듯 일상의 삶도 빼앗아갔다. 하지만 아직도 다른 삶이 그녀에게 남아 있었다. 그것은 얼마 전까지만 해도 그녀의 일그러진 입가에 가득 차 있었으나 지금은 천천히 사라졌다. 소리없이 내면으로 흘러들어가 그녀의 깨진 심장 어딘가에 모여 있었다. 게오르크는 죽음의 손아귀를 빠져나간 이 삶을 소유하려는 끝없는 욕구를 느꼈다. 그는 그 삶을 받아들인 유일한 사람이었다. 그는 그녀의 꽃과 책 그리고 부드러운 옷을 상속한 사람이었다. 그 옷에는 아직도 지난 여름날의 체온과 가볍게 움직이는 그녀 육신의 냄새가 남아 있었다. 그 혼자만이 그의 슬픈 눈으로 더 이상 볼 수 없는 이 삶을 곧 맞아들일 수 있는 사람이었다. 그는 그녀의 뺨에서부터 무정하게 사라지는 체온을 어떻게 붙들어야 할지 몰랐다. 어떻게 붙들고, 어떻게 받아들여야 되는지를 몰랐다. 그는 이불 위에 아무것도 쥐지 않고 펴 있는, 씨를 뺀 과일의 껍데기 같은 죽은 자의 손을 찾았다. 그 손의 차가움은 여전했다. 밤새 이슬 속에 있다가 강한 새벽 바람에 차갑게 말라빠진 물체의 느낌이었다. 그때 갑자기 죽은 자의 얼굴에서 그림자 하나가 움직였다. 긴장한 게오르크는 그쪽을 쳐다보았다. 오랫동안 모든 것이 조용했다. 그러고 나서 왼쪽의 장미가 움직였다. 그리고 게오르크는 쳐다보았다. 그 꽃은 훨씬 더 커져 있었다. 여러 꽃잎들이 겹쳐져 있는 꽃 윗부분은 활짝 펴 있었고, 숨을 쉬어서 그런 것처럼 아래의 꽃받침도 위로 향해 있었다. 오른쪽 눈 위의 장미도 역시 커졌다. 수척해진 얼굴이 죽음에 익숙해진 반면, 장미는 죽은 자의 눈 위에서 점점 더 따뜻하게 피어났다. 그리고 이 고요한 낮이 지나가고 밤이 되자, 게오르크는 떨리는 손으로 활짝 핀 장미 두 송이를 창가로 가져갔다. 무거워 흔들거리는 두 개의 꽃받침처럼 그렇게 그는 결코 한 번도 받아들이지 못했던 그녀의 삶의 충만함을 들고 갔다.

[2]

그녀는 멀리 떨어진 농장에서 무관심하게 다른 사람의 삶을 살았다. 고독하게 자란 그녀는 아무도 기억해주지 않는 거친 장미꽃 속에서 그 고독함을 달랬다. 그것이 아마도 그녀 영혼 속의 매일매일 꿈속의 커다란 사치였다. 그러고 나서 손님들이 왔다. 그들과 함께 게오르크도 왔다. 그녀의 삶 전체가 황량한 나무 그늘길에서 벗어나와, 넓은 들판 위에서 밝은 옷들로 반짝이며 서로 비슷하게 보이는 소녀들 사이로 나아갔다. 그녀는 게오르크 곁에서 긴 가로수 길 걷는 것을 배웠다. 저녁의 가로수 길은 낮의 어떤 길보다 훨씬 더 길게 뻗어 있었다. 벽과 닿아 있는 이 가로수 길의 끝에서 그녀는 이별하는 것을 배웠다. 하지만 사실, 그녀는 그것을 배우지 않았다. 그는 갔고, 그와 함께 여름도 갔다. 그러한 때 어찌 가을날을 맞이할 수가 있겠는가? 일주일 동안 그녀는 모든 것을 무시했다. 그녀는 울지도 못했다. 하지만 어느 날 그녀는 장미밭으로 돌아왔다. 그 순간 그녀는 게오르크를 만나기 전에 가졌던 삶의 깊음과 충실함을 느꼈다. 그리고 그녀는 그 길고 매일 한결같았던 소녀 시절의 나날을 그리워했으며, 자신이 그 시절에서 그리 멀어지지 않았다는 것을 느꼈다. 그리고 그녀는 그 안으로 들어갔다. 좁은 입구에서 거미줄이 뜯어졌고, 그녀의 창백한 뺨에 걸려서 마치 면사포를 쓴 느낌이 들었다. 그렇게 거미줄로 덮인 얼굴로 다시 돌아온 그녀는 어두운 꽃잎들 사이로 들어갔다. 그곳은 아무것도 변하지 않았다.

알브레히트 오스터만

단편

9월 17일 저녁 아홉 시, 알브레히트 오스터만 씨는 약간 쭈뼛대며 식탁에서 일어섰다(저녁을 막 먹은 후였다). 그리고 부인에게 "난 산책을 좀 하고 싶군……" 하고 말했다.

클레멘티네 부인은 지금 남편이 매일 이 시간쯤 하는 석간 신문 읽어주는 일을 시작하기를 기다리고 있었다. 그러나 오스터만 씨는 반복해 말했다. "그래, 정말로 난 잠깐 나가봐야겠어……"

이것은 16~17년 간의 결혼 생활에서 아직 한 번도 일어나지 않은 일이었다. 그럼에도 불구하고 클레멘티네 부인은 그저 "하지만 알브레히트……" 하고 말할 뿐이었다. 그녀는 그의 의사에 반대한 적이 없었기 때문이었다.

그리고 그가 외투를 다시 입었을 때 그녀는 이어 말했다. "당신은 카페에서 집에 돌아온 지가 얼마 되지 않았잖아요……"

"맞아, 그래도 그래, 클레멘티네. 카페에서 방금 저녁을 먹었지. 그리고 난 아직 좀더 움직이고 싶다구. 그렇지 않으면 난 다시 잠들 수가 없단 말이야." 그에 반해 클레멘티네는 고작해야 "그렇지만 당신 한 번도 그런 적이 없잖아요, 알브레히트……"

라는 말밖에는 어떤 이의도 제기할 수가 없었다.

"맞는 말이야, 클레멘티네. 나는 아직 한 번도 그런 적이 없지. 그러나 그렇다고 내가 결코 그렇게 하면 안 된다는 말은 아니잖아? 그저 나에게 그런 생각이, 그러고 싶은 욕구가 아주 자연스럽게 들었다구. 왜 내가 그 생각을 따르지 않겠어? 뭐 때문에 한 번의 작은 예외를 못 갖냐구? 난 가로수 길로 좀 가보겠어. 거기는 지금 한산하고 또 조금은 더 시원할 거야. 갔다올게. 클레멘티네." 그는 그녀에게 왼쪽 뺨을 들이밀었고, 그녀는 거의 습관적으로 축축하고 도톰한 입술을 갖다댔다.

문에서 그는 한 번 더 뒤를 돌아보았다. "그리고 날 기다리지 말고 자도록 해. 그래야 리듬이 안 깨지지. 나는 방해꾼이고 가출자야. 그리고 내 문제로 당신을 괴롭히고 싶지 않아." 그는 농담하며 웃었다. 그 웃음은 늙어 보이는 갸름한 그의 얼굴에 어울리지 않았다. 그러고 나서 그는 다시 식탁 앞으로 다가섰고 전과 같이 왼쪽 뺨에 축축한 키스를 받고 그의 살찐 아내에게 어색하게 인사했다. 그가 이런 이별의 의식을 반복한 것은 아무 의미가 없었다. 그는 다소 성가신 형식에 길들여져 있었는데, 이것이 부부 사이의 예를 유지한다고 생각했다. 그래서 지나치게 규칙적으로 지키고 있었다. 그는 30분 간 외출할 때도 현관 앞에서 대여섯번씩 작별 인사를 했다. 우선 그는 그런 작별 인사 후에 사라져야 마땅하다고 여기기 때문이었다.

계단에서 그는 갑자기 오늘 지불했어야 될 대략 900마르크라는 아주 큰돈을 가지고 있음을 느꼈다. 그는 돈을 갖다두려 했으나, 다시 방에 들어가 부인 곁에 있으면 망설임이나 편안함 또는 그 외의 다른 이유들로 더 이상 밖에 나가지 않게 되리라는 생각 이 문득 들었다. 그러나 그는 지금 나가야 했다. 사실 이 돈을 지니고 30분 정도 가로수 길을 거니는 것은 그리 위험한 것이 아니었다. 그리하여 오스터만 씨는 집 밖으로 나왔다.

창문에서 그의 아내는 그가 지팡이를 가볍게 다루며 어두워지는 일련의 집들을 따라 가로수 길로 가는 골목으로 접어드는 것을 보았다. 그녀는 약간 불안했다. 그녀 없이는 뭔가를 꾀하지 않던 알브레히트가 이렇다 할 충분한 이유도 없이 그런 일을 생각지도 못하게 결정한 것이었다. 그럼에도 부인은 불신하지 않았다. 그녀는 그가 자신에게 최고의 정직한 남편이고, 수년 동안 오로지 하나의 정열만을 가지고 있다는 것을 알고 있었다. 그것은 그들의 결혼 생활은 비록 아무것도 그려져 있지는 않지만, 얼룩 없는 표면에 태양의 모습이 항상 빛나는 철제 거울처럼 반짝반짝하게 결혼생활을 유지하는 것이었다. 아이가 생길 거라는 희망을 가지고 있을 때인 결혼 초기에만 불투명함이 있었다. 그리고 집 안에 항상 불필요한 방이 있었다. 조용하고 공허한 것에 대해서는 더 말할 나위가 없었다. 몇 년을 기다린 뒤에야 클레멘티네 부인은 거기에 넓은 욕실을 설치했다. 그곳에서 부부는 교대로 목욕의 유쾌함을 즐겼다. 그 공간이 이전에 어떤 곳이었는지를 생각지 않고…….

그 당시에는 경험 많은 의사에게 마음을 털어놓곤 했다. 클레멘티네 부인은 실의에 젖어 자신들에게 아이가 없음에 대한 설명을 했고, 의사의 충고에 따라 우선 몇 군데 온천을 다녔다. 그러나 아무런 효과도 없었다. 그런데 뜻밖에도 의사는 오스터만 씨를 지목했고, 결국은 놀란 부인에게 그가 아이를 가질 수 없는 사람이라고 설명했다. 그는 오스터만 씨에게도 같은 이야기를 했지만, 오스터만 씨가 얼마나 놀랐는지는 예견하지 못했다. 그러나 알브레히트 오스트만의 수치스러운 비애에도 한 가지 위로가 되는 것이 있었다. 이제 클레멘티네 부인은 아주 원숙해진 것이었다. 그녀는 이제 마음 편하게 그녀의 축복받지 못한 육신의 모든 정기를 스스로를 위해 소비하면서, 격식을 충분히 갖추고 여유로워졌는데, 그녀의 남편은 기생충처럼 아주 센티멘털한 감동으로 이를 만끽하고 있었다.

그녀는 그러한 상태에서 아무것도 포기할 수 없었고, 그 희한한 욕실에서 남편의 자존심도 건드릴 필요가 없게 된 자신의 몸으로 모든 가능한 즐거움을 주었다. 아니 그녀는 그녀의 매력을 발하는 동시에 남편의 수축된 감각을 계속해서 활기 있게 유지하게 함으로써, 위기에 직면한 결혼 생활이 빛을 잃지 않을 뿐만 아니라 심지어 사랑을 더욱 풍부하고 평온하게 만들 줄 알았다. 오스터만 씨에게 있어 이러한 부인의 현명함은 도덕적인 의미를 갖고 있었다. 그는 자신의 젊은 시절을, 그의 생각에 엄청난 방탕이었다고 판단했고, 때때로 스스로를 분발시키기 위해 결혼 전의 암울한 시절과 자신의 깨끗하고 얼룩 없는 결혼 생활을 비교해보았다. 성년기 초반의 너더댓 번의 방황은 환영과도 같이 결혼 생활과 얽혀 있었다. 그는 스스로 이미 정화된 것처럼 느끼고 아내의 젊은 조카인 한스와 아르투르가 방문할 때마다 만족스런 얼굴로 반복해 말했다. "얘들아, 너희들은 아주 위험한 나이란다. 아무것도 모르는 너희에게 곳곳에서 유혹들이 다가오지. 그러니까 이른바 사랑 말이야. 사실 사람은 사랑이라는 것을 결혼을 한 후에야 비로소 알게 되기 때문이란다. 그러나 거짓으로 이 고귀한 이름을 지니는 감정이나 관계들은 시인의 말을 빌리면 초원에 비유할 수 있지. 그 초원은 아름다운 꽃들로 가득 차 있어. 그러나 그 초원은 단단하고 건강한 땅 위에 있지 않고, 검고 흔들리는 물 위에 놓여 있지. 바닥이 없는 늪 위에 말야. 누구든 탐욕스럽게 꽃 하나를 잡으려 하면 소리없이 삼키고 말지." 알브레히트 오스터만은 이 아름다운 마지막 말을 언젠가 오래 전 잘 알려지지 않은 책에서 읽은 것 같았다. 그래서 그는 "……시인의 말을 빌리면……"이라는 것을 꼭 덧붙였다. 그는 결코 그 어떤 발췌된 말들을 마치 자기 것인 양 사용하지 않았기 때문이었다.

오스터만 씨가 귀퉁이로 사라지자마자 클레멘티네 부인은 옆방에서 등과 성냥을 정돈했고 남편을 위해 실내화와 그가 매일 사용하는 여러 가지 자질구레한 것들을 준비했다. 다른 방의 모든 등을 주의 깊게 끄고 난 뒤에 그녀는 침실로 돌아갔다. 그녀는 일찍 잠자리에 드는 것이 좋다고 보는 사람이었는데, 그것이 몸을 쾌적하게 하는 한 가지 요인이라 생각했기 때문이었다. 한 시간 가량 그녀는 침대에서 기다리면서 멀리 떨어진 곳에서 들리는 소음들에 귀를 기울였다. 그런 뒤 그녀는 밤의 포근함을 못

이겨 잠이 들었다. 그녀는 알브레히트가 길어봐야 30분 후면 돌아와 아주 야늑한 방법으로 그녀를 깨우게 되리란 걸 알고 있었다.

그러나 알브레히트 오스터만 씨는 30분 후에도, 그 밤의 어느 시간에도 돌아오지 않았다.

법원은 실종의 배경을 캤으나 헛된 일이었고 그가 사라진 것은 해명되지 않았다.

그러는 사이에 모든 일이 아주 간단하게, 그저 뭔가 갑작스럽게 일어난 것으로 되었다.

*

9월 17일 저녁 9시 15분에 혼자 가로수 길을 즐기던 중년 남자에게 한 여자가 말을 걸었다. 처음에 그는 개의치 않고 계속 산책했다. 그 여자는 여전히 그의 곁에 있었다. 갑자기 그가 서더니 대꾸를 했다. "왜 그러죠?" 곁에 선 여자는 말랐고 확실히 그보다 작았다. 그는 곱슬곱슬한 금발머리를 한 그녀의 얼굴을 자세히 보기 위해 고개를 숙여야 했다. 무엇보다도 그녀의 얼굴을 보는 것이 중요했기 때문이었다.

그리고 바로 가로등 아래에서 그 여자는 그의 눈을 보며 인사했다. "저, 예…… 저는 카티예요!"

"카티 누구요?"

"당신의 아주머니 댁에서 일했던 그 사람이요. 당시에 당신은 아주머니 댁으로 휴가차 왔었죠……"

"휴가요?" 그 신사는 오래 전부터 자영업자였기 때문에 그 단
어는 뭔가 낯선 것이었다. "도대체 그게 언제였나요?"

"오. 그건 이제 22년쯤 된 것 같아요. 당신은 그 당시 리베나우
의 알보트 아주머니 댁에선 아주 젊었지요."

그 신사는 선 채로 있었다. "리베나우에서라……." 그러고
나자 여러 가지 것들이 떠올랐다. 귀머거리이며 무뚝뚝했고,
레이스 모자를 비스듬히 썼던 늙은 부인 알보트 아주머니. 후
에 그는 그녀로부터 분홍빛 벽걸이 화분, 부서질까봐 앉을 수
없었던 팔걸이의자와 이탈리아의 동판화가인 라파엘 모르겐
의 〈최후의 만찬〉이란 동판화와 유사한 것을 상속받았다. 그리
고 〈최후의 만찬〉을 생각하자 저녁식사가 떠올랐는데, 그것은
아주머니 방과는 아주 멀리 떨어져 있고, 그의 방 바로 옆에
있는 부엌에서의 저녁식사였다. 그가 갑자기 한숨지으며 말했
다.

"맞아, 카티!"

"이제야 기억하시는군요!" 그녀는 그의 곁에서 웃었다. "이제
알겠어요?"

잠시 후에 신사가 말했다: "네, 그것은 그러니까…… 젊은 시
절이었지요……. 당신은 그런데 잘 지냈나요, 카티 양?"

"아, 네, 카티 양이라고요!" 그녀가 조소하듯 말했다. "잘 지내
지 못해서 제가 바로 여기에 왔지요……."

"잘 지내지 못한다고요?"

"잘 지내지 못하죠. 거의 18년을 나는 혼자서 아이를 데리고 겨우 살았어요. 그러나 이제는 그애가 자라고 보니 정말 많은 게 필요해요……."

"아이요? 결혼을 했나요?"

"네, 나는 오늘 다시 돌아가요. 우리는 비르크펠데에 있어요. 기차를 타고 여기서 두 시간 가죠" 하고 카티는 그저 대충 대답했다.

"그러면 당신은 이 도시에서 사업을 했나요?"

"사업이라니요!" 금발의 여자는 그를 보며 웃었다. "그것 정말 좋군요. 사업이라! 한 신사분과 사업이 있을 뿐이었죠……."

중년의 신사는 철저하게 빈틈을 보이지 않았다. "카티, 당신이 정말 나 때문에 온 거라면, 작지만 내 힘 닿는 대로 기꺼이 돕겠소……."라고 말하며 그는 웃었다.

"정말로 비참해요……."

"그래요. 그러면 당신은 벌써 오랫동안 그렇게……그렇게 사정이 좋지 않았단 말이요?"

"실제적으로 당신의 아주머니인 알보트 부인이 저를 쫓아낸 이후로요……."

"쫓아냈다고요? ……언제 그랬나요, 카티 양?"

"그 당시 당신이 리베나우에서 떠난 후에 바로 6주가 흐른 뒤예요……. 아이 때문에……. 당신은 누구의 애인지 생각할 수 있겠죠……."

신사는 진지하게 생각했다. "아니요. 이것 보세요. 난 그 당시 리베나우에서 누가 그럴 수 있었을까 기억해낼 수가 없소…….
아무 남자도 집에 오지 않았고…… 아주머니는 한 번도 인부나
우유배달부들을 들인 적이 없었소…….”

"당신이 잘 생각만 해보신다면…….”

그 신사는 실제로 그렇게 해보았다.

"그렇다면 당신 자신이었을 거예요.”

잠시 그는 이해하지 못하고 자신을 둘러보았다. 그러나 그런
뒤에 그는 악의 없이 마구 웃었다. "그래요. 카티. 그럴 수도 있
겠죠.”

"그렇지만 정말로, 당신은 아마 알지 못하나보군요…….”

"뭘 말이요?”

"당신이 부엌 옆의 제 방으로 왔었다는 걸요?”

"좋아요……. 내가 말했죠, 젊을 때는 그럴 수 있죠.”

"한 남자가 한 가련한 하녀에게 아이를 갖게 할 수 있다, 그렇
죠?”

신사는 웃는 걸 멈추고 나지막이 말했다. "아니에요, 아냐, 카
티…….”

"그러면 당신은 아니었단 말인가요……?” 금발의 여자는 화를
내며 흥분했다.

"아니오, 유감이지만 다행히도 말이오. 그러나 어쨌든 그런 결
과는 있을 수 없었단 말이오, 절대로. 말하자면 불가능한 일이
오. 의사는 내가 아이를 갖는 게 완전히 불가능하다고 말했다는
걸 얘기해야겠군요…….”

"언제 의사가 당신에게…….'
....
....
....

용을 물리친 용사

  이 이야기는 동화처럼 시작되지만, 실제 이야기로 이어진다. 이 이야기는 결국 모든 진정한 동화와 공통점을 지니지만, 그 외에는 많은 부분들에서 동화와는 구별된다.

  이야기는 다음과 같이 시작한다.

  옛날 옛적에 많은 숲과 평야, 강, 도로 그리고 도시들을 거느린 아름답고 부유한 나라가 있었다. 국왕은 신에 의해 선출되었는데 다른 나라의 왕들보다 나이가 더 많고, 위풍당당하며 그 누구보다 믿음직한 성격을 지닌 사람이었다. 이 국왕에겐 아직 나이 어리고 호기심 많은 예쁜 외동딸이 있었다. 국왕은 이웃 나라 왕들과 동맹 관계를 맺고 있었는데, 그의 딸은 아직 어린애에 불과했다. 하지만 그녀의 온순하고 부드러운 성격과 평온한 얼굴로 인해 용이 출현하게 된 것만은 틀림없는 사실이다. 그녀가 아름답게 성숙하면 할수록 그 용은 점점 더 그녀 가까이 접근해오더니, 마침내 나라 안에서 가장 아름다운 도시 전방에 위치한 어느 숲속에 그야말로 공포의 대상으로 자리잡게 되었다. 아름다움과 끔찍함 사이에는 은밀한 상호 관계가 있었다. 그건 마치 산꼭대기와 낭떠러지 사이에 존재하는 것과 같은, 고요한 바다와 그 바다로 콸콸 흘러들어오는 시냇물 사이에 존재하는 것과 같은, 그리고 사랑스럽게 미소짓는 삶과 임박해 있는 어두운 일상적 죽음의 그림자 사이에 존재하고 있는 관계와 같은 것이었다.

죽음이 삶에 적대적이냐 아니냐에 대해 그 누구도 확실히 말할 수 없는 것처럼, 용이 어린 공주에 대해 적대적인 감정을 지니고 있었느냐 하는 점은 분명치 않았다. 어쩌면 불을 뿜는 그 거대한 짐승은 아름다운 처녀 옆에 마치 한 마리 개처럼 엎드려서 그 끔찍한 혀만 아니라면 처녀의 예쁜 손을 순종하는 모습으로 하염없이 애무했을지도 몰랐다. 물론 사람들은 공주를 용에게 내맡겨놓지는 않았다. 특히 그 용은 무지해서든 경솔해서든 자신의 영역 안으로 우연히 들어온 불행한 사람들을 거의 용서하지 않았다. 그 용은 마치 눈앞에 보이는 죽음처럼, 살아 있는 모든 존재들——아이들과 가축들도 예외가 아니었다——을 붙잡아 가두었다.

왕은 처음에는 이러한 위험과 곤경을 통해 자신의 나라에 있는 많은 젊은이들이 진정한 남자로 거듭 태어나고 있다는 점에 대단히 흡족해했다. 하지만 이로 인해 그들은 스스로를 무장하고, 연로한 부모들 그리고 아직 한 번도 사랑의 대화를 나눠보지 못한 예쁜 신부들과도 작별해야 했다. 그리고 귀족, 신학생, 머슴 들에 이르기까지 온갖 계층의 젊은이들이 이방의 나라로 출병하듯 차출되어 단 한 번의 열정적이고 숨가쁜 영웅적인 시간을 보냈다. 그들은 짧은 영웅적 시간 속에서 성장하고 살다가 죽어갔으니 마치 열병 환자가 꾸는 꿈과도 같았다.

그러나 몇 주가 지나자 그 누구도 이들 용감한 사나이들을 높이 평가하거나 그들의 이름을 국가의 서적들 속에 기록할 생각을 하지 않게 되었다. 근심이 지속되는 지겨운 나날 속에서는 백성들 역시 영웅들에게 익숙해질 대로 익숙해지기 때문이었다. 따라서 영웅들은 이제 더 이상 듣지도 보지도 못한 대단한 인물이 아닌 것이었다. 수많은 사람들이 마음속으로 두려워하며 영웅을 갈망하게 되면, 재앙이 닥친 시기에도 여전히 작용하는 위대한 법칙에 따르는 것처럼 필연적으로 이들 영웅은 나타나게 되었다.

하지만 격렬한 저항 끝에 희생당한 사람들의 수가 계속 늘어나고, 나라 안 거의 모든 가정의 최고의 자식들이 (때로는 소년의 티를 벗어나지 못한 이들조차) 전사해 나가면서, 왕은 두려워지기 시작했다. 이러다가는 나라 안에 있는 장자들이 하나같이 다 죽어가게 될 것이며, 그리 되면 수많은 젊은 여자들이 처녀성을 지닌 채 청상과부가 되어 매일같이 사랑하는 사람의 죽음을 슬퍼하면서 평생 아이 없는 여인네 생활을 감내하고 살아가야 할 거라는 생각이 들게 된 것이었다. 그래서 왕은 그 싸움을 멈추라고 신하들에게 명했다. 하지만 용이 사방에 들릴 정도로 시끄럽게 잠을 자는 동안, 상황이 어려운 그 도시를 혼비백산하여 빠져나갔던 이방인 상인들에게 왕은 성명을 발표했다. 이런 성명은 그와 유사한 경우에 이미 많은 왕들이 공포했던 것이다. 왕은 모든 이방인들에게 약속했다. 그 내용은 누구든 이러한 크나큰 죽음의 상황에서 불행한 나라를 구해내어, 황폐해진 도시의 거리를 다시 사람들이 왕래할 수 있고 상거래가 재개되도록 만들기만 하면, (그 사람이 지금 귀족 신분을 지녔든, 아니면 사형 집행인의 자식이든 간에) 자신의 딸을 주겠다는 것이었다.

그러자 외국인 중에도 영웅이 많다는 사실이 드러났다. 그들은 힘들어 지친 말을 타고 와서는, 먼지투성이인 채 군용 도로에 위치한 한 오두막 앞에 내리더니 하룻밤 묵어갈 수 있게 해달라고 청했다. 한결같이 한차례 잠을 자고 나서 시원한 저녁에 목욕을 한 후, 밤하늘의 별들에게 기도드리고 초조한 마음으로 이제껏 기다려왔던 다음날 아침을 맞이하고 싶어서였다. 하지만 기도할 생각을 아예 하지 않는 이들도 있었다. 그들은 말을 타고 외딴 길로 도시 안으로 들어가서 좁은 골목길을 찾아갔다. 그곳은 매춘부들이 붉은 커튼을 드리우고 영업을 하고 있었던 곳이었다. 그들은 대부분의 사람들에게 웃는 것이 죄악시되고 불경스럽게 보이는 (지금과 같은 위급한) 시기에도 여전히 웃음을 흘려내고 있었다. 그곳을 찾는 이들은 고향을 잃은 사람들이거나 모험심이 많은 사람들, 또는 한꺼번에 많은 것을 잃어버린 사람들, 다음날 아침을 꺼림칙하게 여겨 마음 불안한 기사들 그리고 희망을 상실하여 우울증에 빠진 영웅들이었다. 그런데 전자든 후자든, 승리자가 되면 왕으로부터 수여받게 될 대가를 염두에 두고 있는 이는 아무도 없는 것 같았다. 다만 어린 공주만이 그 사실을 생각하고 있었다. 온 나라 안이 혼란과 슬픔에 휩싸여 있음을 괴로워하면서, 그녀는 이 순간까지 가슴속엔 온통 그 괴물이 없어지기만을 바라며 간청하고 있었다. 그러나 왕이 미지

의 용감한 자에게 공주를 주겠다는 약속을 한 뒤부터는 그녀의
감정은 자신도 모르게 그 무시무시한 용과 결탁되어 있었다. 그
래서 아무것으로도 가려지지 않는 꿈속에서 그녀는 괴물을 보호
해줄 성스러운 여인들을 부르는 기도문을 외울 정도가 되었다.

어느 날 아침 그런 꿈을 꾸다가 수치심에서 잠에서 깨어났을
때, 공주는 이미 며칠 전부터 도시 전체를 뒤덮고 있는 소문을
접하게 되었다. 아주 젊은 어떤 사람에 관한 이야기였다. 그 사
내 역시 싸우기 위해서 왔는데(어디 출신인지는 분명치 않고),
용을 죽이는 데는 실패했지만, 자신이 벌인 싸움의 결말을 얘기
해줄 수 있는 사람이라는 것이었다. 그 사람은 적에게 자신의 말
을 남겨놓고, 기어서 (그것이 어떻게 가능했는지는 그 자신도
말할 수 없었다) 창백해져 피를 흘리면서 숲으로 들어왔다. 하
루 낮과 밤을 꼬박 기었으며, 다음날 아침에 사람들은 갑옷 속에
서 온몸이 싸늘해져 있는 그를 발견했다. 그는 거의 죽은 듯이
보였고, 몸은 굳어 있는 상태였다는 것이었다. 사람들이 그를 집
으로 옮겨놓자 곧바로 의식이 돌아왔다. 이제는 열이 난 채 자리
에 누워 있기는 하지만, 상처 부위에서 뜨겁게 화끈거리는 붕대
위로 마치 커다란 파도처럼 피가 솟구친다는 것이었다. 이 소문
을 접한 공주는 그녀의 성격대로, 맨발에다 하얀 비단 속옷을 입
은 채 자갈길을 마구 달려가고 싶었을 것이었다. 그건 위독한 그
환자의 병상을 지키고 앉아 조용하고도 밝게, 자신의 해맑고 천
진난만한 심성으로 그 사람을 감싸 안아주기 위해서였다. 그러
나 세 명의 금발 시녀들이 의복을 입혀주고 나서, 궁궐 내의 많

은 거울을 통해 눈부신 옷을 입고 슬픔에 젖은 얼굴을 한 채 왔다갔다하는 자신의 모습을 보았을 때, 그녀는 그런 기이한 행동을 실행에 옮길 용기를 잃어버렸다. 그 대신 자신을 배신할 염려가 없는 늙은 하인을 그 외딴 집에 몰래 보냈다. 그녀는 하인으로 하여금 시원한 아마포 붕대와 저녁의 꽃향기 같은 냄새를 지닌 부드러운 연고들을 전하도록 하면서, 숙성시킨 지 오래된 높은 도수의 포도주 단지도 함께 딸려 보냈다. 포도주가 열병의 허열(虛熱)을 내려주고, 건강한 젊음의 열정을 불러일으켜 기사로서의 기질을 되찾게 해줄지도 모른다는 생각에서였다. 하인은 그 길을 세 번 다녀왔는데, 세 번째 날 그는 그 귀중한 연고들을 다시 가지고 돌아왔다. 그 이방인에게 더 이상 연고가 필요 없었기 때문이었다. 그가 죽어버린 것이었다. 밤이 되어 궁궐 안의 모두가 취침에 들어가게 되면 정체불명의 시체가 있는 그 외딴 집까지 데려다달라는 요구를 공주에게서 받자, 충복이었던 그 노인은 깜짝 놀라면서 무릎을 부르르 떨었다. 하지만 공주의 목소리가 하도 의지에 차 있고 단호해서 겁이 난 하인은 감히 마다할 수가 없었다. 그렇지 않으면 아마 공주가 그의 보호를 받지 않고 혼자서라도 무시무시한 밤길을 가려 할 것이기 때문이었다.

세상이 다른 때보다 세 배나 더 크게 보이던 어느 봄날 저녁이었다. 하늘이 치솟았던가? 땅이 내려앉았던가? 그건 알 수가 없었다. 길들은 계곡으로 완만히 나 있으며, 하얀 집 근처에서 멈추지 않고 슬며시 옆을 지나쳐 멀리까지 나 있었다. 마치 그 길

은 곧바로 뻗어 있는 어느 적막한 도로에서 하나로 합쳐지는 것
처럼 보였다. 그리고 그 끝에서 그 밤에 맨 먼저 뜬 별들이 마치
멀리 떨어져 있는 도시들의 불빛처럼 보였다.

공주는 숨가쁘게 발걸음을 내딛었다. 늙은 하인은 그녀 뒤를
겨우 따라갈 지경이었다. 그들은 놀라우리 만큼 빨리 그 집에 당
도하게 되었다. 집 안에는 죽은 사람을 제외하고는 모두 잠든 것
같았다. 그 죽은 사람 옆에는 불빛이 있었기 때문이었다. 놀랍게
도 방 안에서는 양초가 타고 있는 것이 아니었다. 역청이 묻은
횃불의 불꽃이 시커먼 잔 속에서 악마의 영혼처럼 춤추고 있었
다. 그 어디에도 머무르지 않고 휙 사라져버리는, 알 수 없는 그
불빛은 실내를 아주 길게 만드는가 싶더니 금방 다시 좁게 비추
었기 때문에 사람들이 곳곳에서 서로 부딪칠까 두려울 정도였
다. 죽은 사람은 커다란 탁자 위에 아주 평평하고도 기다랗게 누
워 있었다. 발목까지 내려와 자루 모양으로 감싸고 있는 아주 보
잘것없는 재질의 속옷만을 입고 있었다.

그들이 죽은 사람의 손을 포개어보려고 애썼지만, 이미 손은
너무나도 딱딱하게 굳어 있었다. 그런데 손가락의 벌어진 틈 사
이로 빛과 그림자가 새어나왔다. 마치 무언가가 그 속에 살고 있
다는 생각이 들 정도였다. 늙은 하인은 공주가 가까이 못 오도록
저지하는 동작을 지어 보이며 죽은 자의 몸을 덮으려고 했다. 하
지만 이미 그녀는 그자의 얼굴을 보고 말았다. 그녀는 하인을 한
가운데로 뚫고 가는 것처럼 그를 지나쳐서 놀라지도 않고 힘차
게 걸어갔다. 그녀에게는 죽은 자의 형체와 얼굴이 전혀 예상 못

할 것이 아닌 것 같았다. 그녀는 천사처럼 죽은 자 위로 몸을 숙이더니, 눈을 감고 싸늘하게 식어버린 낯선 자의 입에다 더할 나위없는 달콤함을 머금은 첫 키스를 해주었다. 그러고 나서 그녀는 쓰러져 누워버렸다. 차가운 손으로 그의 얼굴을 쓰다듬었고, 여러 가지 잡다한 기도문들의 성구를 읊조리더니 울기 시작했다. 공주는 자리에서 다시 일어나서 어찌해야 할지 몰라하더니, 겁에 질려 숨도 쉬지 않고 불길에 의해 사방 곳곳이 찢겨져나간 방 안에 그냥 혼자 서 있었다. 공주는 하인을 불렀지만, 그를 찾기 위해 둘러볼 엄두를 내지는 못했다. 마침내 그녀는, 그가 넓은 창틀에 앉아 잠들어 있다는 걸 알게 되었다. 그녀는 그를 흔들어 깨우기로 마음먹었다. 하지만 깊이 잠든 이 사람을 보자 갑자기 죽은 사람에 대한 기억이 떠올라 감히 손을 댈 용기가 나지 않았다. 그녀는 사람이 잠을 자고 다시 깨어 일어난다는 것에 대한 믿음을 잃어버리고 말았다. 바로 그 순간 그녀는 자신의 시선이 줄곧 어느 한 문을 향하고 있다는 걸 알게 되었다. 그것은 아까 자신이 들어왔던 문의 맞은편에 있는 문으로 그곳을 통해서 집 안 깊숙이 들어가는 것이 분명했다. 문은 닫혀 있었고, 그 옆의 기다란 빈 벽과는 거의 구별이 되지 않았다. 하지만 문 위로 높이 작고 둥그런 유리창이 있었다. 역청이 묻은 번쩍이는 불빛이 획 지나쳐 갈 때 가끔씩 반짝거렸던 창문이었다. 이제야 공주는 누군가가 그곳에 서서, 자신은 들여다볼 수 없는 컴컴한 구멍을 통해 자신을 관찰하고 있었다는 걸 알게 되었다. 지치지도 않는지 그녀를 계속 주시하고 있었다. 결과적으로 그녀는 그곳에 누군가가 깨어 있다는 걸 알았다. 그 사람은 울지도 않고, 코가 문에 닿아 눌릴 정도로 아주 가까이 눈을 댄 채 엿보고 있는 것이었다. 그녀는 이제껏 살아오면서 자신이 이렇게 확실하게 뭔가를 알아낸 적이 없었다고 생각했다. 그리고 이러한 느낌이 들자 모든 두려움이 사라졌다. 공주는 이젠 거의 불안하지도 않았다. 다만 슬펐을 뿐이었다. 그녀는 슬픔에 차 천천히 밖으로 나갔다.

공주는 집만이 덩그렇게 시커먼 고목들에 둘러싸여 있다는 것을 알게 되었다. 그 나무들은 마치 봄날의 높은 밤하늘처럼 흔들림이 없이 우뚝 솟아 있었다. 이러한 평온함은 그녀를 기분 좋게 만들었으며, 펄럭거리며 요란스럽게 타오르던 불꽃으로 인해 아팠던 눈의 통증을 말끔히 없애주었다. 그녀는 길을 한없이 따라갔다. 꾀꼬리 한 마리가 지저귀고 있었다. 그 노래는 전반부에 불과했다. 꾀꼬리가 짧게 흐느끼며 계속해서 던지는 질문들. 그녀는 그에 대한 대답을 할 수 없었다. 궁궐의 정원에서는 아주 부드럽고 환희에 넘쳐 울려퍼지던 그 소리가 너무나도 커서, 아홉 그루의 떡갈나무 꼭대기에 둥지를 튼 무서운 새소리를 듣는 것 같았다.

공주는 아직 한 번도 이렇게 혼자 있어본 적이 없었다. 마치 자신이 모든 것들을 뒤에 두고 떠나온 것 같았다. 어디에도 집이 보이지 않았기 때문이었다. 이따금씩 들려오는 개 짖는 소리는 이미 아련해졌다. 공주는 몸이 얼어붙지 않도록 그저 계속 달렸다. 그녀는 자신의 입술이 밤의 냉기를 빨아들이고, 그 냉기로 인해 입이 화끈거린다고 생각했다. 그녀가 곰곰이 생각하려고 해도 지난 일들이 전혀 생각나지 않고, 미래 또한 떠오르지 않았다. 그래서 그녀는 마치 흰 백지 상태처럼 삶에서 떨어져 있으려 했다.

그러자 갑자기 공주는 자신에게 다가오는 말 탄 기사를 보았다. 그녀는 자신도 모르게 축축하게 젖은 컴컴한 덤불 속으로 살짝 피했다. 그가 천천히 말을 타고 왔다. 땀에 젖은 아주 시커먼 그 말은 몸을 떨고 있었다. 기사 역시 떨고 있는 듯했다. 그가 입고 있는 갑옷의 고리들이 서로 부딪치며 나지막이 소리를 내었던 것이었다. 그의 머리에는 투구가 없었으며 맨손이었고, 칼은 지친 듯 아래로 처져 있었다. 머리카락은 바람에 약간 흩날렸고, 젊어 보이는 얼굴은 선홍빛을 띠고 있었는데 아름다웠다. 두 눈은 아침이 시작되는 쪽으로 차분하게 향해 있었고 이미 아침을 본 것처럼 빛났다.

그렇게 그 기사는 공주 곁을 지나갔다. 그녀는 오랫동안 그의 뒷모습을 쳐다보았다. 그때 갑자기 그가 용을 처치했을 것이라는 생각이 그녀의 머리를 스쳤다. 그와 동시에 그녀에게 커다란 안도감 같은 것이 밀려왔다. 이제 그녀는 밤에 길을 잃고 헤매는 여자가 아니었다. 말을 타고 아침을 찾아가는, 떨고 있던 그 영웅의 것이었다. 비록 그가 지금은 그녀를 알지 못하고 있지만, 내일이면 이 집 저 집을 다 뒤져서라도 그녀를 찾아낼 것이며 오랫동안 잃어버렸던 자기의 칼 하나를 찾듯이 그녀를 그리워할 것이었다.

그러자 이제 그녀는 아버지가 있는 궁궐로 가는 길을 아주 쉽게 찾아냈다. 그녀는 아주 조용한 성문 앞에서 절망하고 있는 늙은 하인을 만나게 되었다. 그는 이제껏 그녀를 온통 찾아 헤맸던 것이었다. 이제 그녀는 자신의 방에서 아침을 보게 되었다.

*

몇 시간 동안 깊이 잠들었던 어린 공주는 온 나라에 울려퍼지는 환호성에 잠을 깼다. 사람들은 환호를 하고 탑들의 종이 울렸다. 모든 사람이 구원자를 외쳐 부르는 것 같았다. 그러나 구원자는 나타나지 않았다. 그는 도시에서 멀리 떨어진 곳을 달리고 있었다. 그의 머리 위로 종달새가 하늘 가득 날고 있었다. 누군가가 그의 행위에 대한 상이 무엇인지를 알게 해주었다면, 그는 아마 웃으면서 돌아왔을지도 몰랐다. 하지만 그는 그 상을 완전히 잊고 있었다.

원래 그의 소유였던 그녀는 그가 돌아오지 않으리라는 것을 알고 있었다. 그녀는 큰 소리로 감사를 외치는 군중의 물결 속에 있는 그를 상상하려고 애썼으나 할 수가 없었다. 그녀는 아침을 향해 외롭게 달려가는 용사를 보았다. 그녀는 그가 말을 타고 달려가는 것을 보면서 그 자리에 있었다. 그러나 그녀는 예전의 그녀가 아니었다. 그녀는 성장했다. 그녀는 자신이 입맞춤했던 죽은 용사와 자신이 잃어버린 살아 있는 사람을 생각했다. 그녀의 생각은 처음으로 삶과 부딪친 것이었다.

그녀가 오늘 신부가 될 것이라고 말한 세 명의 하녀가 크고 화려한 옷을 가져왔다. 그 옷은 그녀가 지금까지 입었던 것보다 훨씬 어른스런 옷이었다. 그리고 그녀는 진주와 에메랄드 장식을 했는데, 이는 할머니들이 물려주신 것이었다. 그 장식들은 그녀에게 훌륭한 귀부인다운 외모를 갖도록 했다. 그녀는 약간 창백한 얼굴을 하고, 자신의 뒤로 길게 늘어뜨려져 끌리는 하얀 옷자락의 소리를 들으며 많은 거울들을 지나쳐 갔다. 그 후에 사람들은 그녀의 노랫소리를 들었다. 그녀는 아직 한 번도 불러본 적이 없는 노래를 불렀는데, 궁궐 안의 누구도 그 노래를 알지 못했다.

왕은 홀의 높은 옥좌에 앉아 있었고, 나라의 늙은 충신들이 그의 주변에 밝은 얼굴로 서 있었다. 왕은 낯선 영웅을 기다리고 있었다. 그는 기다리는 것이 소용없을 수도 있다는 것을 전혀 생각하지 못했다. 그 왕은 매우 늙었고 자부심이 강했으며, 다른 시대에 살던 사람이었기 때문이었다.

무덤 파는 사람

산로코에서 무덤 파는 한 노인이 죽었다. 그 자리를 메울 새로운 사람을 찾노라고 매일 소리쳐 알렸다. 하지만 3주가 지나도록 신고하는 사람은 아무도 없었다. 이 기간 동안에 산로코에서 죽은 사람이 아무도 없었기 때문에, 이 일은 그리 급하지 않은 것처럼 보였다. 그래서 사람들은 기다리기로 했다. 기다리던 중 5월 어느 날 저녁 그 자리를 맡기를 원하는 한 낯선 사람이 나타났다. 그 사람을 제일 먼저 본 사람은 시장의 딸인 지타였다. 그는 그녀의 아버지 방에서 나와서는(그녀는 그가 오는 것을 보지 못했다) 마치 어두운 길에서 그녀를 만나기를 기다린 것처럼 곧바로 그녀에게로 왔다.

"네가 그의 딸이냐?" 그가 조용한 목소리로 물었다. 그의 말에는 낯선 억양이 들어 있었다.

지타는 머리를 끄덕이고는 그 이방인과 나란히 턱이 낮은 창문가로 갔다. 밖으로부터 창문으로 빛이 들어왔고, 저녁 무렵 골목길의 고요함이 스며들었다. 거기서 그들은 서로를 유심히 바라보았다. 지타는 그 낯선 사람을 바라보는 데 푹 빠져 있었기 때문에, 서서 그를 관찰하는 그 순간 그도 역시 자기를 바라보았음에 틀림없다는 생각이 나중에야 비로소 들었다. 그는 키가 크고 호리호리했고, 외국풍의 검은색 여행용 옷을 입고 있었다. 머리는 금발로, 귀족들의 머리 모습을 하고 있었다. 그에게는 분명 귀족 같은 무엇이 있었다. 선생이나 의사 같은 분위기가 났다. 그런데 그가 무덤 파는 사람이라니, 이 얼마나 기이한 일인가. 그래서 그녀는 자기도 모르게 그의 손을 살펴보았다. 그는 어린 아이처럼 그녀에게 두 손을 모두 내밀고 있었다.

"그건 전혀 어려운 일이 아니야"라고 그는 말했다. 그녀가 비록 그의 두 손을 보고 있음에도 불구하고 그의 입술이 웃음 짓고 있음을 알았다. 그 웃음은 그녀에게 마치 햇빛처럼 느껴졌다.

그들은 함께 집 문 앞까지 갔다.

길은 이미 어두워졌다.

"아직 멀었니?" 그 낯선 남자가 말했다. 그는 집들 너머 골목길의 끝까지 내다보고 있었다. 그 길에는 한 사람도 없었다.

"아니에요, 그리 멀지 않아요. 하지만 제가 안내할게요. 그 길을 모르시잖아요."

"너는 그 길을 아니?" 그 남자가 진지하게 물었다.

"저는 그 길을 잘 알아요. 어릴 때부터 벌써 그 길을 다니게 되었어요. 일찍 우리에게서 떠나가신 어머니께로 가는 길이었거든요. 어머니는 거기서 편히 쉬고 계세요. 제가 어디인지를 보여드릴게요."

그러고 나서 그들은 다시 말없이 걸어갔다. 그들의 발소리는 고요함 속에서 한 사람이 걷는 것처럼 들렸다. 갑자기 검은옷을 입은 그 사람이 말했다. "너 몇 살이니, 지타?"

"열여섯이에요." 그 아이가 말하면서 크게 보이려고 했다. "열여섯에 매일 조금씩 더 커지고 있어요."

그 낯선 사람은 웃었다.

"하지만." 그 여자애가 말하고는 웃으면서 물었다. "아저씨는 몇 살이세요?"

"너보다 나이가 많지. 두 곱이나 돼. 매일 조금씩 더 나이들어가지."

이렇게 이야기하면서 그들은 교회 묘지 입구에 서게 되었다.

"저기가 아저씨가 사셔야 할 집이에요. 시체실 옆이죠." 그 소녀는 그렇게 말하면서, 대문의 창살 사이로 보이는 교회 묘지의 다른 쪽 끝을 손으로 가리켰다. 그곳에는 담쟁이덩굴로 뒤덮인 작은 집이 있었다.

"그래, 그래. 이곳이로구나." 그 낯선 사람은 고개를 끄덕이면서, 천천히 자기의 새로운 땅을 두루 살폈다. "여기서 무덤을 팠던 사람이 노인이었지?"라고 그는 물었다.

"예, 매우 늙은 분이었어요. 그는 아내인 할머니와 함께 살았는데, 그 할머니도 매우 늙은 분이었어요. 남편이 죽자 그분은 떠나가버렸어요. 어디로 갔는지 저는 몰라요." 그 낯선 사람은 그저 "그래"라고 말했지만, 다른 것을 생각하는 것 같았다. 그러더니 갑자기 그는 지타에게로 몸을 돌렸다. "너는 이제 가야겠구나, 애야. 너무 늦었어. 혼자 가는 것이 무섭지 않니?"

"아뇨, 저는 항상 혼자예요. 하지만 아저씨는 밖에 나와 이곳에 있는 것이 무섭지 않으세요?"

낯선 사람은 고개를 가로저으며, 그 여자애의 손을 잡았다. 그는 그애의 손을 가볍게 꼭 쥐었다. "나도 언제나 혼자야." 그는 나지막하게 말했다. 그러자 그때 그 아이가 갑자기 흥분해서 "들어보세요"라고 속삭이듯 말했다. 두 사람은 교회 묘지의 가시 울타리에서 노래하기 시작한 밤꾀꼬리 소리를 들었다. 그 노랫소리가 점점 커져가자 그들은 그 노래가 주는 동경과 행복함에 취해 있었다.

다음날 아침 새로 부임한 산로코의 무덤 파는 사람이 자기의 일을 시작했다. 그는 이상할 정도로 그 일을 잘 파악하고 있었다. 그는 교회 묘지 전체를 변형시켜 커다란 정원을 만들었다. 오래된 무덤에 남아 있었던 슬픔은 사라져버렸고, 또한 무성한 꽃들과 덩굴에 뒤덮여 그 흔적은 없어졌다. 여태까지 손길이 닿지 않아 비어 있었던 중앙 잔디길 너머 위로 그 사람은 작은 화단을 많이 만들었다. 그 화단은 다른 쪽에 있던 무덤과 비슷하게 보였다. 그래서 교회 묘지의 두 부분이 균형을 이루었다. 도시에서 온 사람들은 그들의 무덤을 즉시 다시 알아볼 수 없었다. 한 노파가 오른쪽 길 옆에 비어 있던 화단에 무릎을 꿇고 울었던 일도 있었다. 그 노파의 기도는 저 건너편 청초한 아네모네꽃 아래 있었던 그녀 아들을 위한 기도였다. 하지만 이 교회 묘지를 본 산로코의 사람들은 더 이상 괴로움을 주는 죽음에 고통받지 않아도 되었다. 언젠가 누군가가 죽게 되면(금년 봄에 대부분의 늙은 사람들에게 해당되는 것은 기억해둘 만한 일이다), 지나게 되는 그 길은 제법 더 길어지고 암담해지겠지만, 밖은 여전히 조용한 작은 축제와 같은 분위기일 것이다. 꽃들이 주위로부터 몰려와서 재빨리 어두운 무덤 위에 놓이는 것 같았다. 그래서 땅이 꽃들에게 말하려고 시키면 입이 벌려졌다고 말할 수 있을 것 같았다.

지타는 이 모든 변화를 보았다. 그녀는 거의 언제나 이 낯선 사람의 집 밖에 있었다. 그가 일할 때 그녀가 옆에서 질문을 하면 그는 대답했다. 그들의 대화 중에 무덤을 파는 소리가 운율적으로 들렸는데, 대화는 삽소리에 자주 중단되곤 했다. "멀리 북쪽에서"라는 말로 그 낯선 사람은 질문에 대답했다. "섬에서"라고 말하면서 그는 몸을 굽혀 잡초들을 긁어모았다. "바다에서. 다른 바다에서. 너희들의 바다와는 거의 관계가 없는 다른 바다에서야. 비록 이틀 간의 여행길이었지만, 나는 한밤중에 그 바다가 숨쉬는 소리를 종종 들었지. 우리의 바다는 잿빛이고 잔인해. 그 바다에 익숙한 사람들이 있는데, 그 바다는 그 사람들을 슬프게 하면서 할말을 잊게 했어. 봄에 그 바다는 끝없는 폭풍을 몰아치는데, 그 폭풍 속에서 자랄 수 있는 것은 아무것도 없지. 그래서 오월은 쓸데없이 지나가버리게 돼. 그리고 겨울에는 그 바다가 얼어붙게 되는데, 그러면 섬에 살고 있는 모든 것이 갇혀버리는 거야."

"섬에 사는 사람들이 많아요?"

"그렇게 많지 않아."

"여자들도요?"

"여자들도."

"아이들도요."

"그래, 아이들도."

"죽은 사람들도 있어요?"

"죽은 사람들은 아주 많아. 많은 사람들이 바다에 떠밀려, 밤이면 해변가로 밀려오게 돼. 그들을 발견하는 사람은 놀라지 않고 고개만 끄덕일 뿐이야. 오래 전부터 그것을 아는 사람처럼 고개를 끄덕였단 말이야. 우리 중에 늙은 사람이 한 사람 있었는데, 그 사람은 어떤 작은 섬에 대해 이야기를 했던 사람이었어. 그 섬에는 잿빛 바다에 의해 많은 사람들이 떠밀려와서 산 사람들이 있을 곳이 없었어. 산 사람들이 시체들에게 포위를 당한 셈이지. 이것은 다만 이야기일 뿐이야. 이 이야기를 한 그 노인이 뭔가 헷갈렸던 모양이야. 나는 그 이야기를 믿지 않아. 나는 삶이 죽음보다 강하다고 생각해."

지타는 잠깐 동안 말없이 있었다. 그러고 나서 "하지만 어머니는 돌아가셨어요"라고 말했다.

이방인은 일을 하다 멈추었다. 그는 삽에 몸을 지탱하고서는 "그래, 나는 죽은 여자도 알고 있어. 그 여자는 죽음을 원했던 거야"라고 말했다.

"그래요." 지타는 진지하게 말했다. "저는 사람들이 죽음을 원한다고 생각할 수 있어요."

"대부분의 사람들은 죽음을 원하지. 그렇기 때문에 살기를 원하는 몇 안 되는 사람들도 죽는 거야. 그러니까 그들은 죽음에

잡혀가지만, 그들에게 묻는 사람은 아무도 없어. 나는 이 세상을 두루 돌아다녔어, 지타. 나는 많은 사람들과 이야기를 나누면서 그들의 마음을 헤아려보았지. 그러나 그들 중에 죽기를 원했던 사람은 한 사람도 없었어. 물론 많은 사람들은 그 반대로 말했지. 두려움 때문에 그들은 어쩔 수 없이 그런 생각을 하게 된 거야. 하지만 그 사람들이 모든 것을 말하지는 않아. 그건 그들의 의지가 있기에 그래. 말하지 않으려는 의지 말이야. 마치 과일이 나무에서 떨어지듯, 그 의지는 죽음으로 향해 있었던 거야. 거기서 가로막아주는 것은 아무것도 없지."

그렇게 여름은 왔다. 귀여운 새들이 깨어남으로 새롭게 시작되는 날마다 늘 지타는 북쪽에서 온 그 낯선 사람의 집 근처에 있었다. 지타의 집에서는 그애에게 주의를 주었고, 나무랐으며, 잡아두려고 때리기도 하고 벌을 주기도 했다. 하지만 이 모든 것이 소용없었다. 지타는 그 이방인에게 상속된 유산과 같은 셈이었다. 한번은 시장이 그를 불렀다. 그 시장은 위협적인 목소리를 지닌 막강한 사람이었다. 그 이방인은 약간 허리를 굽혀 인사하면서, "귀하의 자녀분이 외롭더군요, 비놀라 씨"라고 태연하게 말했다. 그리고 시장의 비난에 대해 이렇게 받아쳤다. "저는 그애가 제게로 오는 것과 그애의 어머니 가까이 있는 것을 막을 수는 없습니다. 제가 그애에게 선물을 준 것도, 약속한 것도 없습니다. 그리고 그애를 부르려고 말한 적도 없습니다." 그는 공손하지만 확실하게 이 말을 하고 나서 가버렸다. 더 이상 덧붙일 말이 없었기 때문이었다.

이제 정원에는 꽃이 피어서 네 울타리에까지 만발했다. 정원을 위해 한 일은 보람이 있었다. 가끔 일을 일찍 끝마칠 수 있었기에 집 앞에 있는 조그만 벤치에 앉아 해질 무렵의 조용하고도 장엄한 모습을 바라볼 수 있었다. 그러면 지타는 질문을 하고 그 이방인은 대답을 했다. 이따금씩 그들은 오랫동안 말없이 있기도 했는데, 그때는 그들이 사물과 말하고 있는 시간이었다. "오늘 나는 네게 어떤 남자에 대해 이야기하고 싶은데. 그의 사랑하는 부인이 어떻게 그를 위해 죽었는지에 대해서야"라고 그 낯선 사람은 말없이 있다가 말을 하기 시작했다. 그는 양손은 꼭 잡은 채 떨고 있었다. "어느 가을이었어. 그는 자기 아내가 죽으리라는 걸 알고 있었지. 의사들이 그렇게 말했지만, 그들도 잘못할 때가 있거든. 그러나 그들 앞에서 그 부인은 자신이 죽을 것이라고 말했어. 그런데 그녀가 잘못 생각한 것은 아니었지."

"그녀가 죽기를 원했나요?" 지타가 물었다. 이방인이 잠시 말을 멈추었기 때문이었다.

"그래. 그녀는 사는 것보다는 다른 어떤 것을 원했지. 그녀 주위에는 항상 사람들이 너무 많았던 게야. 그녀는 혼자 있고 싶었던 거지. 그래, 그녀는 그렇게 있고 싶었어. 처녀 때에 그녀는 너처럼 혼자가 아니었어. 그런데 결혼을 하니까 그녀는 자신이 혼자였다는 것을 알았지. 그러니까 그녀는 홀로 있고 싶었지만 그것을 알고 싶어하지 않았던 거야."

"그녀의 남편이 좋은 사람이 아니었나요?"

"그는 좋은 사람이었단다. 그는 그녀를 사랑했고 그녀도 그를 사랑했으니까. 하지만 지타야, 그들은 서로의 마음을 움직이지는 못했어. 그 사람들은 서로 너무 멀리 떨어져 있었던 거야. 그러니까 서로를 사랑하는 사람들도 가끔 가장 멀리 떨어져 있는 사람들이 된다는 거지. 그들 모두는 자신들의 사랑에만 신경을 쓰게 되었지만, 서로의 사랑을 차지하지는 못했지. 그들 사이 어딘가가 막혀 있었던 거야. 그것이 쌓이니까 마침내는 그들은 서로를 바라보지도 못했고, 서로에게 다가가지도 못했지. 죽어버린 그 여자에 대해 네게 다시 얘기하마. 그러니까 그 여자는 죽었단다. 어느 날 아침이었지. 간밤에 잠을 자지 못했던 그 남자는 그녀 옆에 앉아서 임종을 지켜보고 있었는데, 갑자기 그녀가 일어나서 머리를 치켜들었던 거야. 얼굴엔 삶이 찾아드는 것처럼 보였어. 화색이 도니까 얼굴은 꽃이 만발한 것 같았지. 그런데 죽음이 와서 그 삶을 움켜잡더니, 연한 점토에서 뜯어내듯 뽑아냈던 거야. 그랬더니 그녀의 얼굴은 초췌하고 야윈 얼굴로 드러나게 된 거지. 남편이 그녀의 눈을 감겼지만, 그녀의 눈은 뜬 채로 있었어. 죽은 조개처럼 말이야. 그런데 보지도 못하는 눈이 뜨고 있다는 것을 참을 수 없었던 남편은 정원에서 늦게 핀 장미의 딱딱한 꽃봉오리 두 개를 가져와서 눈꺼풀을 누르려고 그 위에다 놓았지. 그랬더니 두 눈은 감기게 되었어. 그는 앉아서 오랫동안 죽어 있는 얼굴을 바라보았어. 그가 그 얼굴을 오랫동안 보면 볼수록, 여전히 그 얼굴 가에서 생기가 파도처럼 조용히 밀려와서 다시 천천히 밀려가고 있음을 분명히 느끼게 되었단다. 그는 가장 아름다웠던 시간 가운데 그렇게 생기발랄했던 그녀의 얼굴을 보았던 것을 희미하게 기억해냈지. 그랬더니 그는 그것이 아주 성스러운 삶이라는 것을 알게 되었어. 그는 그 삶의 친구가 되지 못했다는 것도. 죽음도 그녀에게서 이러한 삶을 빼앗아가지 못했던 게지. 달리 말하면 죽음도 그녀의 얼굴에서 나타나는 다양한 변화에 속았던 거야. 이 다양한 것을 죽음이 쓸어가버렸어. 그녀의 옆얼굴의 온유한 모습도 함께 말이야. 하지만 그녀에게는 다른 삶이 있었어. 조금 전에 그러한 삶의 생기가 조용한 입술까지 밀려왔다가 이제 다시 밀려나갔던 게지. 그 생기는 소리없이 내면에서 흘러와서, 파열된 그녀의 가슴 어딘가에 모였던 거야.

그리고 그 여자를 사랑했지만, 그 여자가 그랬던 것처럼 무기력하게 사랑했던 그 사람은 죽음과 마주 대하고 있는 그러한 삶에 대해 말로 표현할 수 없는 동경심을 느꼈단다. 그는 그러한 것을 받아들인 유일한 사람이었지. 그는 그녀의 꽃과 책과 옷을 물려받았어. 그러한 물건들이 그녀의 삶에서 나는 향기를 계속 풍겨주었던 거야. 하지만 그는 그녀의 뺨에서 흘러나오는 따뜻함을 어떻게 확인해야 할지 몰랐어. 어떻게 그 따뜻함을 이해할지 그리고 어떻게 그것을 붙들어야 할지를 몰랐던 거야. 그는 아무것도 쥐지 않고 펴 있던 죽은 여자의 손을 살펴보았어. 그 손은 씨를 빼낸 과일의 껍질처럼 이불 위에 놓여 있었지. 그 손은 여전히 차가웠고 무감각했어. 그러니까 그 손은 벌써 완전히 사물의 느낌을 주었던 거지. 간밤에 이슬맞은 사물이 아침 바람에 빨리 차가워지고 말라버리듯이 말이야. 그때 갑자기 죽은 여자의 얼굴에서 뭔가가 움직였어. 그 남자는 긴장해서 바라보았지. 모든 게 조용했어. 그런데 갑자기 그녀의 왼쪽 눈 위에 놓여 있던 장미꽃 봉오리가 움찔거렸던 거야. 그리고 그 남자는 오른쪽 눈 위의 장미도 점점 커져가는 것을 보았단다. 얼굴은 죽음에 익숙해져 있었지만, 장미꽃은 다른 삶을 바라보는 눈처럼 피고 있었던 거야. 아무런 소리도 없던 그날 저녁이 되자, 그 남자는 커다란 붉은 장미꽃 두 송이를 전율하고 있던 손에 쥐고서 창문가로 가져갔어. 무거워 흔들거리는 장미꽃 속에 그녀의 삶을 지니고서 말이야. 그도 역시 받아들이지 못한 채 여전히 남아 있던 그녀의 삶을 말이야."

그 낯선 사람은 머리를 손에 받치고 있었다. 그리고 말없이 앉아 있었다. 그가 몸을 움직이자 지타가 물었다.

"그러고 나서는요?"

"그러고 나서 그는 가버렸어. 가버렸지. 그 밖에 달리 무엇을 할 수 있겠니?

하지만 그는 그 죽음을 믿지 않았어. 그가 믿었던 것은 다만 사람이란 서로에 대해 알 수 없다는 사실이야. 산 사람도 그렇고 죽은 사람도 그런 거지. 그것이 사람의 불행이지. 그들이 죽는 게 불행이 아니고 말이야."

"그래요. 나도 이제 사람들이 도울 수 없다는 것을 알겠어요." 지타가 슬프게 말했다. "나에게 귀여운 흰 토끼가 있었는데, 그 토끼는 아주 온순해서 나 없이는 살 수 없었어요. 그런데 그 토끼가 병들었어요. 목이 부어올랐던 거예요. 그래서 그 토끼는 사람처럼 고통스러워했어요. 토끼는 나를 보고 간청했어요. 작은 눈을 하고서 애원했어요. 내가 도와줄 것을 바라고 믿었던 거죠. 그러다가 마침내 토끼는 나를 바라보지도 않았어요. 그리고 내 품 안에서 죽었어요. 외롭게, 내게서 멀리 떨어진 거죠."

"동물을 정들게 해서는 안 돼. 지타. 그건 사실이야. 그렇게 하면 죄를 짓게 되거든. 약속을 하지만 지킬 수가 없는 거지. 계속해서 거부하는 것은 동물과의 교제에서 언제든지 있을 수 있는 일이야. 그건 사람도 다르지 않아. 다만 서로에게 잘못이 있다는 것만 다를 뿐이지. 그리고 서로 사랑한다는 것이 서로에게 잘못이 있음을 뜻하는 건 아니야. 결코 그렇지 않아, 지타."

"저도 알아요." 지타가 말했다. "하지만 그건 지나쳐요."

그러고 나서 두 사람은 손을 잡고 묘지 주위를 함께 걸었다. 사정이 지금과는 달라질 수도 있을 것이라는 데에 대해서는 생각하지도 않았다.

하지만 사정은 달랐다. 8월의 어느 날 도시의 골목길은 찌는 듯 더웠기 때문에 그날은 힘들었고 불안감을 주었으며, 바람도 없었다. 그 낯선 사람은 창백한 얼굴로 진지하게 교회 묘지의 문 옆에서 지타를 기다리고 있었다.

"악몽을 꾸었어, 지타." 그가 그녀를 향해 말했다. "집으로 가서 다시는 오지 마. 와야 한다고 내가 네게 알리기 전까지는. 아마도 나는 이제 할 일이 많아질 거야. 잘 있어."

그러나 그녀는 그의 가슴에 파고들면서 울었다. 그는 그녀가 실컷 울도록 내버려두었다. 그리고 그녀가 가자, 그는 오랫동안 그녀를 쳐다보았다. 그의 생각은 잘못된 것이 아니었다. 진지한 작업이 시작되었다. 이제 매일 두 차례 또는 세 차례의 장례식 행렬이 이어졌다. 많은 시민들이 그 뒤를 따랐다. 축제 같은 화려한 장례식이었다. 거기엔 봉헌식과 조가가 빠지지 않았다. 그러나 그 이방인은 어느 누구도 말하지 않았던 것이 있음을 알았다. 그건 시내에 퍼진 페스트였다. 나날이 매일 무더워졌고, 사람 잡는 날씨로 인해 점점 더 찌는 듯했다. 이 열기는 밤에도 식지 않았다. 수공업을 영위하는 사람들의 손과 사랑하는 사람들의 마음에는 두려움과 경악함이 깃들여 그들을 무기력하게 만들었다. 그래서 집들마다 커다란 축제일인 것처럼 또는 한밤중인 것처럼 조용했다. 하지만 교회에는 마음이 혼란스런 사람들로 가득 찼다. 그런데 갑자기 교회 종이 울리기 시작했다. 모든 사람들이 다 올라가서 함께 종을 울렸다. 마치 사나운 짐승이 종의 줄에 뛰어올라 열심히 종을 치는 것처럼. 그렇게 쉬지도 않고 종이 울렸다.

이러한 지긋지긋한 날에 일을 하는 사람은 무덤 파는 사람뿐이었다. 직업상 더욱 많은 일을 해야 하기 때문에 그의 팔은 더욱 거세졌다. 그리고 그건 그에게 즐거움이기도 했다. 부지런히 움직여야 하는 그의 기질에서 오는 즐거움이었다.

하지만 어느 날 아침 그가 잠깐 잠을 자고 일어났을 때, 지타가 앞에 서 있었다. "아프세요?"

"아니, 그렇지 않아." 그리고 그는 그녀가 혼란스럽게 빨리 말하는 것을 차츰 이해했다.

그를 적대시하는 산로코 사람들이 오고 있다고 그녀가 말했다. "아저씨가 페스트를 몰고 왔다고 그들이 말하고 있어요. 아무것도 없었던 교회 묘지의 빈 곳에 아저씨가 무덤인 언덕을 만들었다는 거예요. 그리고 이 무덤으로 시체를 불러왔다는 거죠. 도망가세요. 어서요." 지타는 간청하면서 무릎을 꿇었다. 마치 높은 탑에서 떨어지는 듯한 격한 동작이었다. 길에는 벌써 떼를 지어 가까이 몰려오는 사람들이 희미하게 보였다. 그들 앞에는 먼지가 일고 있었다. 그 사람들이 투덜거리는 분명하지 않은 소리 중에 몇 마디 말이 들렸는데, 위협적이었다. 지타는 벌떡 일어서더니 다시 무릎을 꿇었다. 그리고 함께 달아나자고 했다.

하지만 그는 장승처럼 서 있었다. 선 채로 그녀에게 집 안으로 들어가서 기다리라고 명령했다. 그녀는 이 말에 순종했다. 그녀는 집 안 문 뒤에 몸을 웅크리고 앉았다. 심장이 뛰는 소리는 그녀의 목과 손뿐 아니라 온몸에서 느낄 수 있었다.

그때 돌이 날아왔다. 또 하나의 돌이. 울타리 안에서 두 사람이 때리는 소리가 들렸다. 지타는 더 이상 참을 수 없었다. 그녀는 문을 열고 달려나갔는데, 세 번째 돌이 날아오는 방향이었다. 그녀는 그 돌에 맞아 이마를 다쳤다. 그녀가 넘어지자 이방인이 부축하여, 작고 어두운 자기 집으로 데리고 들어갔다. 사람들은 큰 소리를 지르면서 그의 집의 야트막한 울타리 곁으로 바짝 다가와 있었다. 울타리는 닫혀 있었다. 그러나 그때 예기치 않았던 무서운 일이 일어났다. 키 작은 대머리 작가인 테오필로가 이웃 사람인 비콜로 에스마 트리니타 거리의 대장장이에게 갑자기 몸을 의지했다. 그러자 그가 비틀거렸다. 그는 기이할 정도로 눈을 부릅뜨고 있었다. 그와 동시에 세 번째 줄에서 한 소년이 비틀거리기 시작했다. 그 소년 뒤에서는 임신한 여자가 고함을 지르고 있었다. 그 여자는 소리를 지르고 또 질렀다. 모두들 이 고함소리를 알고, 두려워 정신나간 듯 그 소리를 지르지 못하도록 쫓아버렸다. 건장한 대장장이가 몸을 떨더니, 매달려 있던 작가를 팔을 흔들어 떨쳐버렸다. 마치 그를 내동댕이치려는 듯 팔을 흔들고 또 흔들었다.

집 안에서 침대에 누워 있던 지타는 다시 제정신을 차리고 귀를 기울이고 있었다.

"그들은 갔어." 그녀 위로 몸을 굽히고 있던 이방인이 말했다. 그녀는 이제 그를 볼 수는 없었기에 말없이 숙인 그 얼굴을 더듬고 있었다. 그 얼굴이 어떻게 생겼는지 다시 알아보기 위해서였다. 마치 그들이 오랫동안 함께 살았던 것처럼 이방인과 그녀에게는 많은 세월이 흐른 것 같았다.

갑자기 그녀가 물었다. "시간이 문제가 되지 않아요, 그렇죠?"

"그래." 그가 말했다. "시간이 문제되지 않지." 그는 그녀의 물음이 의미하는 바를 알고 있었다. 그렇게 그녀는 죽었다.

그는 그녀를 가운데 길가에 묻고 있었다. 반짝이는 자갈이 있는 곳이었다. 달이 떠올라 마치 은빛 속에서 땅을 파는 것 같았다. 그는 그녀를 꽃 위에 놓고는 꽃으로 덮었다. "사랑하는 너"라고 말하면서, 잠깐 조용히 서 있었다. 하지만 마치 조용히 서 있는 채 깊이 생각하는 것이 두려운 양 그는 일을 하기 시작했다. 일곱 개의 관을 아직 매장하지 못했다. 그건 어제 하루 동안 가져온 것이었다. 특히 폭이 넓은 떡갈나무 관 속에 시장인 지안 바티스타 비뇰라가 누워 있었음에도 수행하는 사람은 얼마 되지 않았다.

모든 것이 달랐다. 품위는 더 이상 필요 없었다. 많은 사람을 거느렸던 죽은 시장 대신에 이제 살아 있는 한 사람이 수레 위에 서너 개의 관을 가져왔다. 그는 그것을 업으로 했던 붉은 얼굴의 피포라는 사람이었다. 이방인은 자기 주위의 공간을 재어보았다. 열다섯 곳의 무덤을 팔 공간이 있었다. 그래서 그는 땅을 파기 시작했다. 밤중에 들리는 소리라곤 삽소리뿐이었다. 시내에서 사람이 죽었다는 다시 소리를 들을 때까지 아무런 소리도 없었다. 이제 아무도 더 이상 물러설 수도 없었기 때문이다. 더 이상의 어떠한 비밀도 없었다. 역병이 들리거나 그 역병에 대해 공포를 가진 자들도 죽을 때까지 소리를 계속 지르고 또 질렀다. 어머니들은 자신의 아이들을 두려워했다. 이 엄청난 암흑 같은 세상에서 아무도 다른 사람을 알아보지 못했다. 절망한 사람들은 술판을 벌였다. 술 취한 창녀들이 비틀거리기 시작하면, 그들은 공포에 휩싸여 그 여자들을 창문 밖으로 던져버렸다. 그들이 그 역병에 걸렸을지도 몰랐기 때문이었다.

하지만 이방인은 밖에서 태연히 계속해서 땅을 팠다. 그가 여기 네모난 울타리 안에서 주인인 동안, 그가 여기서 정돈하며 무덤을 만들 수 있는 동안, 그리고 적어도 밖에서, 적어도 꽃과 화단 사이로, 부조리한 우연에 의미를 부여하면서 주위의 땅과 조화롭게 화해를 이룰 수 있는 동안, 다른 사람은 그런 권리가 없다는 게 그의 생각이었다. 그가 또는 다른 사람이 피곤해서 포기하는 날이 올 수는 있을 것이다. 그는 벌써 두 개의 무덤을 팠다. 하지만 그때 웃음소리와 말하는 소리가 들렸다. 마차가 덜거덕거리는 소리가 났다. 그 마차는 시체로 가득 쌓여 있었다. 얼굴이 붉은 피포가 자기를 도우려는 동료를 찾았다. 그들은 무턱대고 시체더미 속을 덥석 헤집더니 저항하는 듯한 한 사람을 끌어내어서는, 교회 묘지 울타리 너머로 내동댕이쳤다. 그리고 또다시 한 사람을. 이방인은 태연히 계속해서 땅을 팠다. 그러다가 한 젊은 여자의 몸이 벌거벗은 채 피투성이로, 학대받은 머리를 하고서 그의 발 앞에 놓이게 되었다. 그때 묘지 파는 사람은 밤내내 일하지 않겠다고 으름장을 놓았다. 그러다가 그는 다시 자신의 일을 하려고 했다. 하지만 술 취한 녀석들이 시키는 대로 말을 들으려 하지 않았다. 얼굴이 붉은 피포가 몇 번이고 나와서 넓은 얼굴을 치켜들더니 한 시체를 울타리 너머로 던졌다. 그렇게 태연히 묘지 파는 사람 주위로 시체들이 쌓여갔다. 시체, 시체, 시체들이었다. 삽질하는 것이 더욱 힘들어졌다. 죽은 자들이 손으로 저항하면서 묻히는 것 같았다. 그때 이방인은 일을 멈추었다. 그의 이마에는 땀이 흐르고 있었다. 그의 가슴에서 무언가가 싸우고 있었다. 그러고 나서 그는 울타리 쪽으로 다가갔다. 피포가 붉고 둥근 머리를 치켜들자, 그는 팔을 쭉 벌리며 삽을 흔들었다. 그 삽을 던져서 그를 맞힌 것을 느꼈다. 삽을 잡아당겼을 때, 그는 젖어 있는 그 삽이 검은색임을 알았다. 그가 삽을 던지자 그 삽은 크게 원을 그리며 날아갔다. 그러고는 그는 얼굴을 숙였다. 그렇게 그는 정원에서 천천히 나와 밤 속으로 걸어갔다. 패배자로서. 너무 일찍 왔던 사람으로서. 너무나도 일찍이.

해설

.

피종호

예술적 삶과 죽음의 대립

　20세기 초 독일 문학을 대표하는 릴케는 우리에게 시인으로 잘 알려져 있지만, 그가 시인으로서 성장하기까지 산문에 대한 그의 관심을 간과할 수 없다. 처녀시집 《삶과 노래》와 보헤미아 향토와 관련된 많은 시들을 담고 있는 시집 《가신에게 바치는 제물》을 제외하면 초기의 릴케는 산문을 많이 쓴 작가이다. 산문작가로서 그의 문학수업 과정은 대시인이 되기 위한 전 단계라고도 볼 수 있다. 이 산문집에서 릴케가 다루고 있는 커다란 주제는 죽음이다. 이 죽음의 주제는 현실적 삶과 갈등관계를 이루면서 예술적 삶의 문제로 전개된다. 즉 죽음은 새로운 삶을 준비하는 변용의 과정이다. 이러한 현실 '밖'의 세계는 부모와의 갈등을 극복하는 데서부터 시작해서, 시민적 삶과 예술적 삶의 대립뿐 아니라 종교적 층위의 존재형식을 지칭하기도 한다. 현실적 삶의 종말 또는 어두움인 죽음을 극복함으로써 릴케는 예술적 삶으로 나아가는 것이다. 이러한 과정을 묘사하고 있는 이 산문집은 1893년부터 1902년까지 여러 곳에 발표된 글들을 모은 것이다 .

1. 군사학교 시절의 고통스런 기억과 부모와의 갈등

릴케는 1875년 당시 오스트리아 제국의 지배하에 있었던 체코의 프라하에서 철도원 요제프 릴케의 아들로 태어났다. 하사관이었던 아버지는 장교로 입신하려고 했으나 그 뜻은 좌절되고 철도원으로 근무했다. 1884년 부모가 이혼한 뒤 어머니에 의해 양육된 릴케는 열 살 때부터 육군 유년학교에 가게 된다. 이 산문집에서 릴케는 작가로서의 기질과 군사학교 생활과의 갈등을 자주 기록하고 있다. 학창 시절의 습작으로서 이 산문집의 첫 단편인 〈펜과 칼〉의 허구적 대화는 이미 이러한 갈등을 묘사하고 있다. 〈피에르 뒤몽〉 〈에발트 트라기〉 〈체육 시간〉이 보여주는 것처럼 릴케는 어릴 때의 육군학교 시절을 외롭고 고통스런 시련의 시기로 기억하고 있다. 이런 체험은 《말테의 수기》에서도 나타난다.

이 산문집에서는 아버지와의 관계보다는 어머니인 피아 릴케와의 관계가 더욱 다양하게 전개된다. 아버지와의 관계에서와 마찬가지로 그 문학적 서술 과정에서 어머니와의 관계도 그리 아름답지는 않다. 어린 시절의 기억에서 그는 어머니를 부분적으로 기독교에 심취한 여인으로 묘사하고 있지만, 자신을 계집아이처럼 기른 어머니를 자주 비판적으로 언급한다. 〈피에르 뒤몽〉이라는 단편의 제목도 프랑스풍을 좋아하는 어머니의 취향에 따라 프랑스 이름으로 되어 있는 것이다. 이 글은 휴가 후 견디기 힘든 육군학교에 다시 돌아가야 하는 아들과 어머니의 아쉬운 이별 장면을 묘사하고 있다. 〈피에르 뒤몽〉이 자서전적인 단편이라면 어린아이의 시각에서 관을 비유적으로 묘사하고 있는 〈황금빛 상자〉에서는 어머니와 어린 아들의 관계를 기독교적 경건성의 관점에서 조망한다. 이 글은 어린아이의 죽음과 이 때문에 고통을 겪는 미망인의 감동적 이야기이다.

1897년부터 1901년까지 릴케는 당시까지만 해도 오스트리아 제국에 속했던 아르코에 있는 어머니를 규칙적으로 방문했다. 〈어느 아침〉은 이러한 방문에서 나온 글이다. 이 단편은 지금은 이탈리아에 속한 아르코 근처 어느 마을에 있는 교회에 예배를 드리러 가는 길에서 받은 인상을 적은 것이다. 〈한 소녀의 편지에서〉 역시 같은 시기에 씌어진 단편이다. 아르코 근처의 지명이 부기된 서한체의 이 글에는 바라봄의 의미가 명상적 어조로 기록되고 있다. "내 눈에는 이제 수천 개의 눈이 있어"라는 표현이 단적으로 지적해주듯이, 이 단편은 현실과 사물을 직시하면서 그 심층적 의미를 상징적으로 파들어가는 릴케 문학을 대변해주고 있다고 볼 수 있다. 이러한 바라봄의 상징주의적 의미는 그의 즉물시를 이해하는 데 도움이 된다. 〈마귀 소동〉은 어느 영사와 그의 어머니의 이야기다. 자신의 옛 성을 방문한 가난한 백작은 새로운 주인인 영사에게 유령으로 비춰진다. 자기 아들이 귀족 칭호를 지니지 못한 것을 못내 아쉬워하는 어머니 모습에서 릴케 어머니의 모습이 오버랩되고 있다. 〈조용한 배웅〉 역시 어머니와 아들과의 관계를 묘사하고 있다. 적막한 교회 묘지를 애인과 걷고 있는 아들의 모습을 생각하면서 시기심 많은 어머니는 아들의 행복을 방해하고 있다.

이전의 단편들과는 전혀 다른 양상으로 〈블라하 부인의 하녀〉에서 어머니와 아들의 관계는 유아 살해 및 인형의 모티프로 그로테

스크하게 전개된다. 어느 날 집을 나가 술집에서 알게 된 남자에 의해 임신한 하녀는 아기를 낳자마자 파란 앞치마 끈으로 목을 졸라 죽여버린다. 그리고 인형극장을 만들어서 동네 아이들을 위해 인형극을 보여준다. 자신이 죽인 아기를 파란 옷을 입은 '큰 인형'으로 소개하면서 등장시키는 잔혹한 장면은 삶과 죽음의 경계가 릴케에게는 미적 유희의 경계임을 단적으로 보여준다. 그 자신이 어릴 때 계집아이처럼 인형을 가지고 놀았다는 점에서 이 글도 다분히 자서전적인 측면을 보인다. 인형의 모티프는 그의 여러 시에서뿐만 아니라 유명한 《두이노의 비가》 중 〈제4비가〉에도 나타난다.

부모와의 관계에 대한 이러한 자서전적인 단편들 외에도 릴케 자신의 집안에 관한 글이 이 산문집에 들어 있다. 〈에발트 트라기〉〈세대 차이〉 등이 그 예이다.

2. 현실적 삶과 예술의 대립

이 산문집에서 가장 자서전적인 성격이 강한 글은 〈에발트 트라기〉다. 그 당시의 시민사회를 스냅사진식으로 잘 묘사하고 있는 이 단편에서는 아버지와 아들과의 갈등 관계가 표출된다. 아들 에발트 트라기와 감사관으로 등장하는 아버지 폰 트라기의 갈등은 사소한 모자 문제로 시작되어 살아가는 방식에 대한 문제로 확대되다가 친척들과도 불협화음을 빚는다. 이러한 갈등과 불협화음은 시민과 예술가의 갈등으로도 전개된다. 이 글에서 작가로 등장하는 크란츠와의 대화에서, 이 작가가 예술적 삶에 대해 다음과 같이 자신의 의견을 피력하자 작가 지망생인 에발트는 동의한다. "예술에서는 어떨까요? 예술의 경우에는 얘기가 다릅니다. 예술에는 상징이란 것이 있으니까요. 밝은 배경 앞에서 어두운 윤곽을 그리는 것이지요. 그렇지 않습니까? 베일에 싸인 형상……이라고나 할까요. 그러나 삶에 있어서…… 상징이란…… 우스꽝스런 얘깁니다……." 상징의 의미가 결여되어 있는 현실의 삶에서 에발트는 예술적 주체의 고독한 상태를 벗어날 수 있게 해줄 사람, 즉 객체에게 편지쓰기를 시도하는데, 그 대상은 어머니였다가 다시 모성 전반으로 확대된다. 이 부분은 릴케가 1897년 뮌헨에서 만나게 된 루 살로메에게 예술적 삶을 의지하고 싶은 마음을 토로한 것이라 할 수 있다. 열 살 연상이었던 그녀는 릴케에게 니체 철학과 러시아 문화에 대해 일깨워준다. 이야기꾼인 자아와 친구의 부인과의 인상주의적인 사랑의 관계를 묘사하고 있는 단편 〈앞뜰에서〉도 릴케와 루 살로메와의 관계를 예견해주고 있다.

이 산문집에서 니체 철학의 반기독교적인 영향을 받은 글로는 〈사도〉를 들 수 있다. 릴케는 1896년부터 프라하 대학의 법률학부에서 공부하면서 이 단편을 쓰게 된다. 어느 품위 있는 연회장에 한 낯선 이방인이 나타난다. 화재로 재난을 당한 불쌍한 사람들을 위해 자선모금 위원회를 만들자는 제의에 그는 사랑을 파괴하러 이 세상에 왔다고 설파하면서 초인 같은 모습으로 연회에 모인 사람들과 마주 선다. 속물 근성을 보이는 일반 대중과는 달리 '귀족적인' 개별적 자아가 부름을 받는다는 점은 그의 문학에 자주 나타나는 주제이다.

현실적 삶과 예술의 대립은 단편 〈삶 속에서〉도 잘 드러난다. 책상에 앉아 있는 늙은 회계사의 마지막 나날을 묘사하고 있는 이 글은 풍자적이다. 릴케의 아버지의 모습을 암시하는 늙은 회계사는 젊은 동료가 퇴직 후에 생각하는 삶에 대한 자유를 이해하지 못하고 있다. 〈한 여자의 희생〉은 남편의 예술적 창작력을 방해하지 않기 위해 자살하는 한 여자의 이야기다. 예술적 창작 과정은 실제 삶이 요구하는 것과는 불일치하는 릴케의 문학적 논제가 강하게 드러난 단편이다.

이러한 시민적 삶에 대한 풍자는 〈특이한 사람〉에서도 보인다. 장례식장으로 가는 운구 행렬의 장면으로 시작하면서 한 부유한 시민의 일대기를 적고 있는 이 글은 사람들의 현실적 삶의 요구에 적응해나가는 '특이한 사람'을 역설적으로 비판하고 있다. 〈판 프라즈의 웃음〉 역시 하녀와 결혼한 후 기만당한 시민의 삶에 대한 풍자이다. 〈알브레히트 오스터만〉도 비슷한 작품으로, 이상적인 결혼 생활의 좌절을 냉소적으로 묘사하고 있다.

고독한 자아가 현실을 벗어나기 위해 다른 객체인 여자와의 사랑 관계를 묘사한 단편도 이 산문집에 들어 있다. 〈바느질하는 여자〉에서 추하게 생긴 바느질하는 여자와 어쩔 수 없는 상황에서 성 관계를 맺게 된 어느 검소한 귀족은 이로 인해 유수한 가문의 처녀와의 약혼을 파기하게 된다. 1인칭 화자인 '나'가 이 바느질하는 여자와 거리감을 두려 하자, 그녀가 자살한다는 이야기이다. 〈어느 죽은 여자〉는 병든 젊은이와 정신병을 앓는 처녀와의 사랑 이야기다. 사랑을 통해 이 여자는 점차 회복된다. 하지만 젊은이의 병 때문에 헤어지자 그 여자는 자살하게 된다. 〈죽음의 무도〉에서도 한 남자의 사랑 관계로 말미암은 다른 남자의 죽음을 묘사하고 있다.

1898년에 릴케는 이탈리아 피렌체 등지를 여행한다. 이탈리아 르네상스를 비롯한 예술 전반에 대한 글인 《피렌체 일기》가 이때 씌어진다. 이 산문집에서도 역시 이탈리아 르네상스를 배경으로 하고 있는 단편 〈멀리 보이는 풍경〉과 〈추기경〉도 이 무렵의 작품이다. 〈멀리 보이는 풍경〉은 15세기 르네상스 시대의 수도승 사보나롤라의 영향에 대해 적고 있다. 1496년과 1497년에 그는 세상의 헛된 것을 불태우는 행사를 거행했다. 예를 들어 화가 프라 바르토롬메오의 모든 작품도 불태워졌는데, 종교적인 색채를 강하게 풍기지 않는다는 이유에서였다. 이 단편에 나오는 화재에 대한 이야기도 이러한 역사적 사건을 배경으로 하고 있다. 〈추기경〉은 나중에 추기경과 교황이 된 빌라베네치아 후작의 이야기로 역시 르네상스 시대를 배경으로 하고 있다.

릴케는 1899년 루 살로메 부부와 함께 첫번째 러시아 여행을 하게 된다. 〈구름화가 블라드미르〉는 릴케의 러시아 여행과 관련이 있다. 지루해진 세 친구가 블라드미르를 방문하게 되는데, 그의 그림들은 담배 연기로 되어 있고 그는 예술적 활동을 하도록 방문객을 자극한다는 내용이다. 특히 여기에 나오는 신에 대한 생각, 즉 "하느님은 다른 곳에서 기다린단 말야. 모든 사물의 제일 밑바닥에서 기다린다구. 깊은 곳이지"라는 생각은 첫번째 러시아 여행에서 씌어진 《기도시집》의 신에 대한 표상과 연관된다.

3. 예술적 삶과 죽음의 대립

예술은 현실적 삶과는 달리 상징으로 이루어진다는 이러한 릴케의 예술관은 〈무덤 파는 사람〉에서 강하게 묘사된다. 이 단편에서는 죽음을 눈과 장미의 모티프로 극복하는 과정을 그리고 있다. 산문시인 〈환타지〉에서 묘사된 눈의 모티프는 〈두 가지 단편〉과 〈무덤 파는 사람〉에서도 계속 이어진다. 특히 〈두 가지 단편〉은 〈무덤 파는 사람〉과 내용과 주제가 비슷하다는 점에서 이 단편을 위한 습작이라고 할 수 있다. 〈무덤 파는 사람〉에서의 페스트 역병 모티프는 벨기에 자연주의 드라마작가 메테를링크의 영향을 받은 것이다.

〈무덤 파는 사람〉에서 '이야기꾼'의 역할도 하고 있는 익명의 무덤 파는 사람은 죽은 아내의 눈 위에 각각 장미꽃 한 송이씩 올려놓고 바라보던 한 남편이 '새로운 삶'을 찾는 것을 다음과 같이 역설적으로 묘사하고 있다. "그때 갑자기 죽은 여자의 얼굴에서 뭔가가 움직였어. 그 남자는 긴장해서 바라보았지. 모든 게 조용했어. 그런데 갑자기 그녀의 왼쪽 눈 위에 놓여 있던 장미꽃 봉오리가 움찔거렸던 거야. 그리고 그 남자는 오른쪽 눈 위의 장미도 점점 커져가는 것을 보았단다. 얼굴은 죽음에 익숙해져 있었지만, 장미꽃은 다른 삶을 바라보는 눈처럼 피고 있었던 거야. 어떠한 소리도 없던 그날 저녁, 그 남자는 커다란 붉은 장미 두 송이를 전율하고 있던 손에 쥐고서 창문가로 갔어. 무거워 흔들거리는 장미꽃 속에 그녀의 삶을 지니고서 말이야. 그도 역시 받아들이지 못한 채 여전히 남아 있던 그녀의 삶을 말이야."

죽음의 미학을 상징하는 장미는 현실적 삶의 종말인 죽음 뒤에도 문학적 삶이 지속되고 있음을 의미한다. 시인의 삶이 노래라면 시인은 죽음 뒤에도 삶을 예술적으로 변용시켜야 한다는 것이다. 릴케가 말하는 죽음은 단순한 물리적 죽음이 아니라 모든 것을 오르페우스적으로 변용시켜 예술적으로 승화시키는 예술지상주의적 사고의 과정이다. 릴케는 장미의 삶을 동경한다. 장미는 끝없는 예술적 삶을 요구하는 신비주의적 동경의 표상이다. 이 산문집에서 문학적 변용의 의미를 가장 잘 드러내고 있는 〈무덤 파는 사람〉은 릴케의 묘비명에 씌어져 있는 시구인 "장미, 오 순수한 모순이여 / 그리도 많은 눈꺼풀 아래 누구의 것도 아닌 잠이고픈 마음이여"를 생각나게 하고 있다.

연보

1875년 12월 4일 당시 오스트리아 제국의 지배 아래 있던 체코 프라하의 하인
리히가세 19번지에서 아버지 요제프 릴케(1838~1906년)와 어머니 소
피(피아 릴케, 1851~1913년)에게서 태어나다. 12월 19일 성(聖) 하인
리히 교회에서 르네 칼 빌헬름 요한 요제프 마리아 릴케라는 세례명을
받다. 태어난 시각이 아기 예수가 탄생한 한밤중의 시각과 일치한다고
생각한 어머니 피아는 이후 릴케를 성모 마리아의 은총으로 여겨 '마
리아의 아이'라고 부른다. 이것은 하나님을 '하늘에 계신 아빠'로, 마
리아를 '하늘에 계신 엄마'로 부르도록까지 한 어머니의 광신론적 신
앙 태도의 한 단면을 보여주는 일화로, 릴케는 그녀의 지나친 종교적
가식성에 끝없는 고통을 겪게 된다.

손위로 누이가 하나 있었는데, 태어난 지 얼마 안 되어 병으로 죽었다.
죽은 딸에 대한 사랑의 여운으로 인해 어머니는 릴케가 일곱 살 때까
지 계집애 옷을 입혀 키운다. 아버지는 하사관에서 장교로까지 입신해
보려는 꿈을 갖고 있었으나 실패하고 어느 철도 회사의 역장으로 근무
했다. 남편의 이러한 직업상의 실패는 유복한 집안 출신으로 소녀 같
은 허영에 들떠 있던 릴케의 어머니에게는 참아내기 어려운 실망의 근
원이 되었고, 이것은 다시 릴케의 성장에도 많은 영향을 끼치게 된다.
결국 릴케가 태어난 지 불과 몇 년 뒤에 두 사람은 헤어진다.

1882년 1884년까지 프라하 카톨릭 재단의 피아리스트 수도회(1607년 설립)에
　　　서 운영하는 독일인 초등학교에 다니다. 부모가 이혼한 뒤에(1884년)
　　　릴케는 어머니에 의해 양육된다.

1886년 9월 1일에 국가 장학생으로 장크트푈텐 육군유년학교에 입학하다. 평
　　　생 동안 릴케는 이 군사학교 시절을 참담한 시련의 시기로 묘사한다.
　　　처음으로 시를 쓰기 시작하다.

1890년 육군유년학교를 마친 뒤에 메리슈-바이스키르헨 육군고등실업학교로
　　　진학하다.

1891년 6월 병 때문에 육군고등실업학교를 그만두고, 3년 과정의 린츠 상과학
　　　교에 들어갔으나, 다음해 중반에 여기도 역시 그만두다. 그 원인은 당
　　　시 그의 가정교사로 있던 연상의 여성과의 에로틱한 관계 때문이었다.
　　　지방의회 의원으로 있던 백부 야로슬라프 릴케의 후원을 받다.

1892년 5월, 주위로부터 법학을 공부하라는 권유를 받고 가을부터 프라하에서
　　　대학 입학자격을 취득하기 위해서 혼자 공부하다.

1893년 이종사촌누나인 기젤라의 소개로 발레리 폰 다피트-론펠트(발리)라는
　　　소녀와 사귀며 사랑을 체험하다(1893~1895년). 이 소녀는 릴케보다
　　　한 살 위로 포병 장교의 딸이었으며, 그녀의 외삼촌은 당시 체코 문단
　　　에 유럽 상징주의를 소개한, 체코 신낭만파의 대표이자 선구자인 율리
　　　우스 차이어였다. 발리 역시 문학 활동을 할 만큼 예술적 재능을 지니
　　　고 있었다. 릴케는 그녀에게 수많은 편지와 사랑을 고백하는 시를 바
　　　쳤다. 그러나 그녀를 위해 쓴 수백 편의 시 중에서 단지 여섯 편만이
　　　《릴케전집》에 실렸다.

1894년 여러 문학 잡지에 시작품을 많이 발표한 끝에 처녀 시집 《삶과 노래》
　　　를 자비로 출간하다. 이 시집은 발간 경비를 댄 발리에게 헌정되었다.
　　　여기에는 린츠 상과학교 수학시절과 그 후 프라하에 돌아와서 쓴 73편

의 감상적이고 미숙한 연애시들이 들어 있다.

1895년 우수한 성적으로 대학 입학자격을 취득하다. 프라하 대학에서 겨울 학기부터 예술사, 문학사, 철학 등을 공부하기 시작하다. 두 번째 시집 《가신에게 바치는 제물》 출간. 향토 보헤미아를 지켜주는 '가신(家神)'을 언급한 시집 제목에서 볼 수 있듯이, 여기에는 보헤미아의 향토와 관련된 많은 시들이 담겨 있다. '민중에게 바치는 노래들'이라는 부제를 단 팜플렛 《치커리》를 발행하다. 원래 《치커리》에는 죽어서 풀로 변한 처녀가 길섶에 꽃을 피우고 망부석처럼 사랑하는 사람을 기다린다는 전설이 있으며, 식물학적으로도 이 풀은 생명력이 매우 강한 것으로 알려져 있다. 여기서 릴케가 '치커리'를 자신의 작품에 대한 알레고리로 사용하고 있음을 짐작할 수 있다. 즉 자기 작품을 보아줄 독자층으로서의 '민중'에 대한 희구와 함께 자신의 작품의 영원성을 기리려는 뜻을 포함하고 있는 것이다. 이러한 초기의 출간물들에 대해 릴케는 나중에 자신의 미숙함을 이유로 후회한다.

1896년 여름 학기부터 프라하 대학의 법률 학부로 학부를 바꾸다. 왕성한 문학 활동을 벌이고 많은 작품을 출판하다. 그 중에는 니체 철학의 반기독교적인 인상 아래 씌어진 단편 〈사도(使徒)〉가 눈에 띈다. 단막극 〈몰락의 시간〉이 상연되다. 뮌헨으로 가다. 뮌헨 대학에서 두 학기 동안 예술사(르네상스), 미학, 다윈 이론 등을 공부하다. 10월에 《치커리》 마지막 호 발행.

1897년 뮌헨에 있다가, 3월 28일에서 31일까지 처음으로 베네치아에 다녀오다. 5월 12일 저녁 뮌헨에서 루 살로메(1861~1937년)와 운명적으로 만나다. 당시 36세의 기혼녀이던 살로메는 바로 릴케 자신이 꿈꾸던 유명한 저술가였고, 게다가 세상 일과 정신세계에 밝았으므로 릴케는 자연 그녀에게 매력을 느끼게 된다. 맨 처음 두 사람 사이는 단순한 애정 관계에 지나지 않았으나, 점차 정신과 영혼을 나누는 벗의 관계로 발전한다. 릴케가 '르네' 라는 이름을 버리고 '라이너' 라는 독일식 이름으로 바꾸고, 당시까지 흘려 쓰던 글씨체를 바르게 쓰기 시작한 것도 그녀의 권유에 따른 것이다. 두 사람은 평생 동안 우정 관계를 유지하며, 루는 릴케의 삶의 여러 가지 문제에서 어머니와 같은 정신적 지주가 되어준다.

가을부터 베를린 대학으로 옮겨 학업을 계속하다. 〈예술책자〉를 중심으로 순수 예술을 표방하던 시인 슈테판 게오르게 및 하우프트만 형제와 만나다. 시집 《꿈의 왕관을 쓰고》가 출간되고, 드라마 〈첫서리〉가 프라하에서 상연되다.

1898년　베를린, 이탈리아 피렌체 등지를 여행하다. 이때 이탈리아 초기 르네상스를 비롯한 예술 일반에 대한 자신의 생각을 담은 《피렌체 일기》와 많은 시들이 씌어지다. 《피렌체 일기》는 자신의 예술적 역량을 루 살로메에게 인정받아보려는 시도의 하나였다. 이탈리아에 있을 때 화가 하인리히 포겔러를 처음으로 만나다. 5월에는 비아레조, 6월에는 베를린에 체류하다. 〈슈마르겐도르프 일기〉를 쓰기 시작하다. 시집 《강림절》, 단편집 《삶의 저편으로》 출간하다.

1899년　베를린 체류. 아르코에 있는 어머니를 방문. 오스트리아 빈에서 작가 슈니츨러 및 시인 호프만스탈을 만나다. 베를린에서 학업 계속. 부활절 무렵에 루 살로메 부부와 함께 첫번째 러시아 여행(4월 24일에서 6월 18일까지)길에 나서다. 모스크바에서 레오니드 파스테르나크와 톨스토이 방문. 마이닝엔에서 러시아의 예술과 역사, 언어를 공부하다. 《기도시집》 1부 〈수도사 생활의 서〉를 쓰다. 〈슈마르겐도르프 일기〉를 계속 쓰다. 연말에 시집 《나의 축제를 위하여》와 산문 《사랑하는 신에 대해서 그리고 기타》를 출간하다. 가을에 《기수 크리스토프 릴케의 사랑과 죽음의 노래》초고를 완성하다.

1900년 5월에서 8월까지 루 살로메와 두 번째 러시아 여행을 하다. 야스나야
폴랴나로 톨스토이 방문. 모스크바, 키에프, 볼가 강 여행, 상트페테르
부르크 체류. 8월 26일에 귀환. 그 다음날 하인리히 포겔러의 초대로 북
부 독일 브레멘 근교에 있는 화가촌 보르프스베데로 가서 그곳 예술가
들과 사귀다. 그 중에 여류화가 파울라 베커와 여류조각가 클라라 베
스트호프가 있었다. 9월 말에 전기적 성격이 매우 강한 단막극《백의
의 후작부인》출간.〈보르프스베데 일기〉를 쓰기 시작. 10월부터 다시
베를린–슈마르겐도르프에 머물다.

1901년 베를린 체류. 아르코에 있는 어머니를 방문. 4월 28일에 조각가 클라라
베스트호프(1878~1954년)와 결혼하여 보르프스베데 근교의 베스터베
데에서 신혼생활 시작하다. 9월에《기도시집》제2부〈순례의 서〉의 집
필 및 완성.《일상》이 베를린에서 상연됨.《형상시집》의 초고를 베를린
의 출판업자 악셀 융커에게 부치다. 12월 12일에 유일한 자식인 딸 루
트 출생하다.

1902년 베스터베데 체류. 5월에 보르프스베데 화가들에 대한 전기《보르프스
베데》집필. 6, 7월 동안 하젤스도르프에 머물다. 1902년 8월 28일부터
1903년 6월 말까지 처음으로 파리의 툴리에 가(街) 11번지에 체류하
다. 9월 1일에 로댕(1840~1917년)을 방문.《형상시집》출간, 게르하르
트 하우프트만에게 헌정하다. 이 시집은 러시아의 역사, 파리의 여러
인상들, 스칸디나비아의 풍경 그리고 성서의 여러 가지 모티브들을 소
재로 삼고 있다. 우리에게 잘 알려진 시작품〈가을날〉은 바로 이 시집
에 실려 있다. 단편소설《마지막 사람들》출간. 11월에 릴케의 중기를
대변하는 '사물시' 를 담은《신시집》의 첫번째 시작품이자 가장 유명
한〈표범〉을 쓰다.

1903년 파리의 로댕 집에 묵으면서 그의 전기 《로댕론》을 쓰다. 대도시 파리
　　　에서의 생활과 병으로 쇠잔해져 이탈리아의 휴양 도시 비아레조로 떠
　　　나다(3월 22일에서 4월 28까지). 그곳에서 《기도시집》제3부 〈가난과
　　　죽음의 서〉를 단 며칠 만에 완성하다. 파리, 보르프스베데, 오버노이란
　　　트 체류. 9월에 로마로 떠나 1904년 6월까지 그곳에 머물다.

1904년 2월 8일에 《말테의 수기》를 쓰기 시작하다. 엘렌 케이 여사의 초대로
　　　로마를 떠나 덴마크의 코펜하겐을 거쳐 스웨덴으로 가다.

1905년 1904년 말과 이 해 초의 겨울을 아내, 아이와 함께 오버노이란트에서
　　　보내다. 드레스덴(3월 1일)과 괴팅엔에서 7월 28일부터 8월 9일까지 루
　　　살로메와 재회, 프리델하우젠 성(城)에 묵다. 9월 11일에 파리 근교의
　　　뮈동에 있는 로댕에게 가다(두 번째 파리 체류: 9월 12일에서 1906년 6
　　　월 29일까지). 10월 21일부터 11월 2일까지 첫번째 강연 여행(드레스
　　　덴과 프라하에서 《로댕론》강연). 보르프스베데에서 새해를 맞이하다.
　　　《기도시집》 출간, 루 살로메에게 헌정하다. '기도서'란 훌륭한 미니어
　　　처로 장식된, 15~16세기에 만들어진 라틴어 경본의 프랑스 모사본을
　　　말한다. 이 책은 평신도가 보통 하루 일곱 번 정도 정해진 시간에 해야
　　　할 기도 내용을 담고 있다. 릴케는 이 기도서라는 이름을 그대로 그의
　　　문학에 수용하고 있다. 이를 통해 그는 자신의 예술 행위의 종교적 치
　　　열성을 강조하고, 더 나아가서 자신의 작품이 통상적인 시집으로보다
　　　는 성경 같은 종교서적처럼 독자의 손에서 떠나지 않고 읽히기를 바라
　　　는 것이다.

1906년 파리의 로댕 집에 기거하면서 비서 일을 보다. 두 번째 강연 여행. 3월
　　　14일 프라하에 있는 아버지가 죽음. 베를린 체류. 4월 1일에 다시 파리
　　　뮈동으로 가다. 사소한 일로 갈등이 생겨, 로댕과 헤어지다. 《신시집》
　　　의 많은 부분이 이 시기에 쓰여진다. 플랑드르, 독일 각지를 여행, 9월

에는 프리델하우젠 성에 머물다.《형상시집》의 증보판 출간. 전투와 쾌락, 용기와 몰락의 현실을 마치 꿈처럼 체험한 후 죽음을 맞이하는 주인공의 삶을 그린《기수 크리스토프 릴케의 사랑과 죽음의 노래》초판 출간하다.

1907년 1906년 12월 4일부터 이 해 5월 20일까지 카프리 섬에 있는 디스코폴리 별장의 손님으로 머물다. 5월 31일에 다시 파리로 가서, 6월 6일부터 10월 3일까지 카세트 가(街) 29번지에 묵다(세 번째 파리 체류). 살롱 도톤느에서 폴 세잔의 유작전(遺作展)을 보고 큰 감동을 받다.

《신시집》에 실릴 상당수의 시를 쓰다. 10월 30일에서 11월 3일까지 세 번째 강연 여행(프라하, 브레스라우, 빈 등지). 유명한 관상학자이자 저술가인 루돌프 카스너와 만나다. 11월 19일에서 30일까지 베네치아 체류(시작품 〈베니스의 늦가을〉을 쓰다). 미미 로마넬리(베네치아의 여자 친구amie vé nitienne)와 관계를 맺다. 오버노이란트에서 새해를 맞음. 12월에《신시집》이 출간되다.

1908년 베를린, 뮌헨, 로마(2월) 순으로 체류. 2월 29일에서 4월 18일까지 카프리 섬의 디스코폴리 별장에 묵다. 나폴리, 로마 체류. 5월 1일부터 8월 31일까지 파리의 캉파뉴-프르미에르, 8월 31일부터 1911년 10월 12일까지는 파리의 바렌느 가 77번지에 있는 호텔 비롱에 묵다.

여름에《신시집 별권》의 아주 많은 양의 시를 쓰다. 11월에는 두 편의《진혼곡》을 완성함(그 중 하나는 여류화가 파울라 베커-모더존을 위한 것이고, 다른 하나는 요절한 시인 볼프 그라프 폰 칼크로이트를 위한 것이다). 1904년에 시작한《말테의 수기》의 많은 부분을 성공적으로 집필하다. 파리에서 혼자 성탄절을 보내다.《신시집 별권》출간, 로댕에게 헌정. 엘리자베스 브라우닝의《포르투갈 소네트》번역.

1909년 파리 체류. 프로방스 지방 여행(생트 마리 드 라 메르, 아를르, 엑상 프로방스). 가을에 슈바르츠발트, 바트 리폴트자우, 파리 등지로 여행. 9월에서 10월 사이 아비뇽에 체류. 12월 13일에 마리 폰 투른 운트 탁시스 후작 부인과 만남.

1910년 1월 8일에 파리를 떠남. 엘버펠트에서 강연. 릴케의 책을 주로 내주던 라이프치히의 출판업자 키펜베르크 방문. 3, 4월 동안 마지막 로마 체류. 예나, 바이마르, 베를린, 로마, 4월 20일에서 27일까지 아드리아 해안에 있는, 탁시스 후작 부인 소유의 두이노 성에 손님으로 가다. 4, 5월 동안 베네치아에 머물다가 5월 12일에 파리로 되돌아오다. 5월 31일에 《말테의 수기》가 출간되다. 앙드레 지드와 만남. 7, 8월 동안 오버노이란트에서 아내, 딸과 함께 지내다. 라우친 성으로 마리폰 투른 운트 탁시스 후작 부인 방문. 프라하, 8, 9월 동안 보헤미아의 야노스비츠 성에 묵다. 뮌헨. 파리. 루돌프 카스너와 만나다.

1911년 심리적으로 불안정한 시기. 1910년 11월 19일부터 1911년 3월 29일까지 북아프리카 여행(알제리, 튀니지, 이집트의 룩소르, 카르나크 등지). 애스완까지 나일 강을 따라 여행. 베네치아 여행. 4월 6일에 파리로 귀환. 7월 19일에 보헤미아 지방으로 마지막 여행(라이프치히, 프라하, 라우친 성, 야노비츠, 베를린, 뮌헨). 파리 체류. 탁시스 후작 부인의 차를 타고 10월 중순에 파리를 떠나 리용, 볼로냐, 베네치아를 거쳐 두이노 성으로 가다. 1911년부터 1912년 겨울 동안 두이노 성에 칩거하다. 게랭의 《켄타울로스》 번역.

1912년 1911년 10월 22일부터 1912년 5월 9일까지 두이노 성에 머물다. 두이노 성에서 창조의 영감을 받아 《두이노의 비가》의 몇몇 〈비가〉들(제1, 제2 비가와 몇몇 〈비가〉의 단편들)과 연작시 《마리아의 생애》를 쓰다. 여름 동안(5월 9일에서 9월 11일까지) 베네치아에서 보냄. 그곳에서 이탈리아의 명비극 배우 엘레오노라 두제를 만나다. 《막달레나의 사랑》

번역하다.

1913년 1912년 11월 1일부터 1913년 2월 24일까지 스페인 여행(톨레도, 코르도바, 세빌랴, 론다, 마드리드). 여행 중 회교 경전인 코란을 읽다. 2월 25일부터 6월 6일까지 파리 체류. 독일 여행(슈바르츠발트, 괴팅엔, 라이프치히, 베를린 등). 뮌헨에서 루 살로메와 함께 '정신분석 학회'에 참가하다. 프로이트를 비롯한 정신분석 학자들과 만나다. 극작가 프란츠 베르펠 만남. 《제1시집》 출간하고 《포르투갈 편지》 번역하다.

1914년 1913년 10월 18일부터 1914년 2월 25일까지 파리에 체류. 2월 26일에서 3월 10일까지 베를린-그루네발트 체류. 베를린에서 마그다 폰 하팅베르크(벤베누타)와 만남. 3월 26일에 다시 파리로 돌아오다. 4월 20일부터 5월 4일까지 두이노 성에 머물다. 베네치아에서 벤베누타와 헤어지다. 5월 9일에서 23일까지 이탈리아의 아시시 및 밀라노 체류. 5월 26일부터 7월 19일까지 파리 괴팅겐에 있는 루 살로메 집에 잠시 머물다. 6월 28일 제1차 세계대전 발발. 7월 19일 독일로 간 뒤 파리에 있는 재산을 전부 잃음. 라이프치히에 있는 출판업자 키펜베르크 집에 묵다. 8월 14일에 쓴 《다섯 노래》에서 전쟁 발발을 칭송하다. 표현주의 시인 게오르크 하임처럼 전쟁-신(神)이 부활하여 나태하고 곪은 인간의 일상을 부수어주리라고 찬양하기는 했지만, 실제로는 전쟁의 발발로 군사학교 시절의 악몽이 되살아나서 신경성 위통이 심해져 요양차 이자르 강변에 있는 이르셴 하우젠으로 가다. 여기서 여류화가 루 알버트-라사르트를 알게 되다. 어느 독지가로부터 2만 금화를 선사받다. 그 독지가는 다름아닌 철학자 루트비히 비트겐슈타인이었다. 11월에는 프랑크푸르트와 바르크부르크에 체류. 1914년 11월 22일부터 1915년 1월 6일까지 베를린에 머물다. 앙드레 지드의 《돌아온 탕아》 번역하다.

1915년 아내 클라라와 딸 루트가 살고 있던 뮌헨에 1월 7일부터 11월 말까지 머물다. 루 알버트-라사르트, 여류 시인 레기나 울만, 아네테 콜프, 헬링라트 등과 친교, 3월 19일부터 5월 27일까지 루 살로메의 방문. 발터 라 테나우, 알프레트 슐러, 한스 카로사, 파울 클레 등과 만나다. 6월 14일부터 헤르타 쾨니히 여사의 집에 머물다. 그 집에 걸려 있던 파블로 피카소의 그림 《곡예사 일가》를 보고 크게 감명받다. 가을에 어머니를 마지막으로 보다.

11월에 《두이노의 비가》의 네 번째 비가를 쓰다. 같은 달에 제1차 세계대전 때문에 징병 검사를 받고 징집되다. 베를린에서(12월 1일에서 11일까지) 릴케는 군복무의 면제를 청원한다. 딸의 생일(12월 12일)에 뮌헨에 체류. 12월 13일부터 빈에 머물다. 탁시스 후작 부인 집에 기거. 프로이트 방문.

1916년 빈에서 1월부터 6월까지 군복무, 전사편찬위원회 근무. 로다운에 있는 시인 호프만스탈 방문. 화가 코코슈카, 카스너 등과 교제. 6월 9일에 군복무에서 해방되다. 뮌헨으로 돌아가다.

1917년 뮌헨, 베를린 체류. 7월 25일부터 10월 4일까지 베스프팔렌 지방에 있는 헤르타 쾨니히 여사 소유의 장원인 뵈켈에 체류. 12월 9일까지 베를린에 머물며 그라프 케슬러, 리하르트 폰 퀼만 등과 만나다. 뮌헨에서 호프만스탈과 만남.

1918년 뮌헨 체류. 알프레트 슐러의 강연을 듣다. 인젤 출판사의 사장 키펜베르크와 재회. 아이스너 및 톨러와 만남. 혁명에 동조. 나중에 시인 이반 골의 부인이 된 클레르 슈투더와 교제. 《루이스 라베의 스물네 편의 소네트》번역. 이 시기에도 릴케는 자신의 문학적·실존적 불안 상태에서 벗어나기를 고대한다.

1919년 뮌헨 체류. 루 살로메와 재회. 릴케의 작품들이 불티나게 팔리다. 6월 11일에 뮌헨을 떠나다. 스위스로 강연여행. 취리히, 제네바, 소질리오 등지. 빈터투어에서 라인하르트 형제 및 난니 분덜리-폴카르트와 만남, 릴케가 '니케'(바다의 여신)라고 부른 이 여인은 그가 어려움에 처할 때마다 도움을 아끼지 않았으며, 그의 임종까지도 지켜보았다. 12월 7일에서 다음해 2월 말까지 테신에 체류.《원초의 음향》출간하다.

1920년 2월 27일까지 로카르노 체류. 3월 3일에서 5월 17일까지 바젤 근교의 쇤베르크-폰 데어 뮐 장원에 머물다. 베네치아에서 탁시스 후작 부인 재회. 바젤, 취리히, 제네바에서 발라디네 클로소프스카(메를리네)와 만나다. 릴케는 그녀와 몇 년 동안 친밀한 우정 관계를 맺다. 라가츠, 파리 체류. 10월 말에 다시 제네바로 돌아오다. 11월 12일부터 1921년 5월 10일까지 베르크 암 이르헬 성에 머물다. 이때 연작시〈C.W. 백작의 유고에서〉를 쓰다.

1921년 베르크에서 폴 발레리의 작품을 읽고 감명받아 그의 시집《해변의 묘지》를 번역하다. 5월 20일에서 6월 28일까지 에토이 체류. 이날 릴케는 발라디네와 함께 스위스의 시에르에 도착하다. 6월 30일에 어느 쇼윈도에서 조그만 뮈조트 성을 찍은 사진을 발견하다. 7월에 처음으로 뮈조트 성을 찾아가다. 베르너 라인하르트가 빌려서 릴케에게 제공한 뮈조트 성은 죽을 때까지 릴케의 안식처가 되다. 11월 8일에 발라디네가 떠나다. 발리스 지방에서 보낸 첫번째 겨울.

1922년 뮈조트 성에서 2월에《두이노의 비가》를 완성하다.《오르페우스에게 부치는 소네트》집필. 어려운 내용을 담은《젊은 노동자의 편지》를 쓰다. 5월 18일에 독일에서 딸 루트 릴케 결혼. 6월에 탁시스 후작 부인, 7월에 키펜베르크 내외가 그를 찾아오다. 발레리 작품 번역.

1923년 뮈조트 성에 부르크하르트, 레기나 울만, 베르너 라인하르트, 카스너 등의 손님을 맞다. 8월 22일에서 9월 22일까지 쇠네크 요양소, 10월, 11월 동안 발라디네와 함께 뮈조트 성에 묵다. 뮈조트 성에서 혼자 성탄절을 보내다. 12월 29일부터 다음해 1월 20일까지 발몽 요양소에 처음으로 머물다. 《두이노의 비가》, 《오르페우스에게 부치는 소네트》 출간.

1924년 발몽 요양소, 뮈조트 성. 불어로 시를 씀. 4월 6일에 폴 발레리와 처음으로 만나 기념으로 뮈조트 성의 정원에 두 그루의 나무를 심다. 아내 클라라의 방문. 5월 중순에 빈의 처녀 에리카 미터러의 첫번째 편지-시를 받다. 이것이 그녀와 릴케 사이에 계속된 《시로 쓴 편지》의 동기가 된다. 바트 라가츠에서 탁시스 후작 부인과 함께 보내다. 8월 2일에 다시 뮈조트 성으로 돌아오다. 9월에 로잔, 11월 초에 베른 체류. 11월 24일부터 다음해 1월 6일까지 발몽 요양소에서 두 번째 요양.

1925년 1월 7일에서 8월 18일까지 마지막 파리 체류. 그의 작품 《말테의 수기》를 번역한 모리스 베츠와 이야기를 나누다. 발라디네 클로소프스카와 함께 지내다. 발레리, 클로델, 부르크하르트, 탕크마르 폰 뮌히하우젠, 호프만스탈, 앙드레 지드 등과 만나다. 9월 1일에 다시 뮈조트 성으로 돌아와, 10월 22일에 자신의 유언서를 작성해서 니케에게 보관토록 하다. 쉰 번째 생일을 뮈조트 성에서 혼자 지내다. 폴 발레리의 《시작품》 번역.

1926년 1925년 12월 20일 저녁부터 26년 5월 말까지 발몽 요양소에, 6월 1일에 시에르, 뮈조트에 체류하다. 불어로 시를 쓰다(〈장미〉, 〈창문〉). 불어시집 《과수원》 출간. 발레리의 대화체 산문 《유팔리노스, 또는 건축술에 대해서……》 번역. 7월 20일에서 8월 30일까지 바트 라가츠에 체류. 9월 중순 안티에서 발레리와 만나다. 11월 30일에 다시 발몽 요양소. 그곳에서 12월 29일 새벽 백혈병으로 영면하다.

릴케의 마지막 시는 아마도 12월 중순경에 씌어진 듯하며, 수첩에다 적어놓은 마지막 시구를 통해 자신의 병의 마지막 단계를 보여주고 있다.

오라, 그대, 내가 인정하는 마지막 존재여,
육체의 조직 속에 깃든 고칠 수 없는 고통아.
정신의 열기로 타올랐듯이, 보라, 나는 타오른다.
그대 속에서, 장작은 그대 넘실거리는 불꽃을
받아들이기를 오랫동안 거부했다.
그러나 이제 나 그대를 키우고, 나는 그대 속에서 타오른다.
이승에서의 나의 온화함은 그대의 분노 속에서
여기 것이 아닌 지옥의 분노가 되리라.
아주 순수하게, 미래에 대한 아무런 계획 없이 자유로이
나는 고통의 그 어지러운 장작더미 위로 올라갔다.
속에 든 모든 것이 이미 침묵해버린 이 심장을 위해
그토록 뻔한 어떤 미래의 것도 사지 않기 위함이다.
저기 알아볼 수 없이 타고 있는 것이 아직도 나인가?
불꽃 속으로 추억을 끌어들이지는 않겠다.
오 생명, 생명은 저 바깥에 있고.
나는 불타니, 나를 알아보는 이 아무도 없구나.

1927년 1월 2일 릴케 자신의 유언에 따라, 라론에서 좀 떨어진 높은 언덕 위에
위치한 교회 옆에 묻히다. 묘비에는 그가 직접 쓴 시작품인 다음과 같
은 '묘비명' 이 새겨져 있다.

장미여, 오, 순수한 모순이여,
그리도 많은 눈꺼풀 아래
누구의 것도 아닌 잠이고픈 마음이여.

■ 옮긴이 피종호

서울대 독문학과를 졸업하고 독일 쾰른 대학에서 박사학위를 받았으며, 현재 한양대학
교 독문과 교수로 재직 중이다. 《Karl Krolow und die lyrische Tradition. Ironie und Selbstreflexion
칼 크롤로우와 독일시 전통》(독문), 《아름다운 독일시와 가곡》 등을 썼고, 《시몬 마샤르의
환상》을 옮겼으며, 〈문학으로서의 체계이론〉 〈아도르노의 비판이론과 미학〉 등 여러 편의
논문을 발표했다.

릴케전집 8

■ 초판 1쇄 펴낸날 2000년 8월 25일
■ 지은이 라이너 마리아 릴케
■ 옮긴이 피종호

■ 펴낸이 김직승
■ 펴낸곳 책세상
　서울특별시 종로구 교북동 10-6(우 110-090)
　전화 732-1251~3 팩스 732-1254
　E- Mail world8@chollian.net
　홈페이지 www. bkworld. co. kr

ISBN 89-7013-211-2 04850
　　　89-7013-172-8 04850(세트)

값 9,000원